अग्नि-राग

अग्नि-राग

उषा यादव

प्रतिभा प्रतिष्ठान, नई दिल्ली

प्रकाशक : प्रतिभा प्रतिष्ठान,
694–बी (निकट अजय मार्केट), चावड़ी बाजार, दिल्ली–110006
 / संस्करण : प्रथम, 2021 / मूल्य : पाँच सौ रुपए
मुद्रक : आर–टेक ऑफसेट प्रिंटर्स, दिल्ली ISBN 978-93-87980-97-6

AGNI RAAG *novel* by Smt. Usha Yadav ₹ 500.00
Published by PRATIBHA PRATISHTHAN,
694-B (Near Ajay Market), Chawri Bazar, Delhi-110006

अपनी बात

'अग्नि-राग' समकालीन संदर्भों में नारी-सशक्तीकरण की कहानी है। धधकती अग्नि-ज्वाला में जलती-झुलसती दीपिका की कहानी। संघर्षों के आतप-ताप के ऊर्ध्वमुखी होकर मधुरिम राग में बदल जाने की कहानी। आज की नारी के दिनोदिन जटिल होते जीवन-क्रम पर बहुत कुछ सोचने को विवश करती यथार्थ-बयानी।

कौन नहीं जानता कि नारी के लिए गर्भ में मारे जाने से लेकर चिता की आग में जलाए जाने तक अनंत यातना-गृह हैं। कहीं बेटे-बेटी में विभेद की खाई है, कहीं उड़ान से पूर्व ही उसके पर कतर देने की तैयारी है, कहीं दहेज की लपलपाती लपटें हैं, कहीं माथे पर बाँझ या बेटियाँ जनमने का कलंक है और कहीं अकेली वृद्धा की जमा-जथा हड़पने के लिए उसे 'डायन' करार देकर पत्थरों की मार से खत्म कर देने की साजिश है। योग्यता में पुरुष से जौ भर कम न होते हुए भी वह कब समान प्राप्य की अधिकारिणी बनी है? नींव की ईंट होते हुए भी कब-कहाँ हो सका है उसका कोई घर?

बलात्कार के आँकड़े बताते हैं कि नारी दिनोदिन असुरक्षित हुई है। घर, स्कूल, सड़क, खेत-खलिहान—कहाँ पर 'निर्भयाकांड' नहीं होते? छह माह की दुधमुँही से लेकर सत्तर साल की वृद्धा भी जब महफूज न हो, तो स्थिति की भयंकरता समझी जा सकती है। देह-शोषण की शिकार औरत अमूमन लोकलाज अथवा ग्लानि के चलते अपना मुँह बंद रखती है या फाँसी के फंदे पर झूल जाती है। किंतु जब किसी रेप-पीड़िता के भीतर आग धधक उठती है, तो वह अपने अर्धनारीश्वर रूप में एक मिसाल बन जाती है। नारीगत कोमलता और पौरुषेय कठोरता की धूपछाँही द्युति एक विलक्षण आलोक-लोक सिरज देती है। यही अग्नि-राग है।

अंततः अग्नि है क्या? तेज का गोचर रूप ही न! हिंदू देवमंडल में अग्नि को प्राचीनतम देवता होने का गौरव प्राप्त है। ऋग्वेद में सबसे ज्यादा सूक्त उसकी

स्तुति में हैं। 'गृहपति' के रूप में वह परिवार के सभी सदस्यों के प्रति स्नेहिल है। यज्ञीय वेदिका का वासी अग्नि ही दिव्य पुरोहित बनकर मानव एवं देवताओं के बीच संवाद जोड़ता है और संदेशों का संप्रेषण करता है। अग्निदेव निशाचर, राक्षस, जादू-टोना और रोगों के निवारण में समर्थ हैं। आकाश में सूर्य, मध्याकाश (अंतरिक्ष) में विद्युत् और पृथ्वी पर साधारण अग्नि के रूप में उसकी सत्ता है। साधारण अग्नि के रूप में वह भोजन पकाने से लेकर हिंदुओं के अंतिम संस्कार तक में महत्त्वपूर्ण भूमिका निर्वहन करता है। अपनी शत अथवा सहस्र आँखों से वह मनुष्य के सारे कर्मों को देखता है। वह मानव के गुप्त रहस्यों से भिज्ञ है और उसके साम्राज्य में पापियों के लिए दंड एवं क्षमा दोनों का विधान है। अग्नि का व्युत्पक्तिपरक अर्थ है—जो ऊपर की ओर जाता है। अपने इस अर्थ में वह मानव जीवन का उन्नयन करता है। अग्नि स्वयं तो तेजस्वी है ही, अपने संपर्क में आने वाली वस्तुओं को भी प्रकाशित करना उसका धर्म है।

पंचतत्त्वों से बने हर मानव शरीर में अग्नि का वास है, कहीं कम, कहीं ज्यादा। इसलिए यदि 'अग्नि-राग' की दीपिका अपनी नन्ही सी दीपित लौ से अन्य रेप-पीड़िताओं के अँधेरे जीवन को प्रकाशमान करने का उद्यम करती है, तो उसके इस संकल्प और साहस को नमन करने का जी चाहता है। 'अग्नि-राग' इसी संवेदना का उपन्यास है।

—उषा यादव

73 नॉर्थ ईदगाह कॉलोनी

आगरा-282010

मोबाइल : 9012818025

1

दीपिका के मोबाइल की घंटी बजी।

जयपुर से डॉ. सिद्धार्थ का फोन पाकर वह खिल उठी, "अरे आप?··· सच, कई साल बाद अचानक आपका फोन पाकर मैं अपनी खुशी नहीं सँभाल पा रही हूँ। कैसे हैं आप? ···और मनोज कैसे हैं? पिछले एक माह से फोन पर उनसे संपर्क नहीं हो पा रहा है। ठीक तो हैं न?"

दीपिका की आवाज में विस्मय और हर्ष का भाव बात खत्म होते-होते एक गहरी टीस में बदल गया था।

क्षणिक चुप्पी के बाद उधर से आवाज सुनाई दी, "दीपिकाजी, आपके लिए एक बुरी खबर है। मनोज जल्दी ही एक डॉक्टर लड़की से शादी करने जा रहा है।"

"क्या?" दीपिका जैसे आकाश से गिरी, "मजाक कर रहे हैं आप?"

"ऐसा क्रूर मजाक आपके साथ भला क्यों करूँगा मैं?" डॉ. सिद्धार्थ की आवाज में पीड़ा छलक उठी, "चूँकि यह बात सच है, इसलिए समय रहते आपके कानों में डालना मैंने उचित समझा।"

दीपिका को लगा, जैसे उसकी देह से रक्त की आखिरी बूँद तक निचुड़ गई है। एक मूर्ति की मानिंद कुछ पल निश्चल खड़ी रही वह। उधर से आवाज सुनाई दी, "हैलो-हैलो, मेरी आवाज सुन रही हैं न आप?"

"कहिए।" संयत होते हुए दीपिका के होंठ हिले।

रुआँसी आवाज के गीलेपन को डॉ. सिद्धार्थ ने महसूसा। करुण कंठ से बोले, "देखिए दीपिका बहन, इससे पहले जब आप जयपुर आई थीं, मैंने आपको अपने अजीज दोस्त की होने वाली पत्नी के रूप में देखा था। 'भाभी' कहकर संबोधित किया था।···लेकिन आज उस रिश्ते को तार-तार होता देखकर 'बहन' कहकर पुकार रहा हूँ और एक बड़े भाई की हैसियत से आपके आँसुओं को पोंछने

के लिए कटिबद्ध हूँ।‥मुझ पर यकीन तो है न?"

"जी हाँ।" एक बार फिर बड़े कष्ट से कह पाई दीपिका।

"तो फिर मेरी बात को ध्यान से सुनें। पिछले एक माह से मनोज की शादी की बातचीत लखनऊ की एक डॉक्टर लड़की से चल रही है। पिछले सप्ताह बात फाइनल हुई है और 'चट मँगनी पट ब्याह' की तर्ज पर वह डॉ. संजीवनी के साथ इसी पाँच मार्च को फेरे लेने जा रहा है।"

"ऐसा कैसे हो सकता है?" कहते हुए दीपिका के आँसू उबल उठे।

"प्लीज, अपने आपको सँभालिए।" उधर से सिद्धार्थ का सांत्वना भरा कंठस्वर सुनाई दिया, "इस तरह बदहवास हो जाने से कैसे काम चलेगा? इस प्रसंग में मेरी पूरी सहानुभूति आपके साथ है। जो भी संभव सहायता होगी, वह करूँगा। मुझ पर विश्वास करें।"

डॉ. सिद्धार्थ की आवाज में गहरी संवेदना, आत्मीयता और दृढ़ता थी। पर दीपिका कुछ भी सोचने-समझने की स्थिति में न थी। मोबाइल कब उसके शिथिल हाथों से गिर गया, वह जान न सकी।

सिर घूम रहा था।

दिमाग सुन्न हो चुका था।

कानों में सिर्फ पाँच मार्च को डॉ. संजीवनी के साथ मनोज का विवाह संपन्न होने की सूचना का मेघ-गर्जन था।

दीपिका ने रुलाई रोकने के लिए अपने निचले अधर को दाँतों के बीच इतनी जोर से भींचा कि खून छलक आया, पर उसे दर्द का कोई अहसास न हुआ। अचानक भूकंप आ जाने से भी शायद वह इतनी संज्ञाशून्य न होती, जितनी इस खबर को सुनकर हुई थी।

पल भर बाद ही वह इस हतचेत अवस्था से उबरी। मन में पहला विचार आया—मनोज किसी अन्य लड़की के साथ शादी कैसे कर सकता है? डॉक्टर तो क्या, भले ही वह विश्वसुंदरी या कुबेर-कन्या हो, मनोज क्या किसी लड़की को जीवन-संगिनी का दर्जा दे सकेगा?

तत्क्षण दूसरा विचार उठा—यदि यह सच है तो मनोज इस तरह उसका अपमान करने का दुस्साहस कैसे कर रहा है? एक पढ़ी-लिखी, नौकरीपेशा युवती के साथ प्यार के सालोसाल चलनेवाले नाटक का ऐसा घिनौना पटाक्षेप!

छिः, यह असहनीय है।

दीपिका का रोम-रोम गहरे विक्षोभ से भर गया।

यदि चौदह साल चलनेवाला प्यार भी वंचना बन जाएगा, तो शीरीं-फरहाद, लैला-मजनूँ और हीर-राँझा की प्रेम कहानियाँ भी झूठी हो जाएँगी। कोई किसी के प्यार पर एतबार न करेगा। कोई किसी संबंध के स्थायित्व को लेकर नि:शंक न हो सकेगा।

दीपिका के चेहरे पर कई भाव आए और गए। डॉ. सिद्धार्थ के फोन ने उसे जितना आहत किया था, उससे कहीं ज्यादा अपमानित किया था। जमीन पर पड़े मोबाइल को उठाने का उपक्रम किए बिना वह ड्रेसिंग टेबल के सामने जा खड़ी हुई और अपनी देह-यष्टि का बारीकी से मुआयना करने लगी। उसके होंठों से एक शब्द भी नहीं निकला, पर अंतरतम चीख-चीखकर पूछ रहा था—बोलो मनोज, मुझमें कहाँ कमी है? आँख, नाक, कान, बाल, चेहरा-मोहरा, कद-काठी और रंग-रूप में कहाँ ऐसी कोर-कसर है, जिसके चलते तुम संजीवनी की ओर मुड़े? यदि तुम्हें किसी डॉक्टर लड़की से ही शादी करनी थी तो मुझसे मुँह खोलकर कहते। पूरी शालीनता से तुम्हारे जीवन से निकल जाती। मेरा भी स्वाभिमान है। मेरी भी इज्जत है। तुम्हारे तो क्या, किसी के भी गले पड़ा ढोल बनने की बात मैं सोच तक नहीं सकती हूँ, पर इस तरह मुझे अँधेरे में रखकर चोरी-छिपे तुम्हारा शादी तय कर लेना मैं बरदाश्त नहीं करूँगी। तुम्हें मेरे अपमान की बहुत तगड़ी कीमत चुकानी होगी।

विचारों के झंझावात में व्याघात पड़ा।

रसोईघर से निकलकर माँ नीलिमा पूछ रही थी, "दीपा, किसका फोन था?"

"मनोज के सहकर्मी डॉ. सिद्धार्थ का।"

"क्या कह रहे थे?"

"इसी पाँच मार्च को मनोज किसी डॉक्टर लड़की के साथ शादी करने जा रहा है।"

"क्या?" नीलिमा हतप्रभ होकर बेटी का मुँह देखती रह गई।

"तुम्हें भी यकीन नहीं हो रहा है न? यही हालत इस खबर को सुनकर मेरी हुई थी।" दीपिका विषण्ण कंठ से बोली।

पर नीलिमा इस सूचना को पचा न सकी।

उनकी आँखें बरस उठीं। चेहरा ऐसा निस्तेज हो उठा, जैसे देह का बूँद-बूँद रक्त निचुड़ गया हो। माँ की ऐसी हालत देखकर दीपिका झुँझला उठी, "हद है

माँ! कोई आकाश नहीं फट पड़ा है, जो तुम इस तरह विचलित हो गईं। तुम्हारी आँखों के सामने मैं और मेरी आँखों के सामने तुम, जब जीती-जागती हालत में मौजूद हैं, तो ऐसा मातम मनाने की क्या जरूरत है?"

नीलिमा कुछ न बोली।

दो पल बाद ही सुस्थिर होकर कह सकी, "मेरे लिए यह सूचना किसी वज्रपात से कम नहीं है। पर मैं मनोज के मुँह से सुने बिना इस समाचार पर यकीन नहीं करूँगी। किसी डॉ. सिद्धार्थ ने फोन पर बताया और तुमने उनकी बात पर भरोसा कर लिया? यह मनोज के साथ अन्याय है, बेटी!"

"लेकिन उन्हें मुझसे झूठ बोलने की क्या पड़ी है? शुभचिंतक होने के नाते मेरे पास यह सूचना पहुँचाना उन्हें अपना फर्ज लगा।"

"बेटी, आजकल आँख मूँदकर किसी की बात पर विश्वास करने का समय नहीं रहा। तुम्हें मनोज से यह बात पूछनी चाहिए।"

"तुम जानती हो, पिछले एक माह से मनोज के साथ फोन पर संपर्क साधने की मेरी सारी कोशिशें व्यर्थ रही हैं। फिर डॉ. सिद्धार्थ की मुझसे ऐसी कौन सी दुश्मनी है, जिसके चलते झूठी खबर देंगे!" दीपिका तैश से भरकर बोली।

नीलिमा शांत रही, "देखो, दोनों एक अस्पताल में काम करते हैं। नौकरी में पदोन्नति को लेकर, महत्त्वपूर्ण जिम्मेदारी सौंपने को लेकर, वेतन-वृद्धि को लेकर या और किसी बिंदु पर दो सहकर्मियों में ईर्ष्या-द्वेष स्वाभाविक है। ऐसे में मनोज की जिंदगी का सुख-चैन छीनने की खातिर कोई भी साजिश की जा सकती है। मनोज के खिलाफ तुम्हें भड़काने के लिए झूठा फोन क्यों नहीं हो सकता?"

बात समझ में आई, तो दीपिका गंभीर हो उठी, "तुम सच कहती हो माँ! पूरी छानबीन किए बिना मुझे किसी नतीजे पर नहीं पहुँचना चाहिए। पर मुझे सच्चाई बताएगा कौन?"

"सीधे मनोज से बात करो।"

"वह तो करीब महीने भर से मेरा फोन उठा ही नहीं रहा है। उसकी चुप्पी को लेकर मैं खुद हैरत में हूँ।"

"घंटी जाती है?"

"नहीं।"

"अजीब बात है!··· खैर, एक बार फिर फोन करो। हो सकता है कि संपर्क हो जाए।"

नीलिमा के समझाने पर दीपिका ने जैसे ही नंबर मिलाया, आश्चर्यजनक ढंग से उधर से फोन उठा लिया गया।

"हैलो!" सुनते ही दीपिका मान से भर उठी, "तुम कहाँ हो मनोज? महीने भर से तुमसे संपर्क करने को परेशान हूँ। फोन क्यों नहीं करते हो?"

"दरअसल मेरा मोबाइल गिरकर टूट गया था। व्यस्तता इतनी रही कि पंद्रह-बीस दिन नया मोबाइल नहीं खरीद सका। फिर खरीदकर पुराना सिम डाल तो दिया, पर अपनी बातचीत पर विराम लगाए रहा। सोचा, आगरा पहुँचकर तुमसे आमने-सामने मिलूँगा। देखूँगा कि महीने भर की संवादहीनता का मेरी प्रिया पर क्या असर पड़ा है? यह अनुभव भी तो कुछ अलग होगा। तुम रूठोगी, मैं मनाऊँगा।"

"हद है!" दीपिका के कपोलों पर लाली दौड़ गई।

उधर से एक जोरदार हँसी सुनाई दी।

"इस वक्त तुम कहाँ हो?" दीपिका ने पूछा।

"यहीं, आगरा में।···आज शाम को चार बजे मिलन-स्थली पर तुम्हारा इंतजार करूँगा।"

"ठीक है।" लरजते कंठ से दीपिका बोली और मोबाइ़ल का स्विच बंद कर दिया।

"क्या कहा उसने?" उत्कंठित भाव से नीलिमा ने पूछा।

"यहीं आगरा में है। आज शाम को चार बजे मुझे मिलने के लिए बुलाया है।"

"अपने घर पर?"

"नहीं। शहर से बाहर यमुना किनारे। एक छोटा सा शिव मंदिर है वहाँ। हम लोग कभी-कभी वहाँ जाकर बैठते हैं।"

"ठीक है, चली जाना। पूछना, शादी कब करेगा? एम.डी. पूरी हो गई। नौकरी लग गई। अब और विलंब किसलिए?"

"मैं जानती हूँ माँ, शादी में और ज्यादा टाल-मटोल उचित नहीं है। दरअसल अब कोई बहाना उसके पास है भी नहीं। न ठोस, न फुसफुसा। हामी भरनी पड़ेगी।"

"ओह, कुकर में दाल चढ़ी है।" कहती हुई नीलिमा फुर्ती से रसोईघर की ओर बढ़ गई।

दीपिका को ध्यान आया, यह फरवरी का महीना है यानी वेलेंटाइन मंथ। वेलेंटाइन डे, वेलेंटाइन वीक, वेलेंटाइन पखवाड़ा भले ही बीत गए हों, पर वेलेंटाइन माह तो अभी चल रहा है न! प्यार का खुमार उसकी रग-रग में दौड़ने लगा। साहित्य की छात्रा रह चुकी थी। रीतिकालीन नायिकाओं के मान और मान-विमोचन के चित्र आँखों में कौंध गए।

अच्छा, अगर आज एक माह तक फोन न उठाने के मनोज के कसूर पर वह मान करे, तो मनोज उसे कैसे मनाएगा? पर··· पर उसे तो मान करना भी कहाँ आता है? जरा सी रूठने की कोशिश करते ही फौरन हँस पड़ेगी।

इस वक्त भी मुसकराती आँखों और अलसाई देह के साथ दीपिका कमरे में पड़ी शय्या पर लेट गई। उसकी आँखों में सोलह साल की एक किशोरी की छवि घूम गई थी।

□

दूध-आलता मिला गोरा रंग।

लंबी-पतली देहयष्टि।

पीठ पर झूलती घने-काले बालों की लंबी चोटी।

साँचे में ढले हुए नैन-नक्श।

रीतिकालीन नायिकाओं जैसी अपनी उस खूबसूरती से सोलह साल की वह किशोरी अनजान थी। सच तो यह है कि उसके भीतर आयुजन्य चपलता भी नहीं थी। शायद घरेलू हालात ने ही उसे पालामारी कुमुदिनी बना दिया था। पिता का निधन उसके जन्म से पूर्व ही हो गया था।

माँ नीलिमा का जीवन सच में किसी त्रासदी से कम न था। बड़ी उमंगों से उस ब्राह्मण युवती ने कायस्थ लड़के के साथ प्रेम-विवाह किया था, पर शादी के नौ माह बाद ही एक सड़क दुर्घटना में पति को सदैव के लिए खो दिया। अभागी गर्भिणी विधवा एक सपाट पत्थर में बदल गई। सपने जैसी झलक दिखाकर सुख उसकी जिंदगी से विदा ले चुका था। ससुरालीजनों ने छूत के रोगी की तरह उसे घर से निकाल दिया। 'पिशाचिनी' और 'पतिहंता' जैसे विशेषणों से नवाजा ऊपर से। 'जरा भी हयादार है तो जमुना में डूब जा, रेल की पटरी पर जाकर लेट जा।' जैसी बिन माँगी नसीहतों से लदी-फँदी वह गर्भिणी मायके की देहरी पर आ खड़ी हुई थी। बूढ़े-बीमार माँ-बाप और दो छोटे भाइयोंवाली गृहस्थी में किसी तरह अँट तो गई, पर हर साँस के साथ आँसू पीती रही, गम खाती रही। अपूर्व रूप-लावण्य

के बल पर सिर्फ उन्नीस साल की उम्र में प्यार और ब्याह जैसी खुशियाँ पा तो ली थीं, पर दुर्भाग्य के चलते पचा नहीं पाई थी। वह रूप-लावण्य अब भी था, पर उससे पेट नहीं भर सकता था। चार पैसे कमाने लायक क्षमता का न होना अब उसे बेतरह खल रहा था। बच्ची हुई तो यह कमी और ज्यादा सालने लगी। सिर्फ बच्ची का मुँह देखकर ही दूसरी शादी के अनेक प्रस्ताव नकार दिए और जैसे-तैसे छूटी हुई पढ़ाई का क्रम जोड़कर बी.ए. पास कर लिया। एक छोटी सी स्कूल मास्टरी के जरिए पेट पालने का सहारा मिल गया, तो भाइयों की रुखाई देखकर बेटी सहित अलग बस गई।

दुधमुँही बच्ची ने अपने जन्म से ही माँ की दीनता, दरिद्रता और तपश्चर्या देखी थी। नाना-नानी की ठंडी साँसों और दोनों मामाओं के ताव-तेवरों के ताप को महसूस किया था। नतीजा यह हुआ कि नटखट बाल-क्रीड़ाएँ और बाल-सुलभ चपलता उसकी जिंदगी में दूज के चाँद से ज्यादा अहमियत न रख सकीं। असमय ही प्रौढ़ हो गई थी वह। इसीलिए सोलह साल की उम्र में जब कैशोर्य और यौवन की धूप-छाँही छटा उसकी देह में झिलमिला उठी, वह उससे सर्वथा अनजान और बेपरवाह ही बनी रही।

हाँ, इंटर में पढ़ती थी वह उन दिनों।

पढ़ाई में हमेशा आगे रही थी।

माँ का उद्‌बोधन हमेशा कानों में गूँजता था, "आज मेहनत कर लोगी, तो 'कल' सँवर जाएगा, वरना मेरी तरह घिसटती हुई जिंदगी के साथ जीना भी कोई जीना होता है क्या?"

लड़की समझदार थी, माँ की बात गाँठ बाँध ली थी उसने।

इसी बीच रिश्तेदारी की एक शादी में माँ के साथ उसका जाना हुआ। दूर की नातेदारी का वह सुदर्शन किशोर वहीं दिखा था उसे। 'तेरी कुड़माई हो गई?' 'धत्' जैसी शैली में दोनों की पहली मुलाकात हुई।

किशोर ने पास आकर पूछा था, "कौन सी परफ्यूम लगाई है तुमने?"

"परफ्यूम?" वह चौंकी थी, "मैं तो सुगंधित साबुन का भी इस्तेमाल नहीं करती, परफ्यूम तो बड़ी दूर की चीज है।"

"झूठ मत बोलो। ऐसी मादक सुगंधि किसी मामूली परफ्यूम से नहीं आ सकती। महँगी विदेशी परफ्यूम का नाम न बताना चाहती हो, तो और बात है!"

"क्यों मजाक उड़ाते हो मेरा?" वह हँस पड़ी थी, "कसम से, मेरे घर में

सौंदर्य-प्रसाधन के नाम पर सिर्फ एक शीशा-कंघा और तेल की शीशी है।··· बस!"

"मुझे यकीन नहीं होता!"

"किसी दिन मेरे घर आकर अपनी आँखों से देख लेना, तब यकीन हो जाएगा।"

"ठीक है, यही सही।··· कहाँ रहती हो तुम?"

"लोहामंडी के नौबस्ता मोहल्ले में। पर वहाँ छोटी-छोटी घुमावदार गलियों में तुम्हारी गाड़ी नहीं पहुँच सकेगी।"

"सिर्फ गाड़ी नहीं, दो पाँव भी हैं मेरे पास।" लड़का शोखी से मुसकराया था।

"अच्छा!" पता नहीं कैसे, उसका कंठ चुहल भरा हो गया था, "मैं समझती थी कि गाड़ीवालों के पाँव सिर्फ दिखाने के लिए होते हैं।"

"तुम बार-बार हँसी क्यों उड़ा रही हो मेरी? अगर मैं कहूँ कि गाड़ीवाला हूँ ही नहीं, तो विश्वास करोगी?"

"नहीं। गाड़ीवालों के चिकने-चुपड़े चेहरे, महँगे कपड़े और शेखीखोरी अलग से पकड़ में आ जाती है।"

"तब तो सचमुच बहुत समझदार हो तुम? किस क्लास में पढ़ती हो?"

"फर्स्ट ईयर का इम्तिहान दिया है।"

"मैंने भी पिछले साल हाईस्कूल पास किया है।" लड़का खुश हो गया, "फर्स्ट डिवीजन में। अब बायो लेकर पढ़ाई कर रहा हूँ। डॉक्टर बनने का इरादा है।"

"मैं भी डॉक्टर बनना चाहती थी।" लड़की का चेहरा बुझ गया, "पर माँ कहती है कि डॉक्टरी की महँगी पढ़ाई कराना उसके बस की बात नहीं, इसलिए इतिहास-भूगोल ही लेना पड़ा है।"

"किस कॉलेज में पढ़ती हो?"

"रामस्वरूप सिंहल गर्ल्स इंटर कॉलेज में।··· और तुम?"

"मैं तो सेंट पीटर्स में शुरू से ही पढ़ रहा हूँ।"

"इतने महँगे अंग्रेजी स्कूल में पढ़ाना मेरी माँ के बूते के बाहर है।" लड़की एक बार फिर उदास हो गई थी।

तभी औरतों की भीड़ से निकलकर माँ ने उससे कहा था, "दीपा, चलो खाना

खा लो। मैंने उर्मिला दीदी को व्यवहार का लिफाफा दे दिया है। खाना खाकर निकल चलेंगे हम। मुझे कल सुबह समय पर स्कूल पहुँचना है।"

लड़के का साथ छोड़ते हुए लड़की के मन में मलाल था—इतनी देर बात की, उसका नाम तक नहीं पूछ सकी।

पर यह मलाल हफ्ते भर बाद ही धुल गया था।

छुट्टी के बाद वह जैसे ही कॉलेज के फाटक के बाहर निकली, लड़का सामने खड़ा हुआ था। खोजती निगाह से हर आनेवाली लड़की को देख रहा था। उसे देखते ही चहक उठा, "दीपा, मैं तुम्हारे लिए ही खड़ा हूँ।"

"क्यों?" उसने नकली गुस्सा दिखाया था, "मेरे लिए कॉलेज के गेट पर क्यों खड़े हो?… और मिस्टर, मेरा नाम दीपा नहीं दीपिका है। 'दीपा' कहकर पुकारने का अधिकार सिर्फ मेरी माँ और नजदीकी सहेलियों को है।"

"मुझे भी अपने नजदीकी लोगों में शुमार कर लो न!" लड़के ने ऐसे मनुहार भरे कंठ से कहा था कि वह पसीज गई थी, "ठीक है, मंजूर! तुम भी मुझे दीपा कह सकते हो, पर पहले अपना नाम तो बताओ। उस दिन इतनी देर बात की, नाम तक नहीं बताया।"

"तुमने पूछा ही कब था?" लड़का तपाक से बोला।

"खैर, अब तो पूछ रही हूँ, बता दो।"

"मेरा नाम मनोज है।"

"मनोज, तुम मेरे कॉलेज के गेट तक क्यों आ गए? मेरी सहेलियाँ देखेंगी, तो क्या सोचेंगी? उन्हें अच्छी तरह पता है कि मैं अपनी माँ की अकेली संतान हूँ। मेरा कोई भाई नहीं है।"

"क्या सिर्फ भाई ही बहन को लिवाने आ सकता है? कोई और भी तो हो सकता है।"

"उस 'कोई और' का कोई रिश्ता भी तो होना चाहिए।"

"तो क्या हमारा कोई रिश्ता नहीं है?"

"दूर-दराज का कोई नाता निकलता होगा, तो मुझे पता नहीं। उस दिन मैं अपनी उर्मिला मौसी की बेटी की शादी में गई थी। माँ की चचेरी बहन हैं वह। तुम्हारा उस परिवार से क्या रिश्ता है, मैं नहीं जानती।"

"उर्मिला आंटी से अपना रिश्ता बताने से ज्यादा आसान आठवीं कक्षा में पढ़े पानीपत के युद्ध के बारे में बताना होगा। उतनी उलझी हुई रिश्तेदारी को समझाने

का मेरे भीतर बूता नहीं है।" मनोज ने बुरा सा मुँह बनाया था।

वह हँस पड़ी थी, "तो अब क्या इरादा है? यहीं खड़े-खड़े पूरे भारतीय इतिहास को दोहराना है क्या? देखो, लड़कियों की भारी भीड़ जा चुकी है। सिर्फ गिनी-चुनी बच्चियाँ बची हैं। एक लड़के को लड़की के साथ खड़ा देखकर वे क्या सोच रही होंगी?"

"कुछ खास नहीं।" मनोज मुसकराया था, "इस उम्र में अकसर ऐसा चक्कर चलने लगता है।"

"बदमाश!" वह खिलखिला उठी थी, "तुम सचमुच बहुत बातूनी हो, मनोज। बात को कहाँ से कहाँ मोड़ देते हो।⋯ और फिर, सब कहते हैं कि मैं मौनी बाबा हूँ, घुन्नी हूँ, चुप रहती हूँ। तुम्हारे साथ पता नहीं कैसे इतनी बातें कर लेती हूँ, मुझे ताज्जुब होता है।"

"बड़ी-बूढ़ियों की तरह हर वक्त मुँह सिये रहना कोई अच्छी बात है क्या?" मनोज मुसकराया था, "चलो, अब मेरे स्कूटर पर बैठो। तुम्हें तुम्हारे घर नौबस्ता छोड़ दूँ।"

"बाप रे!" वह घबरा गई थी, "मुझे मरवाना है क्या? तुम्हारे साथ स्कूटर पर घर पहुँचूँगी, तो उसका नतीजा जानते हो?"

"उस दिन तुम्हारी माँ सुबह स्कूल जाने की बात कह रही थीं। क्या इस वक्त तक वह पढ़ाकर घर लौट आई होंगी?"

"माँ न सही, अड़ोस-पड़ोस तो है।"

"लोहामंडी चौराहे तक तो पहुँचा ही सकता हूँ। वहाँ से पैदल घर चली जाना।"

उस दिन उस हिम्मती लड़के मनोज के साथ स्कूटर पर बैठकर घर आई थी वह। लोहामंडी चौराहे तक नहीं, सीधे घर के दरवाजे तक। उस दुष्ट ने स्कूटर रोका ही नहीं। गलियों के मोड़ पूछता रहा और स्कूटर आगे बढ़ाता रहा। दरवाजे पर उतरी, तो पड़ोस की वर्मा आंटी अपने चबूतरे पर खड़ी हुई थीं।

मनोज तो उसे उतारकर वापस लौट गया, आंटी ने बड़ी शहद-सनी आवाज में पूछा था, "किसके स्कूटर पर घर आई है, दीपा? इस लड़के को मैंने पहचाना नहीं।"

"मेरी उर्मिला आंटी का रिश्तेदार है। मनोज नाम है। उस दिन शादी में मिला था तो जान-पहचान हो गई। आज सड़क पर मिला, तो माना नहीं। जिद करके

अपने स्कूटर से घर तक पहुँचा गया।"

"कोई बात नहीं, बेटी।" आंटी ने गिद्ध दृष्टि से उसे तौला था, "पर अब तू बड़ी हो गई है। सोच-समझकर ही किसी की बातों में आया कर। तेरी माँ कितनी त्याग-तपस्या की जिंदगी जीकर तुझे पाल रही है। जानती है न?"

"जी आंटी।" तिलमिलाकर बोली थी वह। मन-ही-मन मनोज पर आक्रोश जागा था, आज तक किसी अड़ोसी-पड़ोसी की एक उँगली उठाने की भी हिम्मत न पड़ी, आज तुम्हारी वजह से इतनी बातें सुननी पड़ीं!

जान गई थी कि माँ तक खबर पहुँचनी ही है, इसलिए किसी और के बजाय खुद ही यह वाकया बताने में समझदारी समझी थी। सुनकर माँ की भौंहों पर बल पड़ गए थे, "कौन मनोज?"

"तुम भूल गईं?" उसने याद दिलाई थी, "उर्मिला आंटी के यहाँ मिला था। इंटर में ही पढ़ता है, इसलिए देर तक मेरे साथ पढ़ाई-लिखाई की बातें करता रहा था। तुम्हें भी तो नमस्ते की थी उसने।"

"मुझे याद नहीं।" माँ इस प्रसंग से ऊब गई थीं, शादी में इतने लोग मिलते हैं, सबका ध्यान थोड़े ही रहता है।… खैर, आज अचानक मिल गया, तुझे स्कूटर पर बैठाकर घर तक छोड़ गया, कोई बात नहीं। मैं दकियानूसी विचारोंवाली माँ नहीं हूँ, जो इतनी-सी बात पर बेटी को डाँटूँ-फटकारूँ। पर तू गरीब-विधवा माँ की अकेली संतान है, इस बात को कभी मत भूलना, दीपा। मुँह में चाँदी की चम्मच लेकर नहीं जनमी है। तुझे अपने बलबूते पर, अपनी मेहनत से कुछ बनना है। इसके लिए एकाग्र भाव से सिर्फ पढ़ाई पर ध्यान लगाना जरूरी है।"

बात खत्म करते-करते माँ की आवाज जिस तरह लरज गई थी, उससे पता नहीं क्यों वह मन-ही-मन अपराध-बोध से ग्रस्त हो उठी थी। न, उसे इस लड़के को और ज्यादा शह नहीं देनी है।

तीन-चार दिन शांति से गुजर गए, तो उसे मन-ही-मन राहत महसूस हुई थी। अपने इर्द-गिर्द फिर चुप्पी का जाल बुन लिया था और अपनी किताबों की दुनिया में डूब गई थी।

चौथे दिन लड़का फिर कॉलेज के फाटक पर स्कूटर सहित खड़ा दिखा, तो वह उखड़ गई थी, "मनोज, तुम यहाँ क्यों आए? मुझे यह सब पसंद नहीं है।"

"आधा घंटे पहले मेरे कॉलेज की छुट्टी होती है। घर के लिए इसी रास्ते से निकलते हुए यदि तुम्हें स्कूटर पर बैठा लिया, तो इसमें गलत क्या है?"

"गलत-सही मैं नहीं जानती। पर मुझे तुम्हारा प्रस्ताव नामंजूर है।"

अड़ियल टट्टू की तरह मनोज ने फिर वही राग अलापा, "आओ, स्कूटर पर बैठो। मैं तुम्हें लोहामंडी चौराहे तक छोड़कर निकल जाऊँगा।"

"बिल्कुल नहीं। तुमसे लिफ्ट नहीं लूँगी। पैदल घर चली जाऊँगी।" वह तमतमा उठी।

"मैं उसी रास्ते से स्कूटर लिये हुए निकलूँ और तुम पैदल मार्च करती हुई जाओ, इससे क्या फायदा?"

"बहुत फायदा है। तुम्हारे स्कूटर का पेट्रोल बचेगा। मेरी वजह से तुम लंबा रास्ता पकड़ो, यह बात मुझे मंजूर नहीं है। मैं भी जन्म से आगरा में रह रही हूँ। यहाँ के रास्तों से वाकिफ हूँ।"

"ठीक है। जैसी तुम्हारी मर्जी।" कहते हुए मनोज ने अपना स्कूटर स्टार्ट कर दिया था।

कायदे से उसे अपनी जीत पर खुश होना चाहिए था, पर पता नहीं क्यों अनमनी हो उठी थी। लगा था, बेचारा अपने सरल स्वभाव के कारण मुझे थोड़ा सा आराम देना चाहता था, व्यर्थ ही बैरंग लौटाकर अपमानित कर दिया। आखिर उसकी भी कोई इज्जत है। अब अगर कहीं सड़क पर मिल गया, तो मुँह फेर लेगा। पहचानेगा थोड़े ही।

यह उसके अनुभवहीन मन का गलत अनुमान था। इतवार को वह जैसे ही नहाकर और अपने लंबे बालों को आँवला-शिकाकाई से धोकर गुसलखाने से बाहर निकली, किसी ने दरवाजा खटखटाया।

रसोईघर में काम करती माँ ने व्यस्त कंठ से कहा, "देख बेटी, दरवाजे पर कौन है?"

सिर पर बँधा भीगे बालों का भारी जूड़ा और उससे टप-टप टपकते मोतियों के साथ तनिक अनखाते हुए ही वह द्वार की ओर बढ़ी थी। साँकल खोलते ही चेहरा खिल उठा, "अरे मनोज, तुम?"

उधर रसोईघर से माँ पूछ रही थी, "कौन आया है दीपा, तूने बताया नहीं?"

□

पलंग पर लेटी, तेरह-चौदह साल पुरानी यादों में डूबी दीपिका चिहुँक उठी। चाय का प्याला लिये, देहरी पर खड़ी नीलिमा कह रही थीं, "तीन बज गए

हैं बेटी। चार बजे तुम्हें मनोज से मिलने के लिए पहुँचना है। झटपट चाय पीकर तैयार हो जाओ।"

"जी माँ!" कहते हुए दीपिका ने कप थाम लिया।

नीलिमा पास पड़ी खाली कुरसी पर बैठ गई, "डॉ. सिद्धार्थ के फोन ने कंकरी डालकर दरिया के शांत जल में हलचल मचा दी है। अब हमारे निश्चिंत बैठे रहने से काम नहीं चलेगा। तुम मनोज से शादी के बारे में साफ-साफ बात करना।"

"जानती हूँ माँ।" दीपिका गंभीर कंठ से बोली।

चाय खत्म करके वह तैयार होने चल दी।

एक सरकारी बैंक में पी.ओ. के पद पर कार्यरत दीपिका के लिए अब सौंदर्य-प्रसाधनों की कमी नहीं थी। पर सादगीप्रिय होने के कारण वह बाजार में बिकते देशी-विदेशी कॉस्मेटिक्स के प्रति उदासीन ही रहती है। मनोज को भी उसका सादा रूप ही पसंद है। अकसर कहता है, "तुम्हें किसी ब्यूटी पार्लर में जाने की जरूरत क्या है? ईश्वर ने ही अपने ब्यूटी पार्लर में तुम्हें पूरी तरह सुसज्जित करके भेजा है। चेहरे पर फालतू क्रीम-व्रीम लगाने की बात सोचना भी मत।"

वह हँस देती है, "शृंगारप्रियता नारी का स्वभाव है और जन्मजात अधिकार भी। तुम मुझे इस हक से वंचित क्यों करते हो?"

"तुमने भी तो हिंदी साहित्य पढ़ा है।" मनोज बहस पर उतारू हो जाता है, "हाई स्कूल में अलंकार पढ़ते समय यह पंक्ति जरूर निगाह के नीचे से गुजरी होगी, 'मोहताज नहीं वह जेवरों का, जिसे खूबी खुदा ने दी।' मतलब समझती हो इसका?"

"जी हाँ।" वह इतराती है, "जैसे सौंदर्य किन्हीं आभूषणों का मोहताज नहीं, वैसे ही रससिद्ध काव्य को भी किसी अलंकार का मुँह जोहने की जरूरत नहीं है।"

"वही तो!" मनोज की आँखें चमक उठती हैं, "जब तुम मुझे ऐसी ही पसंद हो, तो फालतू की लीपा-पोती की बात मत सोचा करो।"

वह अकसर ऐसे मौकों पर उसकी पीठ पर एक लाड़ भरा धौल धर देती है, "मक्कार कहीं के! शादी के बाद कहीं मेरे कॉस्मेटिक्स पर पैसा न खर्चना पड़े, इसलिए पहले से ही यह बढ़िया बहाना तलाश रखा है तुमने।"

और दोनों की समन्वित हँसी से कमरा गूँज उठता है।

एक दिन की नहीं, हमेशा की बात है यह। इसलिए आज भी दीपिका ने

साधारण सा ही श्रृंगार किया। पर नामालूम सी साज-सज्जा में ही उसका लावण्य सौगुना हो उठा। अपनी खूबसूरती का यह रहस्य जानती है वह कि मात्र आँखों का श्रृंगार ही उसे अद्वितीय सौंदर्य की स्वामिनी बना देता है। काजल, आई लाइनर व मस्कारा से अपने नयनों को और तीखा, कटीला व मारक बनाने के बाद वह मुसकरा दी। देह पर उसी गुलाबी रंग का सलवार-सूट था, जैसा चौदह साल पहले उर्मिला आंटी की बेटी की शादी के मौके पर उसने पहना था। इसी रंग के सूट पर तो किशोर उम्र का मनोज एकबारगी मर मिटा था!

बेटी की खूबसूरती को नीलिमा ने पल भर नयनों से पिया, फिर संतुष्ट होकर बोली, "जाओ और लौटकर मुझे खुशखबरी सुनाओ।"

दीपिका सिर्फ मुसकरा दी।

कुछ ही देर में अपनी स्कूटी से वह यमुना किनारे उस जगह पहुँच गई, जो प्रेमी-युगल के लिए 'मानसरोवर, सैरगाह' और 'मिलन स्थली' जैसे सांकेतिक नामों से अपनी पहचान रखती थी।

मनोज अपनी महँगी गाड़ी से आया था। गर्मजोशी से मिला। महीने भर फोन न उठाने की वही कैफियत दी, जो पहले भी दे चुका था, "यार, सिर्फ तुम्हें सरप्राइज देने के लिए ऐसा किया। दरअसल अब फोन-वोन पर बात करके मुझे तसल्ली नहीं होती। पूनम के चाँद को प्यार की बौछार से…"

वाक्य पूरा सुने बगैर दीपिका ने उसे परे धकेल दिया। गंभीर कंठ से बोली, "मुझे बेमौसम की बारिश पसंद नहीं है। ज्यादा बरसात से वैसे भी खेतों में खड़ी फसल को नुकसान पहुँचता है। प्यार की बौछार के इस दौर पर भी अब विराम लगना चाहिए।"

मनोज खिसिया गया।

दीपिका को लगा, उसने कुछ ज्यादा ही सख्ती दिखाई है। इतने प्यार से आगे बढ़ रहे अधरों को मधुपान की इजाजत दे ही देती, तो क्या हो जाता? इन्हीं पेंगों के सहारे तो उन दोनों ने अपने प्यार का सावनी झूला इतनी लंबी अवधि तक झूला है। अब एकदम एक झटके से उसे रोक देना, शायद ज्यादती कही जाएगी। बात को सँभालते हुए बोली, "मनोज, सिर्फ मीठी-मीठी बातों से मुझे फुसलाते हो तुम। पूनम के चाँद से इतना ही प्यार है तो उसे हमेशा के लिए अपने आगोश में क्यों नहीं ले लेते?"

"हर काम की मुकर्रर घड़ी होती है।" मनोज मुँह फुलाए हुए बोला।

"वह घड़ी हमारे जीवन में कब आएगी? चौदह साल से यही आश्वासन सुन रही हूँ। सोलह से तीस साल की हो गई। अब क्या उम्र ढलने पर शादी करूँगी?"

"दीपा, आजकल शादी की आम उम्र यही हो गई है। अपने कॅरियर की चिंता में लड़के-लड़कियाँ अमूमन 32-34 के हो जाते हैं और कोई भी अपने को बूढ़ा नहीं समझता।"

"लेकिन हम लोग तो अब उस लाइन में नहीं लगे हैं। जो बनना था, बन चुके। अब शादी के लिए भला क्यों इंतजार करें?"

"जिंदगी के इतने महत्त्वपूर्ण मौके पर मैं परिवार को अपने साथ देखना चाहता हूँ। अधूरी खुशियाँ मुझे हमेशा सालती रहेंगी।"

"यही बात न जाने कब से तुम्हारे मुँह से सुन रही हूँ।"

"पर अब मैंने मम्मी को पटा लिया है। वह तुम्हें अपनी बहू बनाने को तैयार हो गई हैं। पापा को रजामंद करने में लगी हुई हैं। जाहिर है, इंतजार की घड़ियाँ अब बहुत थोड़ी बाकी हैं।" मनोज मुसकराया।

"मम्मी का मान जाना सचमुच तुम्हारी बहुत बड़ी सफलता है।" दीपिका की आँखें चमक उठीं।

"वही तो कहता हूँ मैं। जब नाव तट पर पहुँचने को है तो अधीरता मत दिखाओ। हड़बड़ी मचाकर तुम बना-बनाया काम बिगाड़ दोगी।"

मनोज ने उसे बाँहों में भरते हुए कहा।

दीपिका इस बार उसे परे न धकेल सकी। भीगे कंठ से सिर्फ इतना बोली, "मैंने तुम्हें सच्चे मन से प्यार किया है, मनोज। तुम कहते हो, तो कुछ दिन और धीरज भी धर लूँगी। पर समाज के सामने मेरी माँग में सिंदूर तो भरोगे न?"

"क्यों नहीं।" मनोज ने उसे भुज-बंधन से आजाद कर दिया और हौले से कपोल पर प्रेम-चिह्न अंकित कर दिया। फिर जमीन से एक कंकरी उठाकर पास बहते पानी में फेंकी।

दीपिका पानी में भँवर बनता देखती रही और यकायक निर्णयात्मक कंठ से बोली, "मनोज, मैं कल ही माँ को तुम्हारे यहाँ भेजूँगी।"

"फिर वही हड़बड़ी?" मनोज हँसा, "कहा न, कुछ दिन इंतजार करो।"

दीपिका की आँखें डबडबा आईं।

समझ नहीं सकी—क्या कहे, क्या करे? मनोज के प्यार पर अविश्वास

करने का जी नहीं चाहता। शादी के नाम पर और अधिक ढील देने के लिए भी मन तैयार नहीं होता। सालों से यही एक तराना सुनती आ रही है—इंतजार करो।

पर कितने दिन इंतजार करे ?

कितने वर्ष इंतजार करे ?

माँ के शब्द याद आए, 'डॉ. सिद्धार्थ के फोन ने कंकरी डालकर दरिया के शांत जल में हलचल मचा दी है। अब हमारे निश्चिंत रहने से काम नहीं चलेगा। तुम मनोज से शादी के बारे में साफ-साफ बात करना।'

उसका चेहरा तनावग्रस्त हो उठा।

उसी निर्णयात्मक कंठ से बोली, "जब मम्मी ने हमारी शादी के लिए अनुकूल स्थितियाँ बना ही दी हैं और घर में सिर्फ उन्हीं की चलती है, यह बात तुम मुझे कई बार बता चुके हो, तो दोनों महिलाओं के एक बार मिल लेने में हर्ज क्या है ? मेरी माँ कल तुम्हारे यहाँ पहुँच रही हैं, समझ गए ?"

"देखो दीपा, आजकल मम्मी की तबीयत ठीक नहीं है। वह बीमार चल रही हैं। बीमारी की हालत में अपनी होनेवाली समधिन से मिलना पसंद नहीं करेंगी।" मनोज ने समझाया।

"ठीक है।" दीपिका मान गई।

उठती हुई बोली, "अँधेरा होने लगा है। मैं भी अब चलूँ।··· तुम जयपुर जाने से पहले मिलोगे न ?"

"बिल्कुल।" मनोज ने गर्मजोशी से उसका हाथ दबाया।

आज भी मुलाकात निरर्थक रही थी।

पर दीपिका इस तरह एक बार फिर हाथ में झुनझुना थमाया जाना बरदाश्त नहीं कर सकी। उसने मन-ही-मन कोई फैसला कर लिया था। उसी फैसले के अनुसार अपने घर जाने के बजाय स्कूटी लिये हुए सीधे मनोज के घर कमलानगर पहुँच गई। अपने इस इरादे की भनक उसने मनोज को भी नहीं लगने दी थी। वह अचानक उस घर में पहुँचकर पूरी वस्तु-स्थिति अपनी आँखों से देखना चाहती थी।

पहला झूठ जाते ही पकड़ में आ गया—मनोज की माताश्री बीमार न थीं। अपने सुसज्जित ड्राइंगरूम में पसरकर बैठी हुई गरमागरम समोसे उड़ा रही थीं। परदा खिसकाकर उसे भीतर घुसती देख ऐसी चौंकीं, जैसे कोई भूत देख लिया हो। जुबान लड़खड़ा गई, "तुम ?··· तुम अचानक यहाँ कैसे चली आईं दीपिका ?"

"मनोज से अभी मिली थी। उसने बताया कि आप बीमार हैं। मन न माना तो देखने चली आई।"

"मैं···हाँ···बीमार···" सामने धरी समोसों की प्लेट के साथ अपनी बीमारी का संबंध कैसे जोड़ा जाए, सोच न पाने के कारण देवीजी सकपका गईं।

दीपिका ने कोठी का बहिरंग पहले ही देख लिया था, अब ड्राइंगरूम की आंतरिक सज्जा पर भी एक निगाह डालते हुए मुसकराई, "लगता है, रंग-रोगन अभी कराया है? बहुत फब रहा है।··· पसंद किसकी है?"

"यहाँ सब व्यस्त हैं, पसंद-नापसंद बतानेवाला कोई नहीं है। ठेकेदार ने ही अपने मन से सारा काम किया है।" श्रीमती सुषमा शर्मा ने अब तक स्वयं को काफी सँभाल लिया था, बोलीं, "बैठो, समोसा लो।"

"मम्मी, मैं आपकी होनेवाली बहू हूँ। भले ही समय बहुत बदल गया है, पर हम लोगों के घरों में अभी संस्कारी माहौल है। बैठूँगी बाद में, पहले पाँव छूकर आपसे आशीर्वाद ले लूँ।"

सिर पर दुपट्टा धरकर दीपिका जैसे ही आगे बढ़ी, सुषमा का चेहरा फक पड़ गया। उसे रोकते हुए बोली, "बस-बस, यह सब अभी नहीं। शादी के बाद ही शोभा देगा। अभी हाथ जोड़कर 'नमस्ते' काफी है।"

"मेरा दिल तोड़ेंगी, मम्मी?" दीपिका इतने मीठे-मनुहार भरे कंठ से बोली कि सुषमा को पाँव छुआने पड़े। आशीर्वाद के नाम पर अस्फुट कंठ से क्या फुसफुसाई, यह दीपिका समझ न पाई। पर प्लेट से एक समोसा उठाकर पास पड़ी खाली कुरसी पर बैठती हुई बोली, "मम्मी, घर में कोई आयोजन है क्या? छत-दीवारें, परदे सबकुछ बहुत चमचमा रहे हैं।"

"आयोजन कैसा?" सुषमा ने मुँह बनाया, "कई सालों से कोठी की मरम्मत और रंग-रोगन नहीं हुआ था, इसलिए कराना पड़ा। यों भी, बाल-बच्चों का घर है, छोटा-मोटा मुंडन-छेदन लगा ही रहता है।"

"सही कहती हैं।" दीपिका ने दुबारा समर्थन किया।

तभी नौकर ने बाहर से आकर सूचना दी, "माँजी, फोटोग्राफर आया है। उसे भेज दूँ?"

"कह दो कि घंटे भर बाद आए।" सुषमा झल्ला पड़ी, "तुम्हें दिखाई नहीं देता कि मैं अभी किसी मेहमान के साथ बात कर रही हूँ?"

नौकर सिटपिटाकर लौट गया।

दीपिका मुसकराई, "मैं मेहमान नहीं हूँ, मम्मी।"

"जब तक मनोज के साथ तुम्हारे फेरे न पड़ें, तब तक कोई और रिश्ता कैसे जोड़ा जा सकता है?"

"सही कहती हैं।" दीपिका ने समर्थन किया।

द्वार पर फिर आहट हुई।

इस बार परदा हटाकर मनोज भीतर घुस रहा था। दीपिका के देखते ही उसे जैसे करंट लगा, "तुम यहाँ कैसे? तुम तो अपने घर जाने की बात कहकर उठी थीं?"

"रास्ते में मन बदल गया। ध्यान आया, तुमने मम्मी की बीमारी की बात कही है। सोचा, देखती चलूँ।"

मनोज का भी वही हाल हुआ, जो कुछ देर पहले सुषमा का हुआ था। बीमारी और समोसों की प्लेट के बीच कोई समायोजन न कर सका। फिर भी सफाई देने की कोशिश की, "मम्मी, ये समोसे यदि दीपिका के लिए मँगाए हैं, तब तो कोई बात नहीं। लेकिन तुम खा रही हो, तो गलत है। तुम्हें पिछले कई दिन से बुखार चल रहा है। उसके उतरते ही बदपरहेजी शुरू कर दोगी, तो कैसे काम चलेगा?"

दीपिका समझ गई कि हजरत सिर्फ अपने झूठ पर लीपा-पोती की कोशिश कर रहे हैं। इनकी मम्मी न बीमार थीं और न हैं। उसकी माँ मिलने न आए, इसलिए यह झूठ गढ़ा गया था।

जितना कुछ उसे देखना-जानना था, जान चुकी थी। उठ खड़ी हुई और बोली, "अच्छा मम्मी, चलती हूँ। आप अपनी सेहत का ध्यान रखिए। मौसम बदल रहा है, सावधानी जरूरी है।"

मनोज उसे छोड़ने गेट तक आया।

उसके अचानक यहाँ मिल जाने पर अभी तक असहज बना हुआ था। स्कूटी रवाना होने तक खामोश खड़ा रहा। वह भी चुप रही। मानस में गहरा झंझावात लिये वापस लौटी।

रास्ता कैसे कटा, दीपिका को नहीं मालूम। घर पहुँचकर स्कूटी खड़ी की और माँ के पास जाकर मुँह लटकाए हुए खड़ी हो गई।

नीलिमा ने सरसरी निगाह डालकर ही बेटी की मनोस्थिति समझ ली। फिर भी पूछा, "मनोज मिला?"

"हाँ।"

"शादी के नाम पर क्या बोला?"

"वही पुरानी बात।... इंतजार।"

"तुझे क्या लगा, डॉ. सिद्धार्थवाली बात सच है?" नीलिमा के माथे पर चिंता की गहरी लकीरें खिंच गईं।

"निश्चयपूर्वक कुछ नहीं कहा जा सकता, माँ।" दीपिका एक ठंडी साँस भरकर बोली और धीरे-धीरे सबकुछ बताती चली गई।

मम्मी की बीमारी का झूठ गढ़ने की क्या जरूरत थी, यह बात उसकी समझ में नहीं आई थी। कोठी की नई दुलहन जैसी साज-सज्जा उसे बेतरह खटकी थी। सबसे बड़ी बात, नौकर ने फोटोग्राफर के आने की सूचना दी थी, जिसे उस समय विदा करके दुबारा आने के लिए कह दिया गया था। यह सारी स्थितियाँ किस दिशा में संकेत कर रही हैं, यह बात सोचते हुए दीपिका का मन रह-रहकर आशंकित हो रहा था।

उसने व्याकुल होकर नीलिमा के दोनों हाथ पकड़ लिये, "तुम ही कुछ कहो, माँ। तुम्हारा दिल क्या कहता है?"

नीलिमा ने शून्य में दृष्टि गड़ा दी, "ऐसी बातों में अनुमान से काम नहीं चलता, ठोस जानकारी जरूरी है।"

"ठोस जानकारी हमें कैसे मिलेगी? किससे मिलेगी?" दीपिका की बेचैनी बढ़ गई।

"देखो बेटी, इस वक्त रात काफी हो गई है। तुम्हें सुबह तक धैर्य धरना पड़ेगा। इसी शहर में रहनेवाले मनोज के कुछ नजदीकी रिश्तेदारों के फोन नंबर मेरे पास हैं। कल इतवार है। सब घर पर रहेंगे। सुबह नौ-दस बजे के करीब उनसे संपर्क करने की कोशिश करूँगी।" नीलिमा बोली।

"माँ, सच कहती हूँ कि मैं रात भर बेचैन रहूँगी। क्या तुम इस समय किसी एक जगह भी बात नहीं कर सकती हो?"

माँ ने पल भर बेटी का चेहरा देखा।

मन पता नहीं कैसा तो भीगा-भीगा हो गया।

इस बच्ची का मुँह देखकर उसने पति के चिर-वियोग को सहा है। इसी का चेहरा देखकर भरी जवानी में किसी दूसरे पुरुष का हाथ न थामने का संकल्प लिया है। इसी पर अपनी जिंदगी की सारी खुशियाँ केंद्रित कर रखी हैं। न, इसे वह रात्रि-जागरण का कष्ट नहीं उठाने देगी। मनोज के बारे में कम-से-कम अपनी चचेरी

बहन उर्मिला से तो इसी समय बात कर सकती है। आखिरकार उसी की बेटी के विवाह-समारोह के दौरान मनोज और दीपिका की पहली मुलाकात हुई थी।

नीलिमा ने मोबाइल पर उर्मिला से लंबी बात की। दीपिका उतनी देर अकुलाया हृदय लिये माँ का चेहरा देखती रही।

अंततः वार्त्तालाप खत्म हुआ।

मोबाइल का स्विच ऑफ किया गया।

दीपिका ने उत्कंठित होकर पूछा, "उर्मिला मौसी ने क्या बताया?"

नीलिमा मुसकराई, "मनोज के घर के किसी समारोह की उर्मिला दीदी के पास कोई सूचना नहीं है।"

"इसका मतलब है," दीपिका ने स्वस्ति की साँस लेते हुए कहा, "हाल-फिलहाल वह कहीं और शादी करने नहीं जा रहा है।"

"हाँ।" नीलिमा बोली, "दीदी बता रही थीं कि आज दोपहर में इत्तेफाक से मनोज की सगी ताईजी से उनकी मुलाकात हुई थी। देर तक बातें होती रहीं। बातचीत के दौरान मनोज के घर का जिक्र भी आया। यदि कोई कार्यक्रम हो रहा होता, तो उसकी ताई न बतातीं? ब्याह-शादी जैसे काम नजदीकी रिश्तेदारों से छिपाकर थोड़े ही किए जाते हैं।"

"सच बात है।" दीपिका का चेहरा खिल गया।

"बिटिया रानी, खाना हमारा इंतजार कर रहा है। बातों से अगर पेट भर गया हो, तो भोजन के बारे में भी सोच लो।" नीलिमा बोली।

दीपिका मुसकराई और भोजन के लिए उठ खड़ी हुई।

□

खाना खाकर बिस्तर पर लेटते ही फिर वही 'तेरी कुड़माई हो गई?' 'धत्!' वाली शैली में शुरू होनेवाली अपनी प्रेम-कथा दीपिका की पलकों पर दस्तक देने लगी।

उसे लगा, मानना पड़ेगा कि मनोज शुरू से ही बहुत व्यवहार-कुशल लड़का रहा। जानता था कि कॉलेज के गेट पर लड़की से ज्यादा दिन चोरी-छिपे नहीं मिला जा सकता। एक बार प्रतिबंध लग गया, तो फिर बात उसी जगह खत्म कर देनी पड़ेगी। बेहतर है कि···

एक रविवार चेहरे पर ढेर सारी मासूमियत पोते हुए वह लड़की के घर आया था। सद्यःस्नाता किशोरी ने लंबे केशों से मोती टपकाते हुए द्वार खोला था।

अतिथि को देखकर लड़की की माँ ने पहले तो पूरी उदासीनता जतलाई, पर फिर उसके मिठबोले स्वभाव पर रीझे बिना न रही। नतीजा यह हुआ कि उस घर से हलवा और पकौड़ियों का भरपेट नाश्ता करके ही मनोज उस दिन विदा हुआ था।

आने का क्रम लगातार चलता रहा।

उस किशोरवय में सिर्फ मैत्री का लोभ था उसे। 'शरीर' यदि कहीं रहा भी होगा, तो उसने जाहिर नहीं किया। लड़की यों भी इतनी मासूम और भोली थी कि चिड़ियों को दाना डालने, भिखारी की झोली में कटोरी का आटा उँड़ेलने और ट्रांजिस्टर पर मनपसंद गाना सुनकर उसके संग आवाज मिलाने जैसे शौकों में जीती थी। मनोज अगर उसे दैहिक प्यार का ककहरा पढ़ाने की कोशिश करता, तो ऐसी बिदकती कि फिर कभी हाथ तक न धरने देती। सबसे पहले माँ के कानों तक सारा प्रकरण पहुँचाती और उसका अंजाम 'प्रवेश निषेध' के रूप में मिल सकता था, इसलिए मनोज ने ऐसी कोई गलती नहीं की। यों भी रिश्तेदारी का मामला था। दोनों एक ही शहर के निवासी थे और हँसने-बोलने तक स्वयं को सीमित रखकर मेल-जोल को लंबा खींचा जा सकता था। यही समझदारी दिखाते हुए मनोज कभी चक्की तक ले जाकर आंटी के घर का आटा पिसवा लाता, कभी चौराहे से आलू-प्याज खरीद लाता, कभी चौराहे की पंसारी की दुकान से उनकी रसोई के लिए हल्दी-धनिया की पुड़िया बँधवा लाता। ये छोटे-छोटे आराम उसकी नीलिमा आंटी को इतने सुखदायी लगते थे कि मनोज उनकी बेटी से ज्यादा उन्हीं का चहेता बन गया था। इस सेवा के बदले मेवा मिलनी लाजिमी थी। वह लड़की के साथ मधुर नोक-झोंक के रूप में मिलती। मनोज जूझता रहता, "आंटी, बड़ावाला आम मुझे चाहिए। देखिए, दीपा ने उसे उठा लिया है।"

नीलिमा बीच-बचाव करती। मुसकराती, "कितना झगड़ते हो तुम दोनों!"

शायद यही 'लरिकाई कौ प्रेम' था, जिसे कालांतर में पक्का होना ही था। उस पर मनोज के प्रयास भी इसी दिशा में रहे। अकारण किसी के यहाँ हर रविवार को पहुँच जाना अशोभनीय लगता, इसलिए उसने अंग्रेजी पढ़ाने का बहाना तलाश लिया। हिंदी माध्यम के विद्यालय में पढ़नेवाली लड़की अंग्रेजी में निहायत बोदी थी। मनोज ने उसकी माँ को पट्टी पढ़ाई, "आंटी, आजकल अंग्रेजी का जमाना है। पहले ही आप इसे हिंदी स्कूल में पढ़ा रही हैं, उस पर विषय भी बहुत घिसे-पिटे दिलाए हैं। आप ही सोचिए, आगे चलकर इसका भविष्य क्या होगा?"

नीलिमा रुआँसी हो उठी, "तुम तो हमारे घर की हालत जानते हो, बेटे। एक

मामूली स्कूल मास्टरनी पहले ही अपनी बेटी के लिए औकात से ऊपर कर रही है। अब अंग्रेजी न आने की कमी दूर करना उसके बस की बात नहीं।"

"आप चिंता क्यों करती हैं, आंटी?" वह हँस पड़ा था, "मैं जो हूँ! इसकी अंग्रेजी की जड़ इतनी मजबूत कर दूँगा कि आगे चलकर किसी प्रतियोगी इम्तिहान को निकालने में कोई दिक्कत न आए। आप देखना, सिर्फ झिझक खोलने की जरूरत है। अगर एक बार इसके भीतर अंग्रेजी में बात करने का आत्मविश्वास जाग उठा, तो धड़ल्ले से बोलना शुरू कर देगी।"

"तुम्हारा यह अहसान मैं जिंदगी भर नहीं भूलूँगी बेटा।" नीलिमा गद्गद हो उठी थी।

"ऐई दीपा, इसी बात पर अपने गुरुजी को एक कप इलायचीवाली चाय नहीं पिलाओगी क्या?" मनोज के आत्मीय कंठ की फरमाइश निकली थी और इस फरमाइश में नीलिमा ने सोत्साह गरमागरम समोसे मँगाकर उल्लास के रंग भर दिए थे।

किशोरवय के गुरु-शिष्या।

अध्येता से अधिक अध्यापक में ज्ञान-दान की चाह।

पढ़ते-पढ़ते शिष्या अचानक चौंककर दौड़ पड़ती, "नल में पानी आ गया है। जल्दी से खाली बाल्टियाँ भर लूँ, वरना आसपास के सभी लोग पानी लेने लगेंगे, तो हमारे यहाँ पानी आना बंद हो जाएगा।"

गुरुजी खीझते, "तुम्हारा ध्यान ग्रामर सीखने के बजाय पानी आने की तरफ क्यों रहता है? ऐसी लापरवाह रहोगी, तो सीख चुकीं अंग्रेजी!"

शिष्या मुसकराती, "गला सूखने पर घड़े का पानी ही काम देगा, तुम्हारी ग्रामर नहीं।"

मनोज शिकायत करता, "देखिए आंटी, इससे कहिए कि पढ़ाई के समय सिर्फ पढ़ाई पर ध्यान दिया करे। इसके कान मेरी बात सुनने के बजाय गली से निकलती गोलगप्पों की ठेली पर लगे रहते हैं।"

"ले आऊँ गोलगप्पे? ठेलीवाला निकल रहा है।" शिष्या शोखी से मुसकराती।

गुरुजी हथियार डाल देते, "आंटी, इस शैतान लड़की को पढ़ाना मेरे बस की बात नहीं है। मैं तो चला।"

फिर भी पढ़ाई चली और सचमुच संजीदगी से चली। लड़की कुछ ही दिनों में अंग्रेजी के छोटे-छोटे वाक्य बोलना सीख गई। मनोज का उत्साह बढ़ा और वह

हिंदी के बजाय अंग्रेजी में ही उससे बात करने लगा।

सचमुच कभी-कभी बड़े मजेदार क्षण भी आ जाते थे।

अंग्रेजी का सही शब्द न तलाश कर पाने पर लड़की अपने अंग्रेजी वाक्य में उसकी जगह हिंदी शब्द ठूँस देती और पूरे वाक्य का ऐसा कुल्फी-फालूदा बनता कि खुद ही हँस-हँसकर दोहरी हो जाती। पर अपनी पढ़ाई और नौकरी के लिए अंग्रेजी की अहमियत जानती थी वह, इसलिए हँसी-ठिठोली के बावजूद संयोग से हस्तगत हुए इस अवसर का पूरा लाभ उठा लेना चाहती थी। इंटर की परीक्षा पास करते-करते उसका अंग्रेजी बोलने का अभ्यास इस स्तर का हो गया था कि किसी के सामने असहज होने की नौबत नहीं आती थी।

इसे लेकर माँ-बेटी दोनों ही मनोज की शुक्रगुजार थीं।

इंटर पास करने के बाद मेडिकल की प्रवेश परीक्षा की कोचिंग लेने के लिए मनोज कोटा चला गया। लड़की ने एक स्थानीय महाविद्यालय में बी.ए. प्रथम वर्ष में प्रवेश ले लिया। एक वर्ष के कोटा-प्रवास के बाद जब वह कोचिंग पूरी करके आगरा लौटा, तो लड़की को देखकर चकित रह गया, "दीपा, तू तो साल भर में ही एकदम बदल गई!"

लड़की ने लजाकर आँखें झुका लीं।

नीलिमा मुसकराई, "पहले रोज देखते थे, इसलिए बदलाव पता नहीं चलता था। अब पूरे बरस भर बाद देखा तो फर्क महसूस हुआ। मुझे भी तुम एक साल में काफी लंबे दिखाई दिए। नजर न लगे, चेहरा-मोहरा भी आकर्षक हो गया है।"

मनोज मुसकराया, "आंटी, बच्चों को अपने परिवारजनों की नजर नहीं लगती है।"

"प्रवेश परीक्षा हो गई? कैसे रिजल्ट की उम्मीद है?" नीलिमा ने पूछा।

"क्या कहूँ, अपनी ओर से तो मेहनत करने में कोई कसर छोड़ी नहीं है। अब इसी सप्ताह नतीजा भी आ जाएगा। जो कुछ स्याह-सफेद किया है, पता चल जाएगा।" मनोज मुसकराया।

"ऐसा क्यों कहते हो? मेहनत से पढ़े हो तो अच्छा ही परिणाम मिलेगा।" नीलिमा ने हौसला बढ़ाया।

सचमुच बहुत अच्छी रैंक निकाली थी मनोज ने। मनचाही जगह उसे प्रवेश मिल सकता था। आगरा के एस.एन. मेडिकल कॉलेज को ही उसने अपनी डॉक्टरी की पढ़ाई के लिए चुना। जिस दिन चयन हुआ, मिठाई का डिब्बा लेकर लड़की के

यहाँ आया। पहले सीधे रसोईघर में जाकर नीलिमा के सामने खुला डिब्बा बढ़ाया, "आंटी, मुँह मीठा कीजिए। मेरा यहीं मेडिकल कॉलेज में दाखिला हो गया है।"

"वाह, यह बहुत अच्छा रहा।" नीलिमा मुसकराई और एक लड्डू उठाकर मुँह में धर लिया।

"दीपिका कहाँ है?" मनोज ने पूछा, "उसका मुँह भी मीठा करा दूँ।"

"कॉलेज से लौट आई है। अपने कमरे में होगी। वहीं जाकर दे आओ।" नीलिमा व्यस्त भाव से बोली और सब्जी छौंकने लगी।

मनोज ने कमरे में जाकर देखा, लड़की कुछ गुनगुनाती हुई खुली खिड़की के पास खड़ी है।

मिठाई का डिब्बा मेज पर रख, उसमें से एक लड्डू निकालकर मनोज आगे बढ़ा, "ऐई दीपा, बाहर किसे देख रही हो? मैं यहाँ हूँ।"

"तुम कब आए?··· और यह लड्डू किस खुशी में?" लड़की मुसकरा दी।

"अभी आया हूँ। और लड्डू है यहीं शहर के मेडिकल कॉलेज में एडमीशन हो जाने की खुशी में।" मनोज ने आगे बढ़कर लड़की के मुँह में समूचा लड्डू ठूँसते हुए कहा। अगले ही पल उसे बाँहों में बाँध, कपोल पर अपना प्यार अंकित करते हुए भाव-विभोर कंठ से बुदबुदाया, "आई लव यू!"

लड़की के मुँह में भरा लड्डू।

लड़की के सर्वांग में दौड़ती सिहरन।

लड़की की आँखों में उमड़ता लाज का सैलाब।

मनोज ने पल भर ठिठककर पूछा, "तुम्हें बुरा लगा।"

"उहूँ।" लड़की ने अपना सिर दाएँ-बाएँ हिलाया और दोनों हथेलियों में मुँह छिपाकर वहाँ से भाग खड़ी हुई। सीधे माँ के पास पहुँची, तो नीलिमा उसके चेहरे का बदला हुआ रंग देखकर चौंकी, "क्या हुआ? इतनी बदहवास क्यों है?"

पीछे-पीछे वहीं आ पहुँचा मनोज घबरा गया, मुँह से कुछ-का-कुछ निकाल तो न देगी यह दीपिका?

पर लड़की उसी शर्मसार चेहरे से बोली, "माँ, खुद ही देखो अपने लाड़ले की करतूत। इसने समूचा लड्डू मेरे मुँह में ठूँस दिया। अभी साँस रुक जाती तो?"

नीलिमा हँस दी, "वह सेर तो तू सवा सेर। जरा से लड्डू से इतनी बेहाल हो गई? अरी, अब तो तुझे आए दिन इसके ऐसे ही अत्याचार झेलने होंगे। साल भर बाद फिर यहीं लौट आया है न!"

उस दिन लड़की हवा के पंखों पर सवार होकर घंटों बादलों के देश में घूमी थी। चंदा ने उसकी अगवानी की थी, सितारों ने उसकी माँग भरी थी और परियों के नन्हे बच्चों ने स्वागत-गान सुनाया था। जिंदगी की वीरान डगर में किसी के प्यार की पहली पदचाप पड़ते ही एकबारगी बौरा गई थी। वर्षा की पहली फुहार जैसे इस तरल-सजल सुख को खुली पलकों से निहारे या बंद पलकों में मूँद ले, सोच नहीं पा रही थी। मनोज के शब्द रह-रहकर किसी सरिता के कल-गान की तरह कानों में बज रहे थे, 'आई लव यू।' वह सोच नहीं पा रही थी कि प्यार क्या सचमुच इतना मधुर, इतना मदिर और इतना कशिश भरा होता है?

आज पहली बार जिंदगी में माँ से कोई बात छिपाई थी उसने। लाख चेष्टा करने पर भी जुबान खुल नहीं पाई थी। जिंदगी के इस नए इंद्रधनुषी सुरूर से जब लाख चाहते हुए भी माँ को नहीं जोड़ सकी, तो स्वयं को समझाया, 'कहीं यह मनोज का क्षणिक भावावेग ही हुआ तो बात को अनावश्यक तूल देने से क्या फायदा? हाँ, यदि यह प्रणय-राग निरंतर बजा तो माँ को कभी भी बता देगी।'

वह अवसर भी जल्दी ही आ गया।

सप्ताह बीतते-न-बीतते, एकांत पाकर मनोज बोल पड़ा, "दीपा, तुम लड़कों के साथ पढ़ रही हो। तुम्हारे इस अनिंद्य रूप पर कोई सहपाठी मर मिटा, तो तुम उसकी तरफ आकर्षित मत हो जाना। हमेशा ध्यान रखना, तुम मेरी अमानत हो। पढ़ाई पूरी होते ही और नौकरी लगते ही तुम्हें अग्नि को साक्षी बनाकर अपने घर ले जाऊँगा।"

"सच कहते हो?" लड़की ने पुलकते कंठ से पूछा था।

"वादा करता हूँ, यकीन करो।" मनोज ने दुबारा गुलाब की पँखुड़ियाँ चूम ली थीं।

उस दिन लड़की ने माँ को सारी बात बता दी।

नीलिमा गंभीर हो उठी, "हमारे और उसके स्तर में बहुत अंतर है। क्या उसका परिवार तुम्हें अपने घर की बहू बनाने को तैयार होगा?"

"यदि मनोज ने प्रण किया है तो वह अपने शब्दों पर टिकेगा। आर्थिक दृष्टि से स्वावलंबी हो जाने के बाद उसे परिवार की सहमति की कोई विशेष चिंता नहीं रहेगी।"

"मुझे लगता है कि अब हमें उसके साथ एक दूरी बनाकर रहना चाहिए।" नीलिमा गंभीर हो उठी।

"कैसी उलटी बात करती हो माँ!" लड़की तुनक उठी, "जब उसने मुझे अपनाने की बात कही, तो तुमने दूरी की बात शुरू कर दी।"

"बचपन के निश्छल लगाव पर मैंने कभी प्रतिबंध नहीं लगाया।" नीलिमा की गंभीरता बरकरार रही, "लेकिन अब उसका तुझे देखने का नजरिया बदल गया है। मेरे लिए इससे ज्यादा खुशी की बात और क्या हो सकती है कि अपनी बेटी के लिए इतने बड़े घर का सजातीय और सुयोग्य वर मिलने जा रहा है। पर क्या वह अभी शादी करने को तैयार है? यदि नहीं, तो सात-आठ साल के लंबे अध्ययन काल में क्या आग और फूस का साथ-साथ रहना उचित है?"

"माँ, तुम ऐसी दकियानूसी बातें करके मुझे गुस्सा मत दिलाओ।" लड़की और ज्यादा तमतमा उठी, "पराए लड़के पर भरोसा करो या मत करो, तुम्हारी इच्छा! पर अपनी जन्म दी हुई बेटी पर तो भगवान् के लिए ऐसा अविश्वास मत करो। क्या तुम्हें मैं कोई कुतिया…"

अपमान-बोध से लड़की की आँखों में आँसू भर गए थे। पर नीलिमा वैसे ही सख्त बनी रही, "दो पीढ़ियों की सोच में फर्क होना लाजिमी है। मैं अभी भी अपनी बात पर टिकी हूँ कि शादी का मन बना लेने के बाद उसे आए दिन इस देहरी पर नहीं खड़ा रहना चाहिए।"

"ठीक है। मैं उससे कह दूँगी।" लड़की तमतमाई हुई वहाँ से उठ गई।

नीलिमा के कथन को मनोज ने बड़े सहज रूप में लिया। तत्काल बोल पड़ा, "आंटी ठीक कहती हैं। शादी से पहले तुम्हारे घर के रोज चक्कर काटना मुझे शोभा नहीं देगा, लेकिन उन्हें इस बात की ज्यादा चिंता नहीं करनी चाहिए। अपनी-अपनी पढ़ाई के बोझ और तनाव के चलते हमारे पास रोज मुलाकातों की फुरसत ही कहाँ है?"

"वही तो।" लड़की बोली, "हम लोग बड़े हैं, समझदार हैं। हीर-राँझावाला प्यार का युग अब नहीं रहा है। कॅरियर बनाने की चिंता के चलते महीने-दो महीने में एक बार हमारा मिलना-जुलना हो सकेगा।"

"वह तो शादी की बात मैंने इसलिए तुम्हारे कान में डाल दी थी, ताकि किसी और को हामी न भर दो।" मनोज ने सफाई दी।

उसकी आशंका गलत न थी।

पहली मुलाकात के समय की सोलह साल की अज्ञात यौवना को अब उन्नीस साल की उम्र में अपने अद्वितीय रूप-लावण्य का बखूबी भान हो गया

था। सहशिक्षा के दौरान न जाने कितने सहपाठी उसके पीछे लग गए थे। उसकी एक झलक देखने के लिए, उससे दो बातें करने के लिए और उसकी मारक मुसकान पर न्योछावर होने के लिए प्राणपण से बिछे रहते थे। पर अपनी विधवा माँ के मित्रवत् व्यवहार के चलते वह दुनिया की स्वार्थी चालों को इतनी अच्छी तरह समझ गई थी कि किसी झाँसे में आने का सवाल ही नहीं उठता था। वह सिर्फ पढ़ने के लिए कॉलेज आती थी और पढ़कर चुपचाप घर लौट जाती थी। लड़कियों से दोस्ती करने में उसे कोई परेशानी न थी, पर कक्षा में कोई लड़की उसके स्तर की थी ही कहाँ?

ज्यादातर छात्राएँ ऐसी फैशन-पुतलियाँ थीं, जो क्लास बंक करके राजामंडी बाजार में या उसके निकट स्थित भारत टॉकीज में घुस जाना पसंद करती थीं। राजामंडी बाजार का आकर्षण इन कॉलेज छात्राओं के लिए सिर पर चढ़कर बोलनेवाला जादू था। गोलगप्पों की ठेली के पास खड़े हो गए, तो चटपटे स्वाद के चटखारे लिये। और अगर आलू की टिक्की का दोना थाम लिया, तो कुरकुरे स्वाद के साथ खटमिट्ठी चटनी ने मजा दे दिया। यह नहीं, तो आइसक्रीम है, कोल्ड ड्रिंक है और हवाखोरी के लिए जनरल स्टोर की तमाम दुकानों की ताक-झाँक तो है ही। कहीं भी खड़े होकर लिपस्टिक के शेड्स और बाजार में नई उतारी गई कॉस्मेटिक्स की रेंज निहारी जा सकती है। ऐसी लड़कियों के साथ न रुचि के स्तर पर उसका मेल था और न जेब ही उनके संग-साथ की अनुमति देती थी। इस 'पढ़ाकू' को वे सब भी कब पसंद करती थीं? आमना-सामना होने पर मुँह बिचकाकर अपने रास्ते चल देती थीं। ऐसे में पुराना दोस्त मनोज पूरे साल भर बाद जब सामने आया तो लड़की की बांछें खिल गईं।

और अब तो रिश्ता सिर्फ दोस्ती तक सीमित नहीं रहा था। प्यार का इजहार और शादी का वादा करके मनोज उसकी जिंदगी में खासमखास जगह बना चुका था। माँ ने ज्यादा घर आने पर प्रतिबंध लगा दिया, तो क्या हुआ! शहर में उठने-बैठने के लिए और भी बहुत सी जगहें थीं।

लड़की घर आकर बताती, "माँ, मनोज आज मुझे 'कोहिनूर कॉफी हाउस' ले गया था। घंटे भर मेरे साथ रहा।"

"कोई खास बात कह रहा था?" नीलिमा पूछती।

"खास क्या?" लड़की मुसकरा देती, "हजरत पढ़ाई के बोझ का ही रोना रोते रहते हैं। मैंने तो कह दिया, मेहनत से पढ़ाई करो। कल को मरीजों की जिंदगी

के साथ कोई खिलवाड़ किया, तो डॉक्टरी के पेशे पर कलंक लगेगा।"

"मेहनती लड़का है।" नीलिमा रीझ जाती, "एक साल में ही मेडिकल प्रवेश परीक्षा इतनी अच्छी रैंक के साथ पास की है।"

कभी महीना-दो महीना मुलाकात न होती, तो लड़की अकुला जाती। मनोज जैसी आशंका उसके मन में भी जागती थी, साथ पढ़नेवाली किसी लड़की को कहीं श्रीमानजी ने पसंद तो नहीं कर लिया है? इसी आशंका के चलते एक दिन वह सीधे मेडिकल कॉलेज पहुँच गई। संयोग की बात, मनोज उस समय किसी सहपाठिनी के साथ कैंटीन में चाय पी रहा था। लड़की की यह हालत कि कलेजे में गहरी धुकधुकी मचने लगी। मनोज ने परिचय कराया, "दीपिका, इनसे मिलो। यह रीमा हैं, मेरी सहपाठिनी।··· और रीमा, यह दीपिका मेरी बचपन की दोस्त हैं।"

'हाय-हैलो' के बाद दीपिका जल्दी ही वहाँ से लौट आई। मनोज ने शाम चार बजे 'कोहिनूर' में मिलने का आश्वासन दे दिया था।

शाम को जब मुलाकात हुई तो लड़की की बड़ी-बड़ी कजरारी आँखों में आँसू छलक उठे, "तुम वहाँ पढ़ाई करते हो या लड़कियों के साथ यारी निभाते हो?"

"यार, यारी तो तुम्हारे साथ ही निभाता हूँ।" मनोज शरारत से हँसा, "सहपाठिनी के साथ एक कप चाय पीना भी कोई गुनाह है क्या?"

"बिल्कुल गुनाह है।" लड़की बरस पड़ी, "आज चाय पी है, कल सिनेमा देखोगे, परसों···"

"बस-बस, आँसू रोको।" मनोज ने याचना की, "यहाँ कॉफी हाउस में बाढ़ आ गई तो तहलका मच जाएगा।"

"सच-सच बताओ, वह सिर्फ सहपाठिनी है, कुछ और तो नहीं?"

"नहीं बाबा, नहीं।" मनोज ने हाथ जोड़ दिए।

"और मुझे अपनी बचपन की दोस्त क्यों बताया? होनेवाली पत्नी नहीं बता सकते थे?" लड़की ने आँखें तरेरीं।

"सोलह साल से ज्यादा की नहीं लगती हो। भावी पत्नी बता देता, तो नाबालिग लड़की को शादी के लिए पटाने की तोहमत लग जाती। जेल की हवा खानी पड़ जाती।"

लड़की मुसकरा दी।

यह घटना भी घर लौटकर उसने माँ को बताई थी।

तभी एक दिन···

□

अचानक मोबाइल की घंटी बजी, तो अतीत की यादों में डूबी दीपिका चिहुँक उठी।

मनोज का फोन था।

पूछ रहा था, "सो गई थीं क्या?"

"नहीं। सोने के लिए लेट गई थी। नींद अभी नहीं आई है।"

"दरअसल यह फोन करने का समय नहीं है। काफी रात हो गई है, फिर भी…"

"कोई बात नहीं। बताओ, क्यों फोन किया?"

"तुम तो अपने घर जाने की बात कहकर उठी थीं, फिर मेरे यहाँ कैसे पहुँच गईं? तुम्हें वहाँ देखकर एकदम बड़ा अजीब-सा लगा।" मनोज का कंठ शिकायती था।

दीपिका शांत रही, "तुमने मम्मी के अस्वस्थ होने की बात कही थी। मुझे लगा, उनका कुशल-समाचार पूछना मेरा फर्ज है, इसलिए चली गई।"

"मम्मी को तुम्हारा इस तरह मुँह उठाए यकायक चला आना अच्छा नहीं लगा। कह रही थीं, शादी की बातचीत लगभग तय है, होनेवाली बहू को थोड़ी मर्यादा बरतनी चाहिए।"

"सॉरी।… अब सावधान रहूँगी।"

"कम-से-कम इधर दस-पंद्रह दिन ध्यान रखना। संभावना है कि तब तक पापा भी रजामंद हो जाएँगे।"

"ओ.के.।"

"गुड नाइट डार्लिंग।" मनोज की आवाज अब सहज थी। उसका गुस्सा दूर हो चुका था।

नीलिमा भी शायद अभी तक सोई नहीं थी। कमरे की चौखट पर आकर पूछने लगी, "मनोज का फोन था?"

"हाँ।"

"असमय फोन करने की क्या जरूरत पड़ गई? तुझे नींद से जगा दिया।"

"उसे मेरा घर पर पहुँचना खल गया था। इसी बात की शिकायत कर रहा था।"

"डॉ. सिद्धार्थ के फोन से हम लोग किस कदर परेशान हो गए, यह जानता होता तो शिकायत करना भूल जाता।" नीलिमा झुँझला गई।

"छोड़ो माँ। तुम सोओ जाकर। यह सब तो चलता ही रहता है।" दीपिका ने समझाया।

नीलिमा चली गई।

दीपिका एक बार फिर उन्हीं बीते दिनों की याद में डूब गई, जब वह बी.ए. द्वितीय वर्ष की छात्रा थी और मनोज डॉक्टरी के पहले वर्ष में पढ़ रहा था।

वक्त बीतते देर नहीं लगती।

उसने बी.ए. फाइनल ईयर की परीक्षा दे दी थी। मनोज ने मेडिकल कॉलेज के दूसरे वर्ष की पढ़ाई खत्म होते ही हॉस्टल में कमरा ले लिया। बहाना था, घर पर रहकर एकाग्र भाव से पढ़ाई नहीं हो पाती, पर सच सिर्फ वही दोनों जानते थे। यानी लड़का और लड़की।

हुआ यह था कि एक रात फूड प्वाइजनिंग की वजह से लड़की की माँ की अचानक मरणासन्न हालत हो गई। उसने पड़ोस के घर से फोन करके मनोज को सूचना दी। वह तत्काल आया और एंबुलेंस से मरीज को फौरन इमरजेंसी पहुँचाया। सभी डॉक्टर उसके परिचित थे। अपने प्रभाव का इस्तेमाल करते हुए उसने बेहतर-से-बेहतर इलाज कराया और मरीज को मौत के मुँह से बाहर निकाल लिया। इसके बाद एक प्राइवेट वार्ड में उसे शिफ्ट करने के बाद ही सुकून की साँस ली।

माँ-बेटी को उसके इस सहयोगी रवैए पर अभिभूत होना ही था।

रात आधी से ज्यादा बीत चुकी थी।

वह बोला, "दीपा, अब मैं चलता हूँ। तुम्हें यहीं आंटी के पास रात को रहना है।"

"थोड़ी देर ठहरो। मैं घर से कुछ जरूरी सामान ले आऊँ। सुबह उठते ही टूथपेस्ट, ब्रश-साबुन वगैरह की जरूरत पड़ेगी।" लड़की बोली।

"मेरे साथ चलो। गाड़ी से तुम्हारा यह काम करा दूँगा। इस वक्त ऑटो कहाँ तलाशोगी?"

"माँ तब तक अकेली रहेंगी?"

"नहीं। मैं नर्स से कह देता हूँ, वह रहेगी।"

लड़की एक बार फिर मनोज के अहसान तले दब गई।

ताला खोलकर वे दोनों घर के भीतर घुसे। लड़की शायद माँ की आकस्मिक बीमारी से इतनी हतप्रभ हो उठी थी कि एकांत पाते ही आकुल होकर मनोज से चिपट गई और आँसू बहाते हुए बोली, "यदि आज तुम नहीं होते तो तय था कि मैं अपनी माँ को हमेशा के लिए खो देती। सिर्फ घंटे भर में एकदम मरणासन्न हाल में पहुँच गई थी वह। यदि मैं सुबह दवा-दारू की बात सोचती, तो तब तक सारा खेल ही खत्म हो जाता।"

हिचकियों में रोती हुई लड़की।

उन्मादिनी जैसी उसकी अवस्था।

अपने प्राणरक्षक के लिए उसके रोम-रोम में भरी कृतज्ञता। सच, वह किसी हाल में उसे छोड़ने को तैयार न थी। मनोज ने सप्रयास उसे अपने से अलग किया। हँसकर बोला, "ऐई दीपी, पागल हुई है क्या? तेरे सामने ही तो डॉक्टर ने आंटी के खतरे से बाहर होने की बात कही है। फिर इतनी व्याकुलता किसलिए?"

"अगर तुम मेरा फोन पाकर तुरंत न आए होते, तो क्या होता?" लड़की ने खुद को सँभालते हुए कहा।

"मैडम, आपका फोन मेरे लिए अहमियत रखता है। आता कैसे नहीं? मैंने तुरंत एक फोन एंबुलेंस के लिए किया। दूसरा इमरजेंसी में करके फूड प्वाइजनिंग के मरीज को लाने की सूचना दी। इससे जरूरी दवाइयाँ फौरन मिल गईं। कभी-कभी ऐन वक्त पर किसी खास जीवनरक्षक दवा का न मिल पाना मरीज के लिए घातक हो जाता है।"

"मनोज, तुमने हमारे लिए, एक गैर के लिए इतना किया, जो आमतौर पर लोग अपनों के लिए भी नहीं करते हैं।"

"किसने कहा कि तुम लोग गैर हो? मैं तुमसे शादी का वादा कर चुका हूँ और तुम मुझे अभी तक अपना नहीं मानती हो?"

"सॉरी मनोज। तुम मेरे बहुत-बहुत अपने हो।" लड़की भावुक हो उठी।

"सबूत दो। तुम मुझे अपना मानती हो, इसका सबूत दो।"

"कैसे?"

"ये बहते आँसू पोंछकर। चेहरे पर एक प्यारी-सी स्माइल लाकर।··· मेरी खातिर।"

लड़की खिलखिला उठी और संयोग से हस्तगत हुए इन क्षणों का फायदा उठाकर मनोज ने उसे अपनी बाँहों में भर लिया। चेहरे पर ताबड़तोड़ चुंबन अंकित

करने के बाद भी जब वह नहीं रुका तो लड़की घबरा गई, "मनोज, यह गलत है।"

"नहीं। यह सर्वथा उचित है। तुम मेरी हो, सिर्फ मेरी। और मैं सिर्फ तुम्हारा हूँ, यह बात आज यहीं पर और इसी पल तय हो जानी चाहिए।"

"हम दोनों ही शादी के लिए तैयार हैं। फेरों के बाद एक-दूसरे के हो जाएँगे।··· प्लीज? अभी सीमाएँ मत तोड़ो।" लड़की ने अनुनय करते हुए कहा।

मनोज ने कोमलता से उसके अधर चूम लिये। भावावेश भरे कंठ से बोला, "इस समय यदि मुझे रोकोगी, तो मैं समझूँगा कि तुम्हारे प्यार में अभी दुविधा बाकी है।"

"लेकिन शादी···"

"शादी भी अपने निर्धारित वक्त पर हो जाएगी।" मनोज ने दिलासा दिया, "अभी हम दोनों पढ़ रहे हैं, कॅरियर बनाने की राह में हैं। इसलिए अभी पारंपरिक रीति-रिवाज से शादी संभव नहीं है।··· पर गंधर्व विवाह हम अभी कर सकते हैं। सारी बाधाओं-विघ्नों से ऊपर उठकर।"

"ओह मनोज, तुम··· तुमने मुझे अवश कर दिया है!" लड़की कसमसाई।

और···

वह रात उनकी मिलन-यामिनी बन गई थी।

लड़की इस आकस्मिक स्थिति में पड़कर अवसन्न थी और शायद इसे गलत भी मान रही थी, पर मनोज प्रसन्न था!

प्रफुल्ल मुद्रा में बोला, "अपनी चीज पर अपना हक जतलाकर अब निश्चिंत हुआ हूँ। अभी तक डरता था, कॉलेज में इतने सारे मजनूँ तुम्हारे इर्द-गिर्द घूमते हैं। कहीं मुझे पछाड़कर कोई तुम्हारे दिल पर अधिकार न कर ले। अब इस किस्म की चिंता नहीं रही। तुम मेरी हो गई हो।"

"समाज के सामने भी मुझे अपनी बनाओगे न?" लड़की ने आशंकित हृदय से पूछा।

"इस सवाल का जवाब अपने मन से पूछो। वह हमारे अटूट प्यार की गवाही देगा।"

"और तुम्हारा हृदय क्या कहता है?"

"मेरा हृदय?··· वह मेरे पास रहा ही कहाँ है? वह तो आज से तुम्हारा हो गया है।"

"दुष्ट कहीं के!" लड़की उस अवसन्न हाल में भी मुसकराए बिना न रह

सकी। जल्दी ही उसने खुद को सुस्थिर किया, सामान बटोरा और मनोज ने उसे अपनी गाड़ी से अस्पताल पहुँचा दिया। दवाइयों के असर से नीलिमा उस वक्त सोई हुई मिली।

दो दिन बाद अस्पताल से छुट्टी मिली, तो मनोज ने ही अपनी गाड़ी से माँ- बेटी को घर पहुँचाया। इस अवधि में लड़की को सुबह-शाम घर से माँ के लिए पथ्य लाना होता था। मनोज बराबर उसके साथ रहा और अवसर का लाभ उठाता रहा। लड़की स्वयं उम्र के उस नाजुक मोड़ पर थी, जब इनकार करना उसके लिए मुश्किल हो जाता था। भरोसा करती थी वह मनोज पर। इसी विश्वास के चलते दो दिन उसे अपनी देह सौंपती रही।

एक बार रोकर बोली भी, "मनोज, तुमने मुझ पर कौन सा जादू-टोना कर दिया है? मैं इतनी छिछोरी तो कभी नहीं थी।"

"छिः, कैसी बातें करती हो दीपू?" मनोज ने उसे प्यार से झिड़का था, "छिछोरी तुम क्यों होने लगीं? दो प्यार करनेवाले दिल अगर देह के स्तर पर एक हो जाते हैं, तो इसमें कुछ अनुचित नहीं है।"

"यदि मैं किसी चक्कर में फँस गई तो?"

"मैंने पूरी सावधानी बरती है। तुम कहीं नहीं फँसोगी।"

"पर पहली दफा तो सबकुछ अचानक हो गया था न!"

"हाँ, उस वक्त अवश्य हम दोनों बगैर सोचे-विचारे तूफान में बह गए थे, पर उसके बाद मैंने कोई गफलत नहीं की है।"

"वासनायुक्त बनाकर हमने अपने निर्मल प्यार को मैला कर दिया है।"

और फूट-फूटकर रो पड़ी थी लड़की।

मनोज उस दिन देर तक उसे दिलासा देता रहा, "हमारी शादी जब होनी ही है, तो तुम व्यर्थ में खुद को प्रताड़ित क्यों करती हो?"

"यदि माँ इस बारे में जान गई..."

"कैसे जानेंगी आंटी? तुम्हें उनसे कुछ कहने की जरूरत नहीं है।"

"पर मैंने आज तक माँ से कोई बात नहीं छिपाई है।"

"तुम अब बड़ी हो गई हो, दीपिका। यदि कोई चीज तुम्हारी 'निजी' है और तुम उसे माँ के साथ शेयर नहीं करना चाहती हो, तो इसमें कोई गलत बात नहीं है।"

"तुम कहते हो, तो मान लेती हूँ।" कहते हुए लड़की ने अपने आपको अपराध-बोध से बाहर निकालने की कोशिश की थी।

पर क्या सचमुच इसमें सफल हो सकी थी वह? महीने भर बाद ही पता चल गया था कि उनके अवैध संबंध का परिणाम सामने आ चुका है। मनोज अचंभित था, "सारी सावधानी रखने के बावजूद ऐसा कैसे हो गया?"

लड़की क्षुब्ध थी, "सारी क्यों कहते हो? पहली बार तो···"

जो भी हो, स्थिति सामने थी और विषम भी। लड़की रो पड़ी, "माँ जानेगी तो मुझे धुनककर धर देगी।"

मनोज ने उसे आश्वस्त किया, "पागल मत बनो। सामान्य रहने की कोशिश करो। तुम्हारी माँ के पास ऐसी दिव्य दृष्टि नहीं है कि तुम्हारे बिना बताए आज ही सबकुछ जान जाएँगी।"

"आज न सही, कल···"

"मैं गोली ला दूँगा। तुम मुक्त हो जाओगी।"

"उसका कोई दुष्प्रभाव पड़ेगा?"

"नहीं।"

पर कोई दवाई कारगर न हुई और दिन निकलते गए। तीसरे महीने लड़की गिड़गिड़ा उठी, "ईश्वर की कृपा से ही मुझे उलटियाँ नहीं हुई हैं। मनगढ़ंत तकलीफ के दिन बताकर मैं माँ को धोखा देती रही हूँ। शायद ऊपरवाले की यही मंशा है कि हमारा बच्चा जन्म ले। इसीलिए कोई गोली उसका कुछ नहीं बिगाड़ सकी है।··· मनोज, तुम मुझसे शादी कर लो न! हम अपने बच्चे को खुशी-खुशी इस दुनिया में आने का अवसर देंगे।"

"शायद तुम ठीक कहती हो।" मनोज ने हामी भरी।

"तुम सच में बगैर वक्त गँवाए मेरे साथ शादी करने को तैयार हो?" लड़की खुशी से फूली न समाई।

"मैं जानता हूँ कि आंटी को हमारी तत्काल शादी में कोई आपत्ति नहीं होगी। पर··· पर मेरा परिवार···"

"तुम अपने घरवालों को मना लो, मनोज!"

"मेरे मम्मी-पापा पसीजनेवाले लोगों में नहीं हैं। पर विभव नगर वाली कोठी में बड़े भाई प्रशांत और भाभी श्यामला अपने बेटे के साथ रहते हैं। मैंने भैया के कानों में सारी बात डाल दी है। वे लोग तुमसे मिलना चाहते हैं। उनकी मदद के

बिना मेरे लिए कुछ कर पाना संभव नहीं है।"

"क्या वे हमारी शादी करा देंगे?" लड़की की आँखें चमक उठीं।

"वे क्या करेंगे, यह बात यहाँ बैठे हुए मैं कैसे कह सकता हूँ। कल उनसे मिलने के बाद ही पता चलेगा।"

"ठीक है। मेरा पहला पीरियड दस बजे है। मैं साढ़े नौ पर घर से निकलती हूँ। तुम कॉलेज के गेट से मुझे ले लेना।" लड़की ने स्वीकृति दे दी।

अगले दिन दोनों विभव नगर पहुँचे।

भाई प्रशांत ने मुसकराकर स्वागत किया।

भाभी श्यामला सोत्साह मिलीं, "मनोज, धन्यवाद देती हूँ तुम्हें। मेरे लिए पूनम के चाँद जैसी खूबसूरत देवरानी तलाशी है।"

"सिर्फ रूप नहीं, गुणों में भी अद्वितीय है, दीपिका।" मनोज मुसकराया था, "सिर्फ घंटे भर इसके साथ रहेंगी, तो खूबियाँ देखकर चकित रह जाएँगी।"

"फिर तो सोने में सुहागावाली बात हुई।" श्यामला मुसकरा दी।

"अरे भाई, इन दोनों को चाय-वाय भी तो पिलाओ। कोरी बातों से ही पेट भर दोगी क्या?" प्रशांत भैया ने बीच में हस्तक्षेप किया, तो श्यामला हँसती हुई भीतर चली गई।

ट्रे में भरपूर चाय-नाश्ते के साथ कुछ देर बाद वह लौटी, तो संग में आए नौकर के हाथ में एक छोटी ट्रे थी, जिसमें पानी के दो गिलास रखे हुए थे। नाश्ता मेज पर सजाने के बाद श्यामला ने एक गिलास पानी लड़की की तरफ बढ़ाया, "तेज धूप और गरमी में प्यास लग गई होगी। लो पहले पानी पियो।"

लड़की धूप और गरमी से क्लांत होने के साथ-साथ घबराई हुई भी थी। उसने गिलास थाम लिया। घूँट-घूँट करके पूरा पानी पी गई। खाली गिलास मेज पर रख दिया। पानी भरा दूसरा गिलास अभी भी रखा हुआ था। उसे किसी ने नहीं उठाया था।

"लो, बिस्कुट लो।" श्यामला की आवाज जैसे कहीं दूर से आती प्रतीत हुई। लड़की अचेत होकर वहीं सोफे पर लुढ़क गई।

जब होश आया, तो वह किसी नर्सिंग होम में एक पलंग पर पड़ी थी। चूँकि सिर अभी भी घूम रहा था, इसलिए उसे सिर्फ मनोज का घबराया हुआ चेहरा दिखाई दिया, आँखें दुबारा मुँद गईं।

वह समझ नहीं सकी कि कहाँ पहुँच गई है? धीरे-धीरे याद आया कि मनोज

उसे अपने भैया-भाभी से मिलवाने विभव नगर ले गया था। उसने एक गिलास पानी पिया था और फिर···

देह में बेहद कमजोरी महसूस कर रही थी लड़की। आँखें तक खोल नहीं पा रही थी। कुछ देर बाद अस्फुट कंठ से सिर्फ एक शब्द निकल सका, "पानी!"

सचमुच प्यास से होंठ सूख रहे थे उसके। आँखें अभी भी बंद थीं। मनोज की आवाज कानों में पड़ी, "दीपा, कैसी हो तुम? ठीक तो हो न! पानी तुम्हें घंटे भर बाद मिलेगा। मैं गीली रुई से होंठ पोंछे देता हूँ, आराम मिलेगा।"

जैसे-तैसे अपनी अवशिष्ट ताकत समेटकर लड़की ने आँखें खोलीं, तो अत्यंत कातर चेहरा लिये हुए मनोज ने उसके दोनों हाथ थाम लिये, "दीपा, बहादुर बनो। सब ठीक हो जाएगा।"

"क्या हुआ है मुझे?" बमुश्किल तमाम वह बोल सकी।

"कुछ नहीं हुआ है। तुम ठीक हो। जल्दी ही स्वस्थ हो जाओगी।" पास आते हुए श्यामला ने कहा।

पर कुछ ही देर में लड़की जान गई कि उसकी अनुमति लेना तो दूर, सूचना तक दिए बगैर उसका गर्भपात करा दिया गया है।

"मुझसे पूछे बिना, बताए बिना, मुझसे जुड़ा इतना बड़ा फैसला यकायक किसने ले लिया, मनोज? क्या तुमने?" लड़की बौखला उठी।

"मैं कुछ नहीं जानता। भैया-भाभी ही तुम्हें अचेत हो जाने पर इस नर्सिंग होम में लाए हैं। डॉक्टर ने जाँच करने के बाद तुम्हें बहुत एनेमिक बताया। अबॉर्शन की राय दी, इसलिए डॉक्टर की सलाह पर उन दोनों ने एकमत होकर यह फैसला ले लिया है।"

"मनोज, तुम झूठे हो। तुमने ही मेरे साथ ऐसी धूर्तता की है। पहले से प्लान बनाकर तुम मुझे यहाँ लाए और इस घिनौनी साजिश को अंजाम दिया।" लड़की उत्तेजित हो उठी।

"मेरा विश्वास करो, मैं स्वयं इस आकस्मिक दुर्घटना से विचलित हूँ। वह गर्भस्थ शिशु तुम्हारा ही नहीं, मेरा भी था। मैंने इस उम्मीद पर भैया-भाभी से तुम्हें मिलाया था कि वे हमारी शादी की राह आसान कर देंगे। पर पता नहीं क्यों···"

श्यामला आगे बढ़ आई, "देखो, तुम दोनों अभी 20-22 साल के नादान युवक-युवती हो। पर हम लोग तो बड़े हैं, समझदार और तुम्हारे शुभचिंतक हैं। हमें गलत मत समझो। हमने जो किया, तुम्हारी भलाई के लिए किया। यह उम्र और

यह वक्त तुम्हारे माँ-बाप बनने का नहीं है। ठीक है, नादानी की उम्र में गलती हो गई, पर उसका यहीं सुधार जरूरी था। अब तुम लोग अपने कॅरियर पर पूरा ध्यान दो। उसके बाद सही वक्त आने पर तुम्हारी शादी हम खुद कराएँगे।... प्रॉमिस!"

ऐसे वादों का कोई वजूद नहीं है, लड़की जानती थी। पर सही या गलत, जो होना था, वह हो चुका था। अब किसी के मुँह लगने या लानत-मलामत करने से कोई लाभ न था। उसने श्यामला को कमरे से जाते हुए देखा। एकांत पाकर मनोज के दोनों हाथ पकड़ लिये, "मुझे उससे मोह हो गया था। मैं इस तरह पीछा छुड़ाना नहीं चाहती थी।"

"मैं भी अपने बच्चे को दुनिया में लाना चाहता था। शादी कराने के लिए भैया-भाभी की मदद माँगी थी। पर उन्होंने तो..." और मनोज बिलख उठा।

ये आँसू सच्चे हैं और सीधे हृदय से निकल रहे हैं, यह सोचकर लड़की भी व्याकुल हो उठी। अपनी कमजोर हथेली से उसके आँसू पोंछती हुई बोली, "देखो, इस तरह विचलित और निराश मत हो। ईश्वर चाहेगा तो हम लोग फिर माँ-बाप बनेंगे।"

"यह बच्चा हमारे निष्कलुष प्रेम की निशानी था। इन लोगों ने उसे पाप की निशानी कैसे समझ लिया?" मनोज तिलमिला उठा।

लड़की ने उसे दिलासा दिया, "जो हो चुका है, उसे भूल जाओ। शायद यही लोग सही कहते हैं। हमें पहले अपनी पढ़ाई और कॅरियर पर ध्यान देना चाहिए। बच्चे के लिए पूरी उम्र पड़ी है।"

"यह फैसला यदि हम दोनों ने लिया होता तो मुझे इतना रंज न होता, पर तुम्हारी कमजोरी का नाम लेकर और सेहत का वास्ता देकर भाई-भाभी को इस तरह मनमानी नहीं करनी चाहिए थी।"

लड़की पूरी ताकत बटोरकर उठ बैठी, "इस तरह विचलित होने से क्या हासिल होगा, मनोज? मुझे सहारा दो। घर पहुँचा दो। अभी मुझे एक और महासमर जीतना है। माँ को समझाना है।"

मनोज उसे सहारा देकर बाहर ले आया। पैसे का हिसाब-किताब काउंटर पर पहले ही किया जा चुका था। गाड़ी पर बैठने के बाद लड़की ने उस छूटी हुई इमारत पर निगाह डाली, जहाँ बड़े-बड़े अक्षरों में लिखा हुआ था, 'गीतांजलि नर्सिंग एवं मैटरनिटी होम।'

यह नर्सिंग होम विभव नगर में ही है या शहर के किसी अन्य इलाके में, वह जान नहीं सकी। गाड़ी आगे बढ़ गई थी।

घर पहुँचते-पहुँचते अँधेरा हो चुका था।

नीलिमा परेशान चेहरा लिये मिली। बेटी के समय पर घर न लौटने से उसका विचलित हो उठना स्वाभाविक था। अब चेहरा देखकर और ज्यादा घबरा गई, "दीपा, क्या हो गया है तुम्हें?"

साथ आए मनोज ने बेहद बीमार और कमजोर नजर आती लड़की को बिस्तर पर लिटा दिया। नीलिमा से निगाहें चुराते हुए बोला, "एक्सीडेंट!… पर घबराएँ नहीं। चिंता की कोई बात नहीं है। ये दवाइयाँ हैं, परचे के हिसाब से देनी हैं। मैं चलता हूँ।"

मनोज उलटे पाँव लौट गया।

नीलिमा ने चारपाई पर पड़ी बेटी को झकझोर दिया, "बता न बच्ची, तुझे हुआ क्या है?"

"माँ, सबकुछ बताऊँगी। तुम्हें नहीं, तो और किसे बताऊँगी? पर पहले थोड़ा सँभलने दो मुझे।"

नीलिमा ने खुद पर काबू किया और बोली, "ठीक है, तेरे लिए चाय लेकर आती हूँ मैं।"

"पहले पानी।" सूखे होंठों पर जीभ फेरते हुए लड़की बोली। जानती थी, डॉक्टर की प्रतिबंधित अवधि खत्म हो चुकी है, वह पानी पी सकती है।

नीलिमा ने सहारा देकर बेटी को बैठाया।

पहले पानी पिलाया, उसके बाद चाय। स्वयं कुछ नहीं बोली। धीरज धरकर बेटी के मुँह खोलने का इंतजार किया।

अंततः लड़की ने आँसू और हिचकियों के बीच माँ को सारी बात बता दी।

नीलिमा हतप्रभ रह गई, "इतना सब हो गया और मुझे बताया तक नहीं?"

"किस मुँह से तुम्हें बताती?" लड़की रो पड़ी, "सच में मैं तुमसे बहुत डर गई थी, माँ। कई बार कहना चाहा, पर हिम्मत नहीं पड़ी।"

"क्यों डर गई थी? वह झोंटा-नुचव्वल तो आज भी कर सकती हूँ। पर करूँगी नहीं। सिर्फ दुःखी हूँ, क्योंकि तुझसे इस आचरण की सपने में भी उम्मीद न थी।"

"मैं तुम्हारी नालायक बेटी साबित हुई, माँ!" लड़की कातर हो उठी।

नीलिमा अपने आपमें गुम हो गई थी, "तूने मेरी उम्र भर की तपस्या पर पानी फेर दिया। जाहिर है, मेरे ही संस्कार देने में कोई कमी रह गई होगी। अब मुझे ही

अपनी गलती की सजा भुगतनी होगी।"

लड़की ने व्याकुल होकर माँ के दोनों हाथ पकड़ लिये, "खुद को दंडित मत करो माँ। सारी कसूरवार मैं हूँ।"

"कॉलेज के सहपाठियों से सावधान रहने को मैंने तुमसे कितनी दफा कहा था! उन लड़कों से तो तू सजग रही, पर जिसे मैं घर के बच्चे जैसा मानती थी, उसी ने आस्तीन का साँप बनकर डस लिया!"

"मनोज का कोई कुसूर नहीं है, माँ। वह मुझे सच्चे दिल से प्यार करता है।" लड़की के आँसू और वेग से उमड़ उठे।

"यदि उसका प्यार सच्चा होता, तो शादी से पहले तेरे साथ ऐसी जलील हरकत न करता। गर्भ ठहर जाने पर चोरी-छिपे गर्भपात न कराता।"

"माँ, वह खुद बहुत दुःखी है। उसके भाई-भाभी ने उसे भी अँधेरे में रखा और डॉक्टर से कहकर अबॉर्शन करा दिया।"

"कैसी नादानी की बातें करती है, दीपा?" नीलिमा भड़क उठी, "तेरा वह सच्चा आशिक मेरे सामने टिका क्यों नहीं? तुझे छोड़कर, मुँह छिपाकर क्यों भाग गया? दुधमुँहा बच्चा नहीं है, डॉक्टरी पढ़ रहा है। भाई-भाभी ने उसे झुनझुना थमाकर खेलने के लिए घर के कमरे में बैठा दिया और तुझे नर्सिंग होम ले जाकर गुपचुप यह कांड संपन्न करा आए? इस बात पर तू बीस साल की बच्ची भले ही भरोसा कर ले, मैं अनुभवी औरत रत्ती भर विश्वास नहीं करूँगी।"

"माँ, मनोज इस अचानक हादसे के बाद इतना कमजोर पड़ गया कि मुझे खुद उसे सँभालना और समझाना-बुझाना पड़ा था।"

"मानना पड़ेगा कि तब तो अच्छा अभिनेता है।"

"वह अभिनय नहीं, सच्चाई थी माँ।"

"चुप रहो दीपा!" नीलिमा कड़ककर बोली, "क्या यह भी सच्चाई थी कि पहले तुम्हें एनेमिक बताया, बाद में भाई-भाभी पर सारा इल्जाम थोप दिया? अच्छी-खासी स्वस्थ लड़की में खून की कमी का झूठ ज्यादा देर नहीं चला सकेगा, यह बात जानते ही उसने बात पलट दी।"

लड़की निरुत्तर रह गई।

नीलिमा का कंठस्वर और ज्यादा तल्खी से भर गया, "उसका रोना-गाना सिर्फ नाटक था और कुछ नहीं। यह शातिराना चालें चलने के लिए मेरी मासूम बच्ची ही मिली उसे?"

लड़की समझ नहीं सकी कि माँ को कैसे समझाए! नीलिमा ने ही खुद को सँभाला, "खैर, जो हुआ, सो हुआ। भले ही इन दिखावे की बातों को सुनकर मुझे नफरत हो रही है, पर माँ हूँ तेरी। जाने-अनजाने तुझसे जो भूल हुई है, उसका जो प्रतिफल मिला है, उसका सदमा अकेले नहीं झेलने दूँगी। इन मुश्किल घड़ियों में तेरे साथ हूँ। हमेशा साथ रहूँगी।"

"माँ!" लड़की ने कृतज्ञता से भरकर सिर झुका लिया।

लेकिन नीलिमा की उदासी न घटी, "तुझसे भी छोटी उम्र की थी मैं, जब तेरे पिता के निधन के बाद दुनिया में बिल्कुल अकेली पड़ गई थी। गोद में दुधमुँही बच्ची लिये मायके में आश्रय लेने आई थी। उस वक्त एक-से-एक संपन्न पुरुषों ने मेरा हाथ थामना चाहा और मेरी बच्ची को भी अपनाने का आश्वासन दिया। पर मैं जानती थी कि जिस दिन अपनी लक्ष्मण-रेखा से बाहर आई, उस दिन एक-दूसरे जाल में फँस जाऊँगी। मेरे अकूत रूप-यौवन पर लुब्ध होकर भले ही कोई संपन्न घर मुझे पनाह दे दे, किंतु मेरी बच्ची को दूध की मक्खी की तरह निकाल फेंकेगा। सिर्फ तेरी वजह से मैंने सारे रिश्तों को खोटे सिक्के-सा फेर दिया। उस वक्त सिर्फ तू मेरी निगाह में थी। लेकिन मेरा दुर्भाग्य है कि जब एक लड़के ने तुझे अपना बनाने की पेशकश की, तो मैं कहीं दूर-दूर तक तेरी निगाह में नहीं रही।"

"माँ, मैं अपनी हरकत पर शर्मिंदा हूँ, दुःखी हूँ, माफी माँगती हूँ।" लड़की ने दोनों हाथ जोड़ दिए।

"तुम न लज्जित हो, न दुःखी। माफी माँगने का तो सवाल ही नहीं उठता। तुम्हारे हर सही-गलत कदम पर मैं तुम्हारा साथ दूँगी। औलाद माँ को छोड़ सकती है, पर माँ अपनी औलाद को नहीं छोड़ सकती। यह मातृत्व का बड़ा कमजोर पक्ष है।" नीलिमा का कंठ विषादयुक्त था।

वह रात माँ-बेटी ने अचानक आए भूकंप की त्रासदी झेलते हुए काटी।

करीब हफ्ता भर बाद वह मनोज से मिली थी। साफ शब्दों में बोली, "तुमने मेरे विश्वास को तोड़ा है। शादी तय करवाने के नाम पर अपने भाई-भाभी से मिलवाया और मुझे बताए बिना अबॉर्शन करवा दिया। गिलास के पानी में बेहोशी की दवा मिली थी, यह बात अब मैं दावे से कह सकती हूँ। पूरे सप्ताह बिस्तर पर पड़े रहने के दौरान इस विषय से जुड़े सभी पहलुओं पर मैंने गंभीर विचार किया है।"

"दीपा, मेरा यकीन करो। मैं तुम्हें नेक इरादे से ही भैया के यहाँ ले गया था।

पर उन दोनों के मन में क्या छिपा है, कैसे जान सकता था?"

"जो भी हो, मैं इस घटनाक्रम से बहुत आहत हूँ। ऐसी कोई गई-गुजरी लड़की नहीं हूँ, जो अब इतना सब घट जाने के बाद भी, तुमसे शादी करना चाहूँगी। आज से हम दोनों के रास्ते अलग हुए। मुझसे मिलने की अब कभी कोशिश मत करना।"

पता नहीं कैसे, इतने सख्त शब्दों में संबंध तोड़ सकी थी वह। पिछले कई सालों से फलते-फूलते आपसी लगाव को इतनी क्रूरता से तोड़ने पर भी उसके मन में कोई मलाल न था।

पर मनोज उसकी बेरुखी न सह सका। एकदम कातर होकर उसने उसके दोनों हाथ पकड़ लिये थे, "यह तुम कह रही हो दीपी?··· तुम?"

"हाँ, मैं कह रही हूँ और पूरे होशोहवास में कह रही हूँ।"

"मैं तुम्हें इस तरह संबंध तोड़ने नहीं दूँगा। सोलह साल की कच्ची उमर से मैंने तुम्हारे संग-साथ के सपने देखे हैं। तुम्हें अपने दिल में बसाया है। तुम्हारे बिना मैं कैसे जिऊँगा? कैसे अपनी मंजिल तक पहुँचूँगा?··· यकीन मानो, तुम्हें निगाह में रखकर ही मैंने सी.पी.एम.टी. दी थी। तुम्हारे प्यार के संबल से ही इतनी अच्छी रैंक निकाली थी। आगरा के एस.एन. मेडिकल कॉलेज में प्रवेश पाया था।"

"तो मैं क्या करूँ? धोखाधड़ी भी तो तुम्हारी तरफ से ही हुई है।" वह पसीजने को तैयार न थी।

मनोज का चेहरा जाने कैसा तो हो उठा था।

एकदम रोने-रोने जैसा।

कातर कंठ से बोला, "दीपा, तुम्हें अब भी मेरे प्यार पर भरोसा करना पड़ेगा। अपनी जिंदगी से दूध की मक्खी की तरह निकालकर नहीं फेंक सकोगी?"

"आखिर इसमें गलत क्या है! जब तक हमारे बीच प्यार और विश्वास रहा, हम साथ रहे। अब आपसी रजामंदी से अलग हो जाना ही उचित है।"

"मैं तुम्हारे बिना जी नहीं सकूँगा।"

"खूब जी सकोगे, मनोज। भावुकता छोड़ो।"

"तुम्हीं बताओ, क्या मेरे बिना जी सकोगी?"

मनोज ने प्रश्न नहीं किया था, उसके अंतरतम को चीरकर धर दिया था। कहना चाहती थी, 'सचमुच नहीं जी सकूँगी।' पर कलेजे पर पत्थर रखकर अधर निष्कंप बोले थे, "खूब जी सकूँगी। समय हर घाव को भर देता है।"

"लगता है, इस एक सप्ताह में तुम्हारे भीतर व्यावहारिक बुद्धि खूब आ गई है।" मनोज ने ताना दिया।

"हाँ, चोट जो खाई है! सिर्फ कुछ घंटों की बेहोशी से होश में आने के बाद कल्पना-लोक से यथार्थ की पथरीली जमीन पर उतर आई हूँ।"

"तुम किसी और लड़के को मेरी जगह दे सकोगी?"

"मनोज, पागल मत बनो। हम दोनों ही अपना कॅरियर बनाने के दौर में हैं। किसी अन्य लड़के के बारे में सोचने की न मेरे पास फुरसत है, न इच्छा और न जरूरत। जब वक्त आएगा, यह निर्णय भी ले लूँगी।"

"ठीक है दीपा। यदि इतनी ही नाराज हो मुझसे, तो छोड़कर जा सकती हो। पर जाने से पहले एक बात और सुनती जाओ।"

"कहो।"

"देखो, फर्स्ट ईयर में पढ़ाई के दौरान हमारा परिचय हुआ था। दूसरी मुलाकात के बाद ही मैं तुम्हारे घर पहुँच गया था और तुमसे ज्यादा आंटी के करीब आ गया था। मैंने सोलह-सत्रह साल की किशोरवय से उन्हें अपनी आत्मीय-स्वजन माना है। उनके लिए चक्की से आटा पिसवाकर लाते हुए मेरे चेहरे पर जो चमक रही है, उसे मैं आज भी देख सकता हूँ। उनके लिए दुकान से चीनी लाने, चूल्हे पर चढ़ी सब्जी में डालने के लिए दौड़कर नमक का पैकेट लाने और बिजली खराब हो जाने पर मेकैनिक को बुलाकर लाने में मैंने जो खुशी पाई है, उसे शायद तुम नहीं समझ सकोगी। ये छोटे-छोटे पल मेरे लिए खुशियों के अनूठे लम्हे रहे हैं। मेरी मम्मी तो किटी पार्टियों और समाज-सेवा के कामों में व्यस्त रहने की वजह से सिर्फ कहने भर को माँ रहीं, माँ का सच्चा प्यार मैंने आंटी से ही पाया है। उन्हें मैंने अपनी सगी माँ से बढ़कर मान दिया है।··· जरा सोचकर देखो, कोई अन्य युवक तुम्हारी माँ को इतना मान-सम्मान दे सकेगा? हो सकता है कि तुम्हें मुझसे बेहतर जीवनसाथी मिल जाए, पर तुम्हारी माँ को मुझसे बेहतर दामाद नहीं मिल सकेगा। ऐसा दामाद, जिसे वह बेटे जैसी ममता दे सकें, जिससे सहज होकर अपना दु:ख-सुख कह सकें और जिसे अपनी बेटी से भी ज्यादा मन के करीब महसूस कर सकें।··· इसलिए यदि तुम्हें अपनी माँ की तनिक भी फिक्र है तो मुझसे नाता तोड़ने की बात कभी मन में मत लाना। न आज और न भविष्य में।"

सचमुच कदम बँध गए थे उसके।

मनोज की बात में वजन था।

यह लड़का माँ के कितने निकट है, वह जानती थी। और इससे संबंध बनाए रखने के लिए यह लासा कोई छोटा न था।

चूँकि चेहरा हृदय के भावों का दर्पण होता है, इसलिए मनोज ने चेहरा देखकर उसके मन के भाव समझ लिये। स्वस्ति की एक साँस लेते हुए बोला, "जानता हूँ, मेरी नालायकी से आंटी बहुत नाराज होंगी, इसलिए उनके लिए एक चिट्ठी लाया हूँ। दे देना।"

एक बंद लिफाफा थमाकर बोला था मनोज, "एक बात ध्यान रखना, दीपा। हमारा प्यार वर्षा की बाढ़ नहीं था, जो कूल-किनारों को ध्वस्त करता हुआ, विनाश-लीला छोड़कर वापस लौट गया हो। यह शरद की धीर-गंभीर-मंथर गति से प्रवहमान सरिता है, जो कल मस्ती से छलछलाती हुई बही थी, आज निर्बाध गति से बह रही है और भविष्य में भी इतनी ही धवल-निर्मल जलधारा लिये हुए बहेगी।"

वह चुप रही थी।

पत्र लेकर घर आ गई थी।

माँ को लिफाफा थमा दिया था।

चिट्ठी पढ़कर नीलिमा भावोद्वेग से भर उठी थी, "एकदम पागल है!"

वह खामोश रही। पत्र में लिखी इबारत जानने के लिए कोई कौतूहल भी नहीं जताया। नीलिमा ने ही रीझे कंठ से बताया, "कहता है कि आपको अपनी रूप-गुण संपन्ना बेटी के लिए सुयोग्य वर तो बहुत से मिल जाएँगे, पर सत्रह साल का वह किशोर कहाँ से खोज सकेंगी, जो तवे से उतरती गरम रोटी को अपनी थाली में डलवाने के लिए आपकी बेटी के साथ जूझता था और आपके अछोर प्यार के सबूत के रूप में वही हमेशा ऐसी रोटी का दावेदार ही नहीं, हकदार भी बनता था।"

वह मुसकरा दी थी, "अब तो उसके प्रति तुम्हारा मनो-मालिन्य दूर हो गया न! यही बात मैं कह रही थी, तब सुनने को तैयार न थीं।"

नीलिमा अपनी रौ में कहे जा रही थी, "लिखता है कि शादी के बाद सबसे पहले हम लोग रामेश्वरम चलेंगे।··· पगले को अभी तक याद है कि मुलाकात के शुरुआती दिनों में मैंने एक दिन उसके सामने रामेश्वरम जाने की अपनी इच्छा जतलाई थी।··· सोचो जरा, जो लड़का इतना संवेदनशील है, वह धोखेबाज कैसे हो सकता है? जरूर उसके भाई-भाभी की ही सारी साजिश रही होगी।"

वह भी मुसकराए बिना न रही थी।

नीलिमा ने ताश के पत्तों के बीच से अब ट्रंप का इक्का निकाला, "मुझे आश्वस्त करने के लिए उसने यह भी लिखा है कि कॅरियर निर्माण के दौरान अभी शादी करना दोनों के लिए ही उचित नहीं है, पर सगाई में कोई अड़चन नहीं है। इस रस्म के लिए वह तत्काल तैयार है।"

"क्या?" वह विस्मित हो उठी थी।

"हाँ।" नीलिमा रीझकर मुसकराई थी, "इस चिट्ठी में होटल का नाम और हमारे पहुँचने का समय उसने लिख रखा है। वह पहले से ही वहाँ पहुँचकर हमारा इंतजार करेगा। हमारे न पहुँचने को अपना दुर्भाग्य मानने के सिवाय और कुछ न कहेगा।"

"तो?··· तो क्या तुम वहाँ जाओगी?"

"हम दोनों को ही वहाँ पहुँचना होगा। कैमरा निकाल लेना। मैं खुशी से इतनी उतावली हो रही हूँ कि जल्द-से-जल्द तुझे सगाई के बंधन में बँधती देखना चाहती हूँ।"

सचमुच नियत तिथि और समय पर अत्यंत हर्षोल्लास के साथ मनोज ने उसकी उँगली में हीरे की कीमती अँगूठी पहनाई थी। नीलिमा की खरीदी हुई सोने की साधारण सी अँगूठी को पहनने के लिए चाव से भरकर अपना हाथ आगे बढ़ा दिया था। मिठाई से भी मीठे इन क्षणों को पाकर वे तीनों जन ऐसे पुलकित हो उठे थे, जैसे जिंदगी की सारी खुशियाँ अनायास उनके दामन में समा गई हों। कितनी फोटो खींची गईं, कुछ पता नहीं। कितने कहकहे लगे, कुछ गिनती नहीं। कितना समय बीत गया, कोई अंदाजा नहीं।

मनोज कंपित कंठ से बोला था, "आज से मैं आपको आंटी न कहकर माँ कहूँगा।··· माँ, आज के बाद मैं उसी वक्त आपसे आमना-सामना करूँगा, जब सेहरा बाँधकर, बारात लेकर, दीपिका का हाथ माँगने आपके दरवाजे आऊँगा।"

नीलिमा गंभीर हो उठी थी, "शायद यही उचित भी रहेगा। पहले भी एक बार तुमने हमारे घर आना-जाना बंद कर दिया था, पर मेरी बीमारी के बाद फिर शुरू हो गया है। अब दुबारा इस पर रोक लगनी जरूरी है। तुम्हारे जब-तब आने से मोहल्लेवाले चौंकने लगे हैं। दो दिन पहले पड़ोस के वर्माजी की पत्नी कह रही थीं कि कैसा समय आ गया है। लड़कियों के घरवाले उन्हें लड़का फाँसने की खुली छूट दे देते हैं। हर्र लगे न फिटकरी, रंग चोखा। कमाऊ लड़का फँसाओ

और माँ- बाप की दमड़ी खरचाए बिना उससे ब्याह कर लो।··· जाहिर है, हमें ही ताना दे रही थी वह।"

"एक बात और आपसे जानना चाहता हूँ।"

"पूछो बेटा!"

"सगाई के बाद क्या हम कभी-कभी आपस में बैठकर बातचीत कर सकते हैं?"

"क्यों नहीं? तुम दोनों को बोलने-बतियाने की पूरी छूट है।"

"तो ऐसा है माँ कि अभी मैं दीपिका को अपने घर नहीं ले जा सकता हूँ, इसलिए होस्टल में एक कमरा ले लूँगा। घर में कह दूँगा कि पढ़ाई की सुविधा के लिए ऐसा करना जरूरी है। दीपिका कभी-कभी वहाँ आती रहे। सगाई हो जाने के बाद हमें एक-दूसरे से अबोला तो नहीं करना चाहिए!"

हँस पड़ी थी नीलिमा, "बिल्कुल नहीं करना चाहिए। तुम जब चाहोगे, मुझे बताकर यह वहाँ पहुँच जाया करेगी।"

चूँकि प्यार और दुश्मनी छिपाए नहीं छिपते, इसलिए आसपास के कमरों में रहनेवाले लड़कों तक उनके प्यार की खुशबू पहुँचे बिना न रही।

लड़की जब भी मनोज के निमंत्रण पर वहाँ पहुँचती, व्यंजक मुसकानों से उसका स्वागत किया जाता। एक-दो तो चपल कंठ से 'भाभीजी' संबोधन से पुकारे बिना न रह पाते थे। ऐसे में मनोज उन्हें बरजता, "यार, पहले हमारी शादी में बाराती तो बन लो, फिर इनसे 'भाभी' का रिश्ता जोड़ना।"

सच, कैसे मस्ती भरे दिन थे वे।

ऐसे चुहल भरे क्षण जीवन में होली का रंग-अबीर भरे बिना नहीं रहते। लड़की मदहोश हो जाती थी!

पता भी नहीं चला कि मनोज ने कब एम.बी.बी.एस. के बाद एम.डी. भी कर ली और जयपुर के एक हॉस्पिटल में अच्छी नौकरी पाकर वहाँ स्थानांतरित हो गया। लड़की अब तक एक सरकारी बैंक में पी.ओ. के पद पर नियुक्त हो चुकी थी। ऋतुराज वसंत आ चुका था। प्रेमी-युगल को मदनोत्सव का इंतजार था।

□

2

पुलक भर यादों में डूबी दीपिका की पलकों पर पता नहीं कब निंदिया रानी ने आकर अपनी जादुई छड़ी फिरा दी। मधुर स्वप्न उसकी अगवानी के लिए खड़े ही थे, गहरी नींद में वह अपने पिया की बाँहों में बँधी रही।

अगले दिन इतवार था।

नीलिमा का स्कूल बंद था और उसका बैंक।

पर इतवार के कामों की फेहरिस्त पहले से तैयार थी।

सर्वोपरि था सिर धोने और बाल सुखाने का बवाल।

लंबे घने-काले बालों की सार-सँभाल कभी-कभी बहुत खिझा देती है उसे। पर लोगों की आँखों में झलकती प्रशंसा और ईर्ष्या की मिली-जुली प्रतिक्रिया, जो खुशी देती है, वह भी छोटी नहीं होती।

"नकली बाल!" राह चलते लोगों के मुँह से प्राय: सुनने को मिल जाता है। अमूमन अनसुनी कर देती है, पर कभी किसी मासूम किशोरी की आँखों में झलकता कौतूहल देखकर मुसकरा उठती है, "तुम्हें क्या लगता है ?"

"किसी के बाल इतने लंबे हो ही नहीं सकते।" एक बार एक दस-ग्यारह साल की बच्ची ने बहुत विश्वास के साथ कहा था।

"छूकर देख लो। पता चल जाएगा।" वह हँस पड़ी थी।

पार्क की हरी घास पर मिली वह बच्ची अपनी उत्कंठा के चलते सचमुच उसकी गुँथी हुई चोटी को खोलती चली गई और फिर पीठ पर लहराती मेघ-माला को देखकर हैरत से चीख उठी थी, "बाप रे! सचमुच असली हैं।"

कुछ ऐसे ही मनोविनोद के क्षण हर-की-पौड़ी पर गंगा स्नान के वक्त भी हस्तगत हुए थे। एक चपल किशोरी गंगा की दुग्ध-धवल धारा पर लहराती उसकी नागिन-सी वेणी के आकर्षण-पाश में बँधी इतनी निकट खिसक आई थी कि वह मुसकराए बिना नहीं रह सकी थी। इससे लड़की का हौसला बढ़ा और शोखी से

भरकर किसी पुरानी फिल्म के लोकप्रिय गाने का मुखड़ा बड़ी लय में गुनगुनाने लगी थी, "हमें तो लूट लिया मिलके हुस्नवालों ने। काले-काले बालों ने, गोरे-गोरे गालों ने।"

अपनी नन्ही आशिक की शोखी ने उन लम्हों में उसे भी गहरे खुमार से भर दिया था। उस बच्ची के जलसिक्त कपोल पर अपना स्नेह भरा चुंबन अंकित किए बिना न रह सकी थी। बाद में भी यह घटना जब-जब याद आई, उसे गहरी पुलक से भरे बिना नहीं रही थी।

अब ऐसी स्थिति में यदि बालों की सार-सँभाल में वक्त जाया होता है, तो होता रहे! आज भी देर तक यह तामझाम चला। उसके बाद माँ-बेटी ने रसोई में कुछ अच्छा पकाने-खाने का मन बनाया। दोनों संतुष्ट और प्रसन्न थीं। यदि पिछली रात उर्मिला मौसी से फोन पर बात न हुई होती, तो क्या वे दोनों इतनी निश्चिंतता से रविवार बिता सकती थीं?

सोमवार को भी वह खुशी-खुशी बैंक पहुँची।

दोपहर को पोस्टमैन ने 'व्यक्तिगत' लिखा हुआ एक रजिस्टर्ड पत्र उसकी ओर बढ़ाया। प्रेषक की जगह डॉ. सिद्धार्थ का नाम था। पर चूँकि उस समय कार्य की असाधारण व्यस्तता थी, उसे पत्र को दराज में रख लेना पड़ा। कामों की अनंत श्रृंखला के चलते चिट्ठी की बात कुछ ही क्षणों में भूल भी गई। भोजनावकाश में ध्यान आया, तो लिफाफा निकालकर खोला।

पत्र खोलते ही दीपिका की देह में जैसे सैकड़ों वाट का करेंट दौड़ गया। लिफाफे में शादी का कार्ड था और साथ में डॉ. सिद्धार्थ का संक्षिप्त पत्र—"बहन दीपिका, यह कार्ड तुम्हें बैंक के इ-मेल पते पर भी भेज सकता था, जो कंप्यूटर पर मेरे सामने मौजूद है। पर मैंने ऐसा नहीं किया। कहीं तुम्हें किसी हेरफेर का अंदेशा न हो, इस वजह से। मनोज इन दिनों आगरा ही है। कहीं तुम्हें भ्रमित न कर दे, इसलिए उसकी शादी का ठोस प्रमाण तुम्हारे हाथ में रहना जरूरी है। यदि मुझसे किसी अन्य मदद की दरकार हो, तो फोन करना। हाँ, संजीवनी का मोबाइल नंबर भी भेज रहा हूँ। जरूरत समझो तो उससे बात करके देखना। तुम्हारा भाई सिद्धार्थ।"

पत्र के साथ संलग्न विवाह के निमंत्रण-पत्र में दिनांक 5 मार्च, 2014 को डॉ. मनोज का पाणिग्रहण संस्कार डॉ. संजीवनी के साथ लखनऊ के कंचन मैरिज होम में संपन्न होने की सूचना और अतिथियों को प्रीतिभोज हेतु रात्रि आठ बजे का आमंत्रण था।

और···और इस वक्त दो मार्च की अपराह्न बेला थी, यानी दीपिका और उसके सर्वनाश के मध्य सिर्फ दो दिनों का अंतराल था।

उसी समय बैंक से शेष आधे दिन की छुट्टी लेकर दीपिका घर लौट आई। जानती थी, नीलिमा इस समय तक स्कूल से आ जाती है। घर पर मिलेगी। यही हुआ भी।

किंतु उसे असमय आया देखकर नीलिमा चौंकी, "क्या बात है दीपा, जल्दी क्यों लौट आईं? तबीयत तो ठीक है!"

दीपिका ने बगैर एक शब्द बोले, वह शादी का कार्ड माँ की ओर बढ़ा दिया।

नीलिमा की भी बेटी जैसी हालत हुई। पल भर फटी-फटी आँखों से कार्ड देखती रही, फिर मुँह से एक दबी-घुटी कराह निकल गई। दोनों हाथों में माथा थाम बुदबुदाई, "हम बरबाद हो गए, दीपा! बेमौत मारे गए।"

दीपिका निःशब्द आँसू बहाती रही।

शब्द चुक चुके थे। हिम्मत टूट चुकी थी। जिंदगी में दूर तक सिर्फ वीरानी-ही-वीरानी पसर गई थी।

नीलिमा ने ही पहले स्वयं को सँभाला और एक ठंडी साँस भरकर बोली, "गजब का कमीना निकला! परसों शनिवार को ही तो तुम उससे मिली हो। तब तक वही एक पहाड़ा पढ़ता रहा कि घरवालों को जल्दी ही शादी के लिए रजामंद कर लेगा।··· रात को फिर फोन करके अगले पंद्रह दिन तक तुम्हें अपने घर न आने की सख्त ताकीद कर दी। सोचा होगा, पाँच मार्च को शादी हो ही जाएगी, फिर कैसा डर?"

"माँ, तुमने मुझे बार-बार समझाया, लेकिन मैं अपनी जिद पर अड़ी रही। उसका नतीजा मेरे सामने है। तुम खुद अपने हाथों से मेरा गला दबा दो। ऐसी धृष्ट और नीच संतान की माँ होने से तो निस्संतान होकर ज्यादा सुखी रहोगी।" दीपिका जैसे उन्मादिनी हो उठी।

नीलिमा ने उसे डाँटा, "पागल मत बनो। दिमाग से काम लो। जो स्थिति सामने है, उसका मुकाबला करो। यदि अभी भी अपना सर्वनाश बचा सकती हो, तो उसका रास्ता खोजो।"

"लड़कीवालों के यहाँ सारी तैयारियाँ हो चुकी होंगी। कार्ड बँट गए होंगे। रिश्तेदार पहुँच रहे होंगे। बीच में सिर्फ दो दिन बाकी हैं। ऐसे में क्या हो सकता है?" दीपिका ने सूनी आँखों से माँ की तरफ देखा।

"ठहरो, मैं उर्मिला जीजी से बात करती हूँ।" कहते हुए नीलिमा ने अपना मोबाइल उठा लिया।

उधर से उर्मिला बोली, "अरे नीलिमा, तुम? मैं खुद तुमसे बात करनेवाली थी। परसों ही तो तुमने रात के समय मुझसे बात की थी और सुषमा भाभी के यहाँ हाल-फिलहाल कोई समारोह होने की जानकारी चाही थी।"

"हाँ। आपने अपनी अनभिज्ञता जतलाई थी।"

"वही तो।··· देखो न, अभी कुछ देर पहले सुषमा भाभी का फोन आया है। कह रही थीं कि छोटे बेटे मनोज की शादी, जो जयपुर में डॉक्टर है न, तय कर दी है। कल ही इतवार को लड़कीवालों के साथ बात पक्की हुई है। पाँच मार्च की शादी निकली है। इसके बाद साल भर तक कोई मुहूर्त न था, इसलिए लड़कीवालों की जिद के सामने झुकना पड़ा।"

एक क्षीण 'हूँ' नीलिमा के मुँह से निकला।

उर्मिला अपनी धुन में बोलती गई, "सुषमा भाभी ने आदेश दे दिया है कि कल भर का वक्त है, बारात में चलने की तैयारी कर लो। परसों सुबह परिवारजनों और नजदीकी रिश्तेदारों की भीड़ को जमा होकर इस घर को ब्याह के घर जैसा बनाना है। दिन भर नाच-गाना, मौज-मस्ती होनी जरूरी है। परसों सुबह पाँच बजे बस से लखनऊ के लिए निकलना होगा। चूँकि ताबड़तोड़ सबकुछ तय हुआ है, इसलिए शादी के कार्ड वगैरह छपवाने का वक्त नहीं है। फोन के निमंत्रण को ही कार्ड देने और हमारा घर आकर मनुहार करने का बुलावा समझना।"

पुनः वैसी ही क्षीण कराह नीलिमा के मुँह से निकली। उर्मिला चहकी, "अच्छा, फोन रखती हूँ। सुषमा भाभी ने तो वहाँ से अपना पैगाम भेज दिया, अब हमें तो बारात में जाने लायक साज-सज्जा देखनी होगी।"

मोबाइल हाथ में लिये हुए नीलिमा शून्य में देखती रही।

दीपिका ने उसे झकझोरा, "माँ, होश में आओ। इस तरह कातर होने की क्या जरूरत है?"

"बेटी, एक बार फिर मनोज से मिलो। साफ-साफ कह दो कि इस तरह एक लड़की के साथ धोखाधड़ी करके, दूसरी के साथ फेरे डालकर वह भी चैन से नहीं रह सकेगा। लड़कीवालों के यहाँ उसकी करतूत पहुँचा दी जाएगी। बेहतर है कि जिसे सालोसाल विवाह का आश्वासन देता रहा है, उससे ही पाँच मार्च को विवाह करे।"

"माँ, तुम उसे दूध पीता नादान शिशु समझती हो?" दीपिका रोने जैसी हँसी हँस दी, "मैंने कहा और उसने मान लिया? मेरे साथ फेरे लेने के लिए तैयार हो गया?"

"तो फिर कोई और उपाय सोचो। पाँव पकड़ लो जाकर। शायद इसी तरह पसीज जाए।" नीलिमा की आँखों से आँसू बरस पड़े।

"माँ, तुम मुझे और ज्यादा जलील होने के लिए मत कहो। शादी ही किसी लड़की की जिंदगी का एकमात्र लक्ष्य नहीं है। शादी करके घर बसाने का काम तो कोई अनपढ़-जाहिल लड़की भी कर सकती है। पर तुम्हारी पढ़ी-लिखी, नौकरीपेशा बेटी की एक अपनी इज्जत है। शादी के लिए मनोज के सामने गिड़गिड़ाते हुए क्या वह शोभा देगी? तुमने खुद इज्जत के साथ अपनी जिंदगी गुजारी है। फिर मुझे बेइज्जत होते कैसे देख सकोगी?"

"यह तेरी जिंदगी की खुशियों का सवाल है। इसे इज्जत के साथ मत जोड़ो।"

"इसीलिए तो मैंने लगातार सालोसाल धैर्य बनाए रखा है। लेकिन यदि वह एक बार मेरा तिरस्कार करता है, तो मैं हजार दफे उसका तिरस्कार करूँगी। मेरी शिकायत सिर्फ यहाँ है कि उसने मुझसे झूठ क्यों बोला, शादी का वादा करके सालोसाल धोखा क्यों दिया? अब भी चोरी-छिपे शादी क्यों कर रहा है? ईमानदारी से अलग होने के लिए कहता, तो यकीनन बगैर किसी मनमुटाव के हमारी राहें जुदा हो जातीं।"

"आजकल की लड़कियों में अहं बहुत होता है। इस वक्त तुम्हारे मुँह से वही अहंकार बोल रहा है।"

"यह अहंकार नहीं, स्वाभिमान है।"

"नहीं, यह जल्दबाजी का स्वभाव है। संबंध जोड़ने में जितनी जल्दबाजी, संबंध तोड़ने में उससे भी अधिक जल्दबाजी।"

"तो मैं क्या करूँ? शादी की भीख माँगूँ? उसके पाँव पकड़ लूँ?" दीपिका तैश में आ गई।

"मुझे तो पाँव पकड़ने में भी कोई हर्ज नहीं दिखता।" नीलिमा कठोर बनी रही, "भले ही तू पढ़ी-लिखी है, आर्थिक दृष्टि से आत्मनिर्भर है, पर हमारे समाज की संकीर्णता को नहीं जानती। यह समाज न तुझे बख्शेगा और न मुझे। बार-बार हमारे जख्म को कुरेदेगा। बेहतर है, अब भी बात बनाने की कोशिश कर। उसके पाँव पकड़ लेने में क्या घिस जाएगी?"

"मैं ऐसा नहीं कर सकती।"

"तो फिर मैं ही भरी जमुना में कूदकर यह किस्सा खत्म किए देती हूँ। तेरे ऊपर कोई दबाव न रहेगा। मनमानी करती रहना।"

"कैसी बात करती हो, माँ!" दीपिका का गला रुँध गया, "यदि तुम्हारी यही जिद है तो मैं अपने स्वाभिमान का गला घोंटकर भी उससे शादी की भीख माँगूँगी।"

"मेरे सिर पर हाथ रखकर कह कि बात को बिगाड़ने के बजाय बनाने की यथासंभव कोशिश करेगी।"

"मैंने कह दिया न! इतना बहुत है।" दीपिका सख्त पड़ी।

नीलिमा सकपकाकर चुप रह गई।

"तुम खुद को सँभालो। मैं यथासंभव कोशिश करूँगी, लेकिन काम बनने की उम्मीद 'न' के बराबर है। वह पक्का शातिर न होता, तो सालोसाल अपना खेल जारी नहीं रख पाता।" दीपिका ने भरे गले से कहा और उठ खड़ी हुई।

"पहले फोन करके देख लो, घर में है भी या नहीं?" नीलिमा ने टोका, "उसकी अनुपस्थिति में पहुँचने से कोई फायदा नहीं? घरवाले तुम्हारा अपमान करके भगा देंगे।"

दीपिका को माँ की सलाह उचित लगी। उसने फोन मिलाया। घंटी पूरी बज गई, किसी ने नहीं उठाया।

चूँकि रात का अँधेरा फैलने लगा था, इसलिए नीलिमा ने समझाया, "अब रात को उसके घर जाने से कोई लाभ नहीं। सुबह पहुँचकर ठंडे दिमाग से बात करोगी, तो असर पड़ेगा। हालाँकि पानी सिर से ऊपर जा चुका है, फिर भी आखिरी समय तक बात सँभालने की कोशिश करना हमारा फर्ज है।"

शाम के भोजन की माँ-बेटी में से किसी को याद नहीं आई। कैसा खाना-पीना? वे दोनों अंगारे चबाने और जहर पीने की प्रक्रिया में बुरी तरह टूट चुकी थीं। सोने के लिए चारपाई-बिस्तर भी याद नहीं आया। हालाँकि अभी गुलाबी सर्दी के दिन थे और रातें काफी ठंडी होती थीं, फिर भी माँ-बेटी एक ही चटाई पर, घुटनों को पेट से सटाए लेटी रहीं। पास में पड़ी दो शॉलें उठाकर देह पर डाल लीं और लगभग जागते हुए ही, किसी तरह रात काटने का उपक्रम करने लगीं।

दीपिका को डॉ. सिद्धार्थ के फोन से लेकर अब तक की घटनाएँ एक दुस्स्वप्न प्रतीत हो रही थीं। वह यकीन नहीं कर पा रही थी कि पिछले आठ साल से जिसे पति मानकर लगातार करवाचौथ का व्रत रख रही है, वह इनसान इस तरह

शादी से मुकर सकता है। पथरीले-भयावह यथार्थ से टकराकर उसका कोमल हृदय लहूलुहान हुआ जा रहा था।

□

आगरा में मेडिकल कॉलेज की पढ़ाई के दौरान हर करवाचौथ पर मनोज उसके साथ रहा। समस्या यह थी कि न वह चंद्रोदय होने पर व्रत खोलते समय अपनी परदे के पीछे खड़ी वाग्दत्ता के घर पहुँच सकता था और न उसे अपने घर बुला सकता था। किसी-न-किसी शानदार होटल में प्रतिवर्ष उनका करवाचौथ मना। लड़की सादे कपड़ों में घर से निकलती और लौटती थी। सुहाग जोड़ा और सोलह सिंगार की सामग्री एक बैग में रखकर होटल ले जाती थी। एक बार भी मन में खयाल नहीं आता था कि वह अपने साजन की विधिवत् परिणीता नहीं है। चूँकि वाग्दान की रस्म पर माँ को भी पूरा भरोसा था, इसलिए वह खुशी-खुशी बेटी को भावी पति के पास भेज देती थी।

मनोज की जब जयपुर में नौकरी लग गई, तो भी करवाचौथ पर वह आगरा आकर त्योहार मनाता रहा। हाँ, इस बार जरूर दोपहर में उसका फोन आया था, "दीपिका, तुमने तो आज मेरे लिए निर्जल व्रत रखा होगा?"

"बिल्कुल रखा है।" वह मुसकराई।

"मेरे लिए आज आगरा पहुँच सकना नामुमकिन है। पर मैं अपनी प्रिया को सुहागिनों के इस खास त्योहार पर अकेली छोड़ने के लिए भी तैयार नहीं हूँ।"

"तो क्या किया जाए?"

"ऐसा करो, तुम तुरंत टैक्सी करके जयपुर के लिए निकल पड़ो। यहाँ हॉस्पिटल की तरफ से मुझे सभी सुख-सुविधाओं से युक्त आवास मिला है। बैंक से छुट्टी लेकर आना, ताकि तीन-चार दिन चैन से मेरे साथ रह सको।"

"ठीक है। मैं इस समय बैंक में ही हूँ। छुट्टी लेकर घर पहुँच रही हूँ। टैक्सी के लिए भी फोन किए दे रही हूँ। घंटे भर में चल दूँगी तो शाम सात बजे से पहले-पहले तुम्हारे पास पहुँच जाऊँगी।"

"एक बात और कहनी है। मंदिरवाले फोटो साथ लेती आना।"

"क्यों?"

"अरे यार, मेरे पासवाले क्वार्टर में डॉ. सिद्धार्थ रहते हैं। घनिष्ठ मित्र बन गए हैं मेरे। उनसे मैंने कोई बात नहीं छिपाई है। हमारी सगाई के चित्र देखने के लिए बहुत उत्सुक हैं। तुम यहाँ आकर मेरे पास ठहरोगी, इसलिए हमारे संबंध जुड़ जाने

के फोटो दिखाकर उन्हें आश्वस्त करना जरूरी है, वरना तुम्हारे यहाँ आकर ठहरने को पता नहीं किस रूप में लें।"

"ठीक है, लेती आऊँगी।" हँस पड़ी थी वह, "अब बाकी बातें मिलने पर, वरना चाँद निकल आएगा और मैं बीच सफर में फँसी होऊँगी।"

घर आकर उसने माँ को सारी बात बताई और यात्रा की तैयारी करने लगी। जल्दी ही टैक्सी भी द्वार पर आ गई और वह अपनी अटैची लेकर निकल पड़ी।

टैक्सी में बैठते ही याद आया कि उसे सगाई के चित्रोंवाला लिफाफा भी साथ ले जाना है।

"एक मिनट!" कहकर टैक्सीवाले को रोका और तेज कदमों से भीतर जाकर अलमारी में धरा लिफाफा निकाल लाई। हालाँकि लिफाफे में चित्रों के साथ-साथ सारे निगेटिव भी रखे हुए थे, पर हड़बड़ी के चलते उनको निकालने की बात उसे न सूझी।

जहाँ विश्वास होता है, वहाँ भय, संशय जैसा कोई भाव कब ठहरता है?

बाद में मनोज को लिफाफा सौंपने के बाद उसे समझ में जरूर आ गया था कि विवाह तय हो जाने का सारा प्रमाण वह अन्य के हाथों सौंप चुकी है, पर मन प्रफुल्ल ही बना रहा था। वही विश्वासवाली बात थी। सोचा था, फोटो यहाँ रहें या वहाँ, क्या फर्क पड़ता है? आखिर मनोज और वह अभिन्न ही तो हैं। जब जयपुर से लौटेगी, लिफाफा वापस लेती जाएगी। डॉ. सिद्धार्थ को फोटो दिखाने का प्रयोजन तब तक पूरा हो चुकेगा।

किंतु वापसी के समय लिफाफा याद न आया।

आगरा पहुँचकर दो-चार दफे मनोज को फोन पर कहा जरूर कि या तो वे फोटो रजिस्टर्ड डाक से भेज दो या अगली दफा आगरा आते समय लेते आओ, लेकिन वह घड़ी नहीं आई। तदपि वह निश्चिंत थी, जल्दी ही समाज के सामने विधि-विधान सहित शादी हो जाने का भरोसा जो था। क्या पता था कि···

हाँ, जयपुर में जिन डॉ. सिद्धार्थ के लिए वे फोटो ले जाए गए थे, उनसे मिलना सचमुच बहुत सुखद अनुभव रहा था।

अगले दिन शाम को मनोज के निमंत्रण पर वह घर पर मिलने आए थे। दुआ-सलाम के बाद पहली बात यही बोले, "दीपिकाजी, क्या आप मानती हैं कि कुछ वाक्य पुराने होते हुए भी हर बार प्रसंग और अवसर में ढलकर नए हो जाते हैं।"

"जैसे?" उसने चकित होकर पूछा था।

"जैसे कल रात को डॉ. मनोज की छत पर जब आप चंद्रमा को अर्घ्य देने गई थीं, तो मैं अपनी छत पर खड़ा था। आपको देखा, फिर आकाश के चाँद पर नजर पड़ी। सोच नहीं पाया था कि ज्यादा सुंदर कौन है?"

"मजाक करते हैं आप!" वह लजा उठी थी।

"सुनिए तो सही।" डॉ. सिद्धार्थ बोले, "मेरी बात अभी पूरी नहीं हुई है।"

"कहिए।"

"दो मिनट बाद ही फैसला हो गया था। आसमान का चाँद शरमाकर बदली में छिप गया था।"

खिलखिला उठी थी वह।

"आप लोग हृदय से एक सूत्र में बँध चुके हैं न?" डॉ. सिद्धार्थ ने बड़े अपनत्व से पूछा था।

"जी हाँ, क्यों?" उसने स्वीकारते हुए प्रतिप्रश्न किया था।

"यदि मैं आपको 'दीपिकाजी' की जगह 'भाभीजी' कहूँ, तो बुरा तो नहीं मानेंगी?"

"नेकी और पूछ-पूछ!" वह मुसकरा दी थी, "आप शौक से 'भाभी' कहिए, सौ दफा कहिए। हर बार यह शब्द सुनकर मुझे दिली खुशी होगी।"

"अच्छा भाभीजी, एक बात बताइए, क्या आपकी कोई विवाह योग्य छोटी बहन है?"

"क्यों?" वह चौंकी थी।

"यदि है, तो मैं हाथ जोड़कर निवेदन करना चाहूँगा कि अपने साथ-साथ उसे भी विवाह-बंधन में बँधवा दीजिए। यह बंदा अभी कुँआरा है, लड़की तलाश रहा है। आपकी प्रतिरूप से ज्यादा मनोनुकूल जीवन-संगिनी सात जन्मों में भी नहीं तलाश सकता।"

वह खिलखिला उठी, "भैया, आप बहुत मजाकिया हैं। सुनती आई थी कि डॉक्टर बहुत गंभीर स्वभाव के होते हैं, पर आपको देखकर मुझे अपनी धारणा बदलनी पड़ेगी।"

"आपने हामी नहीं भरी, इसका मतलब है कि छोटी बहन नहीं है। पर आदरणीया भाभीजी, मैं भी सहज में छोड़नेवाला जीव नहीं हूँ। आगरा जाकर ध्यान रखिएगा कि अंतरंग सखी-सहेलियों में से किसे मेरे लिए सही समझती हैं।"

सच, हँसी-खुशी से वह शाम बीती थी।

इसके बाद जब तक वह जयपुर रही, डॉ. सिद्धार्थ नियम से रोज शाम को मिलते रहे। कहते, "आपके हाथ की कॉफी के लोभ में खिंचा चला आता हूँ।"

कॉफी के प्याले के साथ वह कुछ-न-कुछ नाश्ता अवश्य अपने हाथ से बनाकर लाती। कभी गरमागरम पकौड़ियाँ, कभी सूजी का हलवा और··· और कुछ न सही, पोहा, उपमा जैसा जलपान तो वह मिनटों में तैयार कर लेती थी। डॉ. सिद्धार्थ चौंकते, "आप तो साक्षात् अन्नपूर्णा हैं। शायद जादू भी जानती हैं। मिनटों में ऐसा स्वादिष्ट नाश्ता तैयार कर लेना किसी 'किचेन क्वीन' का ही कमाल हो सकता है।"

वह सिर्फ मुसकराती रहती।

जान गई थी कि डॉ. सिद्धार्थ उसके रूप-गुण दोनों के मुरीद हो चुके हैं। तभी तो उसे अपने नजदीक देखने की लालसा के कारण मनोज को जल्दी शादी कर लेने के लिए उकसाते रहते हैं।

पर इस प्रसंग में मनोज हर बार अपनी मजबूरी जतला देता, "मेरे घरवाले पुराने विचारों के हैं। पढ़े-लिखे, नौकरीपेशा युवक को भी हमारे परिवार में इच्छानुसार शादी कर लेने की अनुमति नहीं है। उन्हें नाराज करके मैं शादी नहीं कर सकता। और उनकी रजामंदी के लिए कोशिश कर ही रहा हूँ।"

वह कोशिश कितनी सच्ची और कितनी झूठी थी, इसका फैसला रजिस्टर्ड डाक से आए शादी के कार्ड ने कर दिया था।

फर्श पर बिछी चटाई पर माँ की बगल में लेटी दीपिका ने निराश हृदय से सोचा, इस प्रकरण में अब कोई 'जान' नहीं रही है। फिर भी माँ पता नहीं क्यों, उस प्रवंचक पर विवाह के लिए दबाव बनाने को कहती है। यह अंतिम कोशिश करके भी वह देख लेगी। सुबह होने में अब देर ही कितनी है ?

□

अंततः सुबह हुई।

वॉशबेसिन के ऊपर लगे शीशे में अपना चेहरा देखकर दीपिका हतप्रभ रह गई, क्या यह वही है ? मुरझाया चेहरा, बिखरे हुए बाल और सूजी हुई लाल आँखें। सचमुच चेहरा मनुष्य के मनोभावों का दर्पण होता है। खुशी हो या गम, गुस्सा हो या करुणा, आसक्ति हो या विरक्ति, किसी के मन में विचार उठा नहीं कि उसका चेहरा तत्काल उस भाव को जतला देता है, पर घर से निकलने से पहले इस चुगलखोर चेहरे पर बंदिश लगाना दीपिका को जरूरी लगा। घर से निकलने पर चार आदमियों

की निगाह पड़ती है। वह अपनी नितांत गोपन व्यथा-कथा का ढिंढोरा पीटती हुई क्यों जाए?

कुछ ही देर में दीपिका ने अपना हुलिया बदलने की यथासंभव कोशिश की। नहा-धोकर कपड़े बदले, बाल सँवारे और नीलिमा से बोली, "माँ, मैं उस धोखेबाज से बात करके आती हूँ।"

"ठहरो।" नीलिमा बोली, "रात में भी तुम भूखी रही थी। चाय-नाश्ता करके ही घर से निकलो। मैंने आलू के पराँठे बना दिए हैं।"

न भूख थी और न खाने की इच्छा ही। फिर भी माँ का मन रखने के लिए दीपिका ने एक पराँठा जबरन गले से नीचे उतारा और चाय का प्याला खाली किया। इसके बाद कल बैंक में आया शादी का कार्ड अपने पर्स में रखकर वह घर से निकल गई।

मनोज की भव्य कोठी के द्वार पर खड़े दरबान ने दो दिन पहले की तरह आज उसे बेधड़क भीतर न घुसने दिया। शायद उसे इस 'नारीमूर्ति' को मालकिन का आदेश मिले बिना भीतर भेज देने पर कड़ी फटकार मिली थी, तभी कर्कश कंठ से बोला, "यहीं ठहरो। बताओ, किससे मिलना है? इजाजत मिले, तभी भीतर जा सकोगी।"

ऐसी अशिष्टता दीपिका को अखरी, पर वक्त की नजाकत देखकर वह खामोश रह गई। दरबान ने अंदर से लौटकर सूचना दी, "बरामदे में पड़ी कुरसी पर बैठकर इंतजार करो। उन्हें आने में देर लगेगी।"

यह सरासर अपमान था उसका, पर इसे चुपचाप गले के नीचे उतार लेने के सिवाय कोई चारा न था।

दीपिका को बरामदे में पड़ी कुरसी पर बैठकर करीब पौन घंटा इंतजार करना पड़ा। इसके बाद मनोज भीतर से निकला। चेहरे पर ढेर-सा कसैलापन पोते हुए बोला, "दीपिका, मैंने यहाँ आने से तुम्हें मना किया था न?"

"यह क्या है मनोज? इसके बारे में जानकारी लेने के लिए मेरा आना जरूरी था।" दीपिका ने पर्स से निकालकर शादी का कार्ड आगे बढ़ाया।

मनोज का चेहरा फक पड़ गया।

एक नजर कार्ड को देख, दूसरी दरबान पर डाल, सिटपिटाकर बोला, "भीतर चलो। यहाँ बात करना मुनासिब नहीं है।"

परसों शनिवार के दिन वाला वही ड्राइंगरूम था। वही साज-सज्जा थी। पर

उस दिन-सा साधिकार प्रवेश करनेवाला भाव दीपिका के चेहरे पर न था। न चाहते हुए उसके चेहरे पर कई रंग आ-जा रहे थे। उधर भीतर प्रविष्ट होते ही मनोज फट पड़ा, "तुम जासूसी भी करती हो? यह कार्ड तुम्हें कहाँ से मिला? किसने दिया?"

"तुम्हें इन सवालों को करने का कोई हक नहीं है। मैं सिर्फ इसका सच जानना चाहती हूँ। क्या तुम परसों डॉ. संजीवनी के साथ शादी कर रहे हो?" दीपिका तीखे कंठ से बोली।

"हाँ।" कहते हुए मनोज की निगाह झुक गई।

"मेरे साथ तुमने शादी के जो वादे किए थे, उनका क्या हुआ?"

"मेरे घरवालों ने यह विवाह तय कर दिया है। मैं उनकी इच्छा को मानने के लिए विवश हूँ।"

"इतने ही दुधमुँहे थे, तो मेरी जिंदगी क्यों बरबाद की? हमारी दोस्ती वर्ष 2000 में ग्यारहवीं कक्षा की पढ़ाई के समय से चल रही थी, उसे उसी रूप में चलने देते। वर्ष 2006 में मेरी माँ की बीमारी के समय मेरा दैहिक शोषण क्यों किया? उसके बाद लगातार यही प्रक्रिया क्यों दोहराई? सिर्फ शादी के भरोसे पर ही तो मैं तुम्हें अपनी देह सौंपती रही थी। यह भरोसा भी तार-तार करते तुम्हें शर्म न आई?"

रुदन और आक्रोश का वह मिला-जुला स्वर इतना मार्मिक और तीव्र था कि मनोज की माँ सुषमा भीतर से तिलमिलाती हुई निकलकर ड्राइंगरूम में आई और चीखी, "ऐ लड़की, यहाँ ज्यादा नाटक-नौटंकी करने की जरूरत नहीं है। ब्याह के घर में आँसू बहाकर अपशकुन मत करो। फौरन खिसको यहाँ से।"

"मम्मी!" उसके कलेजे से एक कातर कराह निकली। उसने दौड़कर सुषमा के पाँव पकड़ लिये।

"हद है! बेहयाई का चरम है यह तो!" सुषमा ने जोर लगाकर अपने पाँव छुड़ाए और भभक उठी, "मान न मान, मैं तेरा मेहमान। दूर-दूर तक कोई नाता न रिश्ता और मुझे मम्मी बना दिया।"

"आप एक औरत हैं। एक माँ हैं। एक लड़की के साथ ऐसी नाइनसाफी मत करिए। आपके पाँव पड़ती हूँ, परसों पाँच मार्च को लखनऊ बारात न ले जाएँ। मनोज की शादी मेरे साथ करा दीजिए।" दीपिका गिड़गिड़ा उठी।

उसे लगा, इस वक्त वह नहीं, बल्कि माँ बोल रही है उसके मुँह से। अपनी बेटी के विवाह की खातिर गिड़गिड़ा रही है। वह अपना आत्मसम्मान इतना नीचे नहीं गिरा सकती थी, यदि माँ ने कसम न दिलाई होती।

उधर गुस्से के अतिरेक से सुषमा के मुँह से झाग निकलने लगा। आँखें लाल हो आईं। जोर से चिल्लाई, "मनोज, इसे धक्का मारकर निकाल दो। मैं बी.पी. की मरीज हूँ। अभी टेंशन से तबीयत बिगड़ गई, प्राण निकल गए तो यही लड़की मेरी मौत की जिम्मेदार होगी।"

"मम्मी, आप भीतर जाएँ। मैं इससे शांतिपूर्वक बात करके दो मिनट में वापस भेज दूँगा।" मनोज ने समझाया, तो सुषमा उसी तरह दनदनाती-फनफनाती भीतर चली गई।

क्षणिक चुप्पी के बाद मनोज ने शांत कंठ से समझाने की कोशिश की, "देखो दीपिका, जो हो रहा है, उसे न अब तुम रोक सकती हो और न मैं। बेहतर है, इसे ईश्वरेच्छा मानकर चुपचाप सहन कर लो।"

"मनोज, यह बात तुम कह रहे हो?... तुम? मुझे यकीन नहीं होता! पिछले सात-आठ साल से मेरे साथ शय्या-सुख लेने के बावजूद तुम किसी अन्य लड़की की माँग में सिंदूर भर सकोगे?" दीपिका रुँधे गले से बोली।

"देखो, दोस्ती किसी से भी की जा सकती है, पर विवाह-शादी हर इनसान अपने समान स्तर के परिवार में ही करता है। वह लड़की डॉक्टर है। उसका परिवार भी बहुत संपन्न है।"

"मैं भी पढ़ी-लिखी हूँ, बैंक में अधिकारी हूँ। मेरे साथ रिश्ता तोड़ने की वजह आखिर क्या है?"

"मुझे जयपुर या कहीं और आजीवन किसी की अधीनता में रहकर नौकरी नहीं करनी है। अपना नर्सिंग होम खोलने के लिए पैसा चाहिए। यदि तुम्हारी माँ एक करोड़ देने को तैयार हैं, तो मैं तुमसे शादी करने के लिए सोच सकता हूँ।"

"मेरी माँ एक मामूली स्कूल मास्टरनी है। छह साल बैंक की नौकरी के बावजूद मैं सिर्फ अपने घर का रहन-सहन का स्तर सुधार सकी हूँ। नकद पैसा हमारे पास है ही कहाँ, जो तुम्हें एक करोड़ देंगे।"

"और वह परिवार पूरे पाँच करोड़ खर्च कर रहा है। ऊपर से डॉक्टर लड़की दे रहा है।"

"यानी तुम पैसे के लिए बिक गए?" दीपिका आहत होकर बोली।

"सिर्फ पैसा ही तो आज चलन में रह गया है। तुम्हारे और संजीवनी के रिश्ते में जमीन-आसमान का अंतर है या नहीं, खुद ही सोचकर देखो।" मनोज धूर्तता से मुसकराया।

दीपिका सिहर उठी, "ये बातें मुझसे शारीरिक संबंध जोड़ते वक्त तुमने क्यों नहीं सोची ?"

"तुम भी तो सोच सकती थीं, पर तुमने मुझे बढ़ावा दिया। सोचा होगा, शादी के लिए डॉक्टर लड़का फँसाकर गरीब माँ को दहेज जुटाने की जिम्मेदारी से बचा लो।"

"मनोज, भगवान् से डरो। तुमने मुझसे सगाई की है। मेरी माँ उसकी गवाह है। अपने हाथ की लिखी चिट्ठी में तुमने इस बात को कबूला है।"

"जाकर देखना, वह पत्र एक सादा कागज दिखाई देगा। जिस केमिकल से उसे लिखा गया है, साल भर के भीतर अक्षर उड़ जाने थे।... रही सगाई, उसका आपके पास क्या प्रमाण है, मैडम ? निगेटिव सहित सारे फोटो पहले ही मेरे पास पहुँच चुके हैं, नष्ट किए जा चुके हैं।" एक शातिराना मुसकान बिखेरते हुए मनोज बोला।

दीपिका का सिर घूम गया।

जिस मनुष्य के सीने में कोई बनैला सूअर प्रवेश कर चुका हो, उसे वह कैसे अपनी बात समझा सकती है ? सिर्फ हाथ मलना ही क्या अब उसके हाथ में रह गया है ?

मनोज ने उसके चेहरे का रंग उड़ता देखा, तो स्वस्ति की साँस लेकर मुसकराया, "देखो दीपिका, मैं आज भी तुम्हारा दोस्त हूँ और हृदय से तुम्हारा भला चाहता हूँ। हम दोनों की समझदारी इसी में है कि पुरानी बातें भूल जाएँ और हँसी-खुशी से अपनी अलग-अलग राहें चुन लें।"

दीपिका सिर्फ फटी-फटी आँखों से अपने पूर्व प्रेमी का चेहरा देखती रही। जिंदगी की किताब के जिन पृष्ठों को दो प्रेमी हृदय अनुराग की कलम और एकनिष्ठ समर्पण की स्याही से लिखते हैं, उन्हें क्या इस तरह बेरहमी से फाड़कर फेंका जा सकता है ?

पर घिनौना सच सामने खड़ा बोल रहा था, "देखो, तुम अभी जवान हो, सुंदर हो और एक सरकारी बैंक में अधिकारी पद पर काम कर रही हो। अपने बैंक में कार्यरत किसी अविवाहित युवक को पसंद कर लो। मेरा दावा है कि तुम्हारे साथ शादी करने के लिए कोई भी पुरुष तुरंत तैयार हो जाएगा। शादी से पहले जुड़े अपने संबंधों को लेकर डरने की कोई जरूरत नहीं है। मैंने वह सारा प्रसंग ही जब अपने दिमाग और दिल से निकाल दिया है, तो तुम भी उसे एक दुस्स्वप्न समझकर भूल

जाओ।" मनोज इन क्षणों में भी अपना बड़प्पन दिखाने से बाज न आया।

इस पुरुषवादी सोच पर रोए या हँसे, दीपिका सोच नहीं सकी। उदास आवाज में बोली, "मनोज, मैं बहुत रूढ़िग्रस्त मानसिकता की लड़की हूँ। तुम्हारे नाम का सिंदूर माँग में भरा है। तुम्हारे कल्याण के लिए सगाई के बाद से करवाचौथ का व्रत लगातार रखा है। तुम्हीं सोचो, अब किसी और को तुम्हारी जगह कैसे सौंप सकती हूँ?"

"सॉरी। मेरी-तुम्हारी शादी होनी असंभव है। बेहतर है, अब तुम यहाँ से चली जाओ। जितनी देर ठहरोगी, मम्मी तनाव झेलती रहेंगी।"

"ठीक है। मैं जाती हूँ, पर मुझे बरबाद करके तुम भी आबाद न हो सकोगे। नियम-कानून, थाना-पुलिस, इनसाफ जैसे शब्द अभी दुनिया में हैं और अपना वजूद रखते हैं। मैं हर दरवाजा खटखटाऊँगी। कहीं तो मेरी सुनवाई होगी।" दीपिका एक-एक शब्द तौलती हुई बोली।

मनोज व्यंग्य से हँसा, "इतना उड़ने की जरूरत नहीं है। औरतजात हो, अपने जामे में रहो। अपनी ढकी-मुँदी लाज को जितना उघाड़ोगी, उतना ही दुनिया को हँसने का मौका दोगी। अभी शान से सिर उठाकर जी रही हो, इज्जत के साथ एक नौकरी कर रही हो, यह कम है क्या? अपने अतीत का कच्चा-चिट्ठा खोल देने पर कहीं मुँह दिखाने लायक न रहोगी। ऐसी बदनाम लड़की से न तो कोई आदमी शादी करेगा और न समाज ही उसकी दुर्गति करने से चूकेगा। अपना भला-बुरा सोच लो और फिर जो जी चाहे, वह करो। मेरी तरफ से तुम्हें हर कदम उठाने की पूरी छूट है।"

"ठीक है। अब इस आर-पार की लड़ाई में हार-जीत मेरे लिए कोई मायने नहीं रखती। यदि मैं बदनाम होऊँगी, तो तुम्हारा भी शरीफजादे का मुखौटा चेहरे से नोचकर फेंक दूँगी!"

दीपिका ने 'पच्च!' से वहीं ड्राइंगरूम के महँगे कालीन पर थूका और आँधी की तरह बाहर निकल गई।

मनोज कुछ पल हतप्रभ-सा खड़ा रहा।

उसके मन में विचारों का झंझावात उठने लगा, "यदि इस कुतिया को शादी का कार्ड मिल सकता है, तो यह संजीवनी का फोन नंबर भी जुटा सकती है। वैसे भी विवाह-स्थल का कार्ड पर उल्लेख है। यदि यह लखनऊ पहुँच गई या फोन पर ही संजीवनी से संपर्क हो गया, तो भरसक विघ्न डाले बिना नहीं मानेगी। चूँकि शादी से

पहले वधू पक्ष के साथ मनोमालिन्य का कुछ भी नतीजा निकल सकता है, इसलिए पहले से सावधानी बरतते हुए···"

और मनोज ने अपने मोबाइल पर संजीवनी का नंबर मिलाया। उधर से 'हैलो' होते ही मधुर कंठ से बोला, "कैसी हो संजीवनी? दो दिन से बात नहीं हुई, इसलिए सोचा कि हाल-चाल पूछ लूँ।"

एक मीठी हँसी के साथ संजीवनी कुहक उठी, "बढ़िया हाल-चाल हैं। आज हमारे यहाँ मेहँदी की रस्म है। कल लेडीज संगीत की धूम रहेगी। परसों बारात की अगवानी के लिए मैरिज होम में शानदार इंतजाम है ही। बस, बारात और दूल्हे के आने का इंतजार है। तैयारियाँ लगभग पूरी हो चुकी हैं।"

"हमारे यहाँ मेहमान कल आएँगे। दरअसल मम्मी बी.पी. की मरीज हैं, इसलिए वह ज्यादा समय तक शोरगुल बरदाश्त नहीं कर सकतीं। सारा धूम-धड़ाका कल ही होगा।"

"सुनो मनोज, मैंने पिंक और ऑफ व्हाइट कलर का लहँगा तैयार कराया है। घर के सब लोग कहते हैं, मुझ पर बहुत फबेगा।··· तुम तो जयमाल के समय सफेद शेरवानी-चूड़ीदार में ही रहोगे न?"

"आपका हुक्म तो मानना ही था सरकार!" मनोज बोला।

उधर से फिर एक मधुर हँसी सुनाई दी।

"सुनो संजीवनी," यकायक मनोज गंभीर हो उठा, "यह फोन मैंने एक खास मकसद से किया है।"

"बोलो।" संजीवनी भी गंभीर हो गई।

"यहाँ शहर का एक सजातीय परिवार कई सालों से मम्मी-पापा पर दबाव डाल रहा था कि उनकी बेटी को हम लोग अपने घर की बहू बना लें।"

"हूँ।"

"पर न तो वह परिवार हमारे स्तर का है और न लड़की। केवल घेराबंदी भर से तो शादियाँ तय नहीं कर दी जातीं, इसलिए मेरे घरवालों ने उन्हें दो-टूक इनकार करके तुम्हारे यहाँ रिश्ता तय कर दिया।"

"तो अब समस्या क्या है?"

"समस्या यह है कि वह परिवार नीचता पर उतारू हो गया है। व्यर्थ ही हमें कोसा-काटी पर तुल गया है। ऐसे में संभव है कि कहीं से कोशिश करके तुम्हारे यहाँ का कोई फोन नं. जुगाड़ ले और फोन पर उलटी-सीधी बातें करके तुम लोगों

के मन में किसी किस्म का संदेह उपजाने की कोशिश करे।"

"फिक्र मत करो। मैं अभी पापा-मम्मी के कान में भी यह बात डाल देती हूँ। यदि आगरा से कोई बकवास किस्म का फोन आया तो हम लोग कान न देंगे।"

"ठीक है।" कहते हुए मनोज ने मोबाइल बंद कर दिया।

अब वह निश्चिंत था, पर दीपिका···

□

सचमुच काँटों की डगर पर खड़ी थी दीपिका। आग की लपटों में झुलस रही थी वह। यह अग्नि-ज्वाला उसे समूल लीलने को आतुर थी।

घर पहुँचने पर उसका उतरा हुआ चेहरा देखकर नीलिमा सबकुछ समझ गई। सिर्फ इतना पूछा, "आखिर उसने शादी तोड़ने की वजह क्या बताई?"

"एक करोड़।" दीपिका कसैले कंठ से बोली, "उसे हमसे दहेज के रूप में एक करोड़ की रकम चाहिए, माँ!"

"इतनी बड़ी रकम हम कैसे दे सकते हैं?"

"चिंता मत करो। तुम अपनी चमड़ी बेचकर भी यदि यह रकम जुटा लोगी, शादी उसे तब भी नहीं करनी है। संजीवनी के संपन्न घरवाले डॉक्टर बेटी देने के साथ-साथ पाँच करोड़ की शादी करने का जिगर रखते हैं।" दीपिका रोने जैसी हँसी हँस दी।

नीलिमा ने एक ठंडी साँस भरी, "आज तक उसकी कोई डिमांड नहीं थी, आज अचानक पैसा कैसे बीच में आ गया?"

"उसी से पूछो।" दीपिका की आवाज और ज्यादा कसैली हो उठी, "मेरे लिए नसीहत है कि चुपचाप किसी बैंककर्मी से शादी करके अतीत पर परदा डाल दूँ। श्रीमान इतने महान् हैं कि कहीं पर किसी के सामने पुराने प्यार का जिक्र करके मुझे छोटा नहीं बनाएँगे। बिना डरे और बगैर किसी आतंक के साये में जिए मैं अपनी शादीशुदा जिंदगी गुजार सकती हूँ।"

नीलिमा सन्न रह गई।

इसके बाद माँ-बेटी के पास कहने-सुनने के लिए कुछ बाकी न रहा।

दीपिका जैसे बीच बाजार में अपनी गाँठ की जमा-पूँजी गँवाकर निपट कंगाल हो चुकी थी। उसने फैसला सुना दिया, "माँ, यदि मनोज न माना और परसों सुबह बारात लेकर चला गया, तो मैं भी लखनऊ पहुँचकर वहीं उसके विवाह-मंडप में आत्मदाह कर लूँगी। जिंदगी भर आग की लपटों में जलते रहकर जिंदा रहने से

ज्यादा अच्छा एक बार जलकर दम तोड़ देना है। मेरी चिता की राख पर जब वह सुहाग-सेज सजाएगा, तो मैं चुड़ैल बनकर उसका वैवाहिक-सुख नष्ट कर दूँगी।"

"क्या बकवास करती हो!" नीलिमा बुरी तरह चिढ़ गई, "बिल्कुल ही पागल हो गई हो क्या, जो भूत-प्रेत बनने की बात करने लगीं?"

"मैं तो पहले ही उसके पाँव पड़ने के खिलाफ थी, लेकिन तुमने मुझे ऐसा करने के लिए मजबूर किया। अब मेरे दिमाग पर फितूर चढ़ चुका है। करो या मरो की मनोस्थिति में पहुँच चुकी हूँ। देखना यदि वह विवाह नहीं करेगा, तो मैं प्रतिशोध लूँगी।"

"समझदारी इसी में है। तुम पढ़ी-लिखी, नौकरीपेशा लड़की हो। अपना अधिकार माँगो। यदि सीधी उँगली से घी न निकले, तो रणचंडी बन जाओ। इस लड़ाई में तुम्हारी माँ तुम्हारे साथ है।" नीलिमा बोली।

"यही करना पड़ेगा। चिंता की बात सिर्फ यह है कि मेरे पास अपना पक्ष मजबूत करने के लिए सबूत नहीं हैं।"

"क्यों?··· सगाईवाले फोटो क्या हुए? शादी के लिए हामी भरनेवाली उसकी चिट्ठी क्या हुई?··· और··· और जिस 'गीतांजलि नर्सिंग होम' में उसने अबॉर्शन कराया था, वहाँ भी तो सारा रिकॉर्ड सुरक्षित होगा।" नीलिमा बोली।

"मनोज इस मैदान का मँजा हुआ खिलाड़ी है। निगेटिव सहित वे सारे फोटो पहले ही मुझसे झटक चुका है। बार-बार मेरे माँगने के बावजूद नहीं लौटाए हैं।"

एक गंभीर 'हूँऽ' नीलिमा के कंठ से निकला।

"और हामी भरनेवाली चिट्ठी उसने किसी स्याही से न लिखकर ऐसे केमिकल से लिखी थी, जिसके अक्षर साल भीतर कागज से मिट चुके होंगे।" कहते-कहते दीपिका की आँखें भर आईं।

नीलिमा निःशब्द उठी और अपने कमरे में चली गई। कुछ देर बाद लौटकर चिंतित कंठ से बोली, "तुम सही कहती हो। वह 'चिट्ठी' अब सगाई का सबूत नहीं बन सकेगी।"

"बगैर किसी हथियार के अपनी लड़ाई लड़ने से क्या फायदा?" दीपिका ने एक ठंडी साँस भरी।

"फिर भी लड़ो। सत्य और न्याय का बल तुम्हारे साथ है।" नीलिमा बोली।

इसके साथ ही उसने एक फोटो बेटी के सामने बढ़ा दी, जिसे देखकर दीपिका की बुझी आँखों में यत्किंचित् चमक दौड़ गई। इस चित्र को वह अच्छी तरह

पहचानती थी। जब सारे फोटो धुलकर आए थे तो काफी साफ और सुंदर थे। सिर्फ एक फोटो में चेहरे के आसपास मँडराती मक्खी को उड़ाने के उपक्रम में उसकी मुखमुद्रा तनिक बिगड़ गई थी।

इस हास्यास्पद चित्र को उसने तुरंत लिफाफे से निकालकर अलग कर दिया था और निगेटिव भी हटा दिया था। माँ चौंकी थी, "खराबी क्या है इस फोटो में, जो हटाए दे रही हो।"

वह शरमा गई थी, "मनोज हँसी उड़ाएगा। कहेगा, शादी कर रही हो या झाँसी की रानी बनकर हाथ से तलवार भाँज रही हो।"

फाड़कर फेंकने के बजाय नीलिमा ने वह चित्र अपनी अलमारी के एक कोने में पटक दिया था। भविष्य में एक दिन झाँसी की रानी बनते समय झाँसी की रानीवाली यही भाव-भंगिमा बेटी के काम आएगी, उस वक्त माँ कब जानती थी?

सचमुच ईश्वर के खेल निराले होते हैं।

दीपिका ने उस चित्र को कुछ पल अपनी खुली हथेली पर रखकर निहारा और सोचती हुई बोली, "माँ, जीवित लाश बनकर रहने से भी मुझे क्या मिलेगा? बेहतर है कि उसकी धोखाधड़ी के खिलाफ कोर्ट में इनसाफ माँगूँ।"

"मैं भी यही चाहती हूँ, पर तुम अच्छी तरह सोच लो। फैसला तुम्हें ही करना है। लड़ाई बढ़ाने से पहले मैंने सुलहनामे की बात सोची थी, इसीलिए तुम्हें शादी की भीख माँगने के लिए भेजा था। पर जब ऐसा नहीं हुआ, तो मैंने तुम्हारे ऊपर से सारी पाबंदी हटा ली है। तुम मनचाहा कदम उठा सकती हो।" नीलिमा ने साफ शब्दों में कह दिया।

"कोई कदम उठाने से पहले क्यों न संजीवनी से फोन पर बात करके देख लूँ? वह संपन्न परिवार की डॉक्टर लड़की है। अपनी जैसी एक दूसरी लड़की के साथ सहानुभूति जरूर रखेगी। उसके लिए सुयोग्य घर-वर की कमी नहीं है, जो एक फरेबी और गलीज इनसान को जीवनसाथी बनाने का फैसला न बदल सके।"

"देख लो, बात करने में क्या हर्ज है?" नीलिमा ने बेटी के मत का समर्थन किया।

पर फोन करने का कोई नतीजा न निकला।

दीपिका की बात को बीच ही में काटकर संजीवनी ने जली-कटी सुनानी शुरू कर दी, "भले घर की लड़कियों का यह लक्षण नहीं है कि दूसरे के सामने परसी

थाली पर भुखमरों की तरह टूट पड़ने पर आमादा हो जाए। अपनी इस छिछोरी हरकत पर शर्म करो और अपनी हैसियत का घर-वर तलाशने के लिए परिवारवालों से कहो। डॉ. मनोज कैसे हैं, मैं अच्छी तरह जानती हूँ। मुझे तुमसे उनके बारे में किसी अच्छे-बुरे सर्टिफिकेट की जरूरत नहीं है।"

इस तरह दुरदुराए जाने पर दीपिका को दुःख हुआ। समझ गई कि संजीवनी के कान पहले ही उसके खिलाफ भरे जा चुके हैं। अब कुछ कहना-सुनना बेकार है।

☐

सचमुच वह अत्यंत विषम परिस्थिति में पड़ गई थी। कल दोपहर तक उसने बैंक में बाइज्जत काम किया है। पिछले कई सालों के कार्यकाल में अपने किसी व्यवहार, कार्य-शैली या चरित्र को लेकर किसी को एक उँगली तक उठाने का मौका नहीं दिया है। सभी सहकर्मी उसका सम्मान करते हैं। उसकी शालीनता को सराहते हैं। राजेश वर्मा तो दूसरे लोगों से एक कदम आगे बढ़कर उससे घनिष्ठता बढ़ाने के लिए लालायित रहता है। संकेतों से कई बार अपने मन की बात कह चुका है। वही अपने आपको मनोज की वाग्दत्ता मानकर उससे दूरी बनाए रहती है। जब तक समाज की नजरों में किसी की पत्नी का दर्जा नहीं पा सकी है, तब तक अन्य अविवाहित युवक लाइन में लगे रहेंगे, इस सच्चाई को जानती है, इसलिए किसी की दोस्ती बढ़ाने की चाहत का बुरा भी नहीं मानती है।

जो भी है, जैसा भी है, बैंक में उसका एक सम्मानजनक स्थान है। इस जमी-जमाई साख को दियासलाई की एक जलती तीली से अपने हाथों भस्मीभूत कर देना क्या उसके लिए समझदारी की बात होगी?··· उफ्, मनोज ने उसे कैसी विकट परीक्षा की घड़ी में डाल दिया है?

फिर, सिर्फ नौकरी ही तो नहीं है। इस मोहल्ले में वे माँ-बेटी वर्षों से रह रही हैं। उसकी माँ ने जिस तरह संयम से अपना वैधव्य काटा है, बेटी को पढ़ा-लिखाकर अपने पाँवों पर खड़ा किया है और सबके सुख-दुःख में साथ दिया है, पूरी बस्ती खुले मन से इन गुणों को सराहती है। माँ की कमाई हुई इस जमा-पूँजी को मटियामेट कर देने का हक उसे किसने दिया है?

सोचते-सोचते दीपिका का चेहरा सफेद पड़ गया। माथे पर पसीने की बूँदें झिलमिला उठीं।

पड़ोस की सावित्री ताई का उसे ध्यान हो आया। मोहल्ले की संभ्रांत महिला हैं। माँ से उम्र में बहुत बड़ी हैं। नब्बे के आसपास आयु होगी। बच्चों से लेकर

बूढ़े-बुजुर्गों तक की इस ताई को 'जगत् ताई' ही मानना चाहिए। बाल-विधवा होने के बाद संयुक्त परिवार में रहकर पूरी जिंदगी काट दी। देवर-जेठ के बच्चों को ही अपनी संतान समझा। आज पूरा मोहल्ला उनकी इज्जत करता है। उनके तपःपूत जीवन पर श्रद्धा रखता है।

और यही सावित्री ताई अकसर माँ से कहती हैं, "नीलिमा, तुम्हारी बेटी को देखकर मेरा जी जुड़ा जाता है। आज के जमाने में ऐसी लड़कियाँ हैं कितनी? हमेशा नीची निगाह किए स्कूल-कॉलेज गई और पढ़कर योग्य बन गई। आज भी वैसी ही नीची निगाह किए बैंक जाती है और घर लौटती है। इस देवीस्वरूपा लड़की के लिए सोच-समझकर लड़का तलाशना जो इसके गुणों की कद्र करे, इसे सिर-माथे रखे। किसी ऐरे-गैरे को यह रत्न मत सौंप देना।"

माँ हँस देती है, "ताई, भगवान् की कृपा और तुम्हारा आशीर्वाद रहा, तो बच्ची को एक दिन जरूर सुयोग्य वर मिलेगा। आखिर समय से पहले और किस्मत से ज्यादा किसी ने कुछ पाया है क्या?"

"सच कहती हो।" सावित्री ताई इस सच को स्वीकारती हैं।

दीपिका को लगा, अदृष्ट के खेल निराले होते हैं। जिन दिनों मनोज का उसके घर आना-जाना था, यही मोहल्ला 'लड़का पटाने' जैसा आरोप उस पर लगाने लगा था। औरों ने न सही, वर्मा आंटी ने तो मुँह खोलकर माँ से एक बार यह बात कही थी। फिर मनोज ने शादी से पहले इस घर में पाँव न धरने की कसम खा ली और धीरे-धीरे मोहल्लेवालों ने भी उस लड़के के आवागमन के पुराने दिनों को सामान्य घटना मानकर विस्मृत कर दिया। अब एक बार फिर वही चेहरा लड़की के शारीरिक शोषण के अपराधी के रूप में समाज के सामने आएगा तो क्या वर्मा आंटी चुप रहेंगी? क्या सवित्री ताई की 'देवीस्वरूपा' को 'दानवी' कहलाते देर लगेगी?

दीपिका के माथे की नसें तड़कने लगीं। उसने दोनों हाथों से अपना सिर थाम लिया। जान नहीं सकी कि नीलिमा कब वहाँ से उठकर चली गई है और रसोईघर में खटर-पटर करने लगी है।

घंटे भर बाद दो थालियों में खिचड़ी परसकर नीलिमा वहीं ले आई और बोली, "आओ दीपा, कुछ खा लो।"

माँ के साथ बहस करना निरर्थक समझकर दीपिका ने उठकर हाथ-मुँह धोया और अपनी थाली पकड़ ली। अभी माँ-बेटी का भोजन खत्म भी नहीं हुआ था कि दरवाजे की घंटी बजी।

दीपिका थाली छोड़कर उठ खड़ी हुई, "मैं खा चुकी हूँ। जाकर देखती हूँ, कौन आया है?"

नीलिमा ने भी हाथ रोक लिया। दोनों थालियाँ उठाकर रसोईघर में रख आई। आकर देखा, खुले दरवाजे से मनोज सहित उसके माता-पिता और भाई-भाभी अत्यंत तैश में भरे हुए भीतर घुस रहे हैं।

□

"क्यों जी, तुमने मनोज को क्या धमकी दी है? इस मामले में चुप न बैठोगी? कोर्ट-कचहरी तक अपनी फरियाद पहुँचाओगी?" सबसे पहले आवेश भरे कंठ से सुषमा चीखी।

नीलिमा घबराकर बोली, "देखिए, शांतिपूर्वक बात करिए। मैं दरवाजा बंद कर दूँ। पड़ोसी आ गए, तो अशोभनीय स्थिति हो जाएगी।"

"हमें किसी का डर नहीं है।" सुषमा ने हाथ नचाया, "तेरी बेटी तो हमें थाने में खींच रही है। उस वक्त क्या मामला दबा-ढका रह जाएगा?"

"जब तक बात हमारे-आपके बीच में है, तब तक तो शांतिपूर्वक बातें की जा सकती हैं न!" नीलिमा ने दरवाजा बंद करते हुए कहा।

"बैठिए।" वापस आकर वह बोली।

"हम बैठने नहीं आए हैं, साफ-साफ बात करने आए हैं।" सुषमा का पति शांतिस्वरूप गरजा, "परसों हम बारात लेकर जा रहे हैं और तुम्हारी बेटी बवाल करने पर आमादा है। आखिर हमारे घर आकर हमारे बेटे को धमकाने का मतलब क्या है?"

"देखिए, मुझे नहीं पता कि आप लोगों को इस मामले में कितनी जानकारी है, पर आपके बड़े बेटे और बहू को अच्छी तरह पता है कि आपका छोटा बेटा मनोज सालोसाल मेरी बेटी का शारीरिक शोषण, जल्दी ही शादी कर लेने का झाँसा देकर करता रहा है। दीपिका का गर्भ ठहरा, तो गीतांजलि नर्सिंग मैटरनिटी क्लीनिक में अबॉर्शन कराया गया। जाहिर है, इतने सालों तक इन दोनों की लंबी शादीशुदा जैसी जिंदगी के बाद मनोज का कहीं और शादी करने का इरादा क्या गलत नहीं है?" नीलिमा बड़े धीरज से बोली।

"बिल्कुल गलत नहीं है।" सुषमा चीखी, "नादान उम्र में लड़कों के पचास लड़कियों के साथ अफेयर रहते हैं, तो क्या वह उन पचासों को अपनी बीवी बना लेंगे? लड़के तो ऐसे होते ही हैं। लड़की को देखकर मुँह में पानी भर जाता है।

पर लड़की को तो समझदार होना चाहिए। तुम्हारी बेटी क्यों शादी से पहले किसी लड़के के साथ शरीर संबंध जोड़ बैठी। पेट में बच्चा तक आ गया। अबॉर्शन की नौबत आ गई। ···छिः, ऐसी कुलटा को कोई शरीफ खानदान कैसे अपनी कुलवधू बना सकता है?"

"हमारे बेटे का बच्चा पेट में धरे थी, इसका कोई सबूत है क्या? दस लड़कों के साथ यारी निभाती रही हो और चक्कर में फँस जाने पर हमारे भोले-भाले बेटे के मत्थे अपना गर्भ मढ़ दिया हो, ऐसा भी तो हो सकता है। इस किस्म की रंडियाँ जगह-जगह मिल जाएँगी।" शांतिस्वरूप ने बुरा-सा मुँह बनाया।

दीपिका हतप्रभ थी, मनोज चुप क्यों है? क्या यह भी माता-पिता की राय से इत्तेफाक रखता है? उसे उन बाजारू लड़कियों की श्रेणी में मानता है, जो गली के मोड़ों और भीड़ भरे चौराहों पर खड़ी होकर महँगी-विदेशी गाड़ियों पर उड़नेवाले रईसजादों को फँसाती हैं? अपने सच्चे प्यार की इस तरह धज्जियाँ उड़ती देखकर भी यह कुछ बोलता क्यों नहीं?

दीपिका मनोज की तरफ उन्मुख हुई, "मनोज, सच कहो कि क्या मैंने तुम्हें फँसाया था? कम-से-कम अपने माता-पिता को इतना तो बता दो कि हमने सच्चा प्यार किया था। भले ही वह प्यार आज तुम्हारे लिए खेल और मखौल बन चुका है, पर मैं देहरी का दीपक बनकर आज भी ससुराल-मायके को प्रकाशित करने के लिए कटिबद्ध हूँ।"

"वाह-वाह!" प्रशांत ने ताली बजाई, "मोहतरमा, आप बैंक में क्या कर रही हैं, किसी फिल्म में चली जाइए तो ऐसे धाँसू संवाद बोलकर अच्छी-अच्छी हीरोइनों की छुट्टी कर देंगी।"

"मैं तुम्हारी जगह होती, तो नींद की गोलियाँ खाकर जान दे देती!" श्यामला भी बोले बिना न रही, "शादी से पहले इश्क लड़ाना कोई छोटा अपराध है क्या? चलो, गलती हो गई तो उसका प्रायश्चित्त सिर्फ आत्महत्या है। लड़की जात का ऐसी बेहयाई से अपने प्यार का ढिंढोरा पीटना··· सच में कितना शर्मनाक लगता है।"

"चुप रहो तुम!" नीलिमा का मन इस लिपी-पुती फैशन की पुतली के प्रति नफरत से भर गया, "मेरी बेटी को आत्महत्या के लिए उकसाने की अगर और ज्यादा कोशिश की तो तुम्हें भी आरोपी बनाकर नामजद कर दिया जाएगा।"

श्यामला तो सिटपिटाकर चुप हो गई, पर सुषमा गला फाड़कर डकराई, "जैसी बेटी, वैसी माँ! वह सेर, तो यह सवा सेर। उसने एक को कोर्ट-कचहरी

की धमकी दी, इसने पूरे घर के हाथों में हथकड़ी डलवाने का प्लान बना लिया।"

इसके बाद सुषमा ने जो धाराप्रवाह गंदी गालियाँ दीं, उन्हें सुनकर दीपिका ने कानों में उँगली डाल ली।

"देखो, झगड़ा बढ़ाने से कोई फायदा नहीं।" शांतिस्वरूप ने बीच-बचाव किया, "इन लोगों से पूछो, अगर हमारे बेटे की नादानी भरे कदम की कीमत चाहिए, तो मुँह खोलकर माँग लें। हम अभी और यहीं पर पैसे से इनका मुँह बंद करके हँसी-खुशी वापस लौट जाएँगे। मनोज तो अब इन्हें मिलने से रहा। पैसों से इनकी शिकायत की भरपाई करने के लिए हम तैयार हैं।"

"मेरी बेटी का इससे ज्यादा अपमान नहीं हो सकता।" नीलिमा तिलमिला उठी, "तुम लोग उठो और फौरन यहाँ से चले जाओ। हमारी अगली मुलाकात अब कोर्ट में ही होगी।"

प्रशांत ने उठकर शर्ट की बाँहें चढ़ाने का उपक्रम किया, "यह काम हमें पहले ही करना चाहिए था। लौंडिया मरवा देते, राह का काँटा निकल जाता। कान खोलकर सुन लो, अब अगर ज्यादा तेजी दिखाई, तो इसकी लाश का भी पता नहीं लगेगा। ऐसी चींटियों को पाँव तले मसल देना हमें खूब आता है, समझीं?"

नीलिमा का चेहरा गुस्से से लाल हो उठा। दीपिका ने आँखों-ही-आँखों में उसे शांत रहने को कहा।

माहौल बहुत गरम हो चुका था।

एक-एक करके आगंतुक उठे और कमरे से बाहर निकलने लगे। मनोज पूरे वक्त एक शब्द भी नहीं बोला था। जाते-जाते उसके मन में पता नहीं क्या आया कि अचानक ठिठककर दीपिका को दोनों हाथों से झिंझोड़ते हुए कसकर धक्का दिया। दीवार के पास धरी पत्र-पत्रिकाओं की बड़ी रैक से टकराकर दीपिका गिरी और काँच की सेंटर टेबल का कोना चुभ जाने से उसका माथा लहूलुहान हो गया। उस पर निगाह डाले बिना मनोज अपने घरवालों के पीछे-पीछे कमरे से बाहर निकल गया।

नीलिमा बदहवास होकर बेटी की तरफ दौड़ी, "इस कमीने ने मेरी बच्ची की जान ले ली! अरे, कोई दौड़कर पकड़ो इसे।"

पर मुजरिम को पकड़नेवाला वहाँ था ही कौन?

बेटी चोटिल होकर फर्श पर पड़ी हुई थी और माँ माथे से बहते खून को रोकने के लिए छटपटाती हुई फर्स्ट-एड का बॉक्स उठाने भीतर दौड़ चुकी थी।

मानसिक बल का प्रयोग करके ही दीपिका ने स्वयं को बेहोश होने से बचाया।

बेटी की प्राथमिक चिकित्सा करते हुए नीलिमा रो पड़ी, "टाँके लगवाने के लिए डॉक्टर के यहाँ ले जाना पड़ेगा। जख्म गहरा है।"

"मैं चिंता नहीं करती।" दीपिका ने दाँतों से होंठ भींचते हुए दर्द को पीने की बहादुरी दिखाई। तनिक शक्ति बटोरकर बोली, "खून रुक गया है। इसी चोटिल हालत में मुझे अब सारी दौड़-धूप करनी होगी। फैसला हो चुका, मुझे इनसाफ की लड़ाई लड़नी है। एफ.आई.आर. दर्ज कराने के लिए मैं थाना लोहामंडी जाती हूँ।"

"पैदल जाने से चक्कर आ जाएगा। मैं ऑटो लेकर आती हूँ।" नीलिमा ने बाहर निकलते हुए कहा।

पर सड़क पर पहुँचते ही उसकी मुलाकात शबाना जी से हो गई। नौबस्ता में ही रहनेवाली यह महिला सुप्रसिद्ध समाज-सेविका थी। नीलिमा का बदहवास चेहरा देखकर शबाना जी वजह पूछे बिना न रह सकीं। संक्षेप में सुनकर ही बात समझ ली। कहा, "आप अपने घर जाइए। ऑटो करने की जरूरत नहीं है। मैं गाड़ी लेकर आती हूँ। चूँकि समय कम है, इसलिए हमें आज ही पूरी दौड़-धूप करनी होगी।"

नीलिमा ने कृतज्ञ दृष्टि से उनकी तरफ देखा और घर लौट गई।

कुछ देर में शबाना जी अपनी कार लिये हुए उसके दरवाजे पर थीं।

□

3

थाना लोहामंडी।

दोपहर लगभग बारह बजे का समय।

सुप्रसिद्ध समाज-सेविका शबाना जी को आगरा शहर में कौन नहीं जानता?

फिर, यह तो उनका रिहायशी इलाका था। एक सुंदर युवती और एक भद्र महिला के साथ जब वह थाने में घुसीं, तो कुरसी पर बैठा पुलिस कॉन्स्टेबल सजग हो गया।

शबाना जी बोलीं, "एक एफ.आई.आर. दर्ज करानी है।"

कॉन्स्टेबल ने मुस्तैद होकर पूछा, "किसके खिलाफ?"

"कमला नगर निवासी डॉ. मनोज पर इस लड़की के साथ लगातार आठ साल रेप तथा अन्य अपराधों के सिलसिले में।"

आठ साल?

सामने बैठे पुलिस अधिकारी ने चौंककर लड़की की तरफ देखा।

उसे लगा, इस लड़की के साथ 'रेप' शब्द कितना बेमेल है। विधाता ने क्या इस फूल को पाँवों तले कुचलने-मसलने के लिए बनाया है? इसे लड़की के बजाय रूप और यौवन का छलकता कलश कहा जाए, तो अतिशयोक्ति नहीं होगी।

बड़ी-बड़ी कजरारी आँखें।

अंडाकार चेहरा।

गुलाब की पँखुड़ियों से अधर द्वय।

गोरा रंग और लंबी-तन्वंगी देह के विनियोग ने जो समानुपातिक देह-यष्टि निर्मित कर दी थी, उसे देखकर अधिकारी हतबुद्धि-सा रह गया। माथे के ताजा जख्म से खून अभी भी रिस रहा था।

क्षण भर बाद, अलमारी से रजिस्टर निकालकर खोलते हुए बोला, "हाँ, कहिए।"

दीपिका ने बात शुरू की तो खुद-ब-खुद एक गंभीर माहौल बनता चला गया। प्रतिवादी डॉ. मनोज शर्मा जल्द ही शादी कर लेने का झाँसा देकर पिछले आठ साल से वादी दीपिका का शारीरिक शोषण करता आ रहा है। परसों पाँच मार्च को लखनऊ की एक डॉक्टर लड़की से मनोज शर्मा की शादी होने जा रही है, जो दीपिका के साथ वादाखिलाफी है। इस शादी के विरुद्ध एतराज जताने पर प्रतिवादी और उसके माता-पिता व भाई-भाभी अभी घंटा भर पहले वादी के घर पहुँच गए और कई किस्म का आपत्तिजनक व्यवहार किया। वहाँ से लौटते समय प्रतिवादी मनोज शर्मा ने पूरे पाशविक अंदाज में उसे इतनी जोर से धक्का दिया कि वादी का माथा लहूलुहान हो गया है। इस तरह प्रतिवादी मनोज शर्मा सहित उसका पूरा परिवार वादी दीपिका के प्रति किसी-न-किसी आपराधिक कृत्य में संलग्न रहा है। प्रतिवादी मनोज तथा उसके परिवार के चार सदस्यों—माता, पिता, भाई, भाभी—के खिलाफ यह शिकायतनामा उचित काररवाई के लिए दर्ज कराया जा रहा है।

इस विवरण के नीचे शिकायतकर्ता के रूप में दीपिका ने हस्ताक्षर किए। शिकायत दर्ज करनेवाले अधिकारी ने भी अपने हस्ताक्षर किए। दो गवाहों के रूप में शबाना जी तथा नीलिमा ने अपने नाम लिख दिए। इसके बाद तारीख और समय सूचित करके रजिस्टर बंद कर दिया गया।

इसी समय थाने में इंस्पेक्टर देवेश वर्मा ने प्रवेश किया, तो शबाना जी का चेहरा खिल उठा। वह लपककर आगे बढ़ीं और इंस्पेक्टर को अपने इस समय यहाँ आने का प्रयोजन बताया।

गंभीर कंठ से कहा, “इंस्पेक्टर, आप देख ही रहे हैं कि मामला संगीन है। चूँकि अपराधी की बारात परसों सुबह लखनऊ के लिए निकल जाएगी, इसलिए यदि हम उसे यहाँ गिरफ्तार नहीं कर सके तो लखनऊ में गिरफ्तारी के लिए वहाँ की पुलिस का सहयोग लेना पड़ेगा। ऐसे में ऊँट पता नहीं किस करवट बैठे! लड़कीवालों का परिवार अपनी इज्जत बचाने के लिए इस गिरफ्तारी में यथासंभव अड़ंगा लगाएगा।”

“आप सही कहती हैं।” इंस्पेक्टर देवेश ने स्वीकार किया, “पीड़िता को न्याय दिलाने के लिए हमारे पास सिर्फ डेढ़ दिन का वक्त है। कल का पूरा और आज का आधा दिन। इसी समय-सीमा में हमें सबकुछ करना होगा।”

“बताइए, क्या करें?”

“चूँकि मुख्य अपराध रेप है, इसलिए सबसे पहले उसे साबित करना जरूरी

है। आप पीड़िता को यहाँ से सीधे जिला अस्पताल ले जाइए। युवती के साथ शारीरिक संबंध बनाए गए हैं, इसकी पुष्टि जरूरी है। फिर, माथे का यह ताजा जख्म अपराधी की पाशविकता, आक्रामकता और शारीरिक चोट पहुँचाने की कोशिश का बोलता हुआ सबूत है। इसलिए आप इन्हें लेकर सीधे जिला अस्पताल जाएँ और मेडिकल जाँच की रिपोर्ट हाथोहाथ माँग लें।"

"सर, मुझे इस काम में भी पुलिस की मदद चाहिए।" शबाना जी सोचती हुई बोलीं, "प्लीज, आप महिला थाने पर फोन करके किसी महिला पुलिसकर्मी को जिला अस्पताल पहुँचने का आदेश दे दीजिए। पुलिस साथ रहेगी तो डॉक्टर हमारे केस की गंभीरता समझेंगे।"

"ठीक है। आप लोग चलिए। मैं फोन किए देता हूँ। कोई महिला कॉन्स्टेबल आपकी मदद के लिए जिला अस्पताल पहुँच जाएगी।"

"धन्यवाद सर!" कहती हुई शबाना जी उठ खड़ी हुईं। उनके साथ ही नीलिमा और दीपिका भी लोहामंडी थाने से बाहर निकल आईं।

दीपिका का चेहरा ऊपर से शांत दिखाई देने पर भी कलेजे के भीतर गहरा झंझावात चल रहा था। जानती थी कि एक लंबी, उबाऊ और अनिश्चित परिणामवाली प्रक्रिया की शुरुआत हो चुकी है। इस संपूर्ण शीर्षासन का क्या नतीजा निकलेगा, वह नहीं जानती थी। पर मन में सिर्फ एक संतोष था कि प्यार को खेल और मखौल बना देनेवाले प्रवंचक को उसकी करनी का फल चखाने की वह यथासंभव कोशिश कर रही है।

शबाना जी की गाड़ी जिला अस्पताल के फाटक पर जाकर रुक गई। महिला कॉन्स्टेबल के आगमन की प्रतीक्षा के लिए मन-ही-मन सभी तैयार थे, पर इन लोगों की उम्मीद से कहीं पहले वह पुलिसकर्मी आ चुकी थी और फाटक पर ही खड़ी थी। उसकी वरदी से उसे पहचानकर शबाना जी सोत्साह आगे बढ़ीं और मेडिकल जाँच जल्द करवाने का निवेदन किया।

गनीमत थी, डॉक्टर अपनी कुरसी पर मिल गए, इसलिए एक बार फिर सबने राहत महसूस की। इंस्पेक्टर देवेश का फोन डॉक्टर के पास भी आ चुका था और समय-सीमा की दुहाई देते हुए जाँच रिपोर्ट तुरंत सौंप देने का अनुरोध डॉक्टर ने स्वीकार कर लिया था। आनन-फानन में एक फॉर्म भरा गया और डॉक्टर ने मामले की संजीदगी समझते हुए तुरंत ही पीड़िता की शारीरिक-मानसिक जाँच शुरू कर दी।

ऊपर से सामान्य दिखाई देने की पूरी कोशिश करने पर भी दीपिका भीतर से बेहद तनावग्रस्त थी। उसका ब्लड प्रेशर ज्यादा निकला। माथे की चोट गहरी थी और उसकी वजह से अभी तक उसका सिर चकरा रहा था। डॉक्टर ने अविलंब चार-पाँच टाँके लगाए जाने की जरूरत बताई। पूर्ण आराम के लिए कहा। अंदरूनी जाँच का नतीजा पहले से ही सब जानते थे। दीपिका का कौमार्य भंग हो चुका था और पिछले आठ वर्षों से दैहिक-शोषण किए जाने का आरोप सही माना जा सकता था।

एक पढ़ी-लिखी, बैंककर्मी युवती के साथ रेप का इतना लंबा और घिनौना खेल किसी भी संवेदनशील मन को द्रवित कर देने के लिए काफी था। डॉक्टर ने अपनी ओर से सहयोग देने में कोई कोताही नहीं की। तुरंत जाँच रिपोर्ट देने की बाध्यता न होने के बावजूद सिर्फ एक घंटे में अपने हिस्से का सारा काम पूर्ण कर दिया। शबाना जी एक बार फिर कृतज्ञ थीं, "धन्यवाद डॉक्टर! आपके इस सहयोग के लिए हम आभारी हैं। यदि कल रात तक मुजरिम की गिरफ्तारी हो जाती है, तो समझिए कि पीड़िता को न्याय दिलाने में आपकी भी महत्त्वपूर्ण भूमिका रही।"

"मैंने सिर्फ अपने फर्ज का पालन किया है, धन्यवाद देने की कोई जरूरत नहीं है।" डॉक्टर ने शिष्टता से कहा।

जैसे ही यह महिला मंडली डॉक्टर के कक्ष से बाहर निकली, महिला पुलिसकर्मी के मोबाइल की घंटी बज उठी।

उधर से इंस्पेक्टर देवेश पूछ रहे थे, "सुरेखा, रेपवाले केस में डॉक्टरी जाँच हो गई?"

"जी सर।"

"ऐसा है, मैं एक मामले की जाँच के लिए इसी वक्त कोतवाली सिकंदरा जा रहा हूँ। इस केस को भी डील करने के लिए मैंने फोन पर पुलिस उपाधीक्षक से अनुमति ले ली है। 161 के बयान के लिए पीड़िता से तुरंत वहाँ पहुँचने को कहो। इस केस में आरोपी पर शिकंजा कसने के लिए एक-एक मिनट बचाने की जरूरत है।"

"जी सर।"

"इस सिलसिले में तुम्हारा काम खत्म। तुम अब महिला थाने जा सकती हो।" कहने के साथ ही उधर से फोन बंद हो गया।

महिला कॉन्स्टेबल सुरेखा ने फोन पर हुई सारी बातचीत की सूचना दी।

शबाना जी व्यस्त भाव से बोलीं, "मुझे खुशी है कि पीड़िता को न्याय दिलाने

के लिए पुलिस का रवैया बेहद सहयोगी है। हम लोग तुरंत कोतवाली सिकंदरा पहुँचते हैं। वहाँ इंस्पेक्टर देवेश जाँच अधिकारी के रूप में बयान लेने के बाद कोर्ट में पीड़िता का 164 का बयान लिये जाने की अर्जी देंगे।"

पढ़ी-लिखी होने के बावजूद दीपिका और नीलिमा का कानूनी ज्ञान सीमित ही था। 161 और 164 का बयान जैसे कानूनी दाँव-पेच उनकी समझ के बाहर थे। नीलिमा हृदय से ईश्वर को धन्यवाद दे रही थी कि ऑटो की खोज में घर से निकलते ही उसे शबाना जी मिल गईं और तुरंत मार्गदर्शन के लिए साथ चल दीं। दोनों माँ-बेटी तो लोहामंडी जाकर और एफ.आई.आर. दर्ज कराके वापस लौट आतीं। इतनी हड़बड़ी में किस वकील के पास जाएँ और उससे कानूनी सलाह लें, इन कामों के लिए समय ही कहाँ था? फिर समय की कमी के चलते अपराधी की गिरफ्तारी नहीं हो पाती और सिर्फ हाथ मलने का मलाल जिंदगी भर बना रहता।

मन का उद्वेग सँभाला न जा सका, तो नीलिमा बोल पड़ी, "शबाना जी, किसी ईश्वरीय मदद के रूप में आपका साथ पाकर हमारे हौसले बुलंद हो गए हैं। देखिए न, लोहामंडी थाने में शिकायत दर्ज हो जाने के बाद भी आप हमारी मददगार बनी हुई हैं। इसके लिए किन शब्दों में आपका शुक्रिया अदा करूँ, समझ नहीं पा रही हूँ।"

शबाना जी मुसकराईं, "आप कुछ मत सोचिए। समाज-सेवा के लिए ही तो मैंने 'सहेली' संस्था बनाई है। जरूरतमंद इनसान की मदद को मैं खुदा की इबादत मानती हूँ। आप लोग तो खैर, मेरी मदद के बिना भी कदम-कदम चलकर मंजिल तक पहुँच जातीं, पर जो अनपढ़, बेजुबान और अपने हक से अनजान औरतें समाज में भरी पड़ी हैं, उनके लिए 'सहेली' सचमुच किसी सच्ची और हमदर्द सहेली से कम नहीं है। यकीन मानिए, उन्हें अपने हक की लड़ाई का मतलब भी नहीं मालूम है। उन्हें दिलासा देना, हिम्मत बँधाना और इनसाफ दिलाना हमें भी दिली खुशी दे जाता है।"

"समाज-सेवा करना भी हर किसी के बस की बात नहीं।" नीलिमा ने स्वीकारा, "देखिए न, आपने हमारे लिए न सिर्फ अपना कीमती समय दिया है, बल्कि गाड़ी के पेट्रोल का खर्च भी उठा रही हैं।"

"फिर वही बात!" शबाना जी मुसकराईं, "भूल जाइए इसे और देखिए, हम लोग कोतवाली सिकंदरा पहुँच रहे हैं। इंस्पेक्टर देवेश के सामने दीपिका को पूरी तरह सोच-समझकर बात करनी है।··· जानती हो न, दीपिका?"

"जी हाँ।" दीपिका ने सिर हिलाया।

कोतवाली के भीतर पहुँचकर उन्हें पता चला कि इंस्पेक्टर देवेश अभी किसी जाँच में व्यस्त हैं। अपनी बारी के लिए इन लोगों को कुछ देर इंतजार करना पड़ेगा।

"ठीक है, हम इंतजार करते हैं।" कहते हुए शबाना जी एक खाली कुरसी पर बैठ गईं। नीलिमा और दीपिका के चेहरे पर गहरी थकान के चिह्न साफ पढ़े जा सकते थे। दीपिका तो अब तक अर्धतंद्रा जैसी अवस्था में दिखने लगी थी। शबाना जी का इशारा पाकर नीलिमा एक अन्य खाली कुरसी पर बैठ गई, पर दीपिका दो बार कहने के बावजूद भावहीन-सी खड़ी रही। उसकी हालत देखकर किसी को भी तरस आ जाता। एक पढ़ी-लिखी, नौकरीपेशा युवती बिना कोई जुर्म किए, सिर्फ एक साजिश का शिकार होकर इस अंतर्वेदना को झेल रही थी। इस वक्त उससे कुछ कहने या समझाने-बुझाने का भी अर्थ न था।

कुछ देर बाद चपरासी ने आकर सूचना दी, "जाँच खत्म हो चुकी है। आप लोग अब अंदर जा सकती हैं।"

"आइए, बैठिए।" तीनों महिलाओं के भीतर पहुँचते ही इंस्पेक्टर देवेश ने अपने सामने पड़ी खाली कुरसियों की तरफ इशारा किया।

"हाँ दीपिका, आप बताइए कि क्या कहना चाहती हैं?" इंस्पेक्टर सीधे दीपिका की तरफ उन्मुख हुए, "ध्यान रहे, कोई बात छिपानी नहीं है। कोई झिझक-संकोच नहीं। कोई डर-भय नहीं। ध्यान रहे, कानून आपके साथ है और कानून के संरक्षण में आप पूरी तरह सुरक्षित हैं।"

"जी।" दीपिका सजग होती हुई बोली।

"डॉ. मनोज शर्मा पर रेप का संगीन आरोप आपने आज एफ.आई.आर. दर्ज कराते हुए लगाया है। मैं उसी के बारे में विस्तार से जानना चाहता हूँ।" इंस्पेक्टर ने गहरी दृष्टि से देखते हुए कहा।

क्षणिक चुप्पी के बाद दीपिका ने बोलना शुरू किया। या यों कहें कि परत-दर-परत अपने दर्द को खोलना शुरू किया। क्या नहीं था उसके दर्द भरे कलेजे में? आहें-कराहें थीं, बेवफा प्रेमी के छल-प्रपंच की टीस थी, समाज की धिक्कार भरी प्रतिक्रिया की आशंका थी और अर्जित मान-सम्मान के तिरोभाव का भय था।

इंस्पेक्टर देवेश ने लिपिबद्ध हो जाने के बाद उसे पढ़कर सुनाया और पूछा, "इसमें किसी शब्द या वाक्य पर आपको आपत्ति तो नहीं है?"

"जी नहीं।" दीपिका बोली।

"ठीक है, हस्ताक्षर करें।" इंस्पेक्टर ने 161 के उस बयान पर दीपिका के

हस्ताक्षर करवाए और कहा, "आज का काम अब खत्म। आप घर जा सकती हैं, लेकिन पुलिस का काम अभी खत्म नहीं हुआ है। इस बयान की गंभीरता के आधार पर आज ही न्यायाधीश से 164 का बयान लेने की अनुमति माँगी जाएगी। कल दोपहर से पहले यदि बयान हो गया, तभी कागज-पत्र तैयार करके रात तक आरोपी की गिरफ्तारी संभव हो सकेगी। चूँकि समय कम है, इसलिए हमें एक-एक मिनट को कीमती समझकर उसका सदुपयोग करना है।"

"पुलिस के इस सहयोग के लिए बहुत-बहुत शुक्रिया, इंस्पेक्टर।" शबाना जी गद्‌गद हो उठीं।

"यह 164 का बयान..." दीपिका माथे पर बल डाले हुए बोली।

"तुम चलो। मुझे इसके बारे में जानकारी है। रास्ते में बता दूँगी।" शबाना जी ने आश्वासन दिया।

तीनों महिलाएँ कोतवाली से बाहर निकल आईं और गाड़ी में बैठ गईं।

शबाना जी ने बात का सूत्र जोड़ा, "तुम 164 के बयान के बारे में पूछ रही थीं न!"

"जी हाँ।" दीपिका ने उनकी तरफ देखा।

"इंस्पेक्टर देवेश ने आज कोतवाली में तुम्हारा 161 का बयान लिया है। कोर्ट इसे पूर्ण प्रामाणिक नहीं मानती, क्योंकि यह बयान पीड़िता को डरा-धमकाकर भी पुलिस द्वारा लिया जा सकता है। पर 164 का बयान मजिस्ट्रेट के आदेश से अन्य मजिस्ट्रेट द्वारा बंद कमरे में लिया जाएगा। उसकी पारदर्शिता और निष्पक्षता पर कोर्ट संदेह नहीं करती, इसलिए कल का बयान ही पूरे मुकदमे की धुरी रहेगा। खूब समझ-बूझकर देना।"

दीपिका चुप रही। चिंतामग्न हो उठी थी।

शबाना जी सचमुच लोकोपकार की भावना से भरी, एक सहृदय महिला थीं। कानूनी प्रक्रिया निपट जाने पर सीधे एक चिकित्सक के क्लीनिक के सामने गाड़ी रोकी। उतरते हुए बोलीं, "आओ दीपिका, घर पहुँचाने से पहले तुम्हारी मरहम-पट्टी करवाती चलूँ। याद है, मेडिकल जाँच के दौरान डॉक्टर ने 4-5 टाँके लगाए जाने की जरूरत बताई थी।"

"ओह, आप कितना कर रही हैं हमारे लिए!" नीलिमा कृतज्ञता से भर उठी।

शबाना जी सिर्फ मुसकराती रहीं।

लेकिन दीपिका के माथे के जख्म की दवा-दारू हो जाने पर जब वह अपना

पर्स खोलने लगीं, नीलिमा ने कोमलता से उनकी हथेली दबा दी, "प्लीज ठहरिए। डॉक्टर की फीस और दवा का मूल्य मुझे ही चुकाना है। आपने आज हमारे लिए इतना कुछ किया है, जिसके बोझ से पहले ही मैं दबी जा रही हूँ।"

शबाना जी ने कुछ न कहा। डॉक्टर के क्लीनिक से बाहर निकलने के बाद माँ-बेटी को उनके घर के द्वार तक छोड़ आईं।

फिर गाड़ी मोड़ने से पहले बोलीं, "अदालत की अनुमति मिलने के बाद इंस्पेक्टर देवेश आप लोगों को फोन करेंगे। बयान देने के लिए दीपिका को कोर्ट पहुँचना होगा। इस बीच यदि कोई खास बात हो तो मेरे पास सूचना पहुँचा देना। एक बार मनोज की गिरफ्तारी हो जाए, फिर हाल-फिलहाल की चिंता खत्म! मुकदमे की काररवाई अपने हिसाब से चलती रहेगी।"

"जी हाँ।" दीपिका और नीलिमा एक साथ बोलीं।

शबाना जी की गाड़ी आगे बढ़ गई।

□

अगले दिन सुबह नौ बजे दीपिका के मोबाइल की घंटी बजी।

उधर से इंस्पेक्टर देवेश बोले, "164 के बयान की कोर्ट से अनुमति मिल गई है। दोपहर बारह बजे के बाद कभी भी बयान हो सकता है। तुम्हें इससे पहले न्यायालय पहुँचना है।"

"जी, मैं कहाँ पहुँचूँ?" दीपिका ने पूछा।

"मजिस्ट्रेट प्रदीप लवानिया साहब से मिलो। इसके बाद की जानकारी वही देंगे।" कहकर इंस्पेक्टर ने फोन रख दिया।

दीपिका ने नीलिमा को फोन पर हुई बातचीत बताई, तो वह सोचती हुई बोली, "मैं जल्दी से भोजन तैयार करती हूँ। खा-पीकर हमें निकलना चाहिए। वहाँ पता नहीं कितनी देर लग जाए।"

दीपिका ने सिर हिला दिया।

कल दोपहर से लगातार व्यस्तता के बावजूद वह बहुत मानसिक शांति अनुभव कर रही थी। यदि दुविधाग्रस्त मनोस्थिति में एक दिन और निकाल देती, फिर सारी भाग-दौड़ निष्फल हो जाती। कल दोपहर में अपने परिवार के साथ मनोज का आना और हर किस्म का नंगा नाच दिखाना उसे एक फैसले पर पहुँचने को बाध्य कर गया। चिंता अभी है कि क्या आज रात तक मनोज की गिरफ्तारी हो पाएगी? पर प्रयास जारी रहने का संतोष भी तो छोटा नहीं है।

पौने बारह बजे दीपिका और नीलिमा कोर्ट पहुँच गईं। शबाना जी आज अन्यत्र व्यस्त रहने की बात पहले ही कह चुकी थीं। मजिस्ट्रेट प्रदीप लवानिया ने बताया कि दीपिका का बयान मजिस्ट्रेट सरोज गर्ग लेंगी, जिनके पास कोर्ट के ऑर्डर की सूचना पहुँच चुकी है।

माँ-बेटी दोनों ही अतिशय घबराई हुई थीं। यदि भाग-दौड़ भरी इस जगह पर घड़ी की सुइयाँ यूँ ही आगे बढ़ती रहीं और कोर्ट बंद होने का समय आ गया, तो उनकी आज की काररवाई का किसी अन्य दिन के लिए टल जाना यहाँ सामान्य बात है, पर उन दोनों के लिए...

नीलिमा का जी चाहा कि एक बार फोन करके शबाना जी से कोर्ट पहुँचने का अनुरोध कर दे। उनकी उपस्थिति से संबल मिलता है और उनके प्रभावशाली वजूद से काम जल्दी निपट जाने की संभावना बढ़ जाती है।

पर शबाना जी का नंबर मिलाने के बाद भी वह उन्हें रिंग न कर सकी। अपनी स्वार्थपरता पर शर्म आ गई। आज मैडम दूसरी जगह किसी अन्य गंभीर मामले में व्यस्त हैं। ठीक वैसे ही, जैसे कल पूरे दिन उन दोनों माँ-बेटी को साथ लेकर अपनी गाड़ी से भागती रही थीं। कल यदि किसी ने अकुलाकर उन्हें फोन द्वारा बुलाना चाहा होता तो दोनों माँ-बेटी पर क्या बीतती ?... न, इनसानियत के नाते आज उन्हें परेशान करना उचित नहीं है। मामले की गंभीरता इंस्पेक्टर देवेश ने जब कोर्ट को जतला ही दी है, तो अग्रिम काररवाई का धैर्य के साथ इंतजार करना चाहिए। घंटे-दो घंटे विलंब के बाद भी यदि बयान हो जाता है तो दिक्कत क्या है ?

सचमुच यही हुआ।

मजिस्ट्रेट सरोज गर्ग किसी अन्य केस की सुनवाई में व्यस्त थीं। वहाँ से मुक्त होते ही उन्होंने पेशकार से कहा, "मालूम करो, दीपिका हाजिर है ?"

"हाँ, हाजिर है।" पेशकार की बुलंद आवाज सुनते ही नीलिमा हड़बड़ाकर बोल पड़ी। दीपिका के चेहरे पर भी उत्तेजना छा गई। वह भीड़ से बाहर निकलकर पेशकार के पास पहुँची और उसके साथ अंदर जाकर मजिस्ट्रेट के सम्मुख खड़ी हो गई।

"तुम्हें 164 का बयान देना है।... तैयार हो ?" मजिस्ट्रेट ने पूछा।

"जी हाँ।" कहते हुए दीपिका के गले में काँटे से उग आए। मजिस्ट्रेट अपनी कुरसी से उठीं और उसे साथ लेकर दूसरी जगह चल दीं। उन्हें जाता देखकर नीलिमा भी चंद कदमों के फासले से साथ हो ली। ये लोग कचहरी के जिस हिस्से

में पहुँचे, वहाँ भीड़ अपेक्षाकृत कम थी। एक कतार में कुछ कमरे बने हुए थे, जिनके सामने खुला बरामदा था।

दीपिका जब मजिस्ट्रेट के साथ चंद सीढ़ियाँ चढ़कर बरामदे में पहुँची तो ठिठक गई। उसे पता था, माँ साथ-साथ आई हैं। उसे रुकता देख सरोज गर्ग ने पूछा, "यह महिला तुम्हारे साथ हैं?"

"जी हाँ। मेरी माँ हैं।" दीपिका ने बताया।

"इन्हें यहीं बरामदे में बैठकर तुम्हारे लौटने का इंतजार करना होगा। भीतर नहीं जा सकेंगी।" मजिस्ट्रेट बोलीं।

"मैं यहीं बैठी हुई हूँ।" तत्परता से नीलिमा बोल पड़ी। उसकी आँखों के सामने उसकी बेटी को साथ लेकर मजिस्ट्रेट सरोज गर्ग एक कमरे में प्रविष्ट हो गईं। बाहर स्टूल पर बैठा चपरासी उठकर खड़ा हो गया था। उनके अंदर जाने के बाद उसने दरवाजा बंद कर दिया।

□

कमरे के भीतर एक बड़ी मेज के आमने-सामने पड़ी दो कुरसियों पर मजिस्ट्रेट सरोज गर्ग और दीपिका बैठ गईं। सौम्य नजरों से दीपिका का चेहरा देखते हुई मजिस्ट्रेट ने पूछा, "दीपिका, तुम 164 के बयान की गंभीरता जानती हो?"

"कुछ-कुछ।" दीपिका बोली।

"देखो, यह बयान तुम्हारे पूरे मुकदमे में एक अहम रोल अदा करेगा। तुम इसे किसी दबाव की वजह से तो नहीं दे रही हो?"

"जी नहीं।"

"कभी-कभी किसी लड़की को डरा-धमकाकर या बहला-फुसलाकर निजी स्वार्थसिद्धि के लिए यह बयान दिलवा दिया जाता है। किसी निर्दोष पुरुष को बलात्कार के आरोप में फँसाने के लिए दबंग द्वारा ऐसा कराया जाना संभव है। मैं तुमसे साफ-साफ पूछ रही हूँ, तुम्हारे ऊपर ऐसा कोई दबाव तो नहीं है?"

"जी नहीं।" दीपिका दुबारा उसी निष्कंप कंठ से बोली।

"इससे पहले तुम 161 का बयान पुलिस इंस्पेक्टर के सामने दे चुकी हो। जरूरी नहीं है कि अपना वही बयान तुम यहाँ दोहराओ। यहाँ सिर्फ हम दो जने हैं, तीसरा कोई तुम्हारी बात नहीं सुन रहा है। ऐसे में तुम निर्भीक होकर अपनी बात कह सकती हो। इस बयान को निष्पक्ष और पारदर्शी बनाने के लिए तुम्हें सहज होकर अपना मन खोलना है। कोई झिझक-संकोच नहीं, कोई डर-भय नहीं।… समझ गईं।"

"जी हाँ।"

"एक बात और। इस बयान का तुम्हारे खिलाफ भी इस्तेमाल हो सकता है, इसलिए इसमें झूठ, छल या फरेब का सहारा नहीं लेना है। अदालत ने तुम्हें अपने मन की बात को बेखौफ कहने का यहाँ पूरा मौका दिया है। तुम्हारे बयान का एक-एक शब्द सच होगा, इसका कानून को पूरा भरोसा है।... अब मैं तुम्हारा बयान लेना शुरू करूँ?"

"जी हाँ।"

"तुम्हारा नाम क्या है?"

"दीपिका शर्मा।"

"डॉ. मनोज शर्मा तथा उसके परिवार के खिलाफ तुमने एफ.आई.आर. दर्ज कराई है?"

"जी हाँ।"

"डॉ. मनोज शर्मा से तुम्हारा परिचय कब से है?" मजिस्ट्रेट ने पूछा।

"लगभग चौदह वर्ष पुरानी दोस्ती है यह।" दीपिका बोली।

"डॉ. मनोज शर्मा के खिलाफ तुम्हारा आरोप क्या है?"

वर्ष 2000 की वह संध्या दीपिका के मानस में कौंध गई, जब उर्मिला मौसी के यहाँ संपन्न हुए विवाह-समारोह के दौरान मनोज से उसकी पहली मुलाकात हुई थी। दोस्ती किस तरह बढ़ी, कैसे प्रगाढ़ हुई और वर्ष 2006 में किस हालात में शारीरिक संबंध जुड़े, उसने निष्कंप कंठ से बताया।

यानी एक प्रश्न-श्रृंखला शुरू हो गई थी और इन सवालों के माध्यम से मजिस्ट्रेट सरोज गर्ग पीड़िता के तन-मन के जख्मों को कानून की आँख से बखूबी देख पा रही थीं। आठ साल का लंबा देह-शोषण सिर्फ शादी का लासा फेंकने की वजह से ही तो चलता रहा।

"क्या पहली दफा शरीर संबंध बनाने में तुम्हारी भी स्वीकृति थी?"

"माँ की गंभीर बीमारी से मैं इतनी परेशान थी कि सेक्स जैसे विषय पर सोचने का अर्थ ही नहीं उठता था, पर आकस्मिक हालात में मनोज ने मदद करके मुझे जैसे बिना मोल खरीद लिया था। उसने मेरी इनकार न कर सकने की इसी मनोस्थिति का फायदा उठाया।"

"उसके बाद तो ऐसी कोई आकस्मिक परिस्थिति नहीं थी। फिर भी तुमने उन संबंधों पर विराम क्यों नहीं लगाया?"

"मुझे उसके चेहरे पर और उसकी बातों में सच्चाई दिखाई दी थी। उम्र भी कम थी। बी.ए. में पढ़ती थी। भावुकता में बह गई। इस शरीर संबंध का नतीजा गर्भ के रूप में आया, तो उसने धोखे से गर्भपात करा दिया। मुझे और मेरी माँ को शादी का भरोसा दिलाने के लिए होटल में सगाई की रस्म तक निभाई। इस वजह से मेरी माँ भी धोखे में आ गई। जब-तब मिलने की माँ ने मुझे छूट दे दी।"

"पढ़ी-लिखी, समझदार, नौकरीपेशा लड़की का लगातार लंबे आठ वर्षों तक झाँसे में आए रहना मेरी समझ में नहीं आता। क्या एक बार भी तुम्हारे मन में शक नहीं जागा कि वह लड़का शादी से मुकर सकता है? ऐसे में तुम्हारी क्या स्थिति होगी? उससे संबंध न तोड़ने की कोई तो वजह रही होगी।"

"जी हाँ। वजह थी। गर्भपातवाली घटना के बाद मैं इतनी विचलित हो गई थी कि उससे संबंध तोड़ने पर आमादा थी। मेरा स्वाभिमान मुझसे बार-बार उससे अलग हो जाने के लिए कह रहा था, पर उसने अपनी लच्छेदार बातों से मुझे जाल में फँसाए रखा।"

"एक पढ़ी-लिखी लड़की से बुद्धि-विवेक की अपेक्षा की जाती है। तुम उस वक्त बी.ए. में पढ़ रही थीं। नादान उम्र की अनपढ़ लड़की नहीं थीं। उसकी किन बातों से विचलित हो गईं, मैं जानना चाहती हूँ?"

"उसने कहा कि मुझे अपनी माँ के बारे में सोचना चाहिए। उसने शादी के बाद मेरी माँ का पूरा ध्यान रखने का वचन दिया था। चूँकि माँ के साथ उसके आत्मीय संबंधों को मैं जानती थी और माँ सहज भाव से उसके साथ घुलती-मिलती थी, इसलिए इस खास बिंदु पर मैं दुविधाग्रस्त हो गई। मुझे लगा, जिस माँ ने मेरे लिए इतना त्याग-तपस्या भरा जीवन जिया है, उसके सुरक्षित भविष्य के बारे में सोचना मेरा फर्ज है। हर लड़का शादी के बाद मेरी माँ के प्रति सहृदय नहीं हो सकता था। ऐसी स्थिति में मेरी माँ बुढ़ापे में दर-दर की ठोकरें खाने के लिए बाध्य होती। अपनी माँ के लिए किसी वृद्धाश्रम में बुढ़ापा काटने की कल्पना ही मेरे लिए तकलीफदेह थी।''' बस, यह बिंदु मेरे लिए खास मायने रखता था। मैं उसके साथ संबंध नहीं तोड़ सकी थी।"

एक गहरा 'हूँऽ' मजिस्ट्रेट के मुँह से निकला।

प्रश्नों के लंबे क्रम में मजिस्ट्रेट का एक सवाल था, "प्रतिवादी तुम्हारे साथ छल कर रहा है, इसका पता तुम्हें कब चला?"

"विगत उनतीस फरवरी को ही जयपुर के एक अस्पताल में उसके साथ काम

करनेवाले डॉ. सिद्धार्थ के फोन से मुझे पता चला कि लखनऊ की एक डॉक्टर लड़की के साथ मनोज शादी करने जा रहा है।"

"तुमने इस सूचना पर यकीन किया?"

"नहीं। मैंने वास्तविकता जानने के लिए मनोज से संपर्क किया। उनतीस फरवरी की शाम को मैं उससे मिली। उसने फिर जल्दी शादी करने का पूरा भरोसा दिलाया। इससे मैं दुविधाग्रस्त हो गई कि कहीं डॉ. सिद्धार्थ का फोन ही तो झूठा नहीं था? अपने सहकर्मी के प्रति किसी रंजिश की वजह से मुझे बरगलाने के लिए उसके खिलाफ वह फोन किया गया हो।"

"यानी तुम मनोज की धोखाधड़ी को लेकर किसी निष्कर्ष पर नहीं पहुँच सकीं?"

"जी हाँ।"

"फिर क्या हुआ?"

"फिर सोमवार दिनांक दो मार्च को बैंक में मेरे पास एक रजिस्टर्ड पत्र आया, जिसमें डॉ. सिद्धार्थ द्वारा भेजा गया मनोज की शादी का निमंत्रण-पत्र मौजूद था। चूँकि यह विवाह का अकाट्य साक्ष्य था, इसलिए मैं इसे पाकर एकदम टूट गई।"

"वह कार्ड इस वक्त तुम्हारे पास है?"

"जी हाँ।" और दीपिका ने पर्स खोलकर उसे निकाला और मजिस्ट्रेट के सामने रख दिया।

सरोज गर्ग उलट-पलटकर उसे देखती रहीं।

चेहरा अतिशय गंभीर हो उठा था।

"इस कार्ड को देखकर तुम्हारी क्या प्रतिक्रिया हुई?"

"मनोज से इस धोखाधड़ी की मुझे अपेक्षा नहीं थी। मैं बहुत विचलित हो उठी। कभी उसके खिलाफ इनसाफ का दरवाजा खटखटाने की इच्छा होती, कभी निराशा से भरकर आत्महत्या का जी चाहता और कभी उसके पाँव पकड़कर शादी के लिए राजी करने की चाहत जागती। दो मार्च का बाकी दिन इसी ऊहापोह में कटा। तीन मार्च को मैं उसके घर जाकर मिली, तो उसने शादी के लिए दो-टूक इनकार कर दिया। प्रतिशोध से भरकर मैं पुलिस और न्यायालय तक अपनी बात पहुँचाने की बात कहकर वापस लौट आई। मेरे साहस से वह इतना तिलमिला उठा था कि घंटे भर बाद अपने परिवार के साथ मेरे घर आया। न सिर्फ पूरे परिवार ने क्रोधावेग में तरह-तरह की धमकियाँ दीं, अपितु मनोज ने धक्का देकर मेरा माथा

फोड़ दिया। मैं लहूलुहान हो गई थी और इलाज के समय डॉक्टर ने माथे पर पाँच टाँके लगाए हैं। मेडिकल रिपोर्ट मेरे साथ होनेवाली शारीरिक हिंसा का सबूत है।"

जिला अस्पताल से मिली मेडिकल रिपोर्ट के साथ इलाज करनेवाले डॉक्टर की दवा का परचा दीपिका के मुँह से निकलनेवाले एक-एक हर्फ की सच्चाई का सबूत था।

"आठ साल के लंबे दैहिक शोषण के दौरान तुमने गर्भ ठहरने और गर्भपात कराए जाने की बात भी कही है।"

"जी हाँ। शुरुआती दिनों में ही ऐसा हो गया था। इस पर मनोज ने अपने भाई-भाभी के सहयोग से मुझे नशीला पदार्थ खिलाकर बेहोश कर दिया और मेरे अनजाने में गर्भपात करा दिया। आगरा के ही किसी मोहल्ले में स्थित, चूँकि मैं अधबेहोशी की हालत में होने के कारण स्थान को पहचानने की हालत में नहीं थी, मैटरनिटी होम में यह गर्भपात कराया गया था।"

"नर्सिंग होम का नाम और तारीख बता सकती हो?"

"वह 'गीतांजलि नर्सिंग होम' था। तारीख 15 जुलाई, 2006 थी। इस नाम के नर्सिंग होम का पुराना रिकॉर्ड खँगाला जाने पर मेरी बात का सबूत मिल सकता है।"

"गर्भधारण के बाद तुमने विवाह के लिए उसे बाध्य क्यों नहीं किया?"

"मैंने बार-बार कहा था, पर उसने हम दोनों के कॅरियर की दुहाई देकर मेरा मुँह बंद कर दिया। हाँ, मुझे आश्वस्त करने के लिए मेरी माँ की मौजूदगी में सगाई के नाम पर अँगूठी जरूर पहना दी थी। मेरी माँ तक को उसकी ईमानदारी पर भरोसा हो गया था।"

दीपिका ने पर्स खोलकर हीरे की कीमती अँगूठी निकाली और आगे बढ़ाते हुए बोली, "सगाई के बाद मैं अपने को वाग्दत्ता मानती रही और प्रतिवर्ष करवाचौथ का व्रत रखती रही। जो करवाचौथ पाँच माह पूर्व बीता है, उस दिन भी मैं पूरा दिन व्रत रखे रही थी और मनोज की इच्छानुसार चंद्रोदय के वक्त जयपुर पहुँची थी। वहीं छत पर चाँद को अर्घ्य देते समय मुझे नवेली दुलहन के शृंगार में डॉ. सिद्धार्थ ने देखा था, जो मनोज के पास वाले क्वार्टर में रहते थे। वह इस बात की पुष्टि के लिए अब भी तैयार हैं।"

"कोई और बात, जो कहना चाहती हो?"

"जी हाँ। कहते हैं कि औरत ही औरत की सबसे बड़ी दुश्मन होती है। मेरे मामले में भी यह बात सच साबित हुई। मनोज की माँ सुषमा ने मेरे बार-बार रोने-

गिड़गिड़ाने और पाँव पड़ने के बावजूद मनोज के साथ मेरी शादी कराने से साफ इनकार कर दिया। उस महिला की नजर में युवा लड़कों का यह एक सामान्य आचरण था। मनोज की भाभी ने मुझे आत्महत्या के लिए उकसाते हुए कहा कि किसी भी इज्जतदार लड़की को ऐसी हालत में नींद की गोलियाँ खाकर मर जाना चाहिए। मनोज के भाई प्रशांत का कहना था कि मुझे जान से मरवाकर इस मुद्दे की जड़ को काटने के लिए वह अभी भी कदम उठाएगा। उसने साफ शब्दों में मुझे जान से मरवा देने की धमकी दी। मनोज के पिता शांतिस्वरूप ने मेरा अपमान करते हुए कहा कि चूँकि पैसों के लिए ही मैं यह सारा विवाद बढ़ा रही हूँ, इसलिए इसे खत्म करने के लिए मुझे कितना पैसा चाहिए।"

"और कुछ?"

"जी नहीं।"

"ठीक है। हमारी बातचीत खत्म हुई। कोर्ट को यकीन है कि तुम्हारी सारी बातें निर्भय होकर अपनी अंतरात्मा की आवाज पर कही हैं।" मजिस्ट्रेट बोलीं।

"जी हाँ।" दीपिका सहमत हुई।

मेज पर रखा टेपरिकॉर्डर बंद करके सरोज गर्ग उठ खड़ी हुईं। दीपिका भी अपनी कुरसी छोड़कर कमरे से बाहर निकल आई। उसके इंतजार में बरामदे में बैठी नीलिमा ने उठकर साथ चलते हुए पूछा, "बयान हो गया?"

"हाँ माँ।"

"अब क्या होगा?"

"संभवत: मुजरिम की गिरफ्तारी।"

एक ऑटो करके माँ-बेटी घर की ओर चल पड़ीं। नीलिमा मोबाइल पर नंबर मिलाकर शबाना जी को बयान संपन्न हो जाने की सूचना देने लगी थी।

□

4

शाम के लगभग सात बजे दीपिका के मोबाइल पर इंस्पेक्टर देवेश ने सूचना दी, "कोर्ट का आदेश थाना कमलानगर पहुँच चुका है। वहाँ की पुलिस आरोपी मनोज को गिरफ्तार करके रात को ही जेल पहुँचा देगी।"

"धन्यवाद इंस्पेक्टर। मेरी यह जीत आप सबके सहयोग का नतीजा है। इतने कम समय में पुलिस ने जिस तरह अभियुक्त की गिरफ्तारी के लिए प्रयास किया, यह जागरूकता समाज में एक अच्छा संदेश देगी।"

"जी हाँ। पुलिस भी इसलिए कुछ कर सकी, क्योंकि आप दोषी को सजा दिलाने के लिए उसके पास मदद के लिए पहुँची थीं। इससे भी समाज में इस किस्म की पीड़िताओं के भीतर अपराधी को सजा दिलाने का साहस जगेगा।"

दीपिका ने अपना मोबाइल बंद करके माँ को यह खुशखबरी दी और फिर लगे हाथों समाज-सेविका शबाना जी के पास भी सूचना भेज दी। इस वक्त पहला विचार उसके मन में यही उठा कि बारात ले जाने की तैयारी में निमग्न मनोज के परिवारजनों को जब पुलिस की शक्ल दिखेगी, तो उन पर क्या बीतेगी?

दीपिका कल्पना-लोक में पहुँच चुकी थी। वह अपनी अंतर्दृष्टि से जो कुछ देख रही थी, वह इस समय डॉ. मनोज शर्मा की दुलहन-सी सजी आलीशान कोठी का आँखों देखा सच था।

सिर्फ एक फोन की सूचना पर ही स्थानीय रिश्तेदारों का कोठी में जमघट लग जाना स्वाभाविक था। बड़े घरों के निमंत्रण की अवज्ञा भला कौन करता है? और फिर, ये सारे रिश्तेदार भी अच्छे खाते-पीते परिवार के थे। शादी-विवाह जैसे आयोजनों पर ही तो उन्हें अपने जड़ाऊ सेट और कीमती परिधानों की नुमाइश का अवसर मिलता था। दो दिन पहले भी यदि सूचना मिल गई, तो उन्हें अपने वैभव का प्रदर्शन करने के लिए काफी थी। बैंक के लॉकरों से बेशकीमती जेवरात निकाल लिये गए थे और अपनी महँगी गाड़ियों में बैठकर वे सभी परिजन शांतिस्वरूप शर्मा के घर पधार चुके थे।

जब घर में पैसा बरसता हो, तो किसी भी आयोजन की तैयारी में मेजबान को भी भला कितना समय लगता ? सिर्फ एक फोन पर पाँच सितारा होटल में जश्न का पूरा इंतजाम हो चुका था। रात्रि-भोज और नृत्य-संगीत का कार्यक्रम होटल में तय था, पर सुबह से ही कोठी में एक-एक करके पधारनेवाली महिलाएँ परंपरा पालन के नाम पर अपनापन दिखाने से भला कैसे चूकतीं ? इधर शांतिस्वरूप तैयार होकर होटल में पहुँचने का सबसे बार-बार अनुरोध कर रहे थे, उधर बड़ी-बूढ़ियाँ अपनी जिद पर अड़ी हुई थीं, "भले ही लड़कीवालों के कहने से तुमने दो दिन में शादी तय कर दी, पर रीति-रिवाज अपनी जगह हैं। वे जरूर मनाए जाएँगे।"

"क्यों नहीं मनाए जाएँगे, चाची ?" सुषमा ही कौन सी कम उत्साहित थी, "आप बताती भर जाइए, मिनटों में सारा इंतजाम हुआ जाता है।"

किसी चाची-ताई का कहना था कि पहले हल्दी-तेल की रस्म के लिए लड़के को पटरे पर बैठाकर पंडित से पूजा-पाठ कराओ और सात सुहागिनों से तेल चढ़ाने की रस्म पूरी कराओ, तो कोई इस बखेड़े को परे धरकर ढोलक-मँजीरे की माँग कर रही थी। होटल में डीजे का इंतजाम होने से क्या हुआ, लड़के के घर में गणेश स्तुति, देवी गीत, बरना गीत और बधावा गाने का सगुन करना जरूरी है। ढोलक की थापों पर लोकगीत के सामूहिक गान के बीच ठुमका लगाने की शौकीन युवतियाँ घुँघरुओं की तलाश में बेचैन थीं, तो छोटे बच्चे और किशोर-किशोरियों की हड़बड़ी जल्द-से-जल्द होटल पहुँचने के लिए थी। होटल में आधी रात तक जश्न न जमा, तो शादी की पार्टी का मतलब ही उनके लिए 'शून्य' था।

उधर वर महोदय को पार्लर पहुँचने में देरी खल रही थी। उन्हें तेल-हल्दी जैसे फिजूल की रस्मों के नाम से ही उलझन हो रही थी। हेयर कलरिंग, फेशियल तथा अन्य काम, जो दो दिन पहले कराने चाहिए थे, एक कुतिया के बार-बार भौंककर अड़ंगा डालने की वजह से टलते चले गए थे। सुबह बारात की निकासी से पहले घंटे भर के लिए पार्लर की सेवाएँ लेनी उन्हें अत्यावश्यक प्रतीत हो रही थीं।

इसी गहमा-गहमी के बीच में बाहर से आता शोर सुनाई दिया, "पुलिस आई है।"

पुलिस ?

डॉ. मनोज की भौंहों पर बल पड़ गए। जो स्थितियाँ चल रही थीं, उनमें किसी भी बवाल का परिवारजनों को पूरा अंदेशा था, इसलिए कमला नगर पुलिस थाने को पहले ही भेंट-पूजा द्वारा इतना संतुष्ट कर दिया गया था कि किसी आदेश

के पहुँचने पर भी वह अनुपालन में ढिलाई दिखाए। एक बार बारात आगरा से निकल गई, तो फिर दो पुलिस थानों की आपसी रस्साकशी ही इतना समय ले लेगी कि वर-वधू के फेरे पड़ जाएँगे। 'कारवाई तू कर', 'नहीं तू कर' का झमेला कोई छोटा होता है क्या? जब तक एक बार फिर ऊपर से आदेश आए कि कारवाई किसे करनी है, तब तक तो वर महोदय अपनी दुलहनिया लेकर वापस भी लौट आएँगे। बस, एक बार साँप निकल जाए, फिर जिसे जितनी लकीर पीटनी हो, पीटता रहे। कौन फिक्र करता है!

इसलिए 'पुलिस' के नाम से डॉ. मनोज का चौंकना स्वाभाविक था कि सारा मामला फिट हो जाने के बाद पुलिस भला कैसे यहाँ आ सकती है?

उधर 'पुलिस' का नाम सुनकर कोठी में मौजूद महिलाओं के माथे पर भी बल पड़ चुके थे। ब्याह-शादी जैसे मांगलिक कार्य में आखिर पुलिस की दखलअंदाजी का मतलब क्या है? हाँ, बच्चे जरूर इस 'पुलिस' को भी ब्याह-शादी के खेल का एक मजेदार हिस्सा समझ, उसे देखने के लिए बाहर की ओर दौड़ पड़े थे।

कुछ ही क्षणों में बदहवास शांतिस्वरूप बाहर से भीतर आए और आँसू भरी आँखें लिये पत्नी के सामने जा पहुँचे, "सुषमा, हम अपनी इज्जत बचा नहीं सके। पुलिस ने मनोज को गिरफ्तार कर लिया है।"

"क्या?" सुषमा बौखला उठी, "पुलिस भी अच्छा मजाक करती है! हिम्मत कैसे पड़ गई हमारे बेटे को गिरफ्तार करने की?"

"थाने में मनोज सहित पूरे परिवार के खिलाफ एफ.आई.आर. दर्ज हुई है।"

"एक कुतिया के भौंकने से इतना उत्पात? चलो, मैं देखती हूँ।" सुषमा तमतमाते हुए बोली और द्वार की ओर बढ़ गई।

लेकिन देखने के लिए अब था ही क्या?

मनोज को दो पुलिस कॉन्स्टेबलों ने जीप में बैठा लिया था और चलने ही वाले थे। मौके की नजाकत समझकर सुषमा ताव दिखाने के बदले गिड़गिड़ा उठी, "ऐसा अंधेर मत करो। हमारा इज्जतदार घराना है, रिश्तेदार मौजूद हैं, सुबह बारात जानी है। बेटे की गिरफ्तारी से हम कहीं मुँह दिखाने लायक नहीं रहेंगे।"

एक कॉन्स्टेबल जोर से हँस पड़ा, "माताजी, अपनी इज्जत इतनी प्यारी है तुम्हें? ऐसी ही चिंता पराई लड़की की इज्जत की करी होती तो आज यह दिन न देखना पड़ता।"

दूसरे ने भी हाँ में हाँ मिलाई, "आठ साल रेप करने का असली मजा तो तुम्हारे डॉक्टर बेटे को अब मिलेगा। हवालात की रोटियाँ इसकी मोटी चमड़ी को खूब रास आएँगी।"

"तुम लोगों को यहाँ इसकी गिरफ्तारी के लिए भेजा किसने है?" सुषमा की बौखलाहट बढ़ गई, "आखिर हमने तो कल दोपहर से ही सबको मुँह बंद रखने की कीमत चुका रखी है। वह कम है तो और ले लो, पर मेहरबानी करके मेरे बेटे को मत ले जाओ।"

"चुप रहो जी!" एक कॉन्स्टेबल भड़क उठा, "यह तो हमारी मेहरबानी समझो, जो तुम्हारे घर शादी की भीड़भाड़ देखकर इस वक्त सिर्फ इसे ही ले जा रहे हैं। वरना कोर्ट का आदेश तो मनोज के साथ-साथ शांतिस्वरूप, सुषमा, प्रशांत और श्यामला की गिरफ्तारी के लिए भी है।"

"क्या?" सुषमा जैसे आकाश से गिरी। 'कोर्ट का आदेश' शब्द उसके लिए किसी बम विस्फोट से कम न था।

पुलिस जीप रवाना हो गई।

आसपास खड़े रिश्तेदारों ने पूरा वाकया देखा-सुना। पल भर में भीतर भी खबर पहुँच गई, लड़के ने पूरे आठ साल किसी लड़की के साथ रेप किया है। पीड़िता ने थाने में एफ.आई.आर. दर्ज करा दी है। अभी तो सिर्फ मनोज की गिरफ्तारी हुई है, किसी समय भी पूरे परिवार को जेल भेज दिया जाएगा।

कोठी के भीतर-बाहर जबरदस्त प्रतिक्रिया हुई।

कुछ बेहद करीबी और अजीज लोग बोले, "अजी, किसी चलती-फिरती लौंडिया की साजिश है। देखना, मनोज कुछ घंटे बाद छूट जाएगा।"

ज्यादातर लोगों का मत इससे अलग था।

औरतें आपस में चर्चा करने लगी थीं, "बड़े घरों में भी ऐसा घिनौना आचरण होता है क्या? हम तो इन्हें बिरादरी की नाक समझते थे और इस परिवार को एक आदर्श परिवार मानते थे। पैसा, मान-सम्मान, सुख-शांति, सब ऊपर-ही-ऊपर का था क्या? छि:, परिवारवालों की जानकारी में एक लड़की के साथ लंबे आठ सालों तक लड़के ने कुकर्म किया? सुनकर यकीन नहीं होता। बेहतर था, उसी लड़की के साथ लड़का ब्याह देते!"

कुछ को आश्चर्य था, "चालाकी देखो, अपने सगे रिश्तेदारों तक को मामले की भनक न लगने दी। अगर कल बारात चली जाती और हम सब दूसरी लड़की

को ब्याह लाते, तो पीड़िता के साथ होनेवाले अन्याय में हम भी शामिल होते या नहीं? गनीमत है, वक्त रहते भाँडा फूट गया और हम एक पाप में सहभागी होने से बचे।"

कुछ मनचले ठट्ठा मारकर चहक रहे थे, "अजी, बोरिया-बिस्तर बाँधकर अब यहाँ से खिसको। बाराती बनने का सपना तो चकनाचूर हो गया। बेटीवालों के यहाँ स्वागत-सत्कार की जगह कहीं पुलिसवालों के डंडे हमें भी न खाने पड़ जाएँ!"

अजब नजारा था।

कुछ लोगों के लिए यह एक दुर्भाग्यशाली हादसा था, तो कुछ के लिए मनोरंजक तमाशा था। इससे साबित हो गया था कि बड़े घरों में बड़े राग-द्वेष भी पलते हैं। कुछ समय पहले तक जिस कोठी की भव्य साज-सज्जा और शादी की तैयारियाँ देखकर जिन कम हैसियतवाले रिश्तेदारों के दिल जले जा रहे थे, उनके कलेजे में उसकी फजीहत देखकर बहुत ठंडक पहुँची थी। दूसरी तरफ शांतिस्वरूप का जो परिवार घर आए अतिथियों के स्वागत-सत्कार में कुछ अनूठा जोड़ने को समुत्सुक था, वह इस समय मुँह छिपाने के लिए घर के किसी अँधेरे कोने को तलाश रहा था। पर उस दिपदिपाती कोठी में अँधेरा था ही कहाँ? सिर्फ उन्हीं लोगों के हृदय में अब वह कुंडली खोलकर पसर गया था। भीतर के इस गहराते अँधेरे को दूर करने में कोई विद्युत् झालरें या झाड़-फानूस समर्थ न थे।

डॉक्टर वर और उसके परिवार की फजीहत करते हुए पास-दूर के ज्यादातर रिश्तेदार एक-एक करके खिसक लिये। स्वयं को परिवार का अभिन्न अंग और हितैषी साबित करनेवाले चंद लोग ही अब वहाँ बचे थे। शांतिस्वरूप का बड़ा भाई हरस्वरूप बोला, "अभी तो तुमने दोनों कॉन्स्टेबलों के हाथ-पाँव जोड़कर अपनी गिरफ्तारी बचा ली है, पर यह मत भूलना कि नंगी तलवार सिर पर लटकी हुई है।"

"मैं क्या करूँ भैया, मेरा दिमाग सुन्न हो चुका है।" शांतिस्वरूप घिघियाया।

"अक्ल से काम लो। नकद पैसा, कीमती जेवर और बैंक के जरूरी कागजात जल्दी से किसी बैग-अटैची में भरो और कोठी में ताला लगाकर यहाँ से भाग जाओ। बाहर रहोगे, तो मनोज की रिहाई की कोशिश करोगे। सब फँस गए तो कौन किसे बचाएगा?"

बात सच थी। शांतिस्वरूप ने समझ ली। सुषमा पास खड़ी थी, वह भी इस

योजना से सहमत हुई। आनन-फानन में उन्होंने अपना कीमती सामना समेटा और कोठी के सामने खड़ी दोनों आलीशान गाड़ियों में धर लिया। जानते थे, गाड़ियाँ साथ नहीं रखी जा सकतीं। इसलिए दोनों ड्राइवरों को समझाया कि परिवारजनों को गंतव्य तक पहुँचाकर वे गाड़ी लौटाएँ और यहीं पोर्च में खड़ी कर दें। पड़ोसी ज्योति बाबू के हाथों चाभियाँ सौंपकर वे दोनों फिलहाल अपने घर चले जाएँ। बाद में हालात सँभलने पर उन्हें फोन करके बुला लिया जाएगा।

इसके बाद शांतिस्वरूप ने पड़ोसी ज्योति बाबू की कोठी में जाकर अपना दुखड़ा रोया, "अचानक हम पर जो गाज गिरी, उसे आपने देखा है। पर हर अच्छे-बुरे समय पर पड़ोसी ही पड़ोसी के काम आता है, इसलिए आपसे हाथ जोड़कर विनती है कि हमारी अनुपस्थिति में कोठी का ध्यान रखना। दोनों ड्राइवर हमें सुरक्षित जगह पहुँचाकर यहाँ लौटेंगे और गाड़ियाँ खड़ी करके चाभी आपको दे जाएँगे। स्थिति सँभलने पर हम वापस लौटकर आपसे चाभियाँ ले लेंगे।"

"चिंता न करें साहब ?" संपन्नता में इक्कीस ही साबित होनेवाले ज्योति बाबू ने आश्वासन दिया, "यह पड़ोसी धर्म है और इसे निभाने में हम पीछे न रहेंगे। यह बवाल जल्द-से-जल्द खत्म हो, आप लोग राजी-खुशी वापस लौटें, तब तक आपकी कोठी की जिम्मेदारी हम सँभालेंगे। परमात्मा से आपके जल्द वापस लौटने की दुआ करेंगे।"

कृतज्ञता से हाथ जोड़कर शांतिस्वरूप लौट आया और उसके गाड़ी में बैठते ही दोनों गाड़ियाँ रवाना हो गईं। ताजगंज के भीड़ भरे इलाके में पहुँचकर यह परिवार नीचे उतरा। ड्राइवरों को खाली गाड़ी लेकर लौटने का निर्देश पहले ही दिया जा चुका था।

□

जन्म से ही आगरा नगर का निवासी होने के कारण शांतिस्वरूप यहाँ की हर गली-कूचे की नब्ज पहचानता था। उसे मालूम था कि ताजगंज की घुमावदार गलियों में, अन्य महानगरों की तर्ज पर अनेक छोटे-छोटे होटल हैं। उनमें से किसी एक में रहते हुए पुलिस की नजरों से आसानी से बचा जा सकता है। मनोज को जमानत पर रिहा कराने के लिए परिवारवालों का बाहर रहना जरूरी है।

इसी सोच पर अमल करते हुए पूरा परिवार खरामा-खरामा चलकर चाँद गली में घुसा और 'नूर होटल' में ठहरना मुनासिब समझकर भीतर जा पहुँचा। रिसेप्शन पर बैठे युवक से शांतिस्वरूप बोला, "हम अजमेर से आए हैं। यहाँ हफ्ता

भर ठहरकर इत्मिनान से आगरा देखना चाहते हैं। हमें दो कमरे चाहिए। ज्यादा महँगे न हों।··· मिलेंगे?"

"क्यों नहीं।" रिसेप्शनिस्ट ने दाँत दिखाए, "ढाई सौ रुपए रोज का कमरा चलेगा?"

"हाँ, चलेगा।"

"ऐ छोटू, जरा बाबू लोगों को कमरा नं. चार और पाँच दिखा दो।"

"कहाँ हैं? इसी मंजिल पर।"

"जी हाँ।"

"ठीक है, एंट्री कर दो। नीचे ही है तो हम देखकर क्या करेंगे?" शांतिस्वरूप बोला।

रिसेप्शनवाले युवक ने रजिस्टर खोलकर पूछा, "नाम?"

नाम-पता गलत बताना ही था। वही शांतिस्वरूप ने किया भी।

"पहचान-पत्र है?" युवक ने पूछा।

"नहीं। हमारे पास कोई पहचान-पत्र नहीं है। रास्ते में एक बैग चोरी चला गया, उसी में इस किस्म के कागजात थे।"

"डी.एम. का आदेश है कि बिना पहचान-पत्र देखे किसी को होटल में न ठहराया जाए।" युवक ने कलम रोककर कहा।

शांतिस्वरूप बिगड़ गया, "हमारा बाल-बच्चोंदार परिवार तुम्हें आतंकवादियों का रिश्तेदार नजर आता है? तुम्हें बगैर पहचान-पत्र देखे कमरे नहीं देने हों तो हम कोई दूसरा होटल देखें।"

"चलो, जाने दो।" युवक ने बात खत्म कर दी। जानता था, ग्राहकों को लूटने के लिए बहुत से छोकरे गली में घूम रहे हैं। फुसलाकर कहीं दूसरी जगह ले गए, तो पता चलने पर होटल मालिक हमारी खाट खड़ी कर देगा। उसने चुपचाप लिखा-पढ़ी की।

होटल के छोटे, गंदे, बेहद घटिया कमरे में पाँव धरते ही सुषमा ने नाक-भौंह सिकोड़ी, "यहाँ तो मैं हगना-मूतना भी पसंद न करूँ और तुम मुझे रहने के लिए ले आए!"

"चुप रहो!" शांतिस्वरूप दाँत भींचकर गुर्राया, "तुम्हीं ने शह दे-देकर उस लड़के का दिमाग बिगाड़ा है। पहले तो खुलकर खेलने की छूट दी, बाद में लड़की को घर की बहू बनाने से इनकार कर दिया। क्या सोचती थीं, बैंक में ऊँची नौकरी

करनेवाली वह पढ़ी-लिखी लड़की तुम्हारी धमकियों और पैसे के दबाव में आ जाएगी?"

"छोड़ो पापा!" पास खड़ा प्रशांत भुनभुनाया, "अभी मामला ढका-मुँदा है, कल सभी अखबारों में आ जाएगा। हमें पहचाननेवाले कम हैं इस शहर में? यदि छिपकर न रहे, तो पुलिस तक इत्तला पहुँचानेवाले दुश्मनों की कमी नहीं है। मम्मी तो कुछ समझती नहीं हैं, इसलिए बोल पड़ती हैं। ऐसे ही गली-कूचे के छोटे होटल में छिपे रहकर हम मनोज की जमानत कराने की कोशिश कर सकेंगे। रसूख भी इस दुर्दिन में कितना काम आएँगे, कहा नहीं जा सकता। पहले ही नाखूनों में हमारे प्राण समाए हुए हैं, उस पर आपसी नोक-झोंक की कसर बाकी है क्या?"

किसी के शिकायत कर देने की बात सुनकर सुषमा एक पल के लिए सिटपिटाई, फिर पहले की तरह भुनभुनाने लगी। अपने आपसे लाचार जो थी! हाँ, इस बार आवाज का वॉल्यूम इतना धीमा था कि उसकी बात किसी के कानों में नहीं पड़ी।

पास खड़ी श्यामला पति की बात का समर्थन किए बिना न रह सकी, "मम्मी, वक्त ने हमें यह दिन दिखाया है, तो चुपचाप बरदाश्त करने में ही समझदारी है। घर से बेघर तो हो ही चुके हैं। यहाँ भी किसी ने भाँप लिया कि कौन लोग हैं तो मनोज वाली हालत में पहुँचते देर नहीं लगेगी।"

जिस कमरे में ये लोग खड़े थे, वहाँ एक मामूली पलंग और छोटी मेज-कुरसी के सिवाय कोई फर्नीचर न था। शांतिस्वरूप ने घंटी बजाई, तो वह छोटू, जो उन्हें कमरे तक पहुँचाकर गया था, नमूदार हो गया। पलंग पर बिछी गंदी चादर की तरफ शांतिस्वरूप ने इशारा किया, "इसे नहीं बदलोगे?"

"सुबह ही चादर और तकिए के गिलाफ बदले गए हैं। तब से किसी ने इस्तेमाल नहीं किए हैं।" लड़का बोला।

शांतिस्वरूप चुप रहा, तो स्वयं उसी ने आगे सफाई दी, "जग का पानी अभी भरा है। दोनों गिलास साफ-सुथरे हैं। कुछ और जरूरत हो तो बताएँ।"

"पाँच कप गरम चाय। अगर स्पेशल हो, तो वही लाना।" शांतिस्वरूप ने कहा।

लड़के के चले जाने पर प्रशांत का तेरह वर्षीय बेटा आरव ठंडी आवाज में बोला, "बाबा, मैं यहाँ चाय नहीं पी सकूँगा और न रात को आप लोगों के साथ यहाँ ठहरूँगा।"

"फिर कहाँ जाओगे?" प्रशांत ने झुँझलाकर पूछा।

"एफ.आई.आर. सिर्फ आप चारों के नाम है। गिरफ्तारी का अंदेशा भी आप लोगों का ही है। मैं इस नरक में क्यों रहूँ? अपने दोस्त अमन के यहाँ रहकर यह बुरा वक्त काट दूँगा।"

"पागल हो क्या!" प्रशांत ने आँखें दिखाईं, "तुम्हें वक्त की नजाकत दिख नहीं रही है क्या? दोस्त के यहाँ रहकर हमें भी पकड़वाने का इरादा है?"

"डैड, मेरा दोस्त ऐसा नहीं है, जिससे आपको किसी नुकसान का डर हो। एक आर्मी ऑफिसर का बेटा किसी टुच्चे परिवार का सदस्य नहीं है। बहुत खुले विचारोंवाले लोग हैं वे। मैं कौन हूँ, कहाँ से आया हूँ, कब तक रहना चाहता हूँ, जैसी बातों में वहाँ किसी की दिलचस्पी नहीं है। शांतिपूर्वक रहूँगा, स्कूल की पढ़ाई से नाता रखूँगा और आप लोगों का बवाल खत्म हो जाने पर घर लौट आऊँगा।"

"आरव, तुम इतने स्वार्थी कैसे हो सकते हो कि हम लोगों को यहाँ छोड़कर, सुकून से रहने के लिए दूसरी जगह भागे जा रहे हो?" श्यामला का गला भर आया।

आरव गंभीर बना रहा, "माँ, अगले साल मुझे सी.बी.एस.ई. बोर्ड से हाई स्कूल का इम्तिहान देना है और इसी समय आप लोगों को यह तमाशा खड़ा करने की क्या जरूरत थी?"

"ठीक है, तुम अपने दोस्त के यहाँ जाकर रहो।" शांतिस्वरूप ने फैसला सुना दिया, "यह बवाल कितना लंबा खिंचेगा, कोई नहीं कह सकता। तुम्हें दर-दर ठोकरें खाने की जरूरत नहीं है। तुम कहीं फँस भी नहीं रहे हो, तो व्यर्थ क्यों गेहूँ के साथ घुन की तरह पिसो।"

आरव का चेहरा शांत हो गया। उसने कहा, "मैंने कोठी से निकलते वक्त ही अपने बारे में फैसला ले लिया था। समझदारी की, जो स्कूल बैग गाड़ी में रखकर ले आया।"

"तुम्हारी यूनिफॉर्म?··· कैसे काम चलेगा?" श्यामला ने सवालिया निगाह से किशोरवय के बेटे की तरफ देखा।

"मॉम, अमन के रहते मुझे क्या चिंता?" आरव लापरवाही से बोला, "वह मेरी ही कद-काठी का है। उसके साथ उसी के कमरे में रहूँगा, कपड़े शेयर करूँगा और पढ़ाई में ध्यान लगाऊँगा। आप लोगों को अगर मुझसे कुछ कहना-सुनना हो, मेरी किसी मदद की जरूरत हो, तो मेरे या अमन के नंबर पर रिंग कर देना।··

लाइए, मैं आपके मोबाइल पर अमन का नंबर भी सेव कर दूँ।"

श्यामला ने गुमान भरी आँखों से अपने बड़े होते बेटे की समझदारी को सराहा और मोबाइल आगे बढ़ा दिया।

कुछ ही क्षणों में आरव अपना स्कूल बैग लेकर वहाँ से निकल गया।

होटलवाला छोकरा चाय के पाँच कप लेकर भीतर घुस रहा था। घड़ी की सुई इस वक्त रात के आठ बजा रही थी।

□

चाय पीकर चित्त तनिक ठिकाने लगा, तो शांतिस्वरूप बोला, "मैं समझता हूँ, हमें एक बार उस लड़की से बात करनी चाहिए। मनोज की शादी रुकवाकर इस लड़ाई को वह जीत चुकी है, इसलिए शांति से हमारी बात सुनेगी। यदि अब भी वह मुकदमा वापस ले ले, तो हमारी बहुत बड़ी फजीहत बच सकती है। कोठी के भीतर सिर्फ रिश्तेदारों ने हमारा हश्र देखा है। अखबारों में खबर आते ही पूरे समाज के सामने नाक कट जाएगी। यदि वह शर्मिंदगी बच सके, तो कोशिश कर लेने में क्या हर्ज है?"

"ठीक कहते हो।" सुषमा की आँखें चमक उठीं और उसने मोबाइल पर दीपिका का नंबर मिलाया।

"हैलो!" उधर से आवाज आई।

सुषमा ने अपना कंठस्वर भरसक शालीन बनाने की कोशिश की, "दीपिका बेटा, हम लोग अपनी भूल पर लज्जित हैं। सचमुच मनोज ने तुम्हारे साथ बहुत गलत किया। हमने भी उसकी गलती बताने के बजाय तुम्हें ही गलत सिद्ध किया। प्लीज, हमें माफ कर दो और···"

"और क्या?" दीपिका कटु स्वर में बोली।

"हम लोग बहुत संभ्रांत और कुलीन लोग हैं। अखबारों में यह खबर छप जाने पर कहीं मुँह दिखाने लायक न रहेंगे। अभी चंद रिश्तेदारों के बीच में बात है, उसे ढका-मूँदा जा सकता है, लेकिन···"

"ये सारी बातें तो आपको पहले सोचनी चाहिए थी।"

दीपिका की आवाज में नफरत घुल उठी।

"ठीक कहती हो तुम, लेकिन गलती इनसान से ही होती है और वही अपनी गलती को सुधार भी सकता है। यदि तुम मुकदमा वापस ले लो, तो मैं वादा करती हूँ कि जेल से बाहर आते ही मनोज से तुम्हारी शादी करा दूँगी।"

"यही वादा तो आपके बेटे ने किया था। एक दफा नहीं, पचासों दफा। उसका वादा नदी की लहरों की तरह उठता-गिरता रहा। अब आपका वादा भी निश्चित रूप से गरम तवे पर पानी की बूँद बनकर रह जाएगा। सिर्फ एक 'छन्न!' की आवाज और फिर सूखकर कहाँ बिला गया, कुछ पता नहीं।"

"ऐसा मत कहो, दीपिका। अपने चौदह साल तक चलनेवाले प्यार के बारे में कुछ तो सोचो! बेटी, रामायण की उर्मिला को भी चौदह साल के वनवास के बाद लक्ष्मण मिले थे या नहीं? यकीन करो, तुम्हें मनोज का प्यार मिलकर रहेगा।"

"उसके प्यार की दरकार अब मुझे नहीं रही और न मेरे भीतर इस झूठ को इससे ज्यादा सुनने का माद्दा ही है।" कहते हुए दीपिका ने फोन का स्विच बंद कर दिया।

नया नंबर देखकर उसने फोन सुन भी लिया था, वरना सुषमा के पुराने नंबर को देखकर उठाती भी नहीं। अब फैसला कर लिया, कोई भी नया नंबर देखकर बात नहीं करेगी। पैसेवालों के घर मोबाइलों की कमी थोड़े ही होगी। और-और मोबाइल पर यह परिवार उसके साथ संपर्क साधने की कोशिश लगातार करता रहेगा। यदि मनोज हवालात में पहुँच चुका है, जैसी कि उसकी माताश्री की दी हुई सूचना है तो उसे जेल से बाहर निकालने की परिवारजनों की कवायद जारी रहेगी।

दीपिका ने तुरंत नीलिमा के पास जाकर यह बात बताई, तो वह भी संतुष्ट दिखाई दी। बोली, "ईश्वर के दरबार में देर है, अंधेर नहीं। कल दोपहर यही परिवार हमारे घर आकर अपनी दबंगई दिखा गया है और इस वक्त कैसी भीगी बिल्ली नजर आ रहा है। पर अब इस वक्त हमारे मुकदमा वापस लेने का भला क्या तुक है? छुट्टा घूमनेवाले यह सारे भेड़िए जब एक-एक करके हवालात में बंद कर दिए जाएँगे, तब अपनी नाइनसाफी का मतलब इनकी समझ में आएगा। तभी हमारे कलेजे में पूरी ठंडक पहुँचेगी।"

"तुम ठीक कहती हो, माँ।" दीपिका बोली और अपने कमरे में लौट गई।

कायदे से उसे इस वक्त शांत होना चाहिए था, पर अचानक न जाने क्यों उसका मन बेहद अनमना हो उठा। वह सुलझे हुए विचारों की एक पढ़ी-लिखी लड़की थी। इस वक्त उसकी सहानुभूति का केंद्र करीब साढ़े तीन सौ किलोमीटर दूर लखनऊ शहर में बैठी डॉ. संजीवनी बन चुकी थी।

दीपिका को ध्यान आया, "यहाँ जो आग लगी है, कदाचित् उसकी लपटें अभी संजीवनी के घर तक नहीं पहुँची होंगी। बेहतर है, सूचना वहाँ भी पहुँच जाए।

भावी वर हवालात पहुँच गया है, उसका परिवार भूमिगत हो गया है और इस संपूर्ण घटनाक्रम से अनभिज्ञ वधू-पक्ष बारात की अगवानी के लिए स्वागत-साज सजा रहा है। यदि यहाँ से कोई सूचना न पहुँची, तो कल पूरे चाव, उल्लास और उत्साह से बारात के आने की राह देखेगा अनुमानित समय पर बारात के न पहुँचने पर जब यहाँ संपर्क साधने की कोशिश करेगा तो…"

न, यह अमानवीयता है।

एक दुलहन दिन में कई घंटे ब्यूटी पार्लर में बैठकर खुद को सजा-सँवारकर तैयार करे और ऐन वक्त पर उसके अरमानों पर हिमपात हो जाए, यह बहुत बड़ी त्रासदी होगी। आखिर उस लड़की का भी कसूर क्या है ? एक बड़े घर में जनमी। पढ़-लिखकर डॉक्टर बनी। समान हैसियत का घर-वर तलाश कर घरवालों ने उसका रिश्ता तय कर दिया। अब यदि उस लड़के के अतीत के दुराचरण की वजह से ऐन वक्त पर बारात नहीं पहुँचती है तो लड़की और उसका परिवार समाज के सामने क्या मुँह दिखाएगा ? सच्चाई से अनभिज्ञ होने के कारण किंकर्तव्यविमूढ़ स्थिति में पहुँचकर न तो कुछ अपनी सफाई में कह सकेगा और न वर पक्ष के बचाव में बोल पाएगा। वर्तमान स्थिति में उसे क्या करना चाहिए, यह सोचने का मौका समय रहते उसे देना इनसानियत का फर्ज है।

पर फोन पर संजीवनी से बात करने का नतीजा देख चुकी थी, दीपिका। दुबारा उस घटना की पुनरावृत्ति नहीं चाहती थी। यह भी संभव था कि उसका नंबर देखकर संजीवनी फोन उठाए ही नहीं, इसलिए उसने व्हाट्सएप से संदेश भेजना बेहतर समझा। किसी अन्य संदेश की जरूरत इसलिए नहीं थी, क्योंकि संजीवनी उस पर भरोसा नहीं करती। अत: कल दोपहर थाना लोहामंडी में दर्ज कराई गई एफ.आई.आर. की प्रतिलिपि ही उसने वहाँ पहुँचा दी।

दीपिका नहीं जानती थी कि शादी की गहमागहमी में संजीवनी अपना व्हाट्सएप कब खोलेगी। विवाह की पूर्व संध्या पर उसके यहाँ भी तो रिश्तेदारों के दिलोदिमाग पर उत्सव का रंग चढ़ा होगा। हास-परिहास, आमोद-प्रमोद, नृत्य-संगीत का समाँ बँध रहा होगा। हो सकता है, आँगन में हलवाई के कड़ाह चढ़े हों और मिठाइयों के थाल के थाल कमरे में पहुँचाए जा रहे हों। हो सकता है कि किसी होटल में जश्न मनाया जा रहा हो और सरसराती साड़ियों, झिलमिलाते गहनों से सजी चंद्रमुखियाँ अपने हुस्न के जलवे बिखेर रही हों। ऐसे में भावी दुलहन को मोबाइल उठाने का होश ही कब रहेगा ?

लेकिन आज रात न सही, संभव है कि कल सवेरे या फिर दिन-दोपहर को संजीवनी अपने व्हाट्सएप पर आए संदेश चेक करे। कम-से-कम जयमाल के लिए तैयार होने से पहले जान तो जाएगी कि वस्तु-स्थिति क्या है?

दीपिका ने संवेदनशील होकर संजीवनी के प्रति अपनी यह फर्ज अदायगी कर दी, तो मन शांत हुआ। संदेश पहुँचने की सूचना प्राप्त हो जाने से वह निश्चिंत हो गई। रात को बिस्तर पर लेटने से पहले एक बार अपना मोबाइल चेक किया, संदेश अभी पढ़ा नहीं गया था, लेकिन यह उसका सिरदर्द न था। वह सोने के लिए बिस्तर पर लेट गई।

मानव-हृदय किसी गूढ़ पहेली से कम नहीं। कल तक दुःख और निराशा के गहरे समंदर में डूबी रहने के कारण दीपिका चैन से सो नहीं सकी थी। आज मनचाही खुशी पाकर भी उसकी उद्धिग्नता घटी न थी। जानती थी कि वायु की तरंगों में रहस्य सूँघने में निष्णात मीडिया तक अब उसकी 'बहादुरी' की सुवास पहुँच चुकी होगी। पहला धावा निश्चय ही डॉ. मनोज पर मारा जाएगा, किंतु उसके बाद...

मीडिया से मुखातिब होने का अर्थ समझती थी वह। कैसे अपने कलेजे के दर्द को परत-दर-परत खोलेगी? अभी तक की उसकी स्वीकारोक्ति रजिस्टर में दर्ज होकर या टेपरिकॉर्डर में रिकॉर्ड होकर अलमारियों में बंद हो चुकी है, पर टेलीविजन का स्थानीय चैनल और हिंदी-अंग्रेजी के अखबार उसकी 'निजता' को तार-तार करके रख देंगे।

सोचते माथा थम-थम करने लगा।

दीपिका ने उठकर देखा, तो नीलिमा भी सोफे पर चुपचाप बैठी दिखाई दी।

"तुम सोईं नहीं माँ?" उसने पूछा।

"क्या तुम्हें नींद आएगी?" नीलिमा ने प्रतिप्रश्न किया।

"उनतीस फरवरी को डॉ. सिद्धार्थ का फोन आने के बाद से ही हम लोगों का दिन का चैन और रातों की नींद हराम हो चुकी है। फिर भी भोजन और नींद हमें जिंदा रखने के लिए जरूरी है। आधी-अधूरी जितनी मात्रा में मिले, पाने की कोशिश करो, माँ।"

"ठीक कहती हो तुम।" नीलिमा ने एक गहरी साँस ली।

"मीडिया के लिए रात-दिन कोई मायने नहीं रखते। संभव है, मनोज की

गिरफ्तारी पर हमारी प्रतिक्रिया लेने के लिए कोई अखबारवाला अभी आता हो।" दीपिका बोली।

"अरे, यह बात तो मेरे ध्यान में ही नहीं आई थी।" नीलिमा चौंक पड़ी।

"मैं तुमसे यही कहने के लिए उठी थी कि यदि इस वक्त कोई संवाददाता आए तो कुछ भी कहकर उसे टरका देना।"

"ठीक है।" नीलिमा ने हामी भरी।

तभी दरवाजे की घंटी बजी।

नीलिमा ने उठकर द्वार खोला, तो गले में कैमरा लटकाए एक व्यक्ति खड़ा नजर आया। शीघ्रता से बोला, "मैं 'जगार' अखबार के कार्यालय से आया हूँ। दीपिका हैं घर में? बुला दीजिए। डॉ. मनोज की गिरफ्तारी के प्रकरण में दीपिका की प्रतिक्रिया जानना चाहता हूँ।"

"उसकी तबीयत ठीक नहीं है। एक सहेली के घर चली गई है। इस वक्त उससे मुलाकात संभव नहीं है। सुबह बात करिएगा।" कहते हुए नीलिमा ने द्वार के पट बंद कर दिए। दीपिका ने सोचा, उसने तो अपने द्वार से संवाददाता को भगा दिया, पर क्या थाने या हवालात में बंद मनोज के लिए भी मीडिया से मुखातिब न होना मुमकिन हुआ होगा?

□

सहज उत्सुकता से भरा यह सवाल दीपिका के लिए अनुत्तरित न था। वह जानती थी, गिरफ्तारी के बाद डॉ. मनोज भले ही मीडिया के किसी सवाल का जवाब न दे, किसी रुमाल या अँगोछे से मुँह छिपाकर एक कोने में बैठा रहे, पर उसकी साँसों के आरोह-अवरोह तक की पड़ताल में मीडिया पीछे न रहेगा।

बात सच थी।

मीडिया का काम ही है सनसनीखेज खबरों को सूँघना। यदि वह भी सोता रहा, तो जनसामान्य के पास नगर की दैनंदिन धड़कन की जानकारी कैसे पहुँचेगी? भूमंडलीकरण के वर्तमान युग में विश्व के किसी भी कोने में घटित होनेवाली घटना की सूचना मिनटों में पूरी दुनिया के पास पहुँच जाती है। बैलगाड़ी युग से वायुयान तक के इस सफर ने आम आदमी तक को वैश्विक हलचलों के प्रति जिज्ञासु बना दिया है। फिर अपने नगर के भीतर रेपकांड के एक अपराधी की गिरफ्तारी को कल सुबह के अखबार में छापने के लिए संवाददाताओं की भीड़ क्यों न सक्रिय हो उठी होगी?

पर मीडिया से पहले वे दोनों पुलिसकर्मी थे, जिन्होंने रेप के आरोपी की गिरफ्तारी की थी। पुलिस जीप में बैठा मनोज पहले उन्हीं दोनों से भिड़ता रहा, "किसी झूठी एफ.आई.आर. की वजह से आप लोगों ने मुझे बेवजह गिरफ्तार क्यों किया? मैं भी चुप नहीं बैठूँगा। पुलिस पर मानहानि का दावा दायर करूँगा।"

दोनों कॉन्स्टेबल हँसने लगे, "पहले अपनी फिक्र करो डॉ. साहब। सिर्फ थाने तक नहीं, जेल की सलाखों के पीछे पहुँचाए जा रहे हो। अभी भी अकड़ नहीं गई?"

मनोज सकपकाया। कुछ देर चुप रहा। घटनाक्रम की कड़ियों को जोड़ता रहा। उसे लगा कि कल दोपहर तक जब दीपिका अपने घर में निष्क्रिय बैठी थी, फिर इतनी जल्दी हथेली पर सरसों कैसे उगा सकती है? हो न हो, किसी गलतफहमी की वजह से या किसी बड़े नेता-अफसर के गैर-कानूनी दबाव की वजह से ही पुलिस अपना 'गुड वर्क' दिखाने के लिए दौड़ पड़ी है, इसलिए इस गिरफ्तारी का लगातार खंडन करते रहना उसके लिए जरूरी है।

हिम्मत बटोरकर वह दुबारा चालू हो गया, "मैं कहता हूँ, हमारी व्यावसायिक साख और तरक्की देखकर बाजार में दुश्मनों की कमी नहीं है। ऐसे ही किसी दुश्मन की साजिश की वजह से वह लड़की मेरे खिलाफ थाने-पुलिस तक दौड़ी है। रेप तो बहुत दूर की बात है, मैंने किसी लड़की से न दोस्ती की है, न अफेयर चलाया है। मेरी गिरफ्तारी सरासर जुल्म है। मेरे परिवार की इज्जत को मटियामेट करने का किसी पुलिस-बल को अधिकार नहीं है।"

"चुपचाप बैठ बे!" एक पुलिसवाले ने उसे डपटा, "अदालत तुझे अपना पक्ष रखने का मौका देगी। जीप में यह तांडव दिखाने की जरूरत नहीं है।"

मनोज के पास मुँह बंद करने के सिवाय कोई चारा न रहा।

थाने में पहुँचकर दोनों कॉन्स्टेबलों ने वहाँ उपस्थित इंस्पेक्टर देवेश के सामने अभियुक्त को पेश किया। रजिस्टर में कुछ लिखा-पढ़ी हुई।

मनोज के मन में एक बार फिर रिहाई की उम्मीद जागी। लेकिन उसके कुछ बोलने से पहले ही इंस्पेक्टर देवेश ने दोनों कॉन्स्टेबलों से कहा, "तुम लोग यहाँ से बाहर जाओ। मुझे अभियुक्त से अकेले में बात करनी है।"

"जी सर।" कहते हुए दोनों कॉन्स्टेबल वहाँ से हट गए।

एकांत हो जाने पर इंस्पेक्टर ने सामने खड़े अभियुक्त से नरम आवाज में कहा, "कुरसी पर बैठ जाइए, डॉ. मनोज। मैं अभी दो मिनट में आपसे बात करता हूँ।"

"जी।" कहते हुए और ज्यादा आशान्वित होकर मनोज एक खाली कुरसी पर

बैठ गया। इंस्पेक्टर किसी फाइल को खोलकर पढ़ने में लगे थे। पन्ने पलटकर उसे देखते रहे, बीच-बीच में पढ़ना रोककर कुछ सोचते रहे। इसके बाद एक झटके से फाइल बंद करते हुए बोले, "डॉक्टर, आपके लिए पानी मँगाऊँ?"

"जीऽऽ," मनोज तो एकदम हक्का-बक्का ही हो उठा।

क्या मतलब समझे इस बात का?

अभी आध घंटा पहले दो पुलिसवालों ने उसे शादी के घर से खींचकर गिरफ्तार किया है और थाने पहुँचाया है। अब इस वक्त एक इंस्पेक्टर उसका खैरख्वाह कैसे हो गया?

इंस्पेक्टर देवेश ने मुसकराकर बात साफ की, "दरअसल आपके पापाजी के रसूख तो बहुत ऊँचे हैं। उनकी सिफारिशें कल से ही हमारे पास आ रही हैं। थाने में एफ.आई.आर. दर्ज होने की खबर पता नहीं कैसे कल ही आप लोगों को मिल गई थी। तभी से पुलिस पर दबाव पड़ रहा है कि किसी पीड़िता की शिकायत दर्ज करना भले ही हमारी नौकरी का हिस्सा है, पर उसके आगे इस मामले में अगले दो दिन कोई एक्शन न लिया जाए। आपके सभी शुभचिंतकों की मंशा थी कि शादी निर्विघ्न संपन्न हो जाए। उसके बाद हालात से निपट लिया जाएगा।"

मनोज अब भी बिटर-बिटर ताकता रहा।

इंस्पेक्टर ने बात आगे बढ़ाई, "बात अगर पुलिस-थाने तक सीमित रहती, तो यकीनन हम लोग यह गिरफ्तारीवाला कदम न उठाते, पर लड़की को किसी नामी समाज-सेविका का साथ मिल गया। उसी तेज-तर्रार महिला ने पीड़िता को उँगली पकड़कर आगे बढ़ाया और अदालती कारवाई करने की सीख दी। मामला जब कोर्ट-कचहरी तक पहुँच गया, तो मजिस्ट्रेट के आदेश की अवहेलना करना पुलिस के लिए संभव न रहा, इसलिए आपके पापाजी की जुगाड़ी हुई तमाम सिफारिशों की अनदेखी करते हुए हमें आपको गिरफ्तार करना पड़ा। इस वक्त मैं सिर्फ एक शब्द कह सकता हूँ, 'सॉरी!'"

इंस्पेक्टर की बातें सुनकर मनोज को बहुत राहत मिली। उसके चेहरे का तनाव काफी घट गया। इंस्पेक्टर किसी राजदार की तरह बोला, "पुलिस को अपने अनुकूल बनाए रखने के लिए आपके पापाजी कल शाम यहाँ आए थे। जो अधिकारी यहाँ मौजूद था, उससे बात करके मामला सँभालने के लिए संभवतः मोटी रकम का एक लिफाफा भी दे गए थे। आपको अंदाज है, उसमें कितना पैसा था?"

"पचास हजार।" मनोज ने खुश होकर बताया।

"क्या आपको नहीं लगता कि इतने गंभीर मामले को रफा-दफा करने के लिए इतनी रकम अपर्याप्त है?"

"इंस्पेक्टर, आप फिक्र न करें। बस, मुझे रिहा कर दीजिए। पापा आपको मुँहमाँगी रकम दे देंगे। मेरी गिरफ्तारी से रिश्तेदारों के सामने हमारी बहुत फजीहत हुई है। पर यदि सुबह चंद परिवारजन कार से दिल्ली निकल गए और वहाँ से फ्लाइट पकड़कर लखनऊ पहुँच गए, तो निर्धारित मुहूर्त पर ही फेरे पड़ जाएँगे। वधू पक्ष के सामने हमारी किरकिरी होने से बच जाएगी। मैं आजीवन आपका अहसानमंद रहूँगा। समाज और बिरादरी में हमारी इज्जत बची रहेगी।" मनोज गिड़गिड़ा उठा।

"बिल्कुल, बिल्कुल।" इंस्पेक्टर देवेश मुसकराए, "एक संभ्रांत परिवार की प्रतिष्ठा पर आँच न आने देना पुलिस का धर्म है। मैं अपनी ओर से आपकी रिहाई के लिए पूरी कोशिश करूँगा। आखिर हम और आप इसी समाज में रहते हैं। हमें एक-दूसरे का खयाल रखना पड़ता है।"

"आप जैसा चाहेंगे, वैसा इंतजाम मेरी रिहाई होते ही पापा कर देंगे।" मनोज के चेहरे पर छाई मुर्दनी की जगह अब एक चमक दौड़ चुकी थी।

"आपको क्या लगता है, लड़कीवालों तक यह खबर अभी नहीं पहुँची होगी?"

"जी हाँ। मैं दावे से कह सकता हूँ कि उस वक्त हमारी कोठी में मौजूद रिश्तेदारों में एक भी ऐसा नहीं था, जो वधू-पक्ष तक कोई सूचना पहुँचा सका हो। दरअसल इस मामले में हमने पूरी सतर्कता बरती है। शहर में किसी को शादी का कार्ड तक वितरित नहीं किया है। दो दिन में शादी तय हो जाने की बात कहकर सबको मौखिक निमंत्रण दिया है। बारात लेकर जाने पर ही हमारे रिश्तेदारों को वधूपक्ष की जानकारी मिलती।··· और फिर, किसी ऐरे-गैरे ने अगर कोई फोन कर भी दिया होगा तो उस पर वहाँ कोई यकीन नहीं करेगा। मेरी शादी का मामला अभी बिल्कुल सुरक्षित है, सिर्फ मेरी रिहाई की जरूरत है।" मनोज बेचैन होकर बोला।

इंस्पेक्टर देवेश दो पल चुप रहे।

मनोज उतनी देर व्याकुलता से पहलू बदलता रहा। अंततः गला खखारकर इंस्पेक्टर ने अपने पत्ते खोले, "डॉ. मनोज, आप समझते ही होंगे, हमारी भी कुछ सीमाएँ हैं। अदालत के आदेश की वजह से जब हम दो दिन चुप नहीं बैठ सके और हमें आपको गिरफ्तार करना पड़ा, तो अब यकायक रिहा भी नहीं कर सकते हैं। हाँ,

केस को तोड़-मरोड़कर यदि कोई ऐसा आकार दे दें कि एक निर्दोष नागरिक को जेल में बंद रखना पुलिस का ही जुर्म लगने लगे, तो आपको छोड़ा जा सकता है।"

"प्लीज, आप कोई ऐसा मुद्दा तलाश कीजिए।"

"उसके लिए मुझे आपका सच्चा, ईमानदार और पूरा सहयोग चाहिए। पीड़िता ने इकबाल किया है कि नवंबर 2000 में आप लोगों की पहली बार मुलाकात हुई। यानी तेरह वर्ष और पाँच महीने की इस लंबी अवधि में आप लोग न सिर्फ अच्छे दोस्त रहे, बल्कि शरीर संबंध भी वर्ष 2006 से जुड़ गए। चूँकि अब आप दूसरी जगह शादी कर रहे हैं, इसलिए रेप के अपराधी माने गए हैं। इस पेचीदा मामले में मुझे ब्योरेवार एक-एक दिन की दोस्ती का विवरण चाहिए। तभी मैं कोई ऐसा कानूनी मुद्दा खोज सकूँगा, जिससे आपकी रिहाई संभव हो सके।" इंस्पेक्टर देवेश ने समझाया।

मनोज कुछ परेशान-सा नजर आने लगा। शायद स्वयं को तौल रहा था कि उसे कितना और कैसे बोलना है?

इंस्पेक्टर के चेहरे पर तनिक रुखाई छा गई, "देखिए, हमें भी अपना दामन बचाते हुए आपकी मदद की बात सोचनी है। शायद आप भी नहीं चाहेंगे कि होम करते हुए हमारे हाथ जलें। आज हमने आपको छोड़ दिया और कल हमें सस्पेंड कर दिया गया, तो क्या होगा? आप समझते हैं न, हमें भी अपनी नौकरी पहले बचानी है।"

"जी हाँ।" मनोज खिसियाकर बोला।

"तो फिर हमें अपना हमदर्द समझिए और हमारे ऊपर आँख मूँदकर भरोसा कीजिए। ब्योरेवार सारी घटनाएँ जानने पर हमें अपने काम का कोई ऐसा बिंदु जरूर मिल जाएगा, जिसके आधार पर पुलिस निर्भय होकर आपको रिहा कर देगी।"

"जी, ठीक है।" मनोज अब पूरी तरह इंस्पेक्टर के कथन की गंभीरता समझ चुका था। घटनाओं की कड़ियाँ जोड़ने के लिए वह सोच में डूब गया।

इंस्पेक्टर देवेश ने उसके चेहरे पर निगाह टिका दी। दो पल की खामोशी के बाद मनोज की आवाज गूँजी, "हाँ, मेरा दीपिका के साथ लगभग तेरह-चौदह साल अफेयर चला है। शुरू में सिर्फ दोस्ती रही, बाद में शारीरिक संबंध भी बने। जुलाई 2006 से अब तक बहुत बार ऐसा हो चुका है, पर यह कभी रेप नहीं रहा। मैंने हमेशा उसके साथ उसकी सहमति से ही शारीरिक संबंध बनाए। फिर भी मुझे रेप के आरोपी के रूप में गिरफ्तार करके अपराधी का और उसे पीड़िता का दर्जा दे दिया

गया है। कानून का यह कैसा इनसाफ है? जो जुर्म आपसी सहमति से हम दोनों ने किया या जिस प्यार की डगर पर हम दोनों हाथ में हाथ डालकर एक साथ चले, आज हमारी राहें जुदा होने पर वह पीड़िता और मैं मुजरिम कैसे हो गया?''' सच तो यह है कि इस पूरे मामले में पीड़ित मुझे ही माना जाना चाहिए। निर्दोष होने पर भी कल संपन्न होनेवाली मेरी शादी की खुशियों पर वज्रपात हो गया है। समान रूप से जुर्म करके भी वह लड़की चैन से अपनी माँ के साथ घर में सो रही है और मेरे परिवार की पीढ़ी-दर-पीढ़ी कमाई इज्जत धूल में मिल गई है। समाज में कहीं मुँह दिखाने लायक नहीं रह गए हैं हम लोग। फिर भी वह पीड़िता और मैं दोषी? कैसा इनसाफ है यह?" कहते-कहते मनोज इतना उत्तेजित हो उठा कि उसकी आँखों से स्फुलिंग झरने लगे, मुट्ठियाँ भिंच गईं और शरीर थरथराने लगा।

इंस्पेक्टर देवेश ने उसे शांत किया, "जो हुआ, सो हुआ। आपकी इज्जत की फटी चादर पर पैबंद लगाने की मैं जरूर कोशिश करूँगा। मुझे खुशी है कि आप मेरा साथ दे रहे हैं, पर अभी मेरी जिज्ञासा शांत नहीं हुई है। कुछ और बिंदुओं पर मुझे विस्तृत जानकारी चाहिए।"

"पूछिए।" मनोज स्वयं को सँभालता हुआ बोला।

"दीपिका आपके साथ शारीरिक संबंध बनाने पर सहमत क्यों हुई? आखिर वह भी एक शरीफ घराने से ताल्लुक रखती है। पढ़-लिखकर बैंक में अधिकारी पद पर नौकरी कर रही है। उसे मैं कॉलगर्ल का दर्जा तो दे नहीं सकता हूँ, जो पैसा कमाने के लिए आपके साथ हमबिस्तर हुई होगी।"

मनोज तनिक विचलित दिखाई दिया। निगाह झुकाकर बोला, "मैंने उससे शादी का वादा किया था।"

"हैरत है, पूरे आठ साल उसका आपके वादे पर यकीन बना कैसे रहा?"

"शायद मेरे भीतर वाक्पटुता रही होगी या फिर मेरी आँखों में उसने ईमानदारी पढ़ी होगी। यों भी लड़कियाँ स्वभाव से सीधी और जल्दी भरोसा कर लेनेवाली होती हैं। कई साल तक मेरी डॉक्टरी की पढ़ाई खत्म होने का उसने इंतजार किया, फिर जयपुर में नौकरी लग जाने के बाद मैं जॉब के प्रति अपना असंतोष ही जताता रहा था। इन कारणों से वह धीरज धरे रही।"

"जो भी हो, उसे आपके इनकार कर देने पर इतना ज्यादा बुरा नहीं मानना चाहिए था। आखिर किसी मजबूरी की वजह से ही तो आपने इनकार किया होगा।"

"वही तो!" मनोज जोश में आ गया, "मैं सिर्फ एक प्रेमी ही तो नहीं था।

एक पुत्र और एक भाई के रूप में भी मेरी महत्त्वपूर्ण भूमिका थी। माता-पिता और भाई-भाभी का मुझ पर निरंतर दबाव चलता रहा कि मैं उसे छोड़ दूँ। आखिरकार घरवालों की जिद के सामने मुझे घुटने टेकने पड़े और परिवार की इच्छानुसार लखनऊ की डॉक्टर लड़की के साथ विवाह के लिए हामी भर दी।"

"दीपिका कहती है कि एक बार गर्भ भी ठहर गया था और गर्भपात कराना पड़ा था। क्या यह बात सच है?"

"जी।" मनोज की झुकी दृष्टि धरती में और अधिक गड़ गई।

"और वह सगाई की रस्म?"

"आप भी जानते हैं कि ऐसी रस्मों का कोई महत्त्व नहीं होता है।" मनोज एक बार फिर उत्तेजित हो उठा, "गुड्डे-गुड़िया का खेल खेलते हुए अगर दो बच्चे खुद को दूल्हा-दुलहन कह दें, तो क्या उसे विवाह का अटूट बंधन मान लिया जाएगा?"

"सच कहते हैं आप। पर वह मूर्ख उसे ही अटूट मानकर सालोसाल करवाचौथ का व्रत रखती रही।"

"कोई मूर्खता नहीं, चालाकी थी उसकी। हर साल मुझसे एक गिफ्ट वसूलने का नाटक था।"

"ठीक है डॉ. मनोज। बस, मुझे आपसे इतना ही जानना था।" कहते हुए इंस्पेक्टर देवेश ने पास रखे रैक पर से कपड़ा हटाया और उसके नीचे मौजूद अच्छी रिकॉर्डिंग क्षमतावाले टेपरिकॉर्डर का स्विच ऑफ कर दिया।

मनोज का चेहरा फक पड़ गया।

वह समझ गया कि जिस तरह मीठी-मीठी बातें करके वह दीपिका को धोखा देता रहा, उसी तरह आज पुलिस इंस्पेक्टर ने उसे झाँसा दिया है। यानी रिहाई की कहीं दूर-दूर तक उम्मीद नहीं है।

रिहाई तो दूर, अपनी मूर्खता से उसने अपने परिवारजनों का नुकसान करने में कोई कोर-कसर नहीं छोड़ी है। पचास हजार रुपए रिश्वत देने की बात स्वीकार करके और अधिक की पेशकश देकर अपने केस को खुद ही कमजोर बना दिया है। पहले ही जीत हासिल कर चुकी दीपिका की क्या यह एक और जीत नहीं है?

इंस्पेक्टर देवेश बोले, "डॉ. मनोज, क्या आप अब भी अपनी इस बात पर कायम हैं कि दीपिका के साथ रेप नहीं हुआ है?"

"रेप कैसे हो सकता है? जब आपसी सहमति से…" मनोज ने मिनमिनाकर कहने की कोशिश की, तो इंस्पेक्टर भड़क उठे, "एक पढ़ा-लिखा डॉक्टर भी जब

कानून के बारे में इतनी अनभिज्ञता रखता है, तो सचमुच शर्म आ जाती है।"

मनोज ने अबूझ दृष्टि से उनकी ओर देखा।

"डॉ. मनोज, आपको शायद 'रेप' का मतलब मालूम नहीं है, तभी बार-बार आपसी सहमति शब्द का प्रयोग कर रहे हैं।"

"रेप का मतलब तो जोर-जबरदस्ती है न!" मनोज खिसिया गया, "मैं किसी भी देवी-देवता, किसी भी धर्मग्रंथ, यहाँ तक कि अपने माता-पिता की सौगंध खाकर भी कह सकता हूँ कि हमारे आठ साल तक चलनेवाले देह-संबंध में एक बार भी जोर-जबरदस्ती नहीं हुई है।"

"डॉक्टर, अपने बंद दिमाग का ताला खोलो।" सख्त आवाज में इंस्पेक्टर बोले, "कानून साफ शब्दों में कहता है कि जिस स्त्री के साथ बलात्कार हुआ है, वह अपराधी नहीं है। बलात्कार करनेवाला पुरुष अपराधी है। बलात्कार में साथ देनेवाले सभी लोग अपराधी हैं, इसलिए उसे पीड़िता माना जाना सर्वथा जायज है।"

मनोज के मुँह से एक शब्द भी नहीं निकला।

"और सुनो।" इंस्पेक्टर देवेश का तीखा कंठस्वर गूँजा, "लालच देकर, फुसलाकर बनाया जानेवाला शारीरिक संबंध भी बलात्कार की श्रेणी में आता है। तुमने सालोसाल शादी का लालच देकर इस संबंध को जारी रखा। कानून की दृष्टि में तुम बलात्कारी और वह पीड़िता है, इस सच्चाई को इसी समय अपने दिल और दिमाग में अच्छी तरह बैठा लो।"

मनोज पिटे कुत्ते की तरह मरियल नजर आने लगा। इंस्पेक्टर देवेश उठ खड़े हुए, "मेरा काम हो गया। तुमने पुलिस के सामने अपना जुर्म कबूल लिया है। अब चैन से हवालात की हवा खाओ। यही तुम जैसे प्यार को खेल समझनेवाले मुजरिम के लिए मुनासिब सजा है।"

इंस्पेक्टर देवेश के बाहर निकलते ही अखबारवालों ने उन्हें घेर लिया, "आरोपी से आपकी क्या बात हुई?"

इंस्पेक्टर ने संक्षेप ने बताया और बाहर निकल गए।

आरोपी को हवालात में पहुँचाने के लिए दोनों कॉन्स्टेबल भीतर घुस चुके थे। मनोज उन्हें मुँह दिखाने लायक नहीं रहा था। जीप में बैठकर पूरे रास्ते अपनी निर्दोषिता को इतनी दफा बखानता आया था कि अब अपने मुँह से जुर्म का इकबाल कर लेने की शर्म उसके सर्वांग से दिख रही थी।

कॉन्स्टेबलों के पीछे-पीछे मीडियाकर्मियों को कैमरा सहित भीतर घुसते देख

वह और ज्यादा शर्मिंदगी से भर गया। आनन-फानन में पास ही बेंच पर पड़ा एक फटा-पुराना कंबल उठाकर उसने खुद को उससे इस तरह ढक लिया कि चेहरा तो दूर, शरीर भी नजर न आ सके। कंबल से ढके उस 'ढूह' की ही मौजूद फोटोग्राफर ताबड़तोड़ फोटो खींचने में जुट गए थे।

दोनों कॉन्स्टेबल मीडियाकर्मियों से रास्ता देने का अनुरोध कर रहे थे, "हटो भाई, तुम्हारे डॉ. साहब को बग्घी पर चढ़कर ससुराल जाने का मौका भले ही न मिल सका हो, सरकारी ससुराल तक तो पहुँचने दो।"

□

5

रात के ग्यारह बजे तक लखनऊ में संजीवनी के यहाँ नृत्य-संगीत का कार्यक्रम चलता रहा। डॉक्टर होने के बावजूद संजीवनी में गहरा कलानुराग था। शास्त्रीय संगीत की उसने कुछ वर्षों तक विधिवत् शिक्षा ली थी। अकसर सोचती थी, यदि डॉक्टर न बनती तो संगीत-क्षेत्र में आगे बढ़ने की संभावनाएँ तलाशती। अब भी समय मिलने पर अपने मधुर कंठ से कुछ-न-कुछ गुनगुनाती रहती थी।

विवाह की पूर्व रात्रि को महिलाओं की संगीत-संध्या में उसने भी बढ़-चढ़कर हिस्सा लिया। माता-पिता की इकलौती संतान थी। बेहद लाड़ली थी। घर में कभी कोई कहने-सुननेवाला रहा नहीं, इसलिए खुद को हर बंदिश से ऊपर समझती थी। अपनी शादी के मौके पर सहेलियों और रिश्तेदारों के अनुरोध की अनसुनी न कर सकी। 'एक और', 'बस, एक और' की फरमाइश लगातार चलती रही और संजीवनी भजन, शास्त्रीय संगीत, सुगम संगीत व लोकगीत पर गले का कमाल दिखाती रही। किसी चाची-ताई के कहने पर माँ ने काजल की डिबिया लाकर माथे पर बिखर आई बालों की लट हटाते हुए दिठौना लगा दिया। हर बुरी नजर और अला-बला से बचाने के लिए यह जरूरी था। संजीवनी का गाना था ही ऐसा। और तो और, सखियों के समूह ने जब अपने बीच खींच लिया, तो खिलखिलाती संजीवनी ने दो-चार ठुमके भी लगा लिये।

आयोजन खत्म होने पर, देर रात जब वह अपने कमरे में पहुँची तो एकांत क्षणों में होनेवाला दूल्हा याद आए बिना न रहा। सोचा, बुद्धूराम का कोई ठिकाना थोड़े ही है। घुड़चढ़ी के वक्त की किसी साज-सज्जा में मशविरा लेने के लिए यदि फोन किया हो, तो जवाब न मिलने पर मुँह फुलाकर बैठ सकते हैं।

रूठे बलमा को मना लेने के लिए संजीवनी होंठों-ही-होंठों में मुसकराई और लरजती उँगलियों से मोबाइल उठा लिया। कुछ मिस्ड कॉल थीं जरूर, पर वह उन शादीशुदा सहेलियों की थीं, जो शादी के मौके पर आ नहीं पा रही थीं।

हालचाल लेने के लिए फोन मिला दिया होगा, सोचकर संजीवनी ने उन मिस्ड कॉल्स पर कोई ध्यान न दिया।

इसके बाद उसने मैसेज खोले। होनेवाले पतिदेव के किसी संदेश को पढ़ने के लिए आँखें ललक उठी थीं, पर मनोज ने पिछले कई घंटों में न फोन किया था और न संदेश भेजा था। क्षणिक निराशा के बाद संजीवनी ने सोचा, वहाँ भी तो यहाँ ऐसी ही भीड़भाड़ के बीच उत्सवी नशा सब पर छाया होगा। यदि होनेवाले बैटर हॉफ को संपर्क करने की फुरसत नहीं मिली, तो क्या बुरा मानना?

तभी व्हाट्सएप के किसी मैसेज की तरफ निगाह पड़ी, तो संजीवनी ने तत्परता से उसे खोला। पर उधर निगाह पड़ते ही उसे जैसे लकवा मार गया। चार मार्च की गुलाबी ठंड की उस अर्धरात्रि में भी वह एकदम अचल, किंतु पसीना-पसीना हो उठी।

एकबारगी अपनी आँखों पर विश्वास नहीं कर सकी संजीवनी।

जो कुछ वह देख रही है, वह सच है या सपना, फैसला नहीं कर पाई। थाना लोहामंडी में दर्ज कराई गई किसी एफ.आई.आर. की प्रतिलिपि मौजूद थी वहाँ। शादी के मौके पर थाने में की गई काररवाई का क्या काम, सोचकर वह अवसन्न हो उठी। पर आँखें थीं कि उस रिपोर्ट पर फिसलती जा रही थीं। शब्द के बाद शब्द, वाक्य के बाद वाक्य और सबसे अंत में शिकायतकर्ता के हस्ताक्षर।

संजीवनी फटी-फटी आँखों से वह नाम देखती रही, जिसे पहचानना उसके लिए तनिक भी कठिन न था। इसी लड़की ने तो दो दिन पहले फोन पर उससे बात करनी चाही थी और मनोज के विश्वासघात की सूचना देने का उपक्रम किया था। पर बात सुने बिना ही उसने बुरी तरह लताड़ दिया था लड़की को। मनोज के प्यार पर आँख मूँदकर भरोसा करने के बाद लड़की के किसी शिकायती फोन को सुन ही कैसे सकती थी। प्यार और संदेह कब किसी हृदय में एक साथ रहे हैं? उसकी अनसुनी के बाद ही थाने में एफ.आई.आर. दर्ज कराई गई थी।

यानी वह लड़की दीपिका झूठ नहीं बोल रही थी।

संजीवनी उसी बदहवास हालत में माँ के पास पहुँची। व्हाट्सएप मैसेज था ही ऐसा कि वधूपक्ष को पागल कर देने के लिए काफी था। पत्नी ने पथरीली मनोस्थिति में पति के पास पहुँचकर बेटी का मोबाइल आगे बढ़ा दिया। पल भर में पूरा परिवार किसी कुलिशपात से झुलस जानेवाली स्थिति में पहुँच चुका था।

हड़बड़ी में कुछ और न सूझा, तो संजीवनी के पिता ने अपने होनेवाले समधी

शांतिस्वरूप का नंबर मिला दिया। थाने में दर्ज की गई इस शिकायत की हकीकत के बारे में वही जानकारी दे सकते थे, पर पूरी घंटी बज गई और किसी ने फोन नहीं उठाया। चूँकि रात आधी से ज्यादा बीत चुकी भी, इसलिए इस वक्त और कहीं संपर्क साधने का मतलब न था। संजीवनी के माता-पिता ने चुप रहना ही उचित समझा। सोचा, पूर्व निर्धारित कार्यक्रम के अनुसार सुबह पाँच बजे बारात की निकासी होगी। उसी समय फोन करना उचित रहेगा।

पर व्हाट्सएप मैसेज ने पूरे परिवार का दिमाग तो खराब कर ही दिया था। उस पर सब बेहद थके हुए थे। चुपचाप अपने बिस्तरों पर जाना ही सबने उचित समझा।

लेकिन किसी आसन्न संकट की संभावना से इनकार नहीं किया जा सकता था। परिवार की खुशियों के अमृत-कलश में बूँद भर हलाहल पड़ते ही वे खुशियाँ अब आस्वाद योग्य न रही थीं। अपने मन का तनाव किसी रिश्तेदार से कहने का भी कोई मतलब न था। वे लोग आधी रात तक जगे और उत्सवी उल्लास का छककर रसपान करने के बाद अभी-अभी सोए थे। किसी की नींद में विघ्न डालने का कोई तुक था भी नहीं। इस मामले में कोई क्या कर सकता था।

संजीवनी ने अपने कमरे में जाकर मनोज के नंबर पर संपर्क करने की बार-बार कोशिश की। दो-तीन बार की असफल कोशिश के बाद उसे इस मोबाइल का स्विच ऑफ होने की सूचना मिली। शेष रात्रि उसने जैसे किसी शर-शय्या पर काटी। मन की छटपटाहट के चलते पलकों का मुँद पाना असंभव था।

सुबह सभी रिश्तेदार सोकर उठे।

नहा-धोकर जलपान हेतु ड्राइंगरूम में पहुँचे। छोटे से डाइनिंग रूम में सबका एक साथ बैठकर नाश्ता करना असंभव था। ड्राइंगरूम में सूचना मिली कि छत पर नाश्ते की व्यवस्था की गई है, इसलिए आपस में बोलते-बतियाते और हँसते-हँसाते सब लोग सीढ़ियों की ओर बढ़ गए।

हलवाई लगाकर सुबह के जलपान का अत्युत्तम प्रबंध पहले से था। मनपसंद व्यंजन उपलब्ध कराने की यथासंभव कोशिश की गई थी। पनीर पराँठे और पूरी-सब्जी जैसे पकवानों के साथ दक्षिण भारतीय इडली-डोसा-उत्तपम मौजूद था। कॉर्नफ्लेक्स-दूध और ब्रेड-बटर पसंद करनेवालों के लिए भी निराशा न थी। हलका नाश्ता चाहनेवालों के लिए पोहा, उपमा और किस्म-किस्म के फल सजे हुए थे।

संजीवनी का परिवार रिश्तेदारों के साथ छत पर नहीं गया। वह धैर्य से उनके जाने का इंतजार करता रहा। जब ड्राइंगरूम में सिर्फ तीन परिवारजन बचे, तो संजीवनी के पिता ने मुँह खोला, "सुबह पाँच बजे से मैं लगातार शांतिस्वरूपजी से बात करना चाह रहा हूँ, पर उनका फोन उठाया नहीं जा रहा।"

"मैं भी मनोज से बात करने की कोशिश में सफल नहीं हो पाई हूँ।" संजीवनी बोली।

"फिर क्या किया जाए?" पिता की आँखों में गहरी निराशा झलकने लगी, "यदि शाम को बारात नहीं आई, तो मैरिज होम में हम कैसे किसी को मुँह दिखाएँगे? अभी घर में तो चंद रिश्तेदार ही हैं, वहाँ पूरे शहर के निमंत्रित अतिथि मौजूद होंगे। वरपक्ष से बात होनी बहुत जरूरी है।"

"पापा, थाना लोहामंडी में संपर्क कीजिए। आखिर वहीं तो एफ.आई.आर. दर्ज की गई है। आप पुलिस स्टेशन फोन करके थाने का नंबर माँगिए और सीधे वहीं बात कीजिए।" संजीवनी गंभीर कंठ से बोली।

पिता ने यही किया।

उधर से जिस पुलिस कर्मचारी ने फोन उठाया, वह उनकी बात सुनकर जोर से हँसा, "आपका होनेवाला दामाद तो इस समय जेल में बैरक नं. आठ में बंद है। एक पढ़ी-लिखी, बैंककर्मी लड़की से रेप के बाद बेवफाई करने का नतीजा भोग रहा है। किसी बारात के आपके यहाँ पहुँचने का सवाल ही नहीं उठता। शादी की तैयारियाँ रद्द कर दीजिए।"

संजीवनी के पिता सन्न रह गए।

खुला हुआ मोबाइल उनके हाथ से नीचे गिर गया। स्वयं को संतुलित बनाए रखने की सारी कोशिशें बेकार गईं और वह वहाँ पड़े सोफे पर ढह से गए।

एक बेटी के बाप की यंत्रणा का उस वक्त क्या कहीं ओर-छोर था?

उनकी आँखों में सिनेमा की रील की तरह न जाने कितने दृश्य घूम गए। विवाह के बाद कई वर्षों तक संतानहीनता का दुःख झेलने के बाद संजीवनी का जन्म। नन्ही कलिका को पाकर माँ-बाप का सीमातीत उछाह। बिटिया के बचपन को चाव से पल-पल पीने का उल्लास और चित्रों में सहेजने का उपक्रम। संजीवनी का मेडिकल में चयन। डॉ. संजीवनी के लिए समान स्तर के परिवार में रिश्ता खोजने की लंबी जद्दोजहद के बाद एक नायाब रत्न पा जाने का सुकून।

इकलौती संतान के विवाह में सारे अरमानों के पूरे करने का प्रयत्न और अंत में निष्कर्ष रूप में हाथ आया···

कानों से सुनी सूचना को पचाने की कोशिश में संजीवनी के पिता के हावभाव इतने करुण दिखाई दिए कि उनकी सौभाग्यकांक्षिणी कन्या घबराकर उनसे लिपट गई, "पापा, पापा, खुद को सँभालिए। कोई भी सूचना इतनी कष्टकारी नहीं हो सकती, जिसे आप दारुण दुःख समझें। आपकी पत्नी और बेटी जीती-जागती हालत में आपके पास खड़ी हैं न?"

"हाँ बेटा।" पिता ने बड़ी मुश्किल से ये दो शब्द बोले और फिर दोनों हथेलियों में मुँह छिपाकर बिलख उठे, "संजू बेटी, भगवान् ने हमें किस पाप की इतनी बड़ी सजा दी है? आज शादी के दिन मनोज का जेल की सलाखों के पीछे पहुँच जाना भी तो कोई छोटा दुःख नहीं है। हम समाज को क्या मुँह दिखाएँगे?"

पिता कातर हो उठे थे, पर माँ उनकी अपेक्षा पुख्ता कलेजे की थी। झिड़कते कंठ से बोली, "खुद को सँभालो संजीवनी के पापा! इतने विचलित हो जाओगे, तो समस्या का हल कैसे सोचोगे?"

"हम बीच समंदर में हैं और जहाज डूब रहा है। तैरना जानते नहीं। अकाल मौत मरना ही अब हमारे लिए विधि का लेख है।"

"नहीं। ऐसा नहीं होगा। एक उपाय अभी मुझे सूझ रहा है।"

"क्या?" पिता ने बुझी हुई दृष्टि उठाई।

"आप चुप रहें। इस विषम स्थिति को मैं झूठ बोलकर सँभालूँगी। यह झूठ किसी को नुकसान पहुँचाने के लिए नहीं, अपने परिवार को एक बड़ी लोकलाज से बचाने के लिए बोलूँगी, इसलिए इसे लेकर मेरे मन पर कोई भार नहीं रहेगा।"

"तुम क्या कहोगी? किससे कहोगी?"

"अभी कुछ देर में सारे रिश्तेदार नाश्ता करके नीचे उतर आएँगे। मैं कह दूँगी कि आगरा से एक चिंतनीय सूचना आई है। वर के भाई की कार राजमार्ग पर ट्रक की चपेट में आकर दुर्घटनाग्रस्त हो गई है। भाई गंभीर हालत में आई.सी.यू. में भर्ती है और डॉक्टर ऑपरेशन की तैयारी कर रहे हैं। ऐसे में बारात की निकासी संभव नहीं। बाद में शादी का अन्य मुहूर्त निकाला जाएगा।"

"इससे क्या लाभ होगा?"

"फिलहाल रिश्तेदारों के सामने हम विवाह स्थगित किए जाने की सूचना पहुँचा देंगे। शहर में जहाँ-जहाँ कार्ड दिए गए हैं, सबके पते और फोन नं. रजिस्टर

में नोट हैं। घंटे भर बाद सब जगह शादी स्थगित हो जाने की सूचना देंगे, ताकि शाम को कंचन मैरिज होम तक कोई बंदा पहुँचे ही नहीं।"

"शायद वर्तमान हालात में यही करना उचित होगा।" पिता ने सिर हिलाया।

संजीवनी पास ही खड़ी थी।

माता-पिता की सारी बातें खामोशी से सुन रही थी। अब उसके चेहरे पर बेचैनी दिखाई दी और अधर कुछ कहने के लिए हिले।

"तुम क्या कहना चाहती हो?" माँ ने शांत कंठ से पूछा।

"मैं इस फैसले से सहमत नहीं हूँ। जो कुछ घटा है, उसके लिए मैं या मेरा परिवार कहीं भी जिम्मेदार नहीं है। फिर हम एक झूठी बात क्यों प्रचारित करें? जो सच है, उसे पूरी हिम्मत और बहादुरी से सबके कान में डाल दें।"

माता-पिता सोच में डूब गए।

संजीवनी ने समझाया, "मम्मी, हमें नहीं मालूम कि किसका परिचय और संपर्क कहाँ-कहाँ है! अभी हमारा झूठ सारे रिश्तेदार चुपचाप गले के नीचे उतार लेंगे, पर खलबली हर कलेजे में रहेगी। किसी ने भी फोन करके आगरा के अपने किसी परिचित के सामने इस तरह शादी स्थगित किए जाने की चर्चा की, तो उधर से पूरा सच बयान कर दिया जाएगा। क्या तुम सोचती हो कि यह घटना सिर्फ गिरफ्तारीवाले घर तक सीमित रही होगी? आज सुबह के अखबार में निश्चित रूप से वह छप चुकी होगी। इंटरनेट पर किसी अखबार का आगरा संस्करण यदि हमारे किसी रिश्तेदार ने देख लिया, तो तुम्हारा झूठ एक पल में सबकी पकड़ में आ जाएगा। उस वक्त हम भी गुनहगार कहलाएँगे। सच्चाई छिपाने के गुनहगार।"

"संजीवनी ठीक कहती है।" पिता एक ठंडी साँस भरकर बोले, "जिस घटना के घटित होने में हमारा कोई हिस्सा नहीं है, दूर-दूर तक कोई संबंध नहीं है, उसे छिपाने की हमें भला क्या जरूरत है?"

माँ ने भी बात समझी, सिर हिला दिया।

जलपान करके छत से लौटे रिश्तेदारों की भीड़ में पिता ने सारी वस्तु-स्थिति का खुलासा कर दिया। इस तरह रंग में भंग पड़ जाने की किसी को आशंका न थी। सब भौचक्के हो उठे। फिर कुछ लोगों ने समूचे घटनाक्रम के लिए वरपक्ष को थोक के भाव कोसा, "जैसा धूर्त बेटा, वैसे कमीने माँ-बाप। बेटे की काली करतूत को शह दी। उस पर परदा डालने की कोशिश की। यहाँ तक कि एक

लड़की की जिंदगी बरबाद करके दूसरी लड़की की जिंदगी बरबाद करने की भी कोशिश की।"

शेष लोगों ने समर्थन किया, "सच बात है जी। वह तो कहो, परमात्मा की दया से हमारी संजीवनी बाल-बाल बच गई। यदि वह पीड़िता लड़की हिम्मत न दिखाती, तो हमारी बेटी उस धूर्त परिवार के बिछाए जाल में आज रात को फँस जाती। ठीक है, ऐन वक्त पर यह सारी सच्चाई सामने आने से हम सबको फेरे न पड़ सकने का मलाल हुआ। लेकिन फेरे पड़ जाने के बाद हमारी बच्ची जिंदगी भर दुःख झेलती।"

कुछ बड़े-बूढ़ों ने वर्तमान स्थिति का आकलन किया, "देखो भाई, वह परिवार भी रसूखवाला है। बहुत संभव है, अपने बेटे को जेल से जमानत पर दो दिन में ही रिहा करवा ले। उसके बाद मुकदमे में भी उसे तगड़ी सिफारिश और पैसे के बल पर बेदाग छुड़वा ले। लेकिन यदि तुम्हारे सामने शादी का कोई दूसरा मुहूर्त लेकर आए, तो भूलकर भी हामी मत भरना। वह परिवार रिश्ता करने योग्य नहीं है।"

"आप लोग सच कहते हैं।" रात के संगीत कार्यक्रम में प्रफुल्ल भाव से जुड़नेवाली संजीवनी इस वक्त पूरे गंभीर भाव से बोली, "यह शादी टूट चुकी है। मुझे इस बात की खुशी है कि किसी की अमानत में खयानत करने से बच गई। इस लड़की ने दो दिन पहले भी मुझे फोन किया था। सच बताना चाहा था। पर मनोज ने उससे भी पहले मेरे सामने एक झूठी और फरेबी लड़की के रूप में इस दीपिका की ऐसी छवि पेश कर दी थी कि मैंने फोन पर उसकी बात सुनी ही नहीं।"

"लड़की बहादुर है।" रिश्तेदार सहमत हुए, "उसने अपनी तरफ से एक अपराधी की शादी रुकवाने का हर संभव प्रयास किया। हमारे यहाँ सफल नहीं हो सकी, तो पुलिस थाने तक पहुँची। आखिरकार अपनी कोशिशों में सफल होकर रही।"

अब यहाँ ठहरने का कोई तुक न था। सभी रिश्तेदार अपने-अपने कमरे में जाकर सामान समेटने लगे।

घंटे भर बाद कोठी में सन्नाटा पसर गया। मम्मी-पापा रजिस्टर खोलकर उन मित्रों-परिचितों को शादी स्थगित हो जाने की सूचना दे रहे थे, जिन्हें कल दोपहर तक उन्होंने बार-बार मनुहार करके शादी की खुशियों में शामिल होने का निमंत्रण दिया था।

संजीवनी अपने कमरे में जाकर मोबाइल पर एक नंबर मिलाने लगी थी।

उधर से 'हैलो!' सुनकर वह बोली, "दीपिका, मेरी बधाई लो। सच में तुम्हारी बहादुरी को, तुम्हारे हौसले को, तुम्हारे जज्बे को सलाम करने का जी चाहता है!"

"कौन, संजीवनी?" उधर से आवाज सुनाई दी, "मुझे शर्मिंदा मत करो। मैंने तुम्हारे यहाँ रंग में भंग किया है, तुम्हारी खुशियों को खत्म करने की नीचता दिखाई है।··· पर प्लीज, इसे औरताना डाह मत समझना। मैंने मनोज को इसलिए सजा नहीं दिलवाई कि वह तुम्हारा न हो सके, बल्कि इसलिए दिलवाई कि प्यार को खेल समझनेवाले दूसरे मनचलों को सबक मिले।"

"तुमने जो किया, सही किया। काबिले-तारीफ काम किया।"

"लेकिन तुम्हारे साथ तो अन्याय हो गया न!"

"शायद उस दिन मैं तुम्हारा फोन सुन लेती, तो यह अन्याय भी न होता। पर उस धूर्त मनोज ने तुम्हारा फोन आने से पहले इतना कुछ उलटा-सीधा बका था कि मेरी निगाहों में तुम्हारी छवि अच्छी न रही थी। एक धूर्त की बातों पर आँख मूँदकर भरोसा करने का नतीजा मेरे सामने आ गया। उसी रात मेहँदी की रस्म हुई थी और मेरी हथेली पर उसका नाम उकेरा गया था।"

"ओह!" दीपिका स्तब्ध हो गई।

संजीवनी की फीकी हँसी सुनाई दी, "सच दीपिका, इस वक्त अपनी हथेली पर बने बेल-बूटों से और उन बेल-बूटों के बीच अद्भुत कलाकारिता दिखाते उसके नाम से मुझे नफरत हो रही है। तुम्हारा व्हाट्सएप पढ़ने से पहले यह नाम मेरे हृदय के साफ-सुथरे पृष्ठ पर लिखा हुआ था। वहाँ से मैंने उसी पल उसे मिटा दिया। और···और हमेशा-हमेशा के लिए मिटा दिया। लेकिन तुम ही बताओ दीपिका, अपनी हथेली पर लिखे इस नाम को मैं किस इंक रिमूवर से साफ करूँ? मुझसे यह एक पल के लिए भी झेला नहीं जा रहा है।"

बात खत्म करते-करते संजीवनी का गला भर आया था।

आवाज की इस तरलता को तीन सौ किलोमीटर से भी अधिक दूरी पर बैठी दीपिका ने महसूस किया। उसका भी कंठ भावोद्वेग से उद्वेलित हो उठा, "संजीवनी, हम दोनों ही निर्दोष हैं। पर उस छली-प्रपंची के जाल में फँस जाने से दुःख भोग रहे हैं। तुम तनिक ठंडे दिमाग से मेरे बारे में सोचो। तुम तो बाल-बाल बच गई हो। कोई भी सुयोग्य वर तुम्हें जल्दी ही मिल जाएगा। तुम्हारा घर बस

जाएगा। यह दुस्स्वप्न तुम भूल जाओगी, लेकिन मेरी तो दुनिया ही अँधेरी हो गई है न! आज के अखबार में यह खबर आ चुकी है। कुछ देर में मित्रों-परिचितों के फोन आने शुरू हो जाएँगे। ऐसा लगता है कि यदि मनोज ने आठ साल मुझसे रेप किया तो अब पूरा समाज अपनी एक्स-रे दृष्टि से मेरे अंतरतम को आजीवन बेधता रहेगा। जी चाहता है, जिंदगी भर यह यंत्रणा झेलने के बदले अब आत्महत्या कर लूँ। मनोज से अपना प्रतिशोध ले ही चुकी हूँ। जिंदगी भर लोगों की चुभती निगाहों को कैसे सहूँगी? वे दर्दीले दिन अब आजीवन मेरे साथ चिपके रहेंगे। लोग मेरे चेहरे पर, मेरे अंग-प्रत्यंग पर उसकी छाया और छाप तलाशने की कोशिश करेंगे।··· संजीवनी, बहुत संभव है कि मेरी आत्महत्या की अगली खबर भी तुम्हारे कानों तक पहुँच जाए!"

"न दीपिका।" संजीवनी उत्तेजित हो उठी, "यह कायरता तुम्हें नहीं सोहती। जब इतना बड़ा महाभारत जीत लिया है, तो शान से सिर उठाकर जियो। रेप पीड़िताओं के लिए तुम्हें एक मिसाल बनना है। यदि तुमने यह लड़ाई जीतकर भी आत्महत्या कर ली, तो उन बच्चियों से लेकर बुजुर्ग महिलाओं तक को क्या संदेश मिलेगा, जो दरिंदों की पाशविकता का शिकार होकर फाँसी के फंदे पर झूल जाना चाहती हैं?"

"तुम सच कहती हो, संजीवनी। यह मेरी अग्नि-परीक्षा की घड़ी है। मुझे इस वक्त विचलित नहीं होना है।"

"दीपिका, एक बात बताओ, सीता को ही हर बार अग्नि-परीक्षा क्यों देनी पड़ती है? तुम किसी के सामने जवाबदेह नहीं हो। तुमने अपनी अंतरात्मा की आवाज पर एक साहसिक फैसला लिया है और अब यह सिद्ध करना है कि वह फैसला किसी जोश में नहीं, पूरे होश में लिया है।"

"तुम सच कहती हो, संजीवनी। मैं बहादुर बनूँगी।"

"हमारी यह बातचीत आगे भी चलती रहेगी न?"

"क्यों नहीं!" दीपिका मुसकराई, "इस पूरे मनोज-प्रकरण का और चाहे जो भी नफा-नुकसान हुआ हो, पर तुम जैसी प्यारी और संवेदनशील सहेली को पा लेना मेरी बहुत बड़ी खुशनसीबी है।"

"सिर्फ सहेली?" संजीवनी ने उलाहना दिया, "मैं अपने माता-पिता की इकलौती संतान हूँ। सहेलियाँ तो बहुत सी मिल चुकी हैं, पर बड़ी लालसा से तुम्हें फोन किया था। सोचा था, बहन मिलेगी। पर तुम्हें मेरे बहनापे की भला क्यों

दरकार होगी? और भी बहनें होंगी तुम्हारी।"

"मैं भी अपनी माँ की अकेली संतान हूँ।" दीपिका मुसकरा दी, "आज से हम दोनों बहनें हैं।··· बस, अब तो खुश।"

"हाँ।" और संजीवनी ने स्विच बंद कर दिया।

दीपिका कुछ पल चित्रलिखित सी खड़ी रही, फिर मुँह से एक ठंडी साँस निकल गई, 'तुम सचमुच अभागे हो, मनोज! मेरे प्यार को तुमने ठुकराया और तुम्हारे वजूद को संजीवनी ने ठुकराया। सचमुच उस जहीन और संवेदनशील लड़की के काबिल तुम थे ही नहीं।'

और सामने मेज पर पड़े आज के अखबार के उस खुले पृष्ठ पर दीपिका की दृष्टि दौड़ गई, जिस पर यह सनसनीखेज समाचार प्रकाशित हुआ था।

□

6

'बैंककर्मी युवती से दुष्कर्म के आरोपी डॉक्टर को जेल।'

हाँ, यही शीर्षक छोटे-मोटे हेरफेर से सभी अखबारों के स्थानीय सूचनाओंवाले पृष्ठ पर छपा था। हालाँकि मुखपृष्ठ पर भी इसे सबने छापा था, पर पाँच-छह पंक्तियों में संक्षिप्त उल्लेख के बाद (विस्तृत विवरण 'अपने शहर में' पृ. 3) लिखकर आगे देखने की गुजारिश की गई थी।

हर अखबार में अभियुक्त का नाम तो यथावत् था, पर पीड़िता का सही नाम सामने न लाने की सतर्कता बरती गई थी। इसलिए कहीं 'रानी', कहीं 'शालिनी', कहीं 'सोनी' लिखकर कोष्ठक में (बदला हुआ नाम) छापा गया था। पर नाम सच्चा हो या झूठा, लोहामंडी क्षेत्र के नौबस्ता मोहल्ले का उल्लेख करके पत्रकारों ने लड़की के परिचितों को पहचानने के काफी कुछ संकेत दे दिए थे। पीड़िता का सरकारी बैंक में पी.ओ. पद पर कार्यरत होना, पढ़ने के बाद लोगों की अटकलें पूर्ण विश्वास में बदलनी ही थीं। जाननेवाले तो समझ ही गए कि यह हादसा दीपिका के साथ घटा है। सहानुभूतिपरक पहला फोन नीलिमा के मोबाइल पर आया।

चचेरी बहन उर्मिला को इस बात पर हैरत थी कि पिछली शाम मनोज की कोठी में मौजूद रहने पर भी वह एफ.आई.आर. दर्ज करवाकर लड़के को गिरफ्तार करवानेवाली शख्सियत को पहचान क्यों नहीं सकी? 'किसी लड़की' भर सुनने से उसने यह अंदाज लगाया था कि जयपुर के अस्पताल में साथ काम करनेवाली किसी डॉक्टर लड़की ने यह हिम्मत दिखाई होगी।

फोन पर कहती जा रही थी उर्मिला, "सच कहती हूँ नीलिमा, सुबह अखबार में यह खबर पढ़ने के बाद मैं आसमान से गिरी कि हमारी दीपिका ही मनोज के खिलाफ थाना-पुलिस और कोर्ट-कचहरी तक पहुँचनेवाली बहादुर हस्ती है।"

"हमारे पास इस कदम को उठाने के सिवाय कोई चारा न था।" नीलिमा रुआँसी हो उठी, "दीपिका ने न सिर्फ मनोज, बल्कि पूरे परिवार के सामने रो-रोकर

अपने प्यार की दुहाई दी, पर पूरा परिवार अंधा-बहरा बना रहा। मजबूर होकर मेरी सहमति से दीपिका ने यह सख्त रुख अख्तियार किया।"

"जो हुआ, सो हुआ। तुम भी तो अनोखी हो। कभी तो मेरे कानों में यह बात डाली होती। रिश्तेदारों का दबाव पड़ने पर वे लोग शादी कर भी सकते थे।"

"लड़की के मामले में धीरज धरना पड़ता है और लड़के के वादे पर भरोसा भी करना पड़ता है।"

"खैर, जो हुआ, सो हुआ। तुम लोग घर पर ही हो न? मैं आध घंटे में पहुँच रही हूँ। दीपिका से भी बात करूँगी। इस वक्त पचासों लोग अपने-अपने ढंग से इस खबर पर प्रतिक्रिया जतलाएँगे। लड़की कहीं अवसाद में आकर कोई उलटा-सीधा कदम न उठा ले, इसलिए उसे समझाना जरूरी है।"

"चिंता मत करो, जीजी। अपनी दीपिका यदि बहादुर न होती, तो इतना साहसिक कदम उठाती ही नहीं।''' तुम बाद में फुरसत से आती रहना। इस वक्त घर के कामकाज का समय है। क्यों परेशान होती हो?" नीलिमा ने टालने की कोशिश की।

"अरे, खाना-पीना तो तीसों दिन चलता ही है। अगर एक दिन अपनी छोटी बहन और भानजी के नाम पर रसोईघर में न घुसी, तो क्या कोई घाटा आ जाएगा?"

"ठीक है, जैसी तुम्हारी इच्छा।" नीलिमा ने फोन बंद कर दिया।

उर्मिला मौसी के आने की सूचना पाकर दीपिका खीझ गई, "तुमने उन्हें मना क्यों नहीं कर दिया, माँ?"

"सगी चचेरी बहन को घर आने से कैसे रोक सकती हूँ? तू अपना कमरा बंद कर लेना। बाहर मत निकलना। मैं दस-पंद्रह मिनट में विदा कर दूँगी।" नीलिमा ने समझाया।

सचमुच आध घंटे के भीतर ही उर्मिला पधार गई। हवा में रहस्य सूँघने की कोशिश करती हुई बोली, "कहाँ है दीपिका, दिख नहीं रही?"

"अपने कमरे में है। किसी से बोलने-बात करने की हालत नहीं है उसकी।"

"स्वाभाविक है।" उर्मिला ने हामी भरी, "एक झोंक में कदम-पर-कदम उठाती चली गई। अब जो भी अंजाम सामने आएगा, भुगतना तो पड़ेगा ही। देखना, इसे भी सदमे से निकलने में वक्त लगेगा। आखिर शहर भर की निगाहों का फोकस इसी पर तो टिक गया है।"

एक गहरा-गंभीर 'हूँ' नीलिमा के कंठ से निकला।

उर्मिला फुसफुसाई, "नीलिमा, बर्र के छत्ते में हाथ डालना बुद्धिमत्ता नहीं कहलाता। लड़ाई शुरू करने से पहले दीपिका को सोचना चाहिए था कि दोनों पक्ष क्या एक बराबर हैं?"

"मैं समझी नहीं।" नीलिमा ने दृष्टि उठाकर देखा।

"तुम एक विधवा स्कूल मास्टरनी हो। बेटी भले ही सरकारी बैंक में अफसर पद पा गई हो, पर बाबू शांतिस्वरूप के सामने तुम्हारी हैसियत पिद्दी बराबर भी नहीं है।"

"तो?"

"तो तुम्हें एक अनुभवी महिला होने के नाते अपनी बेटी के बचकाने व्यवहार पर रोक लगानी चाहिए थी। उलटे तुमने उसे शह दी। मेरी समझ में नहीं आता कि एक उम्रदराज महिला ऐसी गलती कैसे कर सकती है?"

"जीजी, हम माँ-बेटी ने खूब सोच-समझकर फैसला लिया है। तुम बेकार में ही परेशान हो रही हो।" नीलिमा ने नाराजी जतलाई।

"आज न सही, कल तुम्हें मेरी बात की सच्चाई पता चलेगी, नीलिमा। बात जैसे अब तक ढकी-मुँदी रही थी, वैसे ही आगे भी रखनी चाहिए थी। लड़की देखने में खूबसूरत है, बैंक में अफसरी पा गई है, कोई भी सजातीय परिवार हँसी-खुशी से उसे अपने घर की बहू बनाकर ले जाता। पर मूर्ख लड़की ने खुद बंद पिटारी का ढक्कन खोल दिया है। अपने पुराने और लंबे प्रेम-संबधों का दुनिया के सामने ढिंढोरा पीट दिया है। अब कौन इसे स्वीकारेगा, तुम्हीं बताओ?"

"जीजी, जो हमें रुचा, सो हमने किया। तुम किस समाज की बात करती हो? उन्नीस साल की उम्र में अपना सुहाग खोकर जब फुटपाथ पर आ खड़ी हुई थी, तो कौन सजातीय परिवार बाप-भाई का धर्म निभाने आया? कुछ बूढ़े-छिछोरे मुँह से लार टपकाते हुए आगे बढ़े थे, जो हवस का शिकार बनाने के बाद किसी कोठे पर बेच आने से ज्यादा पराक्रम नहीं कर सकते थे। जैसे-तैसे ऊपरवाले की मेहर और हाथ-पाँव की मेहनत से अपनी जिंदगी की गाड़ी को पटरी पर लाई हूँ। आज मुझे किसी समाज-बिरादरी की चिंता नहीं है। मुझे और मेरी बेटी को हमारे हाल पर छोड़ दो।"

"नहीं नीलिमा, तुम मेरी बहन हो। मैं तुम्हारी चिंता किए बिना नहीं रह सकती। बिगड़ी बात को बनाने में तुम्हारा साथ देना मेरा फर्ज है।" उर्मिला बोली।

"बोलो, हमें क्या करने को कहती हो?"

"दीपिका से कहो, मुकदमा वापस ले ले।"

"क्या?" नीलिमा बिच्छू काटे की तरह बिलबिला गई।

"हाँ, मुकदमा वापस ले लो।" उर्मिला ने रहस्योद्घाटन किया, "अभी बाबू शांतिस्वरूप का मेरे यहाँ फोन आया था। कह रहे थे, मनोज संग दीपिका का ब्याह करने के लिए उनका पूरा परिवार तैयार है। दीपिका अब इस मामले को और ज्यादा तूल न देकर मुकदमा वापस ले ले।"

"जीजी, ऐसा कैसे संभव है? कोई थूककर चाटता है क्या? और फिर, एक दिन मुकदमा दायर करके चार दिन बाद वापस ले लेने पर दीपिका की कितनी छीछालेदर होगी?"

"देखो नीलिमा, वाहवाही तो उसकी अब होनी नहीं है। तुम्हीं बताओ, आठ साल के शारीरिक संबंधों की घोषणा के बाद कौन लड़का अब उससे शादी करेगा? हाँ, कोई बूढ़ा या दुहाजू मिल जाए, तो बात अलग है। यहाँ यदि मनोज का परिवार अपनी गलती का प्रायश्चित्त करना चाहता है, तो क्या उसे एक और मौका नहीं देना चाहिए?"

"मेरी समझ में तो नहीं।" नीलिमा सख्त हो उठी, "मान लो, वह शादी कर लेता है, जबकि मैं जानती हूँ कि दीपिका के मुकदमा वापस लेने के बाद करेगा नहीं, तब भी क्या गांरटी है कि मेरी बेटी को उसके जीवन में एक सम्माननीय पत्नी का दर्जा मिलेगा? क्या वह कभी भूल सकेगा कि दीपिका ने उसे जेल पहुँचाया था? क्या वह कभी भूल सकेगा कि इसी दीपिका की वजह से एक डॉक्टर लड़की उसके जीवन में आते-आते रह गई थी? करोड़ों का दहेज पाने और अपना नर्सिंग होम खोलने का सपना चूर-चूर हो गया था?⋯ न जीजी, इस चर्चा की अब और जरूरत नहीं है। न आज, न बाद में।"

"ठीक है, तुम्हारी मर्जी। उन्होंने कहा था तो मैंने बात तुम तक पहुँचा दी। बेचारा एक इज्जतदार परिवार आज दर-दर की ठोकरें खाने पर मजबूर हो गया है। अपनी महल जैसी कोठी छोड़कर पता नहीं किस गली-कूचे में पड़ा है। डॉक्टर बेटा अलग कैदियों के कपड़ों में शर्मिंदगी झेल रहा है।⋯ सच, एक संभ्रांत परिवार की ऐसी हालत की कल्पना से ही शरीर थरथरा उठता है। बेचारों को अर्श से फर्श पर पहुँचाकर तो तुम माँ-बेटी को चैन मिल जाना चाहिए था। मिल भी गया होगा। अब तो कम-से-कम थोड़ा तरस खाकर उन्हें दलदली जमीन में और-और धँसने से बाहर निकाल दो।"

"जीजी, तुम्हें उस परिवार से गहरी सहानुभूति है। पर क्या अपनी भानजी के साथ की गई उनकी धोखाधड़ी पर कोई गुस्सा नहीं है? दीपिका यदि तुम्हारी भानजी न भी होती, तो भी एक औरत होने के नाते तुम्हारी सहानुभूति पीड़िता लड़की के साथ होनी चाहिए थी।" कहते-कहते नीलिमा आवेश में आ गई।

उर्मिला उठ खड़ी हुई, "बहन, सिक्के के हमेशा दो पहलू होते हैं। तुम्हारी निगाह में तुम्हारी बेटी सही है। मेरी निगाह में एक इज्जतदार परिवार के साथ उसकी यह हृदयहीनता कुछ ज्यादा ही कड़ी सजा है।… और फिर, आज न सही चार दिन बाद स्थिति उनके अनुकूल होनी ही है। पैसे में बड़ी ताकत है। उनकी तरफ से मामला रफा-दफा करवाने के लिए बड़े-बड़े नेता-मिनिस्टरों के फोन खटकाए जाने लगे हैं। पहले तो मुकदमा इतना लंबा खिंचेगा कि तुम माँ-बेटी 'चीं' बोल जाओगी। वह तो रुपयों की थैली के बल पर तारीख-पर-तारीख डलवाते रहेंगे और तुम्हें किसी मनोनुकूल फैसले को सुन पाने की खुशी से महरूम किए रहेंगे। इसके बाद मुकदमे में ऐसे पेच डलवा दिए जाएँगे कि तुम दोनों होशोहवास खो बैठोगी और एक दिन मनोज के बाइज्जत रिहा होने की सूचना पाकर एकदम ही पागल हो जाओगी!"

"जीजी, भगवान् आपका भला करे। छोटी बहन के लिए ऐसी दुआएँ हर बड़ी बहन के मुँह से तो निकल नहीं सकती हैं।" नीलिमा का कंठ कसैला हो उठा।

उर्मिला थोड़ी लज्जित हुई, बोली, "मैं तो तुम्हारा भला करने के लिए ही इस देहरी पर आई थी। पर जब तुम अपने पाँवों पर खुद कुल्हाड़ी मारने पर उतारू हो, तो देखकर जी खराब हो जाता है।… खैर, दीपिका से बात करना। एक-दो दिन नहीं, पूरे चौदह साल मनोज के साथ प्यार किया है उसने। अपना पति मान ही चुकी है तो आजीवन उसी के नाम का सिंदूर माँग में भरने का यह मौका छोड़ना नहीं चाहिए। शर्त छोटी सी ही तो है, मुकदमा वापस ले लो।"

"ठीक है, मैंने समझ लिया। उससे पूछकर आपको बता दूँगी।" नीलिमा ने हाथ जोड़ दिए।

उर्मिला घर से निकल गई।

नीलिमा काफी देर स्तब्ध खड़ी रही। क्या है यह सब? रात को मनोज जेल पहुँचाया गया है और उसके तुरंत बाद शांतिस्वरूप ने दीपिका के सामने मनोज के विवाह कर देने का प्रलोभन पेश कर दिया। इनकार सुनकर भी हार नहीं मानी और सुबह होते ही अपना अभीष्ट एक बार फिर उर्मिला जीजी के मुँह से इस घर के

कानों में डलवा दिया। उस धूर्त परिवार का अपने छूटे हुए महल में वापस पहुँचने के लिए हाथ-पाँव पटकना जायज है, पर इस उर्मिला जीजी को क्या हो गया है? किसी टुकड़खोर कुतिया की तरह दो निवालों को पाने के लोभ में इस दरवाजे दौड़ी चली आई? बेहयाई से उनका प्रस्ताव यहाँ पहुँचा गई? व्यक्तिगत स्वार्थपूर्ति के लिए एक संगीन अपराध तक को छोटी सी बात बता रही है? शांतिस्वरूप के पैसों की चकाचौंध से अंधी होकर अपनी भानजी की अस्मिता को हाशिए पर फेंकने के लिए तैयार है?

··· छिः, कितनी घृणित है यह स्वार्थपरता और धन-लोलुपता। पैसे की चमक यदि आज रिश्ते-नातों की महक और सारी संवेदनाओं को लील गई है तो इस दुनिया में रहने के लिए अब बचा ही क्या है?

नीलिमा का मन और-और क्षुब्ध होता गया।

तभी एक बार फिर द्वार की घंटी बजी।

नीलिमा ने देखा, दैनिक समाचार-पत्र 'जगार' का वही संवाददाता है, जो रात में भी दीपिका से बात करने आया था। उस वक्त तो उसने उसे टाल दिया था, पर हर वक्त बहानेबाजी मुमकिन न थी। नीलिमा द्वार के सामने से हटते हुए बोली, "आप बैठिए। मैं देखती हूँ, दीपिका क्या कर रही है। यदि बात करने को तैयार हुई, तो भेज दूँगी।"

संवाददाता एक कुरसी पर बैठकर इंतजार करने लगा। नीलिमा ने दीपिका के कक्ष में जाकर कहा, "जब अखबार में खबर छप चुकी है, तो पत्रकारों से कैसे बचोगी? जाओ, मिल आओ। कोशिश करना कि मुँह से नपे-तुले शब्द निकलें। कोई बात तुमने किसी संदर्भ में कही और अखबारवालों ने उसकी मनमानी व्याख्या कर दी, तो बाद में सफाई देना और स्थिति सँभालना मुश्किल हो जाता है।"

"जानती हूँ।" दीपिका शांत कंठ से बोली।

ड्राइंगरूम में उसके पहुँचते ही संवाददाता मुस्तैद मुद्रा में आ गया, "जी, मैं 'जगार' से आया हूँ। रात में भी आया था, पर शायद आप सहेली के यहाँ गई थी। मुलाकात नहीं हो सकी।"

"अभी भी मैं अस्वस्थ हूँ। बात करने की मनोस्थिति में नहीं हूँ। अन्य अखबारों के प्रतिनिधि भी एक-एक करके आएँगे। बेहतर है, शाम को चार बजे प्रेस-कॉन्फ्रेंस बुला लूँ और एक साथ ही आप सबके सवालों के जवाब दूँ। दोपहर तक शहर के सभी महत्त्वपूर्ण अखबारों में प्रेस कॉन्फ्रेंस की सूचना पहुँचा दूँगी।"

"अपनी बात कहाँ पर सबके सामने रखेंगी?"

"यहीं घर पर।" कहते हुए दीपिका वापस लौट गई।

यह प्रेस कॉन्फ्रेंसवाला सुझाव लोक-सेविका शबाना जी ने ही उसे कुछ देर पहले दिया था। साफ बोली थीं, "एक-एक अखबार से अलग-अलग बात करके तुम पागल हो जाओगी। जो आए, उसे आज शाम चार बजे प्रेस कॉन्फ्रेंस की बात कह देना। दोपहर तक मैं खुद ही तुम्हारी तरफ से यह सूचना चार-छह खास-खास अखबारों में पहुँचवा दूँगी। उस वक्त तुम्हारे साथ रहूँगी, ताकि कोई अखबारवाला उलटे-सीधे सवाल पूछकर तुम्हें बेवजह परेशान न कर सके।"

सचमुच तहेदिल से उनकी शुक्रगुजार हो उठी थी दीपिका। मीडिया को एक बार ही फेस करने की बात सुनकर उसे काफी राहत मिली थी। फिर शबाना जी की उपस्थिति में और ज्यादा हिम्मत आनी ही थी। 'जगार' के संवाददाता के लौट जाने के बाद नीलिमा से बोली, "यदि कोई और आए, तो उसे भी शाम चार बजे की प्रेस कॉन्फ्रेंस की सूचना दे देना। शबाना जी की तरफ से जानकारी मिल जाने के बाद वैसे भी कोई नहीं आएगा।"

"सच कहती हो।" नीलिमा गंभीर हो उठी, "पर सिर्फ मीडिया ही नहीं है। हम दोनों के नौकरीपेशा होने के कारण मित्रों-परिचितों का एक बड़ा दायरा भी है। वे सभी आज का अखबार पढ़कर इस दुर्घटना के बारे में ज्यादा-से-ज्यादा जानने को जिज्ञासु हो उठे हैं।"

"मैंने तो संजीवनी से बात करने के बाद ही अपने मोबाइल का स्विच बंद कर दिया है। हर किसी से बात करने की न इच्छा है और न जरूरत।"

"सचमुच चारों ओर आँधियाँ हैं। ऐसे में अपने पाँव मजबूती से धरती पर जमाए रहो, बेटी। एक बार पाँव उखड़ गए, तो आँधियाँ उड़ाकर कहाँ ले जाएँगी और किस वीरान-बियाबान में पटक देंगी, कोई भरोसा नहीं।" नीलिमा गंभीर हो उठी।

दीपिका ने एक ठंडी साँस भरी।

"अपना कमरा बंद करके अब आराम करो। शाम को मीडिया के सामने ठंडे दिमाग से बात करनी होगी।" नीलिमा बोली।

बेटी को वह मशवरा दे सकती थी, पर उसे कौन सँभाले? वह तो स्विच ऑफ करके हर आनेवाले फोन की अनसुनी नहीं कर सकती थी। आखिर इसी समाज में रहना है। अगर आज वह चुप्पी ओढ़ लेगी, तो कल स्कूल जाकर कैसे सबके बीच खड़ी हो सकेगी? सहयोगी अध्यापिकाएँ संवेदनशील होकर ही तो

उसके दु:ख से जुड़ना चाहती हैं। अड़ोस-पड़ोस भी अपना समझकर ही उसके पास खड़ा होना चाहता है। कैसे सारे द्वार बंद कर ले मोबाइल के, घर के और हृदय के ?

मोबाइल की घंटी, दरवाजे की दस्तक और दिल पर पड़ती थाप उसे सुननी ही पड़ेगी।

और जैसे इम्तिहान की इस घड़ी का परीक्षण करने के लिए द्वार खटखटा उठा।

नीलिमा ने आगे बढ़कर बंद खिड़की को जरा सा खोलकर झिरी से झाँका, सावित्री ताई खड़ी थीं।

"आओ ताई।" कहते हुए उसे दरवाजा खोलना पड़ा।

"कहाँ है दीपिका ? सोचा, दो घड़ी उसके पास बैठ आऊँ।"

"ताई, मैंने उसे आराम करने के लिए जबरदस्ती कमरे में भेज दिया है। रात भर जगती रही। मिनट भर के लिए पलक नहीं झपकी। इस तरह तो बीमार पड़ जाएगी।"

"और क्या!" ताई ने सिर हिलाया।

"शाम चार बजे अखबारवालों के सामने मुँह खोलेगी। बार-बार जख्म को कुरेदने से क्या फायदा ?"

"तो मैं चलूँ। उसी समय आ जाऊँगी। मेरे यहाँ ठहरने में कोई दिक्कत तो न होगी ?"

"नहीं ताई, दिक्कत काहे की!" नीलिमा बोली, "अपने मोहल्ले की शबाना जी हैं न, वह भी रहेंगी। मेरे साथ-साथ तुम भी रहना। ज्यादा भीड़ बटोरने की जरूरत नहीं है।"

'शाम को आऊँगी' कहकर लठिया टेकती हुई ताई वापस लौट गईं।

नीलिमा जानती थी, कैसा खाना-पीना ? फिर भी देह-धर्म का निर्वाह तो करना ही था। रसोई की ओर बढ़ने की अभी वह सोच ही रही थी कि मोबाइल की घंटी बजी।

बढ़ते कदम थम गए।

फोन पर भिंचे कंठ से निकलते धमकी भरे स्वरों को सुन उसकी देह पसीना-पसीना हो उठी, "थाने-कचहरी में सुनवाई क्या हो गई, दोनों माँ-बेटी अपनी औकात भूल गईं ? कान खोलकर सुन लो, अगर दो दिन में मुकदमा वापस न लिया तो लौंडिया की कटी हुई लाश रेल की पटरियों पर मिलेगी। मौत के इस फरमान की

अनसुनी करके जिंदगी भर तू पछताती रह जाएगी।"

"कौन हो तुम?··· कौन हो?" नीलिमा भीत कंठ से घिघियाई, पर उधर से फोन रखा जा चुका था।

दोनों हाथों से माथा थाम, नीलिमा फफक उठी, "इस तरह दहशत के साए में हम कैसे जिएँगे? कब तक जिएँगे?"

"किसका फोन था माँ?" दरवाजा खोलकर दीपिका बाहर निकल आई, "तुम्हें किसी ने अपशब्द कहे हैं क्या?"

"कुछ नहीं।" नीलिमा ने आँसू पोंछ लिये।

"माँ, चुप मत रहो, मुझे बताओ तो सही।"

घंटी दुबारा बज उठी तो इस बार दीपिका ने माँ का मोबाइल उठा लिया।

उधर से धमकियाँ चालू हो गईं, "तेरी लौंडिया के हाथ में जितना कुछ करने की ताकत थी, वह कर चुकी। अब हमारी ताकत देखना। कान खोलकर सुन ले बुढ़िया, उसकी लाश तक का पता नहीं मिलेगा। वह तो फोन बंद करके बैठ गई है, पर तू सुन रही है न? पति की लाश पर चूड़ियाँ पहले ती तोड़ चुकी है, अब संतान की लाश पर दोहत्थड़ मारकर सीना कूटेगी। जरा भी बुद्धि है तेरे भीतर, तो उसे समझा-बुझाकर, दबाव डालकर मुकदमा वापस लेने को कह।"

दीपिका की आँखों के डोरे लाल हो गए।

वह गला फाड़कर चीखी, "गुमनाम धमकियाँ देने के अलावा और कुछ नहीं कर सकोगे, कमीनो! एक-एक को जेल की सलाखों के भीतर न करवा दिया, तो मेरा नाम नहीं!"

पर उधर सुन कौन रहा था?

बात करने के साथ ही फोन बंद हो चुका था।

दीपिका ने माँ के मोबाइल का स्विच भी ऑफ कर दिया, बोली, "इस तरह की गीदड़ भभकियों से डरने की जरूरत नहीं है, माँ। कानून हमारे साथ है, इनसाफ मिलकर रहेगा। वे लोग 'खिसियानी बिल्ली खंभा नोचे' की उक्ति को चरितार्थ कर रहे हैं।"

"मैं जानती हूँ।" नीलिमा बोली।

"तुम भी रात भर जगी हो। कुछ देर आराम क्यों नहीं कर लेतीं?"

"कुछ पकाना-खाना भी जरूरी है बेटी। वरना शरीर कैसे चलेगा?" नीलिमा गंभीर कंठ से बोली।

दीपिका ने माँ के दोनों कंधों को लाड़ भरे हाथों से थाम लिया। मृदु कंठ से बोली, "रसोई मैं देख लेती हूँ। तुम थोड़ी देर लेट लो।"

"शाम की प्रेस कॉन्फ्रेंस..."

"उसकी चिंता अभी से क्यों?" दीपिका ने लापरवाही दिखाई, "हमारा पक्ष सच और न्याय का है। रास्ते में रोड़े भले डाले जाएँ, पर अंतिम विजय हमें ही मिलेगी। मैं तो प्रेस कॉन्फ्रेंस में अपनी बात कहने के लिए उतावली हो रही हूँ।"

और सचमुच यही हुआ भी।

पत्रकारों की भीड़ से भरे ड्राइंगरूम में दीपिका ने मुँह खोला, "समूचा घटनाक्रम आप लोगों के सामने है। सन् 2000 के नवंबर माह में एक विवाह समारोह में मनोज से मेरी पहली मुलाकात हुई थी, जो समय के साथ दोस्ती में बदल गई। सन् 2006 में मेरी माँ की आकस्मिक बीमारी के दौरान शारीरिक संबंध भी जुड़ गए। तब से विवाह का लगातार झाँसा देते रहने के बावजूद उस धोखेबाज ने मुझसे शादी नहीं की। विगत पाँच मार्च को लखनऊ की एक डॉक्टर लड़की से शादी करना चाहता था, पर पुलिस और अदालत की मदद से मैंने वह शादी रुकवा दी है। अभियुक्त मनोज अब जेल में बंद है।... बस, इतना ही घटनाक्रम है। आप लोग इस बारे में मुझसे क्या जानना चाहते हैं?"

"एक संपन्न परिवार के डॉक्टर बेटे को जेल में पहुँचा देना मामूली सफलता नहीं है। आपके भीतर इतना सख्त कदम उठाने का साहस कैसे आया?" पहला सवाल सुनाई दिया।

"मैं एक मामूली लड़की हूँ। इस कदम को उठाने से पहले इसके अच्छे-बुरे पक्षों पर सौ दफा सोचा था। डॉक्टर और उसके परिवार के सामने रोई-गिड़गिड़ाई थी, ताकि मेरा जीवन बरबाद न हो। पर उधर से जब सिर्फ क्रूरता मिली, तो मैं सिर पर कफन बाँधकर अपने संकल्प को पूरा करने पर तुल गई। एक बार दृढ़निश्चयी हो जाने के बाद मन में डर-लोकलाज जैसे भावों के लिए जगह नहीं रही थी।"

"आपने अभी कबूला है कि रोने-गिड़गिड़ाने के बावजूद उधर से सिर्फ क्रूरता मिली। तो क्या डॉक्टर व उसके परिवार से प्रतिशोध लेने के लिए आपने यह सब किया?" एक अन्य पत्रकार ने बेधती दृष्टि से देखते हुए सवाल पूछा।

"प्रतिशोध नहीं, औरतों की इज्जत को खेल और मखौल समझनेवालों को सबक सिखाना चाहा था मैंने। लड़कियाँ आज किसी बात में लड़कों से कम नहीं रही हैं। समान अवसर मिलने पर सफलता के कीर्तिमान स्थापित करने में पीछे नहीं

रहतीं, पर आज भी हमारे समाज में पुरुषवादी सोच का वर्चस्व कायम है। पुरुष चाय का प्याला है, जिसे सौ बार इस्तेमाल हो जाने के बाद भी धो-पोंछकर रसोईघर की अलमारी में सजा दिया जाता है। पर औरत की इज्जत को मिट्टी का वह कुल्हड़ मान लिया जाता है, जो एक बार किसी के होंठों से लगने के बाद त्याज्य हो गई और नाली या कूड़ेदान में फेंककर तोड़ देने के मतलब की रह गई! इसी दकियानूसी सोच के चलते अमूमन लड़कियों के शील-हरण की खबरें छिपाई जाती हैं। झूठी लोकलाज की खातिर अभागी पीड़िता जहर का घूँट पीकर चुप रहने के लिए बाध्य की जाती है। नतीजा यह होता है कि लंपट पुरुषों की पाशविक वृत्तियों को बल मिलता है, इसीलिए मैंने खूब सोच-विचारकर अपने साथ होनेवाले अन्याय और दुर्व्यवहार का खुलासा करना उचित समझा। कम-से-कम इस किस्म के लोगों को कुकर्म करने से पहले सोचने की जरूरत तो पड़ेगी कि कहीं उन्हें भी जेल के सीकचों में न पहुँच जाना पड़े!"

"वाकई नारी-सशक्तीकरण के मुद्दे को आपने मजबूती दी है। प्रशंसनीय काम किया है। अन्य पीड़िताओं के सामने एक मिसाल रखी है। इस सफलता के बाद अब कैसा महसूस कर रही हैं?" एक महिला पत्रकार ने दीपिका की तरफ बढ़ते हुए पूछा।

"मन शांत है।" दीपिका के तनाव भरे चेहरे पर भले ही क्षणिक सही, पर सुकून की प्यारी सी मुसकान दौड़ गई।

"और प्रतिपक्ष?" उसी महिला पत्रकार ने प्रश्न किया।

"वहाँ गहरी अशांति होनी लाजिमी है।" दीपिका की गंभीरता बढ़ गई, "पहले तो मनोज के साथ मेरी शादी कराने का लासा फेंककर मुकदमा वापस लेने के लिए मुझे उकसाया गया। मेरे मुँह से दो-टूक इनकार सुनकर अपने चमचे और भेदियों को यहाँ भेजकर मेरी माँ को समझाने-बुझाने की कोशिश की गई। इसमें भी हार मिलने पर प्रतिपक्ष धमकियों पर उतर आया है। निश्चय ही मेरे जीवन को खतरा है, क्योंकि ऐसी धमकियाँ लगातार मिल रही हैं।"

"शादी के प्रलोभन ने क्या आपको लुब्ध नहीं किया?"

"जी नहीं। विश्वास का दर्पण एक बार टूटकर चकनाचूर हो जाने के बाद पुनः साबुत कैसे हो सकता है? उस प्रवंचक को जेल में पहुँचाकर मैं अब बहुत शांति महसूस कर रही हूँ। पुलिस पर अकसर अकर्मण्यता के आरोप भी सुने हैं। पर मेरे मामले में पुलिस और अदालत, दोनों का ही अत्यंत सहयोगी रुख रहा।"

"और धमकियों को लेकर क्या सोचती हैं?"

"धमकियों से डर जाऊँ, उस मिट्टी की नहीं बनी हूँ।" दीपिका आत्मविश्वास भरे कंठ से बोली।

सवाल और भी थे, जिनका वह निष्कंप भाव से उत्तर देती रही।

एक पत्रकार ने चुटकी ली, "वक्त-वक्त की बात है। कल तक डॉ. मनोज अपनी शादी की घड़ी नजदीक आती देखकर चहक रहा था, जबकि आप एकदम गुमसुम रही होंगी। लेकिन आज आप प्रेस के रूबरू खड़ी होकर अपनी बात पुरजोर कंठ से कह रही हैं, जबकि वह कंबल में लिपटा हुआ अपनी बैरक में पड़ा है। वाकई आपने उसकी बोलती बंद कर दी है। महिला सशक्तीकरण का यह जीता-जागता सबूत मीडिया के सामने है।"

दीपिका सिर्फ मुसकरा दी।

अंततः प्रेस-वार्त्ता खत्म हुई और पत्रकार-बंधु एक-एक करके कमरे से निकल गए।

शबाना जी मुसकराईं, "शाबाश दीपिका, तुमने अपनी बात इतनी अच्छी तरह कही कि मुझे कहीं पर तुम्हारी हिम्मत बढ़ाने की जरूरत नहीं पड़ी। अब मुझे विश्वास हो गया कि इस मुकदमे को तुम बगैर किसी कानूनी मदद के भी अपने बलबूते पर लड़ सकती हो। इनसाफ की जीत को कोई रोक नहीं सकेगा।"

"मेरे इस धर्मयुद्ध की सारथी आप ही हैं।" दीपिका बोली।

"मैंने सिर्फ रास्ता दिखाया। उसके बाद सारा काम तुम्हारे मनोबल ने किया है। आगे भी हिम्मत मत हारना, इतना ही कह सकती हूँ।¨ कोई और जरूरत हो तो बताना।" कहकर शबाना जी भी बाहर निकल गईं।

अब कमरे में सिर्फ माँ-बेटी थीं और¨ और वह शख्सियत थी, जिसकी मौजूदगी में दीपिका का कलेजा काँप उठा था।

क्षण भर मौन छाया रहा।

सावित्री ताई न कुछ बोलीं, न बाहर निकलने के लिए आगे बढ़ीं।

दीपिका ने ही रुँधे गले से बात शुरू की, "ताई, जानती हूँ, आपकी निगाहों में मैं इस वक्त गिर चुकी हूँ। अपने बचाव में एक शब्द भी नहीं कहूँगी। सफाई किस मुँह से दूँ? शादी से पहले किसी लड़के के साथ शारीरिक संबंध जोड़ना, आपकी दृष्टि में कितना बड़ा पाप है, मैं जानती हूँ। सिर्फ यही कह सकती हूँ कि हालात तनिक सँभलते ही किसी और शहर में अपने तबादले की कोशिश करूँगी। अपनी

'देवीस्वरूपा' छवि के साथ आज तक आपके सामने रही हूँ। अब दानवी छवि लेकर आपके सामने नहीं पड़ना चाहती। आप इतनी अच्छी, इतनी प्यारी और इतनी पूजनीय हैं कि आपके सामने पड़ना, जूते पहनकर मंदिर में घुस जाने जैसा कृत्य है।"

अपनी लंबी बात पूरी करके दीपिका हाँफ गई। लंबी प्रेस कॉन्फ्रेंस ने उसे नहीं थकाया था, पर ताई से बात करके उसके माथे पर पसीना चुहचुहा उठा।

ताई होंठों-ही-होंठों में कुछ बुदबुदाईं। नीलिमा और दीपिका की समझ में सिर्फ ये शब्द आए, "फिर किसी दिन आऊँगी।... जल्दी ही।"

लठिया टेकती हुई ताई भी जब घर से निकल गईं तो नीलिमा ने द्वार बंद कर लिया।

दीपिका अपनी जगह पर अचल खड़ी थी। कुछ सोचती हुई।

नीलिमा ने पूछ ही लिया, "क्या सोच रही हो बेटी? प्रेस कॉन्फ्रेंस तो अच्छी तरह निपट गई है।"

"हाँ, माँ।" दीपिका चिहुँकी, "मैं मनोज के बारे में सोच रही थी। तुमने भी सुना होगा, अपनी बैरक में कंबल से मुँह ढाँपे पड़ा है। बोलती बंद हो गई है।"

"जैसा किया है, वह भरेगा नहीं क्या?" नीलिमा गंभीर हो उठी, "एक और पत्रकार भी तो कह रहा था कि थाने से जेल ले जाते समय पूरे वक्त रुमाल से मुँह ढके रहा था। किसी अखबार में यह फोटो छपा भी है, जो हमारी निगाह में नहीं पड़ा।"

"आखिर कब तक मुँह ढके पड़ा रहेगा?" दीपिका की आवाज कसैली हो उठी, "कल शाम उसकी गिरफ्तारी हुई थी। लगभग चौबीस घंटे तो हो ही चुके हैं। बेहयाई छिपाने के लिए सिर्फ मुँह ढकना काफी नहीं होता। उसके लिए हृदय के भीतर ग्लानि उपजनी जरूरी है। मैं दावे से कह सकती हूँ कि इस जलील इनसान में समाज के सामने मुँह दिखाने की लज्जा तो हो सकती है, पर कलेजे में उपजनेवाली ग्लानि रत्ती भर नहीं होगी।"

"तुम सच कहती हो।" नीलिमा ने समर्थन किया।

न चाहते हुए भी दीपिका की आँखों के सामने रह-रहकर एक मैला-कुचैला काला कंबल घूम रहा था। कौतूहल भी था, आखिर कब तक वह इस तरह मुँह ढाँपे पड़ा रहेगा?

□

बात सच थी।

कोई आदमी भला कब तक मुँह छिपाए हुए पड़ा रह सकता था? और फिर, मुँह दूसरों से छिपाया जा सकता है, खुद से नहीं। अंतरात्मा तो किसी विवेकी न्यायाधीश की भाँति सही-गलत का विचार करके पापकर्म के लिए लताड़ती ही है।

काले कंबल के सच को बैरक नं. 8 की छत और दीवारें भी निःशब्द होकर देख-सुन रही थीं। मनोज को वहाँ आए लगभग चौबीस घंटे बीत गए थे, हालाँकि पिछली रात वह इतना अवसन्न रहा था कि सिर्फ रिहाई के लिए उसका कलेजा छटपटाया था। इसके अलावा, किसी दूसरे विचार के लिए मन में जगह न थी, पर सुबह होते-होते वह समझ गया कि अब रिहाई और शादी का ख्वाब देखना निरर्थक है। डॉक्टर लड़की फिलहाल उसके नसीब में नहीं है। पर खुली आँखों को जो दृश्य देखने का सौभाग्य नहीं मिला था, उसे देखने से बंद आँखों और कसकते मन को कौन रोक सकता था?

पाँच मार्च को सुबह पाँच बजते-न-बजते बारात की निकासी की कल्पना ने मनोज के मन को मसोसकर रख दिया था। पापा ने 'मिलन बैंड' तय कर रखा था। अपने लाड़ले के लिए शानदार और पुष्ट सफेद रंग की घोड़ी पसंद की थी। उत्साहित महिला-वर्ग का नाचते-गाते समीपस्थ राधा-कृष्ण मंदिर तक जाने का प्रोग्राम था। वहाँ खड़ी वातानुकूलित बस में बाराती सवार हो रहे होते। कुछ रिश्तेदार अपनी गाड़ियों से जाने में सहूलियत देखते। बस के साथ ही पाँच-सात गाड़ियाँ भी लखनऊ के लिए रवाना हो जातीं। मम्मी-पापा को तो बस ले जाने की जरूरत ही महसूस नहीं हो रही थी। छोटी सी बारात के लिए पाँच-सात गाड़ियाँ कम नहीं थीं। पर लड़कीवाले बेटी के साथ भरपूर दान-दहेज भी भेजना चाहते थे। भले ही बस में मात्र पंडित, नाई, फोटोग्राफर और भृत्य वर्ग सवार हों, पर बस आए जरूर। बेटी के लिए चाव से खरीदा सामान भेजने के लिए यह जरूरी था।

सुबह निकासी के वक्त बारातियों को चाय-बिस्कुट का स्वल्पाहार काफी था। तड़के पाँच बजे इससे ज्यादा खाने के लिए कौन तैयार होता? घंटे भर में टूंडला पहुँचकर फिर गरमागरम कॉफी पिलाने का इंतजाम था। आखिर शहर के इतने बड़े व्यवसायी ठहरे शांतिस्वरूप। उनके डॉक्टर बेटे की शादी में किसी कमी के रह जाने का सवाल ही नहीं उठता था। टूंडला से चलकर दो-ढाई घंटे में इटावा पहुँचने पर सबके लिए शानदार जलपान का इंतजाम भी वरपक्ष की तरफ से था। थोड़ी चहल-कदमी करके लोग हाथ-पाँव सीधे करते और फिर वाहनों पर चढ़ आगे बढ़ जाते।

कानपुर में लड़कीवालों की तरफ से एक फाइव स्टार होटल में लंच की व्यवस्था थी। वाहन पहुँचें, रुकें, सवारियाँ उतरकर घंटा भर आराम करना चाहें तो करें और फिर लंच लेकर शेष सफर को पूरा करने के लिए चल पड़ें। सब तरोताजा होंगे। प्रसन्न होंगे। लंबे सफर के बावजूद कंचन गेस्ट हाउस पहुँचने तक थकान के चिह्न किसी चेहरे पर न दिखाई देंगे।

पर कहाँ थी यह मनोहारी दुनिया?

अदालत के गिरफ्तारी के आदेश ने न बारात की निकासी की गुंजाइश छोड़ी थी, न वधूपक्ष के दरवाजे पहुँचने की संभावना ही शेष रखी थी।

पाँच मार्च को शाम होते-न-होते बैरक में कंबल तले पड़ा मनोज एक बार फिर उन टूटे सपनों की कड़ियाँ जोड़ रहा था—अब तक घुड़चढ़ी हो चुकी होती। जयमाल का कार्यक्रम भी संपन्न हो चुका होता। इस वक्त सारे रिश्तेदार एक-एक करके स्टेज पर आकर वर-वधू के साथ फोटो खिंचवा रहे होते।

कल्पना की आँखें और भी बहुत कुछ देख रही थीं। लड़कीवालों का हॉल में उपस्थित मेहमानों से भोजन कक्ष में पहुँचने का अनुरोध। महँगे सूट और कलात्मक साड़ियों का 'हाय-हैलो' करते हुए एक-दूसरे से कुशल-क्षेम पूछने का दौर। लकदक करते जेवरों की चमक। खुशबुओं की उड़ती धूल।

ओह, वह इंद्रपुरी क्या कल्पना की आँखों से देखने के लिए ही सजी थी? रेत के महल की तरह भरभराकर क्यों ढह गई?

जेल की जमीन पर लेटा मनोज सारी रात रह-रहकर कसमसाता रहा। ज्यों-ज्यों रात बीतती उसकी बेचैनी बढ़ती जाती।

काश! विवाह-मंडप में पहुँचकर अपनी डॉक्टर प्रिया के साथ भाँवरें डाल पाता? काश! लड़की के माता-पिता के हाथों कन्यादान की रस्म संपन्न हो सकी होती! काश! फूलों से सजी विदेशी कार में वह अपनी नव परिणीता को लेकर वापस लौट पाता! काश!…

सच, एक तूफानी अंधड़ में छिन्न-भिन्न होते सपने ही सपने अवशिष्ट थे अब। नई कार पर जगह-जगह चिपकाए गए सूचना-पत्र 'मनोज परिणय संजीवनी' हवा में उड़े जा रहे थे। कोई फटकर गंदे नाले में गिर रहा था, कोई घूरे पर पहुँच चुका था।

क्या इन सपनों का यही हश्र होना था, कारावास में पड़ा मनोज सोच नहीं पा रहा था।

मन में सवाल था, ये सपने उसने देखे ही क्यों थे?

नवेली दुलहन को बाँहों में बाँधने के सपने।

उसकी आँखों की गहरी झील में गुम हो जाने के सपने।

उसके अधरामृत का छककर पान करने के सपने।

हनीमून के मधुर-मदिर रस-सागर में आवर्तन करते हुए दो तन-मन के एक हो जाने के सपने।

न, सुहागरात की कल्पना अब निरर्थक थी।

आज का सच सिर्फ बंदी जीवन था, जेल की दीवारें थीं और उसके साथ-साथ माँ-बाप, भाई-भाभी की भी गिरफ्तारी थी। क्या सारा परिवार जेल में पहुँच चुका है, जानने की उत्कंठा कभी-कभी जागती, पर वह स्वयं को दिलासा देता—नहीं, वे जेल से बाहर रहकर उसकी रिहाई के लिए प्रयासरत होंगे। सबकी गिरफ्तारी का तो मतलब है कि···

पाँच मार्च की रात भले ही गहरी बेचैनी में कटी, पर छह तारीख की सुबह मनोज ने स्वयं को सँभालने का प्रयास किया। सुबह उठकर वह लाइन में लगा और अपने दैनिक कृत्य निपटाए। इसी तरह लाइन में लगकर नाश्ते के लिए दलिया भी लिया। पिछले दिन दो-एक बंदियों ने उत्सुक होकर उसका जुर्म जानना चाहा था, तो वह सूनी आँखों से उनकी तरफ देखता भर रहा था। छह तारीख की सुबह उसकी चुप्पी भी टूटी। दलिया लेने के बाद साथी बंदियों से बोला, "पता नहीं किन पापों की वजह से यह दिन देखना पड़ा है। सोलह साल का कॅरियर दाँव पर लग गया।"

साथियों ने सहानुभूति जताई, "बेगुनाह हो, तो छूट जाओगे। फिक्र क्यों करते हो?"

पर ऊपर आकाश में परमात्मा और नीचे धरती पर उसकी अंतरात्मा जानती थी कि वह बेगुनाह नहीं है। उम्मीद टिकी थी, सिर्फ परिवारजनों के प्रयासों पर।

शायद घरवाले उसे जमानत पर छुड़ाने के लिए अब तक सक्रिय हो गए होंगे। रुपयों की थैली लेकर दौड़ पड़े होंगे। अपने प्रभावशाली संबंधों का इस्तेमाल करते हुए पुलिस पर दबाव डलवाने लगे होंगे? मुक्ति की कल्पना ही इतनी सुखद लगी कि उसे याद आया, परसों से वह नहाया नहीं है। क्या पता कब यहाँ से छूटने की खुशी मिल जाए, इसलिए नहा-धोकर रिहाई के आदेश का इंतजार करना ही उसे समझदारी लगी।

पर नहाना भी क्या कम तवालत का काम था? हैंडपंप से बाल्टी में पानी

भरने का झमेला देखकर उसके उत्साह पर पानी पड़ गया। जैसे-तैसे पानी भरा, तो स्नानागार के बारे में पूछने पर जोरदार ठहाका कानों में पड़ा, "अजी डॉ. साहब, यह नवाबी भूल जाइए। नहाना है तो यहीं खुले में नहाओ और अपनी कोठरी में वापस जाओ।"

मरता क्या न करता!

मनोज ने पहने हुए कपड़े उतारकर एक किनारे रखे। फेंककर दिया गया अँगोछा लपेटा और नहाने के बाद फिर उन्हीं उतारे गए कपड़ों को पहन लिया। साबुन से दिन भर दस बार हाथ धोने की आदत थी, पर यहाँ नहाने के लिए भी कहाँ धरा था साबुन? बाल्टी का पानी देह पर उड़ेल लेने के बाद खत्म हो गया, पर आँखों का पानी पिछले छत्तीस घंटे से निरंतर उड़ेले जाने के बावजूद खत्म नहीं हुआ था। आँखें अभी भी पनियाई हुई थीं।

तभी जेल का एक अर्दली पास आकर फुसफुसाया, "तुम्हारा भाई आया है। मुलाकात करना चाहता है। चलो।"

प्यासे चातक को जैसे स्वाति-जल मिल गया। दोनों हाथों से भीगे बाल सँवारे और वह जेल कर्मचारी के साथ चल पड़ा।

पर मुलाकात कक्ष में सन्नाटा था। कोई भाई क्या, उसकी परछाईं भी वहाँ मौजूद न थी। एक पल में उम्मीद टूट गई और मनोज ने उदास आँखों में सवाल भरकर वार्डेन की ओर देखा। पता चला, दो रिश्तेदारों को साथ लेकर भाई आया जरूर था, पर उसे भागना पड़ा। नामजद अपराधियों में वह भी था और पुलिस को उसकी तलाश थी। पूरी उम्मीद थी कि गिरफ्तार भाई से मिलने जरूर आएगा, इसलिए उसे लेकर पुलिस ने पूरी चौकसी बरती थी। जैसे ही खबरी से सूचना पाकर पुलिस आने को हुई, जेल कर्मचारियों को भी पुलिस के आने की भनक लग गई। तीनों मुलाकातियों को सिर पर पाँव रखकर भागना ही था। मोटी रकम खर्च करके भी बेचारे अपने प्रयास में सफल नहीं हो सके, यह देख मनोज का हतोत्साहित हो जाना स्वाभाविक था। सूनी आँखों से वह ताकता भर रहा। उसी निराश मनोस्थिति के साथ बैरक में पहुँचा दिया गया।

इस वक्त दीपिका उसके सामने होती, तो वह उसका गला दबा देता। सिर्फ अपने अपराधी का ही नहीं, पूरे परिवार का चैन हराम करके चुड़ैल कैसे चैन से बैठी है! संकटग्रस्त परिवारजन पता नहीं कहाँ छिपकर रह रहे हैं। पुलिस सूँघती घूम रही है कि जरा सा सुराग मिले तो सबको गिरफ्तार कर ले।

उफ्, दीपिका को शादी के लिए दो-टूक इनकार करते समय ये सब बातें क्यों नहीं उसके दिमाग में आई थीं? तब तो यही सोचा था कि बिन बाप-भाई की युवती आखिर कितना उछलेगी-कूदेगी? इसकी मेढकी उछाल से किसी का बिगड़ेगा भी क्या? यदि पता होता कि इस कोमल काया में इतना फौलादी मन है, तो क्या वह पहले ही उसका पत्ता साफ न कर देता? कई दफा होटल में साथ ठहरी थी। जयपुर आकर क्वार्टर में कई दिन संग रही थी। कभी भी कोई जहरीला इंजेक्शन लगाकर उसे खत्म कर देना चाहिए था। लाश को गाड़ी में रखकर किसी नदी-नाले में फेंक आने से कौन जान सकता था? सड़ी-गली हालत में देह बरामद होती तो कोई भी मूढ़ परिवार अपनी गुमशुदा बेटी के रूप में उसकी शिनाख्त करके मामला खत्म करता। बाद में बुढ़िया भौंकती रहती कि गायब बेटी की खोज में पुलिस सक्रिय नहीं है, उसकी बकवास पर कोई कान तक न देता। सच, मन के इस मलाल को मनोज मिटा नहीं पा रहा था कि दीपिका की ताकत का अनुमान करने में उससे इतनी बड़ी गलती कैसे हो गई? रह-रहकर उसे लगता कि कितनी गलत धारणा बनाई थी उसने कि संजीवनी से शादी कर लेने के बाद उसका कोई कुछ नहीं बिगाड़ सकेगा। रो-पीटकर दीपिका चुप हो जाएगी। यदि पता होता कि शादी की सूचना पाते ही पुलिस-अदालत तक दौड़ पड़ेगी, तो इस आवारा गाय को चरागाह में छुट्टा छोड़ने की गलती करता?

रह-रहकर हाथ मलने के सिवाय और कुछ इस वक्त मनोज के हाथ में न था। कब और कैसे रिहाई होगी, उसे पता न था। मुकदमा कितना लंबा खिंचेगा और कितने मोड़ लेगा, यह भी वह नहीं जानता था। हाँ, यह जानने के लिए व्याकुल जरूर था कि उसके किस साथी ने संजीवनी से शादी तय हो जाने की सूचना दीपिका तक पहुँचाई? आगरा शहर में तो किसी को निमंत्रण-पत्र बाँटे ही नहीं गए थे, सिर्फ टेलीफोन पर मौखिक सूचना देकर विवाह में शामिल होने का बुलावा भेजा गया था। कार्ड सिर्फ जयपुर में बँटे थे। तो क्या वहीं से किसी ने यह कारस्तानी की? यदि निमंत्रण-पत्र का पुख्ता सबूत इसके हाथ में न होता, तो शायद पुलिसवाले डाँटकर भगा देते। मौखिक सूचना तो आगरा में बहुतों को पहुँचाई गई थी। न सिर्फ रिश्तेदारों को, बल्कि मेडिकल कॉलेज में अपने साथ पढ़नेवाले साथियों को उसने स्वयं बारात में चलने के लिए निमंत्रित किया था। इनमें से बहुतेरे उसके प्रेम-प्रकरण से भिज्ञ थे। खासतौर से हॉस्टल में साथ रहनेवाले लड़के सालोसाल चलनेवाले इस प्यार को बखूबी जानते-पहचानते थे।

पढ़ाई पूरी करके जयपुर के हॉस्पिटल में नौकरी लग जाने के बाद भी आगरा के पुराने साथी यदा-कदा मिल जाते थे। पूछे बिना न रहते, "शादी कर ली क्या?"

"नहीं।" सुनकर चौंकते, "करोगे तो उसी लड़की से न? उसका चेहरा जब भी याद आता है तो यही लगता है कि बड़ी फुरसत की घड़ी में विधाता ने उसे गढ़ा है।"

अभी भी जब फोन से शादी की सूचना दी, तो कइयों ने चौंककर पूछा था, "दुलहन तो अपने आगरा शहर की ही है, फिर लखनऊ में बारात ले जाने का मतलब?"

"दरअसल मम्मी-पापा ने लखनऊ की एक अन्य डॉक्टर लड़की से शादी तय की है।" उसने तनिक संकुचित होकर बताया, तो मेडिकल कॉलेज के उन पुराने साथियों के चेहरे पर उतर आए वितृष्णा के भाव उनकी आवाज से प्रकट हो गए थे, "डॉक्टर, यह तुमने ठीक नहीं किया। अपने किसी साथी से हमें ऐसा कदम उठाने की उम्मीद न थी।"

"दरअसल घरवाले…"

"तुम दुधमुँहे बच्चे हो क्या, जो घरवालों के इशारे पर मान गए? पढ़ाई के दिनों से चलते अफेयर को छोड़कर दूसरी जगह रिश्ता तय कर लेना इनसानियत नहीं है। उस लड़की को हम सबने पचीसों दफे तुम्हारे कमरे में जाते देखा था। उसमें कोई कमी है ही नहीं।"

"पर घरवालों की इच्छा…"

"वाह रे कलियुगी श्रवण!" डॉक्टर मित्रों ने मुँह बिचकाए थे, "वरेण्य है तुम्हारी यह मातृ-पितृ भक्ति।"

तब सोचा था उसने, साले सब जलनखोर हैं। खुद तो मोटे दहेज के लोभ में एक-एक भैंस घर में बाँधकर बैठ गए हैं, अपने साथी का डॉक्टर पत्नी लाना पचा नहीं पा रहे हैं। पर उनमें से किसी को भी न दीपिका का घर मालूम था और न बैंक में नौकरी करने की सूचना ही थी। ऐसे में ये डॉक्टर साथी जल-भुन तो सकते थे, पर रंग में भंग डालने की कोशिश में सफल नहीं हो सकते थे।

तो यह कुटिलता क्या जयपुर के किसी सहकर्मी डॉक्टर ने की? वहाँ भी तो इस करवाचौथ पर देवीजी कई दिन ठहरी थीं। बहुतों से मिली थीं। पर उनमें से कोई भी विश्वासघाती नहीं हो सकता। सब व्यस्त ठहरे, अपने आपमें मस्त ठहरे! किसी के पास इतनी फुरसत या इच्छा होगी ही नहीं कि दीपिका से संपर्क करके अपने

डॉक्टर साथी के विवाह का भंडाफोड़ करे।

तो फिर यह सूचना पूरे सबूत सहित दीपिका को मिली कैसे? और फिर, वह शख्स यदि मुकदमे में भी गवाह बन गया, तो आगे और समस्याएँ खड़ी कर सकता है। डॉ. सिद्धार्थ पास में रहने के कारण दीपिका के साथ हँस-बोल लेते थे। पर सगे भाई जैसा लगाव रखनेवाला व्यक्ति अमानत में खयानत नहीं कर सकता। डॉ. सिद्धार्थ कभी उसका अहित कर ही नहीं सकते हैं।

पहले ही शादी के रंग में भंग पड़ जाने से बेहद विचलित था मनोज। उस पर भाई के जेल तक पहुँचने के बावजूद मुलाकात न हो पाने की टीस थी। रह-रहकर दिमाग में यह कीड़ा और कुलबुलाने लगा कि दीपिका का मददगार आखिर है कौन?

छह मार्च का यह दिन भी गहरे अवसाद में बीत रहा था, पर भोजन से वैर करके नहीं रहा जा सकता था। मनोज भोजन लेने के लिए कैदियों की कतार में जा खड़ा हुआ।

□

7

पाँच मार्च की प्रेस कॉन्फ्रेंस की कवरेज छह मार्च के समाचार-पत्रों में बहुत अच्छे ढंग से हुई। दीपिका संतुष्ट थी, अखबारवालों ने उसकी बात ठीक से समझ ली थी। उसे जो कहना था, वह कह चुकी थी। अब उसे अपने कहे पर प्रतिक्रियाओं का इंतजार था।

ये प्रतिक्रियाएँ सात मार्च के अखबारों के स्थानीय खबरों के पृष्ठ पर दिखाई दे गईं। नगर के महिला संगठन पिछले दो दिनों से चुप रहकर इस मामले को देख-परख रहे थे। डॉक्टर के फरेब को लेकर अब उनकी चुप्पी टूटी और तीखी प्रतिक्रियाएँ सामने आईं। उन्होंने एकजुट होकर तय किया कि इस मामले में महिलाएँ चुप होकर नहीं बैठेंगी। चूँकि आठ मार्च को अंतरराष्ट्रीय महिला दिवस है, इसलिए उस दिन वे एक होकर लोहामंडी चौराहे से कलेक्ट्रेट तक जुलूस निकालेंगी। आरोपी डॉक्टर को कड़ी सजा और पीड़िता को यथाशीघ्र न्याय दिलाना उनका मुद्दा होगा। इस विषय पर उनके मनोभाव वहीं एक बड़ी जनसभा में व्यक्त होंगे। हर वर्ग की महिलाओं से सभा में शामिल होकर औरतों के पक्ष में आवाज बुलंद करने की गुजारिश की गई थी।

अखबार में यह सूचना पढ़कर दीपिका का मन भावोद्वेग से भर गया। वह नीलिमा के पास जाकर बोली, "माँ, मैं अकेली नहीं हूँ। इस लड़ाई में शहर के महिला संगठन मेरे साथ खड़े हो गए हैं।"

"कैसे पता?" नीलिमा ने चौंककर पूछा।

दीपिका ने अखबार का वह कॉलम दिखा दिया।

तभी मोबाइल की घंटी बजी।

उधर से शबाना जी बोल रही थीं, "दीपिका, आज का अखबार देखा?"

"जी, हाँ। शहर के महिला संगठनों की इस मामले में दिलचस्पी जागना मेरे लिए बहुत उत्साहवर्धक खबर है।"

"कल यूथ हॉस्टल में हमारी मीटिंग देर तक चली थी। नेत्री महिलाएँ बहुत आक्रोश से भरी हैं। कह रही थीं—मंच पर सिर्फ व्याख्यानबाजी करके औरतों की रहनुमाई नहीं की जा सकती। अस्पतालों में अभी भी खुलेआम गर्भपात करके मादा भ्रूणों का अस्तित्व मिटाया जा रहा है। दहेज के लिए विवाहिताएँ मारी जा रही हैं। राह चलते बच्चियों का अपहरण और बलात्कार हो रहा है। और हम अपनी गोष्ठियों में भाषणबाजी करके, चाय-नाश्ता उड़ाकर अपनी वाहवाही करते हुए खुश हो जाते हैं, इसलिए फरेबी डॉक्टरवाले इस प्रकरण पर हमें पीड़िता को अकेली नहीं छोड़ना है।"

"मेरे लिए बहुत बड़ी राहत है यह।" दीपिका बोली, "शुरू से ही मैं आपके सहयोग के लिए शुक्रगुजार रही हूँ। यकीनन इस वक्त भी आपने ही सबको एकजुट हो जाने के लिए कहा होगा।"

"मैंने नहीं कहा। सबने स्वयं इस सच्चाई को समझा है। जब तक सारे संगठन अपनी डफली पर अलग-अलग राग बजाते रहेंगे, उनकी आवाज में जोर कैसे आएगा? तुम निश्चिंत रहो। देखना, कल आठ मार्च का दिन तुम्हें न्याय दिलाने में महत्त्वपूर्ण भूमिका अदा करेगा।"

"मेरी एक प्रार्थना है, मानेंगी?" दीपिका बोली।

"हाँ-हाँ, कहो।"

"कल कार्यक्रम में मुझे किसी छद्म नाम से न पुकारा जाए। मैं रानी, शालिनी या दामिनी नहीं हूँ, दीपिका शर्मा हूँ। मुझे अपनी पहचान छिपाने की जरूरत महसूस नहीं होती।"

"शाबाश दीपिका! तुम सचमुच बहादुर हो। कल तुम्हारे नाम से ही तुम्हारी चर्चा होगी। मीडिया शायद किसी नीति-संहिता से बँधा होने के कारण तुम्हें अन्य नाम से ही छापे, पर महिलाओं के मध्य तुम अपने वास्तविक नाम से जानी जाओगी।"

शबाना जी ने उसे आश्वस्त किया।

दीपिका की आँखों में एक चमक थी।

उसे महसूस हुआ, तीन दिन पूर्व के निराशा के कुहासे से वह बाहर निकल चुकी है। महिला संगठनों के संग-साथ की बात सोचकर उसका मनोबल बहुत बढ़ गया है। मुँह से निकल ही पड़ा, "माँ, उस दिन उर्मिला मौसी की प्रतिक्रिया ने मुझे निराश कर दिया था, पर वह मनोज के परिवार की दूती बनकर आई थीं। खुद को

उनकी सगी साबित करने का यह मौका भुनाना चाहती थीं, इसलिए उनकी बातों पर क्या बुरा मानना! पूरा शहर मेरे साथ है, यह संतोष का विषय है। लेकिन शायद⋯"

नीलिमा ने सवालिया दृष्टि से उसकी ओर देखा।

तनिक हिचकते हुए बोली दीपिका, "मैं सावित्री ताई के बारे में सोच रही थी। बुजुर्ग महिला हैं। नब्बे के लगभग उम्र होगी। दुनिया देखी है उन्होंने। कई पीढ़ियाँ उनके सामने जनमी और पली-बढ़ी होंगी। शायद पुराने संस्कारों से बँधी होने के कारण मेरी यह तेजी उन्हें सुहाई न होगी!"

"कुछ मत सोचो। पीढ़ियों का अंतर दो इनसानों के सोच को प्रभावित करता ही है। उन्होंने दुबारा आने को कहा है। जरूर आएँगी। देखना, क्या कहती हैं।"

"हाँ, माँ।" कहकर दीपिका अपने कमरे में लौट गई।

□

आठ मार्च को आते क्या देर लगती! कभी पल युग बन जाते हैं और कभी युग एक पल में बीत जाते हैं।

जिंदगी इसी का नाम है।

महिला संगठनों का एकजुट होकर किसी मामले में खड़ा होना आगरा शहर के इतिहास की यादगार घटना थी। सुबह नौ बजे लोहामंडी चौराहे पर एकत्र होने की अखबारों के माध्यम से नगरीय महिलाओं से गुजारिश की गई थी। उत्साह इतना था कि साढ़े आठ बजे से ही महिलाएँ आनी शुरू हो गईं। नौ बजे तक इतनी भीड़ हो गई कि सँभालना मुश्किल हो गया। सभी संगठनों की नेत्रियाँ सक्रिय भूमिका में दिखाई दीं। ठीक नौ बजे महिलाओं का जुलूस कलेक्ट्रेट के लिए रवाना हो गया। किसी विषम स्थिति को सँभालने के लिए जिलाधीश ने पर्याप्त फोर्स लगा दी थी, पर महिलाएँ शांत थीं। जुलूस शांतिपूर्ण ढंग से निकला। हाँ, कलेक्ट्रेट पहुँचकर अवश्य ही उत्तेजित कंठों की समवेत नारेबाजी शुरू हो गई। आरोपी डॉक्टर को जल्द-से-जल्द कड़ी सजा और पीड़िता को न्याय दिलाने के लिए जोशीले नारे लगाए गए।

इसके बाद अल्पकालिक धरने पर बैठकर महिलाओं ने अपने गुस्से और आवेश का प्रतीकात्मक इजहार किया। यह धरनास्थल शीघ्र ही विचारोत्तेजक मंच बन गया, जहाँ हर आम और खास को इस संदर्भ में अपनी बात कहने का मौका दिया गया था।

सबसे पहले एक घरेलू महिला ने अपनी बात कहनी चाही, "मेरे इस वक्त घर से निकलने पर पतिदेव को आपत्ति थी। ऑफिस के लिए उनका लंच तैयार

करने और टिफिन थमाने के बदले मैं साड़ी बदलकर जुलूस में शामिल होने के लिए निकल रही थी, पर मैंने साफ शब्दों में कह दिया कि इस मामले को इतना छोटा मत समझो। अमूमन औरतें हर अत्याचार चुपचाप सह लेती हैं। चाहे वह घर की चहारदीवारी के अंदर हो या घर से बाहर जुल्मी समाज द्वारा ढाया गया हो। लेकिन हमारी एक बहन ने जब अपनी खामोशी तोड़कर पीड़ा का बयान किया है, तो उसके साथ खड़ी होने के लिए मैं जरूर जाऊँगी। खाने का क्या है, एक दिन लंचटाइम में कैंटीन से थाली मँगवा लेना।"

तालियों की गड़गड़ाहट से सभास्थल गूँज उठा।

एक अधिवक्ता चंदना भार्गव ने मंच पर पहुँचकर सबका ध्यान खींचा, "प्रस्ताव पास करके पुलिस-प्रशासन से माँग कीजिए कि आरोपी डॉक्टर पर गंभीर धाराओं में चार्जशीट लगाकर मामले की सुनवाई फास्ट ट्रैक कोर्ट में की जाए। आरोप सिद्ध होने पर अभियुक्त को कड़ी सजा दिलवाई जाए। इस मामले में ढिलाई को नगर की महिलाएँ बरदाश्त न करेंगी, क्योंकि यह एक महिला का न होकर पूरी नारी जाति का अपमान है।"

एक बार फिर तालियों की जोरदार अनुगूँज थी। 'नारी जागरण मंच' की अध्यक्ष रश्मि खंडेलवाल नगर के एक महिला महाविद्यालय में हिंदी विभागाध्यक्ष थीं। उनकी बात सुनने के लिए सभी उत्कंठित थे। कई गोष्ठियों-सभाओं में वह अपनी वाक्पटुता दिखा चुकी थीं। उनके पास कहने के लिए ठोस बात रहती थी और उनकी अभिव्यक्ति शैली भी कम दमदार नहीं होती थी।

रश्मिजी ने अपनी बात इन शब्दों से शुरू की, "बहनो, इतिहास के वैदिक युग से मैं अपनी बात आरंभ करती हूँ। उस काल में नारी विदुषी थी, वेद-मंत्रों की सर्जक थी और समाज में मूर्धन्य स्थान रखती थी। घोषा, अपाला, विश्ववारा जैसे नाम हमें मिलते हैं, जिन्होंने वेदों की ऋचाओं की रचना की, लेकिन इसके बाद रामायण-महाभारत काल में ही स्थिति बदलने लगी। महाभारत की द्रौपदी को उसकी इच्छा पूछे बिना, उसकी सहमति लिये बिना पाँचों पांडवों की पत्नी बना दिया गया। समय-सीमा निर्धारित करके हर पति के साथ रहने को कहा गया। उसकी भावनाएँ, उसकी संवेदनाएँ, उसका स्त्रीत्व तो इससे आहत नहीं होता, क्या किसी ने जानना चाहा?

"और रामायण काल की सीता की कल्पना कीजिए। उसे स्वयंवर का अधिकार तो मिला, पर धनुष-भंग करने की शर्त पिता ने रखी। क्या ऐसे सशर्त

स्वयंवर का कोई मूल्य था? फिर, रावण द्वारा हरण किए जाने के बाद जब वह मुक्त हुई तो उसे अपने सतीत्व को बचाकर रखने का प्रमाण देने के लिए अग्नि-परीक्षा से गुजरना पड़ा। वह जीत गई, पर राजमहल में ज्यादा दिन न रह सकी। एक प्रजाजन की आपत्ति पर पुरुषोत्तम राम ने गर्भवती अवस्था में भी उसे पुनः वन भेज दिया। हाँ, जब यज्ञ में पत्नी को वामांगिनी बनाने की बात आई, तो सीता की स्वर्ण प्रतिमा से काम चलाया। यानी स्त्री को लेकर यह दोहरा सोच, दोहरा मानदंड आज नया नहीं है। आदिकाल से चला आ रहा है।

"समाज में स्त्री को 'देवी' का दर्जा दिया गया। जब इच्छा हुई, पददलित भी किया गया। रजिया सुल्तान का तेज कब पुरुषों को बरदाश्त हुआ था? हर जगह औरत को लेकर दोहरी मानसिकता सामने आई। वह चाँदबीबी थी, लक्ष्मीबाई थी, झलकारी बाई थी, इंदिरा गांधी थी, कल्पना चावला थी, पर वही दहेज के लिए जिंदा जलाई जा रही थी, माँ की कोख में मारी जा रही थी और पुरुषों की पाशविकता का शिकार हो रही थी। 'आँचल में है दूध और आँखों में पानी' की नियति लेकर 'अबला जीवन' बिताने के लिए अभिशप्त भी थी। भोर का उजला सूरज उसके लिए नहीं था, चंदा की निर्मल चाँदनी उसके लिए नहीं थी, वर्षा की रिमझिम फुहार में भीगने का आनंद भी उसके लिए नहीं था। यहाँ तक कि घर की चहारदीवारी के भीतर भी जोर से हँसना-बोलना, मनपसंद खाना-पीना उसकी किस्मत में नहीं था। जो व्यंजन पिता और भाइयों को पसंद थे, वही माँ की रसोई में पके। जो खाद्य पदार्थ पति और बेटों को पसंद थे, वही उसने अपनी रसोई में पकाए। स्वाद, रुचि, पसंद उसके लिए कोई मायने नहीं रखती। जब वह 'सती' के विशेषण से महिमामंडित की गई, तो मृत पति की देह के साथ अग्नि की ज्वाला में जिंदा जला दी गई। जब वह 'कुलवधू' घोषित की गई, तो पति के लात-घूँसे खाकर जीवनयापन करना उसका धर्म मान लिया गया। बुरके की कैद और घूँघट की गिरफ्त उसके लिए ही बनी थी। 'तीन तलाक' के नाम पर परित्यक्ता जीवन भी उसके नसीब में लिखा था। पूरा सामंती समाज ऐसे ही अंतर्विरोधों से भरा है। बेटी को कोख में नष्ट कर दो या जनमते ही मार दो। लोककथाओं में कोई दयालु धाय उसे पानी में बहा देती है। निष्कर्ष यही है—कुछ भी हो, बेटी घर में नहीं रहनी चाहिए। संयोग या दुर्योगवश यदि है, तो उस पर किसी की नजर न पड़े। दुनिया की सारी खूबसूरत बहू-बेटियाँ मेरे लिए हैं, लेकिन मेरे घर की बहू-बेटी पर यदि किसी ने कुदृष्टि डाली तो आँखें फोड़ने से लेकर जान लेने के लिए तैयार हूँ। यह है सामंती समाज का वह

विरोधाभासी सोच, जिसने स्त्री को कभी स्त्री नहीं रहने दिया। उसे एक 'वस्तु' में बदलकर रख दिया।"

पूरे सभास्थल में तालियों की गड़गड़ाहट थी।

रश्मिजी ने क्षण भर चुप रहकर इस आवाज के थमने का इंतजार किया। फिर आगे बोलीं, "इस सामंती व्यवस्था में स्त्री को सिर्फ तीन नाम मिले—पत्नी, रखैल और वेश्या। जब पुरुष ने स्त्री को संरक्षण और अपना नाम देने की सामाजिक स्वीकृति पर हामी भरी तो वह पत्नी हुई। सिर्फ संरक्षण देकर नाम नहीं दिया, तो रखैल कहलाई। जहाँ ये दोनों ही नदारद रहे, वहाँ वह वेश्या बनी, क्योंकि उस स्थिति में संरक्षण के लिए उसे बहुतों का मुँह जोहना पड़ा। सतीत्व के नियम तो कठोर रहे ही, बेटा न जनमने के अपराध पर रानी-महारानियाँ तक 'कौवाहँकनी' बना दी गईं। यह सामंती समाज वृद्ध पुरुष को तो दीन-हीन, लाचार मानकर उसके प्रति सहृदय हुआ, पर बूढ़ी औरतों को डायन, काले जादू की जानकार और प्रेतात्माओं से दोस्ती रखनेवाली भयोत्पादक जीव मानकर प्रताड़ित ही किया गया।

"साहित्य ने अवश्य स्त्री के प्रति मानवीय करुणा और आत्मीयता दिखाई, पर सामंती समाज ने उसे स्वतंत्रता देने में सदैव कृपणता बरती। और क्यों न बरतता? समाज का नियामक तो वही स्वनामधन्य पुरुष-वर्ग था न! ऐसे में औरत की अस्मिता, स्वाधीनता और स्वावलंबन की बात सोचना वृथा था।

"हाँ, औरतों में जागृति आई। इस क्रांति की मशाल के रूप में हम मध्यकालीन कवयित्री मीरा और छायावाद की आधार-स्तंभ महादेवी वर्मा को देख सकते हैं। मीरा ने राजघराने की वधू बनकर भी सारी बेड़ियाँ तोड़ी थीं। 'संतन ढिग बैठि-बैठि लोक-लाज खोई' कहकर उस विद्रोहिणी ने न लोक-लाज की चिंता की, न पारिवारिक बंदिशों से डरी-सहमी। 'मेरे तो गिरधर गोपाल दूसरो न कोई' कहकर स्त्री-स्वातंत्र्य की अलख जगानेवाली मीरा को आज यहाँ हम सबका सादर नमन!"

सभास्थल एक बार फिर जोरदार करतल ध्वनि से निनादित हो उठा।

रश्मिजी ने बात आगे बढ़ाई, "हाँ, अब महादेवी वर्मा की बात करें। उन्होंने 'शृंखला की कड़ियाँ' के निबंधों में साफ शब्दों में कह दिया कि सिर्फ शिक्षा और आर्थिक स्वतंत्रता ही नारी को पददलित होने से बचा सकती है। सचमुच यह महादेवीजी की एक अद्‌भुत गद्य-रचना है। स्वतंत्रता पूर्व की कृति होने पर भी यह नारी अस्मिता का सुंदरतम दस्तावेज है। यह रचना स्त्री का स्त्रीत्व से साक्षात्कार है। परवर्ती काल में जो देहवादी चिंतन विकसित हुआ, उसकी मान्यता

रही, 'जब तक स्त्री के पास देह है और संसार के पास पुरुष, तब तक स्त्री को चिंता की क्या जरूरत?' पर महादेवी इस देहवादी चिंतन से पृथक्, नारी की भीतरी शक्ति को पहचानने के कारण कह सकी हैं, 'पहले की नारी केवल रूप और वय का पाथेय लेकर संसार-यात्रा के लिए नहीं निकलती थी। उसने संसार को वह दिया, जो पुरुष नहीं दे सकता था, अतः उसके अक्षय वरदान का वह आज तक कृतज्ञ है।'

"महादेवी ने नारी की शक्ति के जिस स्पंदन को महसूस किया, उसका आज की नारी मुक्ति से कोई मुकाबला नहीं। शरीर के चंद वस्त्रों को जलाने से नारी-मुक्ति नहीं हो जाती। चूड़ी-बिंदी के बहिष्कार से भी नारी-मुक्ति नहीं होती। वह होती है, नारी को शिक्षित और स्वावलंबी बनाने से। तभी महादेवी कह सकी हैं, 'हमारी राष्ट्रीय जागृति इसे प्रमाणित कर चुकी है कि अवसर मिलने पर गृह के कोने की दुर्बल बंदिनी स्वच्छंद वातावरण में बल प्राप्त पुरुष से शक्ति में कम नहीं।' मानना होगा कि सन् तीस-चालीस के दशक में महादेवी वर्मा ने नारी अस्मिता और नारी सशक्तीकरण की बात पुरजोर आवाज में कही थी। उनकी आवाज का सच आज हमारे सामने प्रत्यक्ष मौजूद है। जिस रेप-कांड की पीड़िता को न्याय दिलाने के लिए आज हम सब यहाँ एकत्र हैं, यदि वह पढ़ी-लिखी, बैंककर्मी युवती न होती, तो उसे लंबे आठ सालों तक अपनी हवस का शिकार बनाकर और पूरे चौदह साल तक प्यार के झूठे वादों से प्रलोभित करने के बाद भी डॉ. मनोज निश्चिंत होकर दूसरी जगह शादी कर लेता। इसलिए औरतों की जिंदगी में पढ़ाई और आर्थिक दृष्टि से स्वावलंबी होने की जरूरत हम सबको समझनी चाहिए, यही मेरे लंबे वक्तव्य का निष्कर्ष है।··· धन्यवाद!"

डॉ. रश्मि खंडेलवाल के विचारोत्तेजक व्याख्यान ने पूरे सभास्थल को झकझोरकर रख दिया।

औरतें आपस में बात करने लगीं, "सही बात है। लड़कियों को पढ़ाना बहुत जरूरी है।"

उधर माइक से घोषणा हो रही थी, "कृपया शांत रहें। हम लोग एक बहुत गंभीर मसले पर विचार करने के लिए यहाँ एकत्र हैं। अब आप समाज-सेविका शबाना जी की बात सुनिए।"

शबाना जी आगे बढ़ीं। बोलीं, "बहनो, मैं दीपिका शर्मा के जख्म आपको दिखाना चाहती हूँ।··· चौंकिए मत। हाँ, यही नाम है उस रेप पीड़िता का। उसका

वास्तविक नाम। चूँकि मैं उसके मोहल्ले में ही रहती हूँ, शुरू से ही इस प्रकरण से जुड़ी हुई हूँ, उसकी हर चोट और चोट से होनेवाले दर्द को नजदीक से देखा और महसूसा है और सबसे बढ़कर, उसकी बहादुरी की कायल हूँ, इसलिए आपके सामने यह कहना चाहूँगी कि दीपिका पर तरस मत खाइए। उसकी साहसिकता और जज्बे को सलाम कीजिए।"

सभा स्थल पर इतनी तालियाँ बजीं कि शबाना जी को हाथ उठाकर रोकना पड़ा, "मैं मान गई। दीपिका की बहादुरी के सामने आप सब नतमस्तक हैं। दरअसल यह भी उसकी बहादुरी ही है, जो उसने कल फोन पर मुझसे कहा कि वह डॉ. मनोज के कुकृत्य की वजह से स्वयं को लज्जित क्यों महसूस करे? सिर्फ अपनी सरलता के कारण, अपने भीतर दिपदिपाती विश्वास की अखंड लौ के कारण वह लड़की यदि किसी धोखेबाज के हाथों ठगी गई है तो शर्म से धरती में क्यों गड़े, अपनी पहचान क्यों छिपाए? वह अपराधी नहीं है। न अपनी अंतरात्मा के भीतर, न परमात्मा के दरबार में और··· और न अदालत के सामने। इसलिए इस लड़ाई में उसे यह संबल चाहिए कि वह अकेली नहीं है, नगर का समूचा महिला वर्ग उसके साथ है। एक कंठ से सभी उपस्थित बहनें कहें, 'दीपिका, इस लड़ाई में तुम अकेली नहीं हो। कमजोर मत पड़ना, हम तुम्हारे साथ हैं'।"

शबाना जी का यह कथन जब पूरे सभास्थल की महिलाओं ने दोहराया तो लगा, जैसे कोई सामूहिक शपथ-ग्रहण समारोह है। हवा की तरंगें महिलाओं के द्वारा दिए गए इस संबल को दूर-दूर तक पहुँचाने में पीछे नहीं रही थीं।

शबाना जी हाथ जोड़कर अपनी जगह पर बैठ चुकी थीं।

समय सीमित था और अपनी बात कहने के लिए हर कोई उत्कंठित दिखाई दे रहा था। कार्यक्रम की संचालिका ने मंच पर निगाह डालकर महिला कल्याण सोसाइटी की सचिव इंदु नागर को कुछ कहने के लिए बुलाया। इंदुजी भी माइक थामते ही उत्तेजित कंठ से चीखीं, "आखिर किस दिशा में जा रहा है हमारा समाज? घर में भी बच्चियाँ सुरक्षित नहीं हैं। चाचा-ताऊ और तथाकथित 'अंकलों' के साथ-साथ जब और ज्यादा नितांत 'अपने' ऐसे कुकृत्य में पकड़े जाते हैं तो सचमुच रोंगटे खड़े हो जाते हैं। वासना के कीचड़ में बिलबिलानेवाले ऐसे कीड़ों ने यदि शराब के नशे में बेसुध होकर भी ऐसा अक्षम्य पाप किया है तो उन्हें सीधे फाँसी के फंदे पर क्यों नहीं लटकाया जाता? इससे ज्यादा और किस जघन्य अपराध का इंतजार किया जाता है?

"फिर, स्कूलों में भी हमारी बच्चियाँ कितनी सुरक्षित हैं, जरा सोचकर देखिए। पिता समान अध्यापक यदि उन पर कुदृष्टि रखें, तो उन्हें भी वही सजा मिली चाहिए, जो शाखा पर मुसकराती कली को निर्ममता से नोचनेवाले पापी परिवारजनों के लिए हमने अभी निर्दिष्ट की है।

"एक नंगी-दुधारी तलवार क्यों हर पल लटकती रहती है हमारी बच्चियों के समूचे अस्तित्व पर? आखिर कहाँ सुरक्षित हैं वे?⋯ सड़क पर? किसी धार्मिक आयोजन में? किसी मेले-ठेले में? किसी उत्सव-समारोह में? किसी सखी-सहेली के घर? न, सच तो यह है कि उनके शैशव और बचपन तक को हमने संकटग्रस्त बना दिया है। माँ-बाप हर पल सशंकित रहते हैं कि कैसे और कहाँ-कहाँ पर उसे बुरी निगाहों से बचाएँ? कैसे अपनी बेटियों को एक हँसता-मुसकराता हुआ निश्चिंत बचपन दें? 'बेटियाँ बचाओ' के साथ 'बचपन बचाओ' को भी हमें दीपिका के बलात्कार कांड से जोड़कर देखना होगा, तभी हमारी आज की यह सभा सही मायने में सफल मानी जाएगी।"

अपनी बात कहकर इंदु नागर माइक से हट गईं। तालियाँ देर तक गूँजती रहीं।

वक्ताओं से संक्षेप में अपनी बात कहने के संचालिका के बार-बार आग्रह के बावजूद हर वक्तव्य में न्यूनतम पाँच-सात मिनट का समय लग रहा था, पर सभा को द्रौपदी का चीर नहीं बनाया जा सकता था। कुछ महिलाओं को सिर्फ एक-एक मिनट का समय दिया गया। फिर तीस सेकंड में अपनी बात खत्म करने को कहा गया। लगभग सभी वक्तृताओं का सार था कि भले ही आरोपी डॉक्टर इस वक्त जेल के सीकचों में है, पर दीपिका के अखबारों में दिए गए बयानों से पता चलता है कि उसे लगातार धमकियाँ मिल रही हैं, समझौता करने और मुकदमा वापस लेने पर मजबूर किया जा रहा है। इस अहम बिंदु की गंभीरता समझी जाए और उसे तत्काल सुरक्षा प्रदान की जाए। यदि पीड़िता को अपनी जान का खतरा दिखाई दे रहा है, तो वह कैसे चैन से खा-पी सकती है, कैसे चैन से सो सकती है और कैसे चैन से जी सकती है? फिर, चार दिन बीत जाने के बाद भी आरोपी के परिवारजन क्यों नहीं पकड़े गए? जब तक वे लोग खुले घूम रहे हैं, पीड़िता को अवश्य डराएँगे-धमकाएँगे। शुरुआती तेजी के बाद पुलिस की यह ढिलाई आखिर क्यों है? आरोपी को जल्द-से-जल्द कानून के हाथों ऐसी कड़ी सजा क्यों नहीं दी जा रही, जिससे इस किस्म के अन्य अपराधियों के मन भयाक्रांत हों?

अंततः सभा का समापन करते हुए संचालिका सुवीरा महाजन बोलीं,

"आदरणीया और प्रिय बहनो, डॉ. रश्मि खंडेलवाल के लंबे व्याख्यान में आपने महनीया महादेवी वर्मा के नारी अस्मिता से जुड़े विचार सुने। उन्हीं की कुछ पंक्तियों से मैं दीपिका को यहाँ उपस्थित सभी बहनों की तरफ से दिलासा देना चाहती हूँ—

'और होंगे चरण हारे
और हैं जो लौटते, दे शूल को संकल्प सारे
मैं लगाती चल रही नित मोतियों की हाट
और चिनगारियों का एक मेला
पंथ होने दो अपरिचित, प्राण रहने दो अकेला।'

"जाहिर है, दीपिका में अपराजेय जिजीविषा है। वह एक अजानी राह पर अकेली आगे बढ़ रही है। बिना हिम्मत हारे। बिना कदम वापस लौटाए। ऐसे में महिलाओं की यह जनसभा उन्हें आश्वस्त करती है कि वह अकेली नहीं है, हम सब उनके साथ हैं। बस, मेरे इन्हीं शब्दों के साथ हमारी आज की यह सभा समाप्त होती है। यहाँ आने, अपना समय देने और दीपिका का मनोबल बढ़ाने के लिए आप सबका बहुत-बहुत आभार।"

□

मीडिया ने स्वयं उपस्थित होकर महिलाओं की इस जनसभा की पूरे दायित्व-भाव से कवरेज की। पत्रकार सिर्फ फोटो खींचने के लिए नहीं आए थे, देर तक ठहरकर उन्होंने वक्तव्य सुने थे, उन पर महिलाओं की प्रतिक्रिया देखी थी और इस उबाल को नारी सशक्तीकरण के संदर्भ से जुड़ा हुआ महसूस किया था। टेलीविजन के स्थानीय चैनलों के संवाददाता भी कम मुस्तैद नहीं दिखाई दिए। आरोपी की गिरफ्तारी के रूप में पहली जीत दर्ज कर लेने के बाद दीपिका की यह दूसरी जीत थी। उसने अपनी साहसिकता से महिला वर्ग का हृदय जीत लिया था। निश्चय ही यह जीत भी पहली जीत से कम महत्त्वपूर्ण न थी।

लेकिन इस जीत को हार में बदलने की प्रतिपक्ष की कुचाल भी कम न थी।

चूँकि एक दिन पहले अखबार में अंतरराष्ट्रीय महिला दिवस पर 'रेप पीड़िता बनाम फरेबी डॉक्टर' मामले में महिलाओं के जुलूस निकालने तथा जनसभा करने का समाचार छप चुका था, इसलिए शांतिस्वरूप के शुभचिंतक भी चुप कैसे बैठ सकते थे? उन्होंने आनन-फानन में एक बड़े होटल के कॉन्फ्रेंस हॉल की बुकिंग करा ली। दिन वही रखा, अंतरराष्ट्रीय महिला दिवस। समय रखा, दोपहर ढाई बजे। यह प्रायोजित सभा उन महिलाओं के बल पर हो रही थी, जो गरीब थीं और जिन्हें

पैसों से खरीदा जा सकता था। झुग्गी-झोंपड़ी में रहनेवाली इन महिलाओं को एक-एक नई साड़ी देने का लोभ देकर बुलाया गया था। शांतिस्वरूप के चमचों ने उनकी दी हुई धनराशि से आधी अपनी जेब के हवाले की थी और आधी में यह आयोजन था। मंच पर बोलनेवाले 'न' के बराबर थे और शायद उनकी जरूरत भी नहीं थी। सिर्फ आध घंटे की इस महिला सभा में पत्रकारों को सादर निमंत्रित किया गया था और पहले से तैयार रिपोर्ट की फोटोकॉपी के साथ एक-एक पैन सेट और मिठाई का डिब्बा भी थमाया गया था।

मलिन बस्तियों की जो महिलाएँ गाड़ी में बैठाकर होटल तक लाई गई थीं, उनकी दिलचस्पी सिर्फ साड़ी में थी। मंच पर क्या कहा जा रहा है, यह सुनने में किसी की रुचि न थी। होटल के कॉन्फ्रेंस हॉल में आरामदेह कुरसियों पर बैठकर वे सिर्फ चकर-मकर चारों तरफ ताक रही थीं। वहीं कुरसियों पर चाय और नाश्ता का पहुँचाया जाना उनके लिए किसी इंद्रपुरी की सैर के कौतुक से कम न था।

चूँकि शहर की जानी-मानी नेत्रियाँ पहले ही कलेक्ट्रेटवाली जनसभा में पहुँच चुकी थीं, इसलिए यहाँ भाड़े पर जो भाषण देनेवाली महिलाएँ बुलाई गईं, वे भी फटाफट अपना काम करके भागने की फिराक में रहीं। किसी ने सुना या नहीं, पर मंच से कहा जरूर गया, "आज अंतरराष्ट्रीय महिला दिवस पर हम महिलाओं को अपनी पारंपरिक भारतीय संस्कृति और अपने पुरातन संस्कारों की पूँजी के बारे में सोचना होगा। पाश्चात्य संस्कृति के रंग में रंगकर उच्छृंखल जीवन बिताना कोई अच्छी बात नहीं है। स्वयं जीवनसाथी चुनने की आजादी के नाम पर अपना अंग प्रदर्शन करके और हावभाव दिखाकर भले और कुलीन घरों के लड़कों को फँसाना निंदनीय है। हमारा यह नारी-मंच महिलाओं के इस भोंडे आचरण की खुले कंठ से निंदा करता है। ऐसी युवतियाँ समाज में सम्मानजनक जीवन बिताने लायक नहीं हैं। उनकी पहचान को सार्वजनिक करना चाहिए, उन्हें 'कॉलगर्ल' का दर्जा देना चाहिए और उन्हें इज्जतदार परिवारों में प्रवेश करने की इजाजत नहीं होनी चाहिए। ऐसी युवतियाँ क्या किसी कुटनी से कम हैं? वे जहर की ऐसी पुड़िया हैं, जो भले घर की लड़कियों को भी बिगाड़ेंगी।"

जाहिर है, यह दीपिका के खिलाफ हवा बनाने के लिए की गई साजिश थी। कलेक्ट्रेटवाली महिला-जनसभा के प्रयोजन पर पानी फेरने के लिए ही इसे तुरत-फुरत बुलाया गया था।

'रेप प्रकरण' में सिर्फ डॉ. मनोज की छीछालेदार ही अखबारवाले न करें,

दीपिका के साहसिक कदम की वाहवाही न रहे, इसलिए उसके समानांतर यह सभा बुलाई गई थी। पर अगले दिन के अखबार देखकर शांतिस्वरूप के चमचों के चेहरे बुझ गए। कलेक्ट्रेटवाली जनसभा से जहाँ समूचा स्थानीय पृष्ठ भरा हुआ था, वहाँ होटलवाली बैठक का सिर्फ दो पंक्तियों में उल्लेख था। किसी-किसी ने तो यह उल्लेख करने की भी जरूरत नहीं समझी थी। मिठाई खाकर डकार तक न लेनेवालों को कोसने के सिवाय शांतिस्वरूप के चमचे कर ही क्या सकते थे? कीमती पैन सेट फोकट में चला गया, इसका अफसोस उन्हें ऊपर से था!

□

चूँकि शनिवार, नौ मार्च के अखबार में महिलाओं की सामूहिक जनसभा की व्यापक कवरेज थी, इसलिए दीपिका और नीलिमा को संतुष्टि मिली। काफी देर तक माँ-बेटी इस बारे में बात करती रहीं।

अचानक नीलिमा ने विषयांतर किया, "आज बैंक जाओगी?"

"बैंक?"

दीपिका ऐसी चौंकी, जैसे किसी प्रेत-आसेब का नाम सुन लिया हो। एक पल में उसके चेहरे का रंग उड़ गया, "माँ, मैं बैंक कैसे जाऊँगी? वहाँ लोगों की निगाहों का सामना कैसे कर पाऊँगी?"

"क्यों, इसमें क्या परेशानी है?" नीलिमा तनिक सख्त पड़ी, "इस तरह मुँह छिपाकर घर में कब तक बैठोगी? इस पूरे सप्ताह तुम बैंक से गैर-हाजिर रही हो। सोमवार को गई जरूर थीं, पर आधे दिन की छुट्टी लेकर लौट आई थीं।"

"हाँ, माँ। डॉ. सिद्धार्थ के पत्र ने मुझे बहुत विचलित कर दिया था। तब से आज तक किस मानसिक उद्विग्नता को झेल रही हूँ, तुमसे छिपा नहीं है। फिर मुझे बैंक जाने के लिए कैसे कह सकती हो?"

"दीपा बेटी, कोई घटना चाहे कितनी ही अच्छी या बुरी क्यों न हो, उसके असर से बाहर निकलना पड़ता है। आखिर कब तक उसे सेती रहोगी? जिंदगी की गाड़ी को पटरी पर लाना जरूरी है।"

दीपिका चुप रही।

"बेटी, उसी मनोबल को जगाओ, जिसने तुम्हें मनोज के खिलाफ एफ.आई.आर. दर्ज कराने के लिए थाना लोहामंडी भेजा था।"

"माँ, उसके बाद घटनाएँ जिस तेजी से घटी हैं, उससे मैं बहुत विचलित हो उठी हूँ। खाना-पीना-सोना सब अव्यवस्थित हो गया है। दिमाग से सारा नियंत्रण

खत्म हो गया है। छुट्टी के आवेदन-पत्र में तुमने क्या लिखा, मुझे नहीं मालूम। नीचे हस्ताक्षर भर कर दिए थे। यह भी नहीं देखा था कि अवकाश कब तक का है और कब बैंक जाना है।"

"छुट्टी शुक्रवार तक थी। आज शनिवार है। तुम्हें बैंक जाना चाहिए। तुम्हारे साथ-साथ मैं भी अवकाश लेकर घर में पड़ी हूँ, पर हम लोगों को अपनी-अपनी नौकरी के साथ और ज्यादा गैर-जिम्मेदार अब नहीं रहना चाहिए।"

"सिर्फ आज की मोहलत और दे दो माँ। दो दिन में मैं अपने आपको इतना सँभाल लूँगी कि बैंक जाकर कामकाज सँभाल सकूँ।"

"ठीक है। मैं भी अपनी आज की छुट्टी बढ़ाए लेती हूँ, पर सोमवार को दोनों को ही ड्यूटी पर पहुँचना होगा।"

"ठीक है।" दीपिका ने माथे पर झिलमिला आई पसीने की बूँदें पोंछ लीं।

सचमुच बैंक के नाम से बहुत डर गई थी वह। माँ की और उसकी नौकरी में बहुत फर्क है। वह तो बच्चों को निबंध वगैरह कुछ भी लिखने का काम सौंपकर अपनी कुरसी पर बैठ सकती हैं, लेकिन बैंक के काम में रुपए-पैसे का हिसाब, बगैर दिमागी संतुलन के कैसे रखा जा सकता है? पर छुट्टियाँ भी एक सीमा में ही मिलेंगी। इसलिए उसे खुद को सुस्थिर तो करना ही पड़ेगा।

जो भी हो, दिन भर वह अनमनी रही। नीलिमा ने बैंक की चर्चा करके उसके दिमाग की चूलें हिला दी थीं।

तीसरे पहर मोबाइल की घंटी बजी। उठाने पर एक परिचित पुरुष कंठस्वर कानों में पड़ा, "दीपिकाजी, आपका अवकाश कल तक के लिए था। आज आपके बैंक आने का हमें इंतजार था। आईं क्यों नहीं?"

"आज की भी छुट्टी ले ली है। मेरा आवेदन-पत्र माँ ने मैनेजर साहब के कमरे में पहुँचा दिया होगा।"

"छुट्टियाँ क्यों बढ़ा रही हैं? आपको आना चाहिए था। स्वास्थ्य तो ठीक है न?"

"जी, ठीक है। सोमवार को आऊँगी।"

"मैं आपसे मिलना चाहता हूँ। लोहामंडी इलाके में नौबस्ता में आपका घर कहाँ है, जानता हूँ। यदि इजाजत हो तो शाम पाँच बजे दस-पंद्रह मिनट के लिए आ जाऊँ।"

"क्या करेंगे आकर? सोमवार को तो मैं बैंक आ ही रही हूँ।"

"हम दोनों पिछले कई सालों से साथ काम कर रहे हैं। मित्र न भी मानिए, परिचितों की श्रेणी में तो आते ही हैं। आपके यहाँ आकर एक कप चाय पीने की बहुत पुरानी इच्छा है। कभी जाहिर नहीं की। आज पहली दफा मुँह खोलकर कही है, मना कर देंगी?"

अनजाने ही मुसकरा उठी दीपिका। बोली, "ठीक है, आ जाइए।"

नीलिमा पास ही बैठी थी। उत्सुक होकर पूछने लगी, "किसका फोन था?"

"बैंक के एक मेरे सहकर्मी हैं, राजेश वर्मा। आज शाम पाँच बजे घर आने के लिए सजे बैठे हैं।... तुम तो जानती हो माँ, मैं इस समय किसी से मिलना-जुलना नहीं चाहती। अकेलापन ही मुझे भाता है। पर लोग चैन से बैठने दें, तब न!" दीपिका झुँझला उठी।

पल भर पहले अधरों पर छाई मुसकान मिट चुकी थी।

"दीपा बेटी, हर वक्त और हर बात में इतना टेंशन लोगी, तो कैसे काम चलेगा? तुम्हारे एक सहकर्मी यदि घर आना चाहते हैं तो आने दो। दस-बीस मिनट बैठकर लौट जाएँगे। एक कप चाय पिलाने में हमारा क्या जाता है?"

"माँ, तुम इस बात को नहीं समझोगी।" दीपिका गंभीर हो उठी।

"तो तुम ही समझा दो न!" नीलिमा बोली।

"दरअसल यह शख्स बहुत दिनों से मुझमें दिलचस्पी ले रहा है। समान पद पर, साथ-साथ ही हमारी नौकरी लगी है। पर मैंने 'हाय-हैलो' के सामान्य परिचय को कभी नजदीकी दोस्ती में नहीं बदलने दिया। कहावत है न, बिल्ली के भाग्य से छींका टूटा! आज मैं बवाल में फँसी हूँ तो इसे घर आने का बहाना मिल गया।"

"शादीशुदा है?"

"हो या न हो, इससे क्या फर्क पड़ता है?" दीपिका झुँझला उठी, "तुम्हारी नेकनामी बटोर चुकी बेटी के लिए शादी का रिश्ता लेकर नहीं आ रहा है।"

"मैंने एक सामान्य बात पूछी और तू उसी में उखड़ गई।" नीलिमा शांत कंठ से बोली, "तभी मैं कहती हूँ कि धीरे-धीरे सामान्य होने की कोशिश करो। खूब आगा-पीछा सोचकर और नतीजा जानते हुए भी, तुम एक फरेबी की कुटिलता को समाज के सामने लाई हो। इसके बाद भी यदि तुम कुंठित नजर आओगी, तो दुनियावाले तुम्हारी स्थिति का मजा लेंगे। क्या तुम्हें पता नहीं कि यह दुनिया बड़ी बेरहम है।"

दीपिका चुप रही।

क्षण भर बाद सामान्य कंठ से बोली, "राजेश वर्मा का विवाह नहीं हुआ है।"

"मैं चाहती हूँ कि तुम अपना हुलिया तनिक ठीक-ठाक करो।" नीलिमा गंभीर होकर बोली, "मेरी सामान्य बात का मनमाना अर्थ लगाकर झुँझला मत जाना। किसी बाहरी आदमी से मिलते वक्त इनसानधारी शक्ल तो होनी ही चाहिए।"

"तो क्या मेरी शक्ल इस वक्त इनसानों जैसी नहीं है?" दीपिका ने हँसकर वातावरण हलका करना चाहा, "प्रेतनी-पिशाचनी नजर आ रही हूँ, माँ?"

"शीशे में चेहरा देख लो, खुद पता चल जाएगा।" नीलिमा गंभीर बनी रही, "कुम्हलाया हुआ चेहरा, बिखरे हुए बाल, बदरंग सलवार-कमीज।'' क्या इसी हुलिए में रोज बैंक जाती हो तुम?"

"ठीक है बाबा, गुस्साओ मत।" दीपिका ने माँ को खुश करना चाहा, "अभी उठकर, मुँह-हाथ धोकर कपड़े बदल लेती हूँ।'' अब तो खुश?"

नीलिमा मुसकरा दी।

पर दीपिका ऊपर से सहज दिखने का प्रयास करने के बावजूद भीतर से कुढ़ी हुई थी। राजेश वर्मा का आना उसे खल रहा था। मन विक्षुब्ध था, आखिर जरूरत क्या है इस आदमी के यहाँ आने की? क्या अखबार में पिछले पाँच दिनों से छपनेवाली उसकी चीर-हरण की लीला का आमने-सामने बैठकर किस्सा सुनना चाहता है? या फिर उसके साथ झूठी सहानुभूति दिखाकर घड़ियाली आँसू बहाना चाहता है? सच्ची हमदर्दी का तो सवाल ही नहीं उठता, क्योंकि वे दोनों एक-दूसरे के प्रति कभी आत्मीय नहीं रहे हैं। ऐसे में दस मिनट काटने भी दूभर हो जाएँगे।

घड़ी ने पाँच बजा दिए। राजेश वर्मा नहीं आया। दीपिका ने सुकून की साँस ली, जान बची!

पर सवा पाँच पर द्वार की घंटी बजी। राजेश वर्मा ही था। उसने सफाई दी, "घर से तो समय का अंदाज करके ही निकला था, पर रास्ते में जाम में फँस गया। यह आगरा है। यहाँ सड़क पर यातायात की गति थम जाने की एक से एक अनूठी वजह होती है। कोई नेता-अभिनेता निकला, यातायात प्रतिबंधित हो गया। स्कूलों में बच्चों की छुट्टी हुई, सड़कों पर जाम लग गया। और कुछ न सही, शाम के वक्त भैंसों का झुंड ही पूरी सड़क घेरकर चलने लगा, तो भी आप चरवाहे से रास्ता खाली करने के लिए नहीं कह सकते। प्रजातंत्र है न! स्वतंत्रता का अधिकार सबको मिला है।"

दीपिका ने इतने लंबे वक्तव्य पर भी कोई प्रतिक्रिया न दी।

"कैसी हैं?" राजेश ने स्कूटर की चाबी को जेब में रख, पसीना पोंछते हुए पूछा।

"आपको कैसी दिखाई दे रही हूँ?" दीपिका चिढ़ गई।

मुँह से तीखा कंठस्वर निकालने के बाद ही उसे आभास हुआ कि कुशल-मंगल पूछने के एक सामान्य सवाल पर वह व्यर्थ ही चिढ़ गई। माँ सच कहती है, अपनी कुंठा के चलते वह सामान्य वाक्यों के भी मनमाने अर्थ निकालने लगी है।

पर राजेश ने उसके तीखे कंठ को पचा लिया। बोला, "हमेशा की तरह शांत, शिष्ट और शालीन। सचमुच मुझे बहुत अच्छा लगा। कई दिन से आपको लेकर चिंतित था। डर रहा था, कहीं ज्यादा परेशान न हो जाएँ। अचानक सुनामी के आ जाने से सबकुछ अस्त-व्यस्त तो हो ही जाता है।"

"ठीक कहते हैं आप।" दीपिका ऊबी दिखाई दी।

"चाय नहीं पिलाएँगी? मैं तो एक कप चाय की खातिर ही इस वक्त आपको कष्ट देने आया हूँ।" राजेश मुसकराया।

"माँ ने चाय का पानी चढ़ा दिया होगा। मैंने उन्हें आपके आने की सूचना दे दी थी।"

"घर में आपके व आंटी के अतिरिक्त और कौन-कौन है?"

"बस, हम दो लोग ही हैं।"

"कोई भाई-बहन?"

"जी नहीं। मैं इकलौती संतान हूँ।"

"तभी इतनी बहादुर हैं। आखिर माँ के लिए बेटे और बेटी की जगह आपको ही तो लेनी है।"

दीपिका चुप रही।

तभी नीलिमा चाय लेकर आ गई।

साथ में कुछ मीठे-नमकीन बिस्कुट थे।

अभिवादन के बाद राजेश के मुँह से निकल गया, "आंटी, मैं क्षमाप्रार्थी हूँ। दरअसल मुझे पता नहीं था कि घर में सिर्फ आप दो लोग हैं। यदि पता होता तो इस प्रकरण की शुरुआत में ही आपके साथ खड़ा हो जाता। भाग-दौड़ के पचास कामों में आपकी मदद कर सकता था।"

"नहीं बेटा, हमें किसी मदद की जरूरत नहीं पड़ी। हम माँ-बेटी शुरू से ही आत्मनिर्भर रही हैं, इसलिए किसी काम के लिए पुरुष का मुँह जोहने की आदत नहीं है।" नीलिमा बोली।

"फिर भी वह धमकियोंवाला मामला… क्या अब भी वह रवैया चल रहा है?"

"पैसेवाले हैं और दबंग भी। डरा-धमकाकर मुकदमा वापस लेने के लिए जोर डालेंगे ही।"

"बताइए, कहाँ रहते हैं? सेर के लिए सवा सेर बनना हमें भी आता है। चार गुंडे भेजकर बोलती न बंद करवा दी, तो क्या बात हुई! घर में सिर्फ दो औरतें हैं, इसलिए शेर बन जाते हैं।" राजेश तिलमिलाकर बोला।

"पुलिस ने तो आरोपी की गिरफ्तारी के बाद चुप्पी-सी साध ली है। तुम इस मामले में कुछ कर सको…"

नीलिमा की अधूरी बात के बीच में दीपिका झुँझला उठी, "माँ, तुम फिजूल की बात करती हो। पुलिस मदद कर तो रही है। उससे और क्या अपेक्षा है तुम्हारी? अखाड़े में दोनों दलों को खड़ा करके डंडे चलवाना चाहती हो क्या?"

नीलिमा सकपकाकर चुप हो गई। राजेश ने बीच-बचाव किया, "आंटी ठीक कह रही हैं, दीपिका। इधर से कोई बोल नहीं रहा है, इसलिए वे लोग तेजी दिखा रहे हैं। चार गुंडे भेजकर औकात में रहने की बात कह दी जाएगी, तो सारी तेजी भूल जाएँगे।"

दीपिका कुछ न बोली।

नीलिमा ने ही कहा, "अभी कुछ करने की जरूरत नहीं है। बाद में देखा जाएगा।"

"ठीक है।" कहकर राजेश ने भी यह बात खत्म कर दी।

नीलिमा चाय के जूठे प्याले लेकर चली गई।

राजेश तनिक हिचकिचाते हुए बोला, "दीपिकाजी, मेरे माता-पिता नहीं हैं। चाचा-चाची के टुकड़ों पर पला हूँ। न स्नेह मिला, न व्यावहारिक ज्ञान सीख सका। इसलिए यदि मेरी बात पसंद न आए, तो भूल जाइएगा।"

"कौन सी बात?" दीपिका ने अनमने कंठ से पूछा।

"मैंने आपको हमेशा एक मजबूत कवच के भीतर देखा है। उसे भेदकर कभी आपके हृदय तक पहुँचने की हिम्मत नहीं पड़ी। सोचता जरूर था कि आखिर यह गंभीरता है क्यों? देखने से ऐसा भी नहीं लगता कि कभी कोई ट्रेजेडी आपके साथ घटी है। उस हालत में उजाड़ उपवन जैसी दिखाई देतीं। पर चेहरे की सहज उजली मुसकान एक हँसती-महकती जीवन-बगिया की सूचक थी। कुल मिलाकर अभी

तक के छह वर्षों के साथ-साथ के कार्यकाल के दौरान आप एक पहेली रहीं, मेरे लिए।" राजेश ने मन की बात कही।

दीपिका कुछ न बोली।

"बहरहाल वह पहेली अब हल हो चुकी है।" राजेश ने बात आगे बढ़ाई, "आपके जीवन में आया पहला पुरुष वंचक सिद्ध हो चुका है और बाहर निकल चुका है। ऐसे में मैं आपके निकट आना चाहता हूँ। सिर्फ एक सच्चे और शुभचिंतक दोस्त के नाते।⋯ क्या मुझे इसकी अनुमति देंगी?"

"राजेश, क्या आप मेरी मनोस्थिति का अनुमान लगा पा रहे हैं?⋯ कदाचित् 'नहीं।' यदि लगा सके होते, तो मेरी तूफान में तिनके जैसी बहती जिंदगी को देखकर कम-से-कम इस वक्त अपना मुँह बंद ही रखते।" दीपिका ने रूखे स्वर में कहा।

राजेश खिसिया गया, "दीपिका, मैंने पहले ही निवेदन किया था कि बहुत अव्यावहारिक इनसान हूँ।"

"मैं इस वक्त चारों तरफ से संकटों में घिरी हूँ। घुप्प अँधेरे में हाथ-पाँव पटक, रास्ता तलाशने की नाकाम कोशिश कर रही हूँ। क्या ऐसे में किसी दोस्त और उसकी दोस्ती के बारे में सोचने की मेरी मनोस्थिति होगी?"

"संकट की घड़ी में ही तो सच्चे दोस्त की पहचान होती है।" राजेश तपाक से बोला, "किसी की दोस्ती को परखने का यही उपयुक्त मौका है। आप मुझे परखकर तो देखिए!"

"सॉरी! मुझे इस वक्त ऐसे किसी काम में रुचि नहीं है।"

"किसी दोस्त से धोखा खाने के बाद दोस्ती के नाम से ही बिदकने लगना समझदारी नहीं है। एक फरेबी डॉक्टर के कुकृत्य का बदला क्या पूरी पुरुषजाति से लेंगी? इस दुनिया में यदि बुरे लोगों की भरमार है तो निश्चय ही कुछ अच्छे लोग भी हो सकते हैं। जो बगैर कोई प्रतिदान चाहे आपकी मदद के लिए तैयार हों।⋯ यकीन मानिए, मैं उन्हीं में से एक हूँ।"

"ठीक है, मैंने मान लिया। जब जरूरत होगी, आपसे मदद के लिए जरूर कहूँगी, पर इस समय मुझे ऐसी कोई आवश्यकता नहीं है।⋯ बहुत थक गई हूँ। आप अन्यथा न लें, तो मुझे अकेला छोड़ दें। कुछ देर अपने कमरे में जाकर आराम करना चाहती हूँ।" दीपिका उठकर खड़ी हो गई।

तभी नीलिमा कमरे में आकर बोली, "मैंने तुम लोगों की बातचीत का आखिरी अंश सुन लिया है। कुछ कहना चाहती हूँ।"

"ठीक है माँ, तुम कहो। मैं अपने कमरे में जा रही हूँ।" दीपिका बोली और वहाँ से निकल गई।

राजेश अबूझ-सा उसके जाने की दिशा में देखता रहा। नीलिमा ने आगे बढ़कर राजेश का हाथ पकड़ लिया, "बेटा, हम माँ-बेटी इस वक्त सचमुच बहुत बड़ी विपदा में हैं। ऐसे में तुम्हारा मददगार बनने का प्रस्ताव हमारे लिए किसी ईश्वरीय वरदान से कम नहीं है। तुम अपना मोबाइल नंबर दे दो, मैं लगातार तुम्हारे संपर्क में रहूँगी। कोर्ट-कचहरी के न जाने कितने चक्कर अभी हमें लगाने होंगे। मुदकमा न जाने कब तक खिंचेगा। ऐसे में तुम्हें अपने साथ खड़ा देखकर हमारी हिम्मत बढ़ेगी।"

"जी आंटी। इसीलिए तो मैं आया हूँ। मेरा कार्ड लीजिए। इस पर घर का पता, मोबाइल नंबर, सबकुछ लिखा है। जरूरत पड़ने पर आधी रात को भी निस्संकोच याद करेंगी, तो मुझे खुशी होगी।"

"ठीक है बेटा।" नीलिमा कार्ड थामते हुए बोली।

राजेश वर्मा के जाते ही दीपिका अपने कमरे से निकलकर भभक उठी, "तुम्हें उसका कार्ड लेने की क्या जरूरत थी ?"

"सामान्य शिष्टाचार के नाते उसने मदद करने की बात कही। वही शिष्टाचार दिखाते हुए हमें भी विनम्रता से मदद के लिए धन्यवाद देना जरूरी था। न मैं मदद माँगने जा रही हूँ, न वह हमारे आगे-पीछे दौड़ने के लिए उतावला है। सिर्फ तुम बेबात कुढ़ी जा रही हो।" नीलिमा को सख्त रुख अपनाना पड़ा।

परिणाम अनुकूल मिला।

दीपिका बड़बड़ाती हुई अपने कमरे में घुस गई।

रात को खाने की मेज पर माँ-बेटी में एक बार फिर झड़प हो गई।

दीपिका कटु स्वर में बोली, "माँ, तुम बेवकूफ हो। राजेश के आने और मदद के लिए खुद को प्रस्तुत करने का प्रयोजन नहीं समझ सकीं।"

"मैं बेवकूफ नहीं हूँ।" नीलिमा इस बार शांति से बोली, "मैंने दुनिया देखी है। जानती हूँ, वह तुम्हारे जीवन में मनोज के रिक्त हुए स्थान को भरना चाहता है। पर इसमें गलत क्या है ? सतीत्व को लेकर पुरानी मान्यताएँ अब बदल चुकी हैं। यदि तुम्हारे साथ लंबे चौदह साल प्यार का नाटक करने और पूरे छह साल देह संबंध रखने के बाद भी मनोज एक डॉक्टर लड़की से शादी रचाने चल सकता है तो उसी स्थिति में रहकर तुम क्यों नहीं दूसरा जीवनसाथी पा सकतीं। राजेश कई साल से

तुम्हारे साथ काम कर रहा है। तुम्हारे गुण-दोषों के साथ तुम्हें स्वीकार करने का इच्छुक है, तो इसे इक्कीसवीं सदी की परिवर्तनवादी लहर समझो।"

"माँ!" दीपिका का गला भर आया।

नीलिमा ने उसे गले से लगा लिया, "बेटी, वह सिंदूर की डिबिया हाथ में लेकर तुम्हारी माँग भरने तो नहीं आया था। सिर्फ आश्वस्त करने आया था कि तुम अकेली नहीं हो, गुनहगार भी नहीं हो और इस हादसे से उबरने के बाद उसे जीवनसाथी बनाने के बारे में सोच सकती हो।··· समाज के इस सुखद बदलाव का तुम्हें आँसू बहाकर नहीं, मुसकराकर स्वागत करना चाहिए।"

दीपिका के हृदय का उद्वेग मिट गया।

उसने शांत मन से भोजन की थाली की तरफ हाथ बढ़ा दिया।

□

तीन दिन बीत गए।

दीपिका और नीलिमा का जीवन पहले की तरह ढर्रे पर आ गया। नीलिमा तो वैसे ही परिपक्व आयु की समझदार महिला थी, इसलिए उसने घर और विद्यालय को कभी भी एक नहीं होने दिया था। विद्यालय पहुँचकर एक अनुशासनप्रिय मुख्य अध्यापिका के रूप में ढल जाती और नौकरी के बाद घर लौटकर एक व्यस्त गृहिणी के चोले में घुस जाती। दोनों रूपों में सफल थी वह और कभी उसका एक रूप दूसरे के मार्ग की बाधा नहीं बनता था, इसलिए सप्ताह भर बाद विद्यालय पहुँचने पर भी उसे स्कूल के दैनिक कार्यकलाप सँभालने में कोई असुविधा नहीं हुई। दो-एक वरिष्ठ अध्यापिकाओं ने पूछा जरूर, "बहनजी, अब सबकुछ ठीक है न? अचानक सामने आ गई समस्या का इससे बेहतर ढंग से मुकाबला नहीं किया जा सकता था।"

"जी हाँ।" नीलिमा ने अति संक्षिप्त उत्तर देकर विषय बदल लिया। बेटी के रेप-प्रकरण पर बात करने में उसने इतना हिमशीतल भाव रखा कि सामनेवाली खुद-ब-खुद चुप हो गई।

पर दीपिका के साथ ऐसी हालत न थी। वह डरी-सहमी अवस्था में बैंक पहुँची थी। भयभीत थी, लोगों के उलटे-पुलटे सवालों का कैसे जवाब देगी? सवालों को छोड़ो, उनकी बेधती निगाहों का कैसे सामना करेगी?

डर-ही-डर थे। न जाने कितने डर। पर एक बार बैंक के भीतर पाँव रखते ही सारे डर न जाने कहाँ गायब हो गए। वही रोज का जाना-पहचाना बैंक था। द्वार पर

बैठे चौकीदार की अभिवादन करने की वही पुरानी शैली थी। अपनी वही सीट थी, वही मेज-कुरसी-दराज थी और वही कंप्यूटर था। आने-जानेवाले लोगों के वही जाने-अनजाने चेहरे थे, जो किसी-न-किसी काम के सिलसिले में सामने खड़े थे।

बैंक में पहुँचते ही सबसे सामान्य रूप से दुआ-सलाम के बाद वह अपनी कुरसी पर बैठ गई और काम में इतनी व्यस्त हो गई कि सारे तनाव, सारे सिरदर्द दिमाग से निकल गए। लंच टाइम में सहकर्मी सुनीता अपना टिफिन लेकर आ गई और दोनों ने साथ बैठकर खाना खाया। राजेश वर्मा कुछ ज्यादा ही आत्मीय चेहरा लिये सामने आया और मुसकराकर बोला, "कैंटीन चलती हैं? कॉफी पीने?"

सुनीता ने सिर हिला दिया, उठ खड़ी हुई। उसे भी उठना पड़ा।

दो-एक लोगों ने एकदम सामान्य कंठ से पूछा, "दीपिकाजी, और सब ठीक है?"

"जी हाँ।" उसने भी सामान्य रूप से जवाब दे दिया।

लंच के बाद भी हमेशा की तरह व्यस्तता बनी रही और बैंक बंद होने का समय आ गया।

बाहर निकलकर अपनी स्कूटी स्टार्ट करते हुए, उसने हैरत और संतोष भरे मन से सोचा था—अरे, वह व्यर्थ ही बैंक आने से डरती थी। यहाँ आकर अपनी उन परेशानियों को भूलने का मौका मिला, जिनकी घर बैठकर जुगाली करती रहती। बैंक तो कोई हौवा था ही नहीं। बस, जब पहला दिन ही राहत दे गया, तो उसके बाद किसी तनाव का सवाल क्या उठता? तीन दिन बीतने के बाद वह तन-मन से काफी सामान्य हो गई। उसने अपने सहकर्मियों को हार्दिक धन्यवाद दिया, जिन्होंने उसके जख्म कुरेदने का कोई प्रयास नहीं किया था और उसे सामान्य होने में भरपूर सहयोग दे रहे थे।

तीसरे दिन बैंक से लौटने पर चाय की चुस्कियों के बीच जब माँ-बेटी इधर-उधर की बातें कर रही थीं और 'मुकदमे' को सप्रयास अपनी बातों के बीच आने से रोक रही थीं, अचानक दरवाजा खटका। कॉल बेल के इस्तेमाल के बजाय दरवाजे पर थाप देनेवाले इने-गिने लोग ही थे। नीलिमा चौंकी, "शायद सावित्री ताई हैं?"

दरवाजा खोलने पर सचमुच ताई ही निकलीं।

"आओ ताई, इस समय अचानक कैसे आना हुआ?" नीलिमा ने चौंककर पूछा।

"दीपिका के पास कुछ देर बैठने के लिए आई थी। मैंने उसे बैंक से लौटते

देखा था। सोचा, चाय-वाय पी ले, कुछ देर आराम कर ले, तब चलूँ। थकी-हारी घर लौटी बच्ची का दिमाग चाटने तुरंत न पहुँचूँ।"

"कैसी बात करती हो ताई?" दीपिका ने ड्राइंगरूम में आते हुए उलाहना दिया, "आप और दिमाग चाटोगी?··· सच, आपके पास बैठकर तो बड़ा सुकून मिलता है। छोटी थी, तब से आपकी गोद में पली-बढ़ी हूँ। स्कूल जाते समय माँ मुझे आपके पास ही तो छोड़ जाती थीं। कितना सताती थी आपको? दोपहर में दो मिनट भी आराम नहीं करने देती थी। आपका वह प्यार मेरे लिए अनमोल है, ताई। जिंदगी भर याद रहेगा।"

बात खत्म करते-करते दीपिका भावुक हो गई। आँखों में आँसू छलक आए, "इतना प्यार करनेवाली ताई को मैंने कितना दुःख पहुँचाया है, जानती हूँ। आपने मुझे बचपन से ही अच्छी बातें सिखाईं और सही राह पर चलने को कहा। आपने मेरे ऊपर हमेशा भरोसा किया। पर मैं गलत राह पर चली और आपका भरोसा भी तोड़ दिया। सच ताई, अपने आपको मैं कभी माफ नहीं कर पाऊँगी।"

"तूने मुझे सच्ची खुशी दी है, बिटिया। जो किया है, वह मेरे लिए और कोई नहीं कर सकता था।" सावित्री ताई गद्गद होकर बोलीं।

"क्या कहती हो, ताई?" दीपिका अचकचा उठी।

"हाँ बिटिया, तू बचपन से ही बड़ी मोहक रही है। मैं अपने साथ मंदिर ले जाती थी, तो राह चलता अजनबी भी बुलकारे बिना नहीं रहता था। कोई गाल थपथपाकर आगे बढ़ जाता, तो कोई आशीर्वाद देने के लिए सिर पर हाथ धर देता। उसी उम्र से तू मुझे खुशी देती आई है। आज तक दे रही है।"

"ताई, मुझे लज्जित मत करो। आपने मुझे संस्कार देने चाहे। दिए भी। लेकिन मैं अभागी उन्हें सँभालकर न रख सकी। गाँठ की वह जमा-पूँजी, राह-बाट में न जाने कहाँ गिरा आई।··· मैं सचमुच शर्मिंदा हूँ ताई। तारीफ करके मुझे और छोटा मत बनाओ।"

"क्यों शर्मिंदा है बच्ची? तूने कोई गलत काम किया है क्या? हाँ, अगर उस मुँहझौंसे की दगाबाजी को चुपचाप पचा जाती, समाज के सामने न लाती, तो मैं तुझे अपनी वही भोली-भाली नादान गुड़िया मानकर प्यार भले ही करती रहती, पर वह इज्जत न दे पाती जो आज दे रही हूँ।"

"क्या कहती हो ताई? तुम्हें··· आपको सारा घटनाक्रम जानने के बाद भी मुझसे घृणा नहीं है?"

"पुरुषों की लंपटता से जुड़ी हकीकतें और कड़वी सच्चाइयाँ क्या होती हैं, इसे मुझसे ज्यादा कौन जानता होगा? इसीलिए तो इस वक्त साँझ के झुटपुटे में तेरे पास अपना दिल खोलने आई हूँ। कई दिन दुविधा में रही, कहूँ या न कहूँ? लंबे 75 सालों से जो राज अपने सीने में दबाए हूँ, उनके बारे में उम्र के इस पड़ाव पर भी मुँह न खोलूँ। लेकिन बाद में लगा कि यदि इन भोगे हुए पलों को लेकर चिता पर चढ़ जाऊँगी, तो मेरी आत्मा मरने के बाद भी फड़फड़ाती रहेगी। इसलिए मेरे पाँव खुद तेरे दरवाजे पर आ गए। मेरी जुबान खुद सबकुछ कहने के लिए मचल उठी है।" कहते-कहते सावित्री ताई बड़ी दयनीय दिखाई दीं।

दीपिका ने बड़ी कोमलता से उनकी झुर्रीली हथेली थाम ली। आश्वस्त करते हुए कहा, "मन का बोझ हलका कर दो, ताई। मैं आपकी गोद में खेली वही दिप्पी हूँ, जिस पर आपने हमेशा भरोसा किया है। सच कहती हूँ, आप अपने बेटे-बहुओं, नाती-पोतों-परपोतों और उनके पत्नी-बच्चों के लिए ही नहीं, पूरे नौबस्ते के लिए वटवृक्ष की तरह हैं। मोहल्ले के हर निवासी ने अपने हर सुख-दुःख में हमेशा आपका मुँह जोहा है। मुझे तो यकीन ही नहीं होता कि आपके भीतर भी कोई झंझावात छिपा है, लेकिन अगर है तो उसे बाहर निकालकर मन हलका कर लीजिए।"

□

8

कुछ पल मौन छाया रहा।

ताई खुद को सुस्थिर करती रहीं और दीपिका ने उन्हें इसके लिए समय दिया। नब्बे वर्ष से ऊपर की ताई को लगभग एक शताब्दी पूर्व की घटनाओं को तारतम्य से बैठाने में वक्त लगना ही था। अंततः यादों के भँवर से बाहर आकर बोलीं, "बहुत बड़े जमींदार घराने की बेटी थी मैं। लोककथाओं में जैसी सुनी जाती है, वैसी ही सात भाइयों की इकलौती बहन। माँ-बाप की बेहद लाड़ली और सातों बड़े भाई-भाभियों की आँखों का नूर। गाँव की जिंदगी थी और मैं उस जिंदगी का बूँद-बूँद रस पीने वाली नन्ही-सी एक उड़ती हुई तितली।"

कुछ ही क्षणों में सावित्री ताई पुरानी यादों में पूरी तरह डूब चुकी थीं। दीपिका की आँखों के सामने सिनेमा की रील की तरह वे सारी तसवीरें एक-एक करके आती जा रही थीं—

सुबह लोटा भर छाछ के साथ चार-पाँच बासी रोटियों का कलेवा करके सातों भाई खेतों की तरफ निकल जाते थे। सारा काम हलवाहे करते थे, पर उनके काम पर निगाह रखने के लिए भाइयों का सुबह से ही खेतों पर पहुँचना जरूरी रहता था।

इसी तरह गोशाला में गाय-भैसों के चारा-सानी, दूध दुहाने, चराने के लिए जंगल की तरफ ले जाने के लिए भी नौकर था, पर उसके काम पर निगाह रखने का काम बाबूजी ने अपने हाथ में ले रखा था। उपलों की आँच में दुधाड़ी में दूध औटाना, रात को हाँडी में जमाए गए दही को बिलोकर मक्खन निकालना जैसे दूध-दही के काम अम्माँ के जिम्मे थे। सातों भाभियाँ घर की झाड़ू-बुहारी और रसोई के कामों में व्यस्त हो जाती थीं। बचती थी बालमंडली और उनके हर उधम में आगे रहनेवाली सावित्री। बच्चे उसे 'सवि बुआ' कहते थे और सुबह होते ही हाथ पकड़कर खींचने लगते थे, 'बाग में चलो। खेतों में चलो।'

हाँ, खेत और बाग-बगीचे बच्चों के वे तीर्थ थे, जहाँ वे सुबह होते ही पहुँच

जाना अपना धर्म समझते थे। कई एकड़ जमीन में फैले खेत और आम-अमरूद-जामुन के बाग बच्चों की निंदियाई आँखों में रात को सोते समय छाए रहते थे, रात भर सपनों में सजे रहते थे और सुबह होते ही उड़कर वहाँ पहुँचने के लिए पाँवों में पंख लगा देते थे। घर में नाश्ता-पानी की किसे जरूरत थी! खरबूजों की फसल हुई तो खेतों से पके खरबूजे तुड़वाए, कटवाए और वहीं बैठकर खाए। आलुओं की खुदाई होती देखी, तो वहीं उपलों पर भुनवाकर सोंधे-भुने आलुओं का हरी मिर्च-कच्ची अमिया की चटनी पिसवाकर भोग लगाया। और आम-जामुन के मौसम की तो बात ही क्या! मीठे-रसीले कलमी और देशी आमों पर टूटने के बाद बच्चों को किसी और कलेवे की चिंता ही नहीं रहती थी। ऐसे दिनों में घर का खाना रुचा था किसी को? बैसाख-जेठ की भरी दुपहरी में भी लू-लपट के झोंकों की अनदेखी करके बागों में घूमते रहते थे। घर पहुँचकर, चार निवाले पेट में डालकर दोपहर के भोजन की रस्म-अदायगी की और फिर शुरू हो गया गाँव की गलियों का वही चक्कर।

दस-ग्यारह बरस की सावित्री सबकी अगुआ रहती थी। उसकी सुपुर्दगी में सातों भाभियाँ भी अपने बच्चों की तरफ से निश्चिंत हो जाती थीं।

और रात्रि का भोजन?

बाप रे! भोजन कम, झमेला ज्यादा रहता था वह।

खेतों से लौटकर ढाई-तीन बजे तो भाइयों का दोपहर का भोजन निपटता था। उसके बाद कुछ देर आराम करके चौपाल में मंडली जुटती थी। दिन भर के कामकाज से अघाए मर्द कभी आल्हा के सुरों में डूबते, कभी रसिया की तान छेड़ते और कभी बिरहा की तानों में बेसुध हो जाते। बूढ़े रमई काका कथक्कड़ थे। नल-दमयंती, सीताहरण, हीर-राँझा, शीरीं-फरहाद और लैला-मजनूँ की कहानियाँ ऐसी अद्भुत भाव-भंगिमाओं के साथ सुनाते कि सुननेवाले उन्हीं भावों में बहने लगते। घर की औरतें जानती थीं कि रात ग्यारह बजे से पहले कोई महफिल छोड़कर भोजन के लिए नहीं उठेगा, इसलिए वे भी रात का खाना चढ़ाने में इतना आलस कर देती कि तारों की छाँव में ही लालटेन की रोशनी में सब्जी छौंकने के लिए उठती थीं।

इधर दिन भर हुड़दंग मचाकर थकी बाल मंडली भला आधी रात तक भोजन के इंतजार में कैसे जग सकती थी? यों भी शाम होते ही बड़े से कच्चे आँगन में छिड़काव होने के बाद चारपाइयाँ बिछा दी जाती थीं। सिरहाने तकिया और पैताने एक चादर रखकर बालक-वृंद गहरी नींद में डूब जाता। खाना तैयार हो जाने पर

जब उन्हें भोजन के लिए जगाया जाता, तो कोई उठने के लिए तैयार न होता। अम्मा की डाँट के बाद ही बच्चे नींद की खुमारी से भरे हुए उठते। सिर कभी दाएँ झूलता कभी बाएँ, आँखें रह-रहकर मुँद जातीं और सामने रखी थाली से रोटी का गस्सा तोड़कर, सब्जी में डुबोकर मुँह तक पहुँचाना दूभर हो जाता। जैसे-तैसे ही रात्रि-भोजन की खाना पूरी होती थी और सुबह होते साथ फिर वही हुड़दंग था ही!

सोने के दिन थे और चाँदी की रातें।

ऐसा मस्ती भरा बचपन बिताते हुए एक दिन ग्यारह साल की सावित्री के कानों में यह वाक्य पड़ा कि इसी बैसाख में उसका ब्याह है। भतीजों-भतीजियों की पलटन मुदित हो उठी, "सवि बुआ, तुम ससुराल जाओगी?"

सावित्री चिढ़ जाती, "ससुराल जाएगी मेरी जूती। तुम्हें ज्यादा शौक है तो तुम्हीं न ससुराल चली जाओ। मैं तो अपने गाँव में रहकर ही भली हूँ।"

पहले और दूसरे नंबर की भाभियों की दो-दो बेटियाँ ससुराल जा चुकी थीं। उन्हें नए गहने-कपड़ों में सजी देखकर सावित्री ललचाई भी थी, पर उसका चाव सिर्फ जेवरों-साड़ियों तक था। घर में मेहमान आएँ, ढोलक बजे, धूमधाम हो और उसे भर संदूक नई साड़ियाँ मिल जाएँ, बस इतना काफी है। इसके बाद किसी ससुराल-वसुराल के नाम पर उसे रुचि न थी।

पर कहीं ऐसा भी होता है क्या?

शादी हो और ससुराल न जाना पड़े?

इस मामले में उसका नसीब चारों भतीजियों जैसा भी न रहा। उनकी शादी दस-ग्यारह साल की उम्र में भले ही हो गई हो, गौना तीसरे या पाँचवें साल में हुआ था। ब्याह के बाद भी वे मायके की गलियों में कुलाँचें भरती दौड़ी थीं।

पर ग्यारह बरस की सावित्री तो ब्याह होते ही आनन-फानन लढ़ा पर बिठाकर विदा कर दी गई। उसकी ससुराल में गौने पर आई किसी बहू के साथ असगुन हो गया था, इसलिए यह रीति समाप्त कर दी गई थी। ब्याह के साथ ही लौट-पटा की रस्म कराकर बहू विदा करा ली जाती थी।

माँ-बाप और भाई-भाभियों ने इतनी छोटी बालिका को ससुराल भेजने में आपत्ति जताई, पर कन्यादान के बाद बेटी पर उनका वश ही कहाँ रहा था? पराई वस्तु को उसके नए मालिक की इच्छानुसार सौंपना पड़ गया।

सावित्री ससुराल पहुँची।

लढ़ा से उतारी गई तो भारी-भरकम लहँगे की वजह से धरती पर पाँव धरते न

बना। उस पर गोटे-सितारों जड़ी ढाई गज की ओढ़नी क्या कम बवाल थी? वह तो घर की औरतें दोनों हाथों से थामकर द्वार पर परछन की रस्म पूरी करवाने के बाद भीतर ले गईं, तो वह चली भी गई, वरना कहीं भी देहरी-चौखट से टकराकर मुँह के बल गिरने में क्या संशय था? दो-चार दाँत उसी समय पार लग जाते, तो बहू की मुँह दिखाई के वक्त सब माथा पीटकर रह जाते!

भीतर पहुँचकर किन-किन रस्मों के मकड़जाल में फँसना पड़ा, वह सब उसे याद नहीं। याद हैं उन दिनों के सिर्फ दो-चार अनुभव। हवेली यहाँ भी खूब लंबी-चौड़ी थी, पर नई बहू के बैठने-उठने के लिए सिर्फ एक अँधेरी कोठरी नियत थी। कोठरी में कोई खिड़की न रोशनदान। सूरज की किरणों के झाँकने या चाँदनी के साथ मुसकराकर बतियाने का कोई सुभीता नहीं। कोठरी में एक चारपाई बिछी जरूर थी, पर बहू को जमीन पर पड़ी चटाई पर ही बैठना होता था। कोठरी के भीतर अकेले में भले घूँघट सरककर नाक तक आ जाए, पर किसी ससुरालीजन के पाँव धरते ही फौरन खींचकर हाथ भर का करना होता था। इसमें जरा भी गफलत होते ही 'फूहड़', 'बेहया', 'बेपरदा नार' जैसी उपाधियों से तत्काल नवाजा जाता था। चूँकि रात को सास के पलंग के पास ही उसकी चारपाई बिछती थी, इसलिए सुबह नित्य क्रिया के लिए पहली आवाज पर ही जागना लाजिमी था। आँखें मलते हुए, हाथ में लोटा लिये, लंबा घूँघट निकाले हुए पाँव जब खेतों की ओर बढ़ते, तो रस्सी पर चलते नट-नटनी जैसी सावधानी जरूरी थी। जरा भी ध्यान बँटा, तो अँधेरे में मेंड़ के नीचे पाँव पड़ना और लड़खड़ाकर गिरना अवश्यंभावी था। जैसे-तैसे फारिग होकर घर लौटती, तो एक किला फतह कर लेने की खुशी चेहरे पर चमक उठती थी।

नहा-धोकर एक बार कोठरी में घुस जाने के बाद ग्यारह बरस की सावित्री की दुनिया उसी में सिमटकर रह जाती थी। सुबह सूरज कब निकलता, उसे पता न चलता। आषाढ़, सावन में काले-कजरारे मेघ आसमान पर कब छाए, वह जान न पाई। बिजली की कड़क, बादलों का गर्जन और वर्षा की झड़ी ही उसके कानों में चुपके से बरसात के आगमन की सूचना न दे गई होती तो वह ऋतु परिवर्तन भी कैसे जान सकती थी?

अपने खानपान को लेकर भी नई बहू का डरना-सहमना वाजिब था। कहाँ तो शादी से पहले पूरा गाँव उसका अपना घर था। दूर के नाते की चाची-ताई के आँगन में भी खड़ी हो जाने पर हाथ में चार मठरियाँ या बेसन के दो लड्डू धरे जाने तय थे, पर ससुराल में दो रोटियों से ज्यादा पेट में डालने की हिम्मत न पड़ती। पेट

में कुलबुलाती भूख को परे धकियाते हुए, सामने रखी थाली खिसका देनी होती थी। एक दिन तीसरी रोटी क्या माँग ली, बाद में सुनना पड़ा था, "किस भुक्खड़ घर से आई है कि इसका पेट ही नहीं भरता! वैद्यजी से कहकर भस्मक रोग के इलाज की दो पुड़िया दिलानी पड़ेंगी।" बस, उस दिन से सुबह-शाम की अपनी उन्हीं दो-दो रोटियों पर लौट आई थी वह।

लेकिन इसके बाद भी दुर्भाग्य ने पीछा नहीं छोड़ा था। एक दिन थाली में धरी उड़द की दाल की कटोरी में पहला ग्रास डुबोकर खाने के साथ ही पता चल गया था कि दाल कच्ची है। फिर भी डर के मारे उसने पूरी खत्म कर दी। बाद में पता चला कि हर किसी ने वह दाल थाली में छोड़ दी थी। चूँकि नई बहू ने खा ली, इसलिए प्रतिक्रिया दी गई थी, "बाप रे! ऐसी पेटू बहू घर में आज तक नहीं आई थी। ऐसा लक्कड़-पत्थर हजम हाजमा है, तभी तो इसे पच भी जाएगी।"

पर पेट उस दाल को पचा नहीं पाया था।

थोड़ी देर में ही पेट में ऐंठन शुरू हो गई थी।

संयोग से छह-सात बरस की एक लड़की इस बीच कोठरी में आई। उसे देख वह गिड़गिड़ा उठी थी, "मुझे बाहर ले चलोगी?"

"काहे?" लड़की की भौंहें चढ़ गई थीं।

झिझकते हुए उसने बात बताई, तो लड़की साफ मुकर गई थी, "भाभी, इसके लिए तो तुम्हें अँधेरा होने का इंतजार करना होगा। अभी तो बाहर निरे सारे आदमी घूम रहे होंगे। तुम्हें किसी की लाज नहीं है क्या? हाथ में लोटा लेकर निकल सकोगी?"

इधर पेट में भयंकर ऐंठन, उधर बित्ते भर की एक लड़की की गज भर की जबान! थोड़ी देर में सासूमाँ भीतर आकर ताना दे गई थीं, "इसीलिए कहते हैं कि उतना ही खाया करो, जितना पेट माँगे। माल ससुराल का है, पर पेट तो तुम्हारा ही है, बहू!"

इसके बाद क्या किसी स्वाभिमानी इनसान से एक गस्सा भी गले के नीचे उतारा जा सकता था? पर पेट की आग असह्य होती है, इसलिए उसे बेहया बनकर अगले दिन फिर थाली की तरफ हाथ बढ़ाना पड़ा था।

□

सुनते-सुनते सिहर उठी दीपिका।

काँपकर बोली, "उस जमाने में औरतों की यह हालत थी?"

ताई के होंठों पर एक कसैली हँसी दौड़ गई।

आवाज में दर्द छलक उठा, "तुम लोग खुशनसीब हो बेटी, जो खुली हवा में साँस ले रही हो। पढ़-लिखकर नौकरी कर रही हो। अपने बारे में निर्णय करने के लिए स्वतंत्र हो। हमारी पीढ़ी में तो खाती-पीती ससुराल में भी औरत होने की सजा भुगतनी पड़ती थी। क्या-क्या याद करूँ, सोचकर ही रोंगटे खड़े हो जाते हैं।"

बात सच थी।

मुक्त परिंदे की तरह गाँव-खेतों, बाग-बगीचों में उड़नेवाली ग्यारह बरस की बच्ची को जेल-जीवन की यातना झेलनी पड़ रही थी। कहाँ तो नंगे पाँव सारे गाँव में दौड़ती फिरती थी, इस उस चाची-ताई के हाथ के पुए-गुलगुले खाकर नाक तक तनी रहती थी और कहाँ पेट भर भोजन तक के लिए तरस गई थी। भोर की उजास से नहाने और पूनम की चाँदनी को पीने के नाम पर मन मसोसकर रह जाती थी। बैसाख में शादी हुई थी। जेठ-आषाढ़ बीतने के बाद सावन आ गया। ससुराल की कोठरी में बैठी हुई, मल्हार के स्वरों के लिए कान लगाए रहती। जानती थी, चबूतरे पर नीम के पेड़ की मोटी शाख पर झूला पड़ा है। नन्ही बच्चियाँ दिन भर उस पर झूला करती हैं। साँझ के झुटपुटे में आसपास के घरों की पीहर आई युवतियाँ ऊँची पेंगों के साथ समवेत कंठ से मल्हार गाती हैं। सुनकर तड़प उठता था उसका मन। शादी से पहले के दिन याद आ जाते थे। ऐसा ही झूला उसके यहाँ भी पड़ता था। दिन भर बालक-वृंद पटरे पर जमा रहता था। तारों की छाँव में इक्की-दुक्की भाभी लजाती-सकुचाती झूलने के लिए बाहर निकल आती थी। शायद उसके अम्माँ-बाबूजी अपनी बहुओं के लिए उदार रहे होंगे, तभी भाभियों को यदा-कदा यह आजादी मिल जाती थी। वैसे ज्यादा भीड़ आसपास की उन ब्याहता जीजियों की होती थी, जो सावन माह में पीहर आई होती थीं। उनके रसीले कंठ के साथ वह भी गीतों में अपना बचकाना गला मिला देती थी।

ससुराल की कोठरी में बैठे हुए, वे गीत अनायास नई बहू सावित्री को याद आ जाते। बिना होंठ हिलाए, बेआवाज वह मन-ही-मन गुनगुनाती रहती, 'अमवा तले डोला धर दे मुसाफिर, सावन की आई बहार रे।'

गीत की कड़ियाँ एक-एक करके याद आतीं—

'कौन कहे बेटी सब दिन अइयो, कौन कहे हर साल रे,
कौन कहे अइयो मुंडन-छेदन, कौन कहे क्या काम रे।'

बस, भावोद्वेग से भर उठता था मन। आगे गाने की जैसे हिम्मत ही नहीं रहती।

फिर भी वह नि:शब्द गुनगुनाती थी—

'अम्माँ कहे बेटी सब दिन अइयो, बाबुल कहें हर साल रे
भइया कहे अइयो मुंडन-छेदन, भाभी कहे क्या काम रे।'

गीत के अंतिम बंद तक आते-आते आँखें झर-झर बरस उठती थीं। पीहर का सुख सपना जो हो चुका था। उसे हैरत होती, उसी की उम्र की जेठानियों की बेटियाँ सारा दिन घर-आँगन में दुधमुँही बनी डोलती हैं और वह सात फेरों के 'प्रताप' से बाकायदा औरत बना दी गई है। लंबे घूँघट में पसीना-पसीना हुई निश्चल बैठी रहती है।

उस वक्त गाँव में बिजली थी ही कहाँ?

सरकंडों से बना बिजना हाथ से डुलाती रहती और थक जाने पर नीचे धर देती। अगले ही पल भारी-भरकम साड़ी में लिपटी देह पसीने से लथपथ हो जाती।

गरमी के दिन उसके गाँव में भी रहते थे। पर वहाँ अपनी सखी-सहेलियों संग वह पानी से भरे तालाब में कूद जाती थी। घंटों हंसिनी की तरह कुलेलें करती रहती, मछली की तरह तैरती रहती। सहेलियों पर अँजुरी भर-भर पानी उलीचती और सब मिलकर हँसती-खिलखिलाती हुई विकट-से-विकट गरमी को भी मात दे देती थीं। पर यहाँ···

क्या याद करना बंदिश के उन दिनों को! पर भुलाना भी तो आसान नहीं है।

एक दिन पड़ोस के किसी घर से गीतों का बुलावा आया, तो अपनी कोठरी में बैठी सावित्री खुशी से बौरा उठी थी। उसे तो ढेरों गीत याद हैं। ढोलक भी कैसी ठनकदार बजाती है। नाचने में भी उसका कोई मुकाबला है क्या? सासूमाँ जाने का इशारा भर कर दें, वह पड़ोस के गीतों के कार्यक्रम में जाकर अपनी धाक जमा देगी।

पर किसी ने उससे जाने के लिए कहा ही नहीं।

मन को सँभालना जब मुश्किल हो गया, तो वह खुद बोल पड़ी, "अम्माँजी, पड़ोस के यहाँ से गीतों का बुलावा आया है?"

"हाँ, लड़का हुआ है न! छठी पर ढोलक बजेगी।"

"अपने यहाँ से कौन-कौन जाएगा?"

"रन्नो-शन्नो को गाने-बजाने का बड़ा शौक है। वही चली जाएँगी।"

"मुझे भी बहुत शौक है। साथ में चली जाऊँ?" वह बोल पड़ी तो सास की आँखों में हिकारत उतर आई थी, "नई बहू को छुट्टा घूमने का ऐसा चाव? गाँव में हमारी थुक्का-फजीहत कराओगी क्या?"

सकपकाकर नीचे देखने लगी थी वह।

इसके बाद घर से निकलने का नाम नहीं लिया। दिन-पर-दिन, हफ्ते-पर-हफ्ते, महीने-पर-महीने निकलते गए, वह गुमसुम बनी रही।

फागुन आया तो एक बार फिर मन में उमंगें मचल उठीं। उसे मालूम था, पहली होली पर उसे मायके जाने को मिलेगा। लिवौआ आए, तो सूचना पाकर वह मगन हो उठी। एक बक्से में अपना सामान न जाने कब से सजाए बैठी थी। पर सास ने आग बरसती आँखों से उसे झुलसाते हुए बक्सा झपट लिया, बोलीं, "खोलकर दिखाओ, क्या-क्या साथ लेकर जा रही हो?"

सहमती बहू ने बक्से की चाभी सास को थमा दी। उसे खोलकर देवीजी ने सारी साड़ियाँ फिर से तेज झपट्टा मारकर उठा लीं। तीखे कंठ से विषैले तीर ऊपर से बरसाए, "पीहर से तो नंगी-बूची आई थीं, यहाँ की साड़ियाँ क्या भौजाइयों को बाँटने के लिए ले जा रही हो?"

अचकचा उठी थी वह।

अम्माँ-बाबूजी ने कितने चाव से एक बड़े बक्स में उसके दहेज की साड़ियाँ धरी थीं। देखकर भौजाइयाँ जल-भुन गई थीं। दोनों बड़ी भाभियों को शिकायत थी कि उनकी बेटियों की शादी में तो इस तरह हाथ खोलकर पैसा नहीं खर्च किया गया, फिर इस सवित्तर की शादी में ऐसा क्यों हो रहा है? अम्माँ का तर्क था, "सात भाइयों की पीठ पर जनमी इकलौती बिटिया है हमारी। तुम्हारी बेटियों से इसकी कोई बराबरी है क्या?"

पर वे साड़ियाँ कितने दिन उनकी बेटी के बक्स में रह पाई थीं?

ससुराल आते ही सास ने बक्स खुलवाकर सारी साड़ियाँ निकाल लीं और ब्याह में आई अपनी बहन-बेटियों को दरियादिली से बाँट-बूँटकर छुट्टी कर दी। रोजमर्रा के इस्तेमाल की तीन-चार सूती धोतियाँ छोड़ी थीं, जिन्हें वह पिछले दस माह से पहन रही थी। अब तक वे भी पुरानी-धुरानी होकर मायके ले जाने लायक न रही थीं।

छटपटाकर रह गई थी सावित्री।

रो भी नहीं सकी थी, क्योंकि तब सुनने को मिलता, "टेसुए बहाकर हमारे घर असगुन न करना। आँसू अपनी मैया को जाकर दिखाना, वही लाड़ से इन्हें पोंछेगी।"

बहरहाल उन्हीं चार-छह पुरानी धोतियों को बक्स में रखकर वह अपनी

कोठरी से निकली थी, जो मायके में पहनने लायक तो क्या, दिखाने लायक भी नहीं थीं।

हाँ, भेजते समय देह पर जरूर वह भारी-भरकम नकली सिल्क की साड़ी थी, जिसे मुँह-दिखाई में सास ने दिया था। चूँकि उसमें नकली जरी का इस्तेमाल हुआ था, इसलिए इतने दिनों में काली पड़ गई थी। साड़ी के ऊपर लंबी-चौड़ी चादर ओढ़कर लगभग बारह साल की सावित्री जब लढ़िया पर बैठी, तो मुक्ति के उल्लास से उसका चेहरा चमक उठा था।

मायके-ससुराल के गाँव की दूरी कच्ची और ऊबड़-खाबड़ सड़क पर चलकर तीन घंटे में पूरी हुई। ओढ़ी हुई चादर उसने बीच राह में ही उतारकर, तहाकर हाथ में पकड़ ली थी। मायके पहुँची, तो माँ-भाभियों के गले लगकर बेतरह फफक उठी।

भाभियाँ भला प्रतिक्रिया देने से चूकतीं।

बड़ी भाभी ने फौरन जुबान हिला दी, "कैसी सोने की मूरत-सी बेटी भेजी थी हमने। देखो न, किस हालत में मायके लौटी है।"

अम्माँ को आँखों देखी मक्खी निगलनी ही थी, "अच्छी-खासी तो है! तुम्हें इसमें कौन सी ऐसी कमी नजर आ रही है, जो ससुरालवालों को कोस रही हो? अब ससुराल तो ससुराल ही होती है न! वहाँ दब-ढककर रहने से हमारी पहले वाली चुलबुली बिटिया थोड़े ही रह जाएगी!"

दूसरे नंबर की भाभी ने नाश्ता-पानी कराने के बाद अपनी जुबान खोली, "सवि, इस बार होली आते-आते ही काफी गरमी पड़ने लगी है। तुम इतनी भारी साड़ी पहने कब तक बैठी रहोगी? अरे, कोई हलकी-फुलकी साड़ी पहन लो। मुँह-हाथ धोकर छत पर खुली हवा में बैठो। जी खुश होगा।"

सावित्री सिर झुकाए बैठी रही।

तालाबंद बक्से का सच सिर्फ वही तो जानती थी!

माँ आखिर माँ थी। अपनी आत्मजा की स्थिति को एक निगाह में ही भाँप गई थी। पराए घर की बेटियों को एक के बाद एक आदेश देकर उसने वहाँ से खिसकाया। बच्चों की भीड़ को बाहर खेल आने के लिए कहा।

एकांत पाते ही सावित्री माँ के गले से लगकर रो पड़ी, "अम्माँ, संदूक में एक भी साड़ी-जेवर नहीं है। चलते वक्त उन्होंने सबकुछ निकाल लिया। चार-छह पुरानी धोतियाँ धरी हैं, जो पहनने लायक नहीं हैं।"

"चुप रह बिटिया!" माँ ने निगाह दौड़ाकर चारों तरफ देखा कि कोई जासूसी तो नहीं कर रहा, फिर आश्वस्त करते हुए बोलीं, "मेरे कमरे में चल।"

बेटी को लेकर माँ अपने कमरे में आई। बक्स खोला। रिश्तेदारी की शादियों और दूसरे मांगलिक कार्यों के अवसर पर मिली साड़ियाँ धरी हुई थीं। सातों बहुओं की निगाह से छिपाकर इस उद्देश्य से रखी गई थीं कि वक्त-जरूरत पर काम आएँगी। सचमुच इस समय वह प्रयोजन पूरा हुआ। माँ ने साड़ियों की पूरी तह निकालकर बेटी को थमा दी। एक डिब्बे में ऐसे जेवर धरे हुए थे, जो किसी तीज-त्योहार पर नहीं निकाले गए थे और जिनके बारे में बहुओं को कोई जानकारी न थी। वह डिब्बा भी बेटी को सौंप दिया।

कुछ देर बाद हाथ में लस्सी का गिलास लिये बड़ी भाभी कमरे में आईं, तो माँ-बेटी की गुपचुप एकांत वार्त्ता पर चौंकी जरूर, पर कोई अनुमान नहीं लगा सकी। माँ ने सहज कंठ से बेटी से कहा, "सवित्तर, हाथ-मुँह धोकर कपड़े बदल ले। गले-हाथ-कान में कुछ जेवर भी पहन ले। सूना गला-नाक-कान अच्छा नहीं लगता। तेरी सास ने समझदारी की कि जेवर पहनकर नहीं आने दिया। राह में नखतिया नाले के पास चोर-उचक्के छिपे रहते हैं। कब लढ़िया रुकवाकर जेवर उतरवा लें, इसका भरोसा थोड़े ही है।"

"हाँ अम्माँ।" सावित्री प्रफुल्ल कंठ से बोली। उसकी आधी उदासी तो माँ से मिलकर और शेष आधी संदूक में कपड़े-जेवर धरे जाने के बाद मिट गई थी।

भाभी को भी कहना पड़ा, "अम्माँ, तुम सच कहती थीं। देखो, हमारी सवि के चेहरे की रंगत इतनी देर में ही कैसी बदल गई है!"

सचमुच बारह बरस की होने जा रही सावित्री की देह और हावभाव में भी काफी बदलाव आ गए थे।

यह परिवर्तन-चक्र इसके बाद बहुत जल्दी-जल्दी उसके जीवन में चला। तीन महीने के भीतर कठोरहृदया सास गुजर गई। अच्छी-खासी हट्टी-कट्टी थीं। कोई मरनेवाली थोड़े ही नजर आती थीं। पर गाँव में एक महामारी की तरह प्लेग फैला और वह उसकी लपेट में आ गईं। देखते-देखते गाँव को श्मशान के रूप में बदलता पाकर ससुरजी ने रातोरात निर्णय लिया, "मौत ने हमारा घर भी देख लिया है। इससे पहले कि वह घर के किसी और सदस्य पर झपट्टा मारे, हमें कल ही गाँव छोड़ देना है। आगरा शहर के नौबस्ता मोहल्ले में अपनी पक्की हवेली आखिर और किस दिन के लिए है ? मुनीम के हवाले पड़ी है। अब हम लोग वहीं चलकर रहेंगे।"

"और गाँव के खेत-खलिहान?" बड़े बेटे ने शंका प्रकट की।

"इस वक्त तो यहाँ से खिसको।" ससुर झल्ला उठे, "दिखाई नहीं देता, लोग यहाँ पर पटापट मर रहे हैं। खेतों को सँभालने के लिए आगरा से हमारा आना-जाना बना रहेगा। धीरे-धीरे खेती-पाती का काम समेटकर शहर में ही तुम लोग कोई व्यवसाय शुरू कर देना।"

चूँकि प्लेग की वजह से सब दहशत में थे, इसलिए अगले दिन ही पूरा परिवार शहर चला आया। पाँच भाइयों और तीन बहनों का भरा-पूरा परिवार था। बहनें आसपास के गाँवों में पहले ही ब्याही जा चुकी थीं, उनकी कोई चिंता न थी। ब्याह-सगाई जैसे मौकों पर बुलाए जाने के अलावा मायके से उनका कोई नाता न था। पिता के मशविरे पर अमल करते हुए चारों बड़े बेटों ने दाल मिल खोल ली। साल-दो साल में व्यवसाय जम गया तो आपस में खटपट भी शुरू हो गई। बाप समझदार था, उसने चारों के लिए अलहदा इंतजाम कर दिया। बड़े बेटे ने दाल मिल सँभाली। दूसरे ने 'सेवाराम ज्वैलर्स' के नाम से सोने-चाँदी के आभूषणों का कारोबार शुरू कर दिया। तीसरे नंबर के गिरधारी ने बजाजी के काम में रुचि दिखाई और कपड़ों की दुकान खोल ली। चौथा रूपराम गाँव के खेतों से जुड़ा रहा। उसका आना-जाना वहाँ होता रहा और हलवाहों के काम पर निगाह रखने के लिए कुछ दिन बाद गाँव में ही जाकर फिर से रहने लगा। पाँचवाँ भाई मोहनलाल आगरा आने पर सिर्फ सोलह-सत्रह वर्ष का था। उसे किसी काम में दिलचस्पी न थी। बाप-भाइयों की छत्रच्छाया में उसने व्यायामशाला को ही अपना शौक बना लिया। उससे कमाई करवाने की किसी की मंशा थी भी नहीं। सबने सोचा, घर में एक लठैत रहे तो बुरा क्या है? हम कहीं दबंगई भी करेंगे, तो हमारे पहलवान भाई के डर से कोई कुछ न बोलेगा। जरूरत पड़ने पर गाँव में जाकर भी अपना दबदबा और रुतबा दिखाता रहेगा।

पर परिवार की मंशा पूरी नहीं हुई। अखाड़े की गद्दी हथियाने की आपसी रंजिश में एक दिन सिर-फुटौवल की नौबत आ गई और मोहनलाल को प्राणों से हाथ धोना पड़ा। उसे मारनेवाला भी जेल गया, पर सोलह साल की सावित्री की माँग का पुँछा हुआ सिंदूर वापस थोड़े ही लौट सकता था। पति को खोकर वह राँड हो चुकी थी।

□

कितने निस्पृह भाव से यह सब सुनाती जा रही थीं ताई। जैसे किसी सुनी घटनाओं का बयान कर रही हों।

पर उनकी भाँति निस्पृह भाव से नहीं सुन सकी दीपिका। सिहरकर बोली, "बस करो, ताई। मुझसे यह सब नहीं सुना जाएगा। कैसे भोगा आपने इतना दर्द? कैसे इस चोट को सहने के लिए खुद को फौलाद बनाया?"

"पता नहीं।" उसी वीतराग कंठ से ताई ने कहा।

"आपके वैधव्य के दिनों को मैं नहीं सुन सकूँगी, ताई। कोई और बात करो।" दीपिका ने विषयांतर करना चाहा।

"असली बात तो अब शुरू होगी। अभी तक तो मैंने भूमिका ही बताई है।" नब्बे साल से ऊपर की ताई अपने पोपले मुँह से मुसकरा दीं।

"मत बताओ, ताई। आपको तकलीफ होगी। जो आज तक किसी ने नहीं सुना, वह अनकहा ही रहे।"

"क्या फायदा! मैं दिल पर बोझ लेकर मरना नहीं चाहती हूँ।"

"तो फिर वह बोझ उतार ही दीजिए।" दीपिका सुनने के लिए तत्पर होकर बैठ गई।

एक बार फिर सावित्री ताई के चेहरे पर कई रेखाएँ बनीं और बिगड़ीं। सोलह साल की वह विधवा उनकी आँखों में तैरने लगी थी, जो अठारह वर्ष के नवयुवक पति को गँवाकर धरती का बोझ बन गई थी। न चाहते हुए भी अभिशप्त जिंदगी जीने को मजबूर थी।

आखिर घर छोड़कर जाती भी कहाँ?

इन चार सालों में माता-पिता गुजर चुके थे। भाई-भाभियों की गृहस्थी में उसके लिए कोई जगह न थी। गाँववाली जेठानी ने साफ शब्दों में कह दिया था, "हमें किसी से कोई लेना-देना नहीं है। फूस के छप्पर पर आग रख देने की बेवकूफी क्यों करूँगी? छोटे भाई की जवान-सुंदर विधवा पर मेरे पति की नीयत नहीं बिगड़ेगी, इसका क्या भरोसा है? भाई, बवाल मेरे घर से जितना दूर रहे, उतना अच्छा!" बस ससुराल के गाँव के नाम पर भी विधवा का पत्ता कट गया। पढ़ी-लिखी थी नहीं, कि कहीं नौकरी करके दो रोटी का जुगाड़ करती। कोई गुण-हुनर यदि था भी, तो उसका व्यावसायिक लाभ उठाने की कला नहीं आती थी।

और फिर, किसी गुण-हुनर को भुनाने के लिए घर की देहरी से बाहर निकलना पड़ता, जबकि गाँव की हवेली की वर्जनाएँ यहाँ भी बरकरार थीं—

'परदे में रहो।'

'औरत हो, औरत की तरह आचरण करो।'

औरत की तरह आचरण करने का मतलब था, जिंदा लाश बनकर जीना। हर यातना को मूक पशु की तरह झेलना। पुरुष के आश्रय तले रहते हुए अपने स्वत्व का गला घोंटना। यही तो था वह नारी धर्म, जिसका पालन करने की शास्त्रों में शिक्षा दी गई थी।

कौन से शास्त्र, जिन्हें पुरुषों ने पुरुषों के फायदे को ध्यान में रखकर बनाया था। इन शास्त्रों में स्त्री होने का मतलब सिर्फ पुरुषों को आगे बढ़ाने में सहायता देना था। सोलह साल की वह विधवा घर की भट्ठी में झोंक दी गई थी। तीनों जेठानियाँ बिंदी-टिकुली से लैस होकर, आपस में हँसती-बोलतीं और उस पर नजर पड़ते ही भौंहें चढ़ा लेतीं।

शायद इसी तरह रोते-आँसू बहाते वह जिंदगी काट लेती, यदि एक दिन···

एक दिन पूरा परिवार मथुरा-वृंदावन के मंदिरों के दर्शन के लिए घर से निकल गया। अभागी विधवा को घर की रखवाली के लिए छोड़ गया। इस प्रस्ताव के कानों में पड़ते ही वह थरथरा उठी थी—घर की रखवाली और वह? यदि कोई घर के दरवाजे पर आ ही गया, तो उसे क्या करना होगा?

बड़ी जेठानी ने समझाया था, "फिक्र मत करो। घर की रखवाली के लिए एक चौकीदार को हम लोग छोड़े जा रहे हैं। किसी आने-जानेवाले को वह भुगत लेगा।"

यही किया गया। मुख्य द्वार पर ताला लगाकार, बंद दरवाजे पर चौकीदार बैठाकर सब चले गए थे। आधी रात को बिस्तर छोड़कर उसे उठना पड़ा था। घंटों थककर पूरियाँ-गुलगुले तैयार किए थे। दो डलियों में यह खाना साथ गया था, पर उसके लिए कटोरदान में दो पूरियाँ छोड़ने की किसी ने जरूरत नहीं समझी थी। तर्क दिया गया था, "विधवा का क्या है, उपासी रह लेगी। पूजा-पाठ, व्रत-उपवास से ही तो उसका अगला जन्म सुधरेगा। पिछले जन्म के पापों का फल इस जन्म में भोग रही है। अब इस जन्म में जितना नियम-संयम से रह लेगी, अपना ही भला करेगी।"

पर पेट तो ये धर्म और शास्त्र की बड़ी-बड़ी बातें नहीं जानता। उस पर सोलह साल की जवान उम्र में भूख भी तो अँतड़ियों को कुलबुला देनेवाली लगती थी। नाली पर पड़ी जली हुई कड़ाही और जूठे पतीले-भगोने का ठठाकर हँसना उसके कानों में पिघले शीसे-सा पड़ रहा था, 'अभी तो हमें माँजना भी है। चैन से कैसे बैठ गई हो?'

रोते-झींखते बरतन माँजे। रसोई साफ की। अपने लिए दो मुट्ठी खिचड़ी चढ़ाने की अब देह में ताब न थी। थकान से पोर-पोर टूट रहा था। बस, मन में यही

सुकून था कि किसी आए-गए के बारे में उसे नहीं सोचना है, दरवाजे पर लाठी लिये चौकीदार बैठा है।

जैसे-तैसे उखड़ी हुई नींद आई, तो उसे पाँव पर कोई चीज रेंगती महसूस हुई। इसे मन का वहम समझकर उसने करवट बदल ली। पहनी हुई साड़ी शायद घुटनों तक सरक गई थी, पर घर खाली होने के कारण उसे वस्त्र सँभालने की कोई चिंता न थी।

न, वह निश्चिंत होकर कैसे सो सकती थी? टाँग पर किसी वस्तु के रेंगने की अनुभूति अब ऊपर चढ़ती हुई जाँघ तक पहुँच गई थी।

विधवा को जैसे काठ मार गया!

वह दहशत से चीख पड़ी, "कौन?"

और अगले ही पल उठकर चारपाई पर बैठ गई। फटी-फटी आँखों से देखने के साथ समझ गई कि पाँव पर कुछ रेंगने की अनुभूति न स्वप्न थी और न उसका वहम। अधेड़ अवस्था का ससुर पातीराम उसकी चारपाई के पास खड़ा था।

सकपकाकर उसने चारपाई छोड़ी। घूँघट खींचा। थर-थर काँपती देह लिये एक कोने में जाकर खड़ी हो गई।

ससुर ने सफाई दी, "कम-से-कम बीस-पच्चीस आवाजें दीं, पर तुम ऐसी गहरी नींद साई थीं कि जगी नहीं। हारकर हिलाना पड़ा, तब जागीं।"

बहू चुप रही।

ससुर ने अपने आगमन की भी सफाई दे डाली, "यहाँ से तो सबके साथ ताँगे पर बैठकर मैं बस स्टैंड पहुँच गया, पर वहाँ मेरी तबीयत बिगड़ गई। चक्कर आने लगे थे। ऐसे में लड़कों की राय रही कि घर वापस लौट जाऊँ। हारी-बीमारी में घूमने-फिरने से लाचार रहता। मेरी वजह से वे सब भी मंदिरों में दर्शन नहीं कर पाते। बाँके बिहारी का मंदिर, टेढ़े खंभोंवाला मंदिर, कात्यायनी माता का मंदिर, श्रीकृष्ण जन्मभूमि के साथ-साथ गोवर्धन, नंदगाँव, बरसाना तक की सोचकर गए हैं सब। मेरी वजह से कहीं न घूम पाते।"

बहू क्या कहती? वैसे भी आज तक ससुर से एक शब्द भी नहीं बोली थी वह। इस वक्त जिस विषम परिस्थिति में पड़ गई थी, उसकी घबराहट सिर्फ उसका हृदय जान रहा था।

"ऐसा करो, चूल्हा जलाकर मेरे लिए थोड़ी सी खिचड़ी बना दो।" ससुर ने ही अगला वाक्य कहा।

विधवा बहू काँपते पाँव और धड़कता हृदय लिये रसोईघर की ओर बढ़ गई। समझ गई, दरवाजे पर बैठे चौकीदार की छुट्टी कर दी गई होगी। बाहर से तालाबंद द्वार को खोलकर भीतर घुस आना कोई मुश्किल नहीं था। लेकिन क्या वह सचमुच लगातार आवाजें दिए जाने पर भी नहीं जागी थी? क्या उसे जगाने के लिए सिर्फ पाँव का स्पर्श भर किया गया था?

ससुर की बात गले से नहीं उतर रही थी। पर उसके विश्वास या अविश्वास करने से होता ही क्या था? जैसे-तैसे चूल्हा सुलगाकर खिचड़ी बनाई। कुछ ज्यादा तादाद में। सोचा, वह भी तो भूखी है, खा लेगी। खिचड़ी बनाकर थाली में परसना आसान था, पर परसी थाली को जीमने के लिए ससुरजी के पास सूचना पहुँचाना एवरेस्ट की चढ़ाई से भी दुर्गम था। बहू दुविधा में भरी खड़ी रही। एक पल, दो पल, तीन पल···

"खाना परस गया?" अचानक सुनाई पड़ा तो चौंक गई वह। क्या बुजुर्गवार को थाली परस जाने का सपना दिखाई दे गया था? या फिर खिड़की-दरवाजे के पास खड़े थे वह? बहू कुछ समझ न सकी।

बैठने का आसन, थाली रखने का पटरा, एक लोटा जल और खाली गिलास धरकर उसने थाली पहुँचा दी और भोजन कक्ष से बाहर निकलने लगी।

"वैद्यजी से दवा की पुड़िया लेता हुआ आया हूँ मैं। खाना खाने के बाद पानी से दवा खानी है। थोड़ी देर बाद मेरे कमरे में पानी ले आना।" कहकर श्रीमान ससुरजी भोजन करने में तल्लीन हो गए। कमरे में पानी पहुँचाने की सजा अभी भोगनी बाकी है, इस दुश्चिंता में बहू अपने लिए बटलोई में बचाई गई खिचड़ी का एक ग्रास भी नहीं खा सकी। समझ नहीं पा रही थी, परिवारजनों के लौटने तक के दिन 'अनचाहत के संग' में कहीं केले और बेर जैसे यातनाप्रद तो नहीं हो जाएँगे?

पर यंत्रणा उसकी कल्पना से सौगुनी विकराल रही। वह तो सिर्फ खाना-पानी पहुँचाने को ही कष्टसाध्य मान रही थी, यहाँ पानी का गिलास ले जाने के बाद···

□

नहीं, वह सब सोचने तक की अब ताब नहीं रही थी। नब्बे वर्ष से ऊपर की सावित्री ताई थर-थर काँपने लगीं।

पास बैठी दीपिका के भीतर भी वह सब सुनने की ताब कब थी? अकुलाए कंठ से चीख उठी, "बस ताई, बस्स! अब एक शब्द भी और नहीं।"

"ठीक है, नहीं कहूँगी।" जर्जर देह-मन की ताई रोने जैसी करुण हँसी हँस दीं।

पल भर बाद बोलीं, "जानती हो, उस शील-हरण के बाद ससुर ने क्या कहा था?"

दीपिका चुप रही।

"उस नरपिशाच के शब्द थे, जवान देह की भूख क्या हम जानते नहीं? घर की विधवा बहू किसी नौकर-चाकर के साथ मुँह काला करे, इससे बेहतर है कि उसे भूखी न रखा जाए। नियमित खुराक मिलती रहेगी, तो कहीं और ताक-झाँक तो नहीं करेगी।"

"उस काल की विधवाओं की दुर्दशा के बारे में सोचकर इस वक्त मेरे रोंगटे खड़े हो गए हैं, ताई!" दीपिका सहमकर बोली।

भुक्तभोगी सावित्री ताई एक बार फिर पाहन-प्रतिमा में बदलकर उस युग को अपनी यादों में दुबारा जीने लगी थीं।

लुटी-पिटी विधवा अपने कमरे में लौटकर धरती पर सिर पटकती हुई, फूट-फूटकर रोई थी, "तुम कहाँ हो, माँ? मुझे भी अपने साथ क्यों नहीं ले गईं?"

शिकायत उस पुरुष से भी थी, जिसने जीवन भर साथ निभाने का वादा करके हाथ थामा था और सारी प्रतिज्ञाएँ भूलकर मात्र अठारह साल की उम्र में परलोक चला गया था।

पर किसी से भी गिले-शिकवे का फायदा क्या था?

पत उतर चुकी थी।

उसके बाद जिंदगी एक नरक-कुंड बनकर रह गई। वृंदावन-यात्रा से लौटकर बेटों-बहुओं को ससुर-बहू के बीच के पाप-कर्म की भनक लगनी ही थी। पर गृहस्वामी के किसी आचरण पर किसी के उँगली उठाने का सवाल ही नहीं उठता था। हाँ, बहती गंगा में हाथ धोने के लिए सभी तैयार थे। जब जिसका दाँव लगता, उसे चित करता रहा।

दो बार तो गर्भ भी ठहर गया था। पर कल्लो दाई को बुलाकर गिरवा दिया गया। दाई का मुँह रुपयों की थैली बंद किए रही। बड़े घरानों के न जाने कितने रहस्य उस जैसी बूढ़ी औरतों के कलेजे में दफन रहते थे। जितनी बड़ी पतीली, उतनी मोटी मलाई की वह आदी थी। कहीं सोने का वजनदार हार, तो कहीं चाँदी की पाजेब मिली, पर उसने अपना मुँह बंद रखने में एक-सी ईमानदारी दिखाई। यह

धंधे का नेम था, जिसका उसको पालन करना ही था। ऊँची हवेलियों के सूरमा इस सच्चाई को जानते थे, इसलिए बेखटके कल्लो को बुलाकर निश्चिंत हो जाते थे। घर की औरतें देख-सुनकर भी ऐसे पाप-कर्मों के प्रति आँखें बंद कर लेतीं। उन्हें भी तो यही पढ़ाया गया था कि पति परमेश्वर के किसी कार्यकलाप में मीन-मेख निकालने का उन्हें कोई हक नहीं है।

बस, जिंदगी के पता नहीं कितने साल इस जुल्म को झेलते हुए निकल गए।

गुनहगार कई थे, पीड़िता वह अकेली थी।

पर विधि के विधान को कोई नहीं जानता। वे बलशाली पापी एक-एक करके चल बसे, कमजोर-असहाय पीड़िता जिंदा बनी रही।

पीढ़ियाँ बदलीं।

उसके बाद की पीढ़ी भी जवान और बाल-बच्चेदार हुई। भतीजे-भतीजियाँ तो 'चाची' कहकर ही पुकारते थे, बाद में पता नहीं कब घर के नन्हे-मुन्नों ने पीढ़ी-दर-पीढ़ी सिर्फ 'ताई' का संबोधन अपना लिया। पूरे मोहल्ले को यह इतना भाया कि आज जगतताई बनकर जी रही है नब्बे साल से ऊपर की सावित्री। परिवार ही नहीं, मोहल्ला भी उसे वटवृक्ष का दर्जा दे चुका है। सम्मान करता है। हर बात में उसका मुँह जोहता है। और पवित्रता की मिसाल मानकर पूजा करता है। आखिर सोलह साल की उम्र से लेकर एक लंबा वैधव्य-काल बाइज्जत बिताना इस समाज में मायने रखता ही है।

ऐसे क्षणों में न जाने कितनी दफा उसका मन विद्रोही हो उठता है। चीख-चीखकर अपनी मैली देह की महागाथा सबको सुनाना चाहती है। विडंबना ही है कि न तो इस उम्र में सच के बयान की उसके भीतर ताकत है और न एक झूठ के साथ आखिरी साँस लेने की चाहत है, इसीलिए तो अपने मन का बोझ उतारने के लिए···

कंठ भर आया था सावित्री ताई का और दीपिका भी चित्रलिखित हो चुकी थी। शायद शब्द चुक गए थे और मौन ही अब उनके भावों का संप्रेषक था। अंततः लंबी चुप्पी को ताई ने ही तोड़ा, "बिटिया, तुमने पुरुषों द्वारा छली गई स्त्रियों का जिस बहादुरी से और निडर होकर बदला लिया है, उसके लिए मैं ही नहीं, न जाने कितनी बेरहमी से मसली और नोची गई औरतें तुम्हारी कृतज्ञ होंगी। उन सबकी तरफ से मैं तुमको बधाई देती हूँ।"

"ताई, मैंने सपने में भी नहीं सोचा था कि मनोज के छल को समाज के सामने लाकर मैं कोई बड़ा काम कर रही हूँ। समाज की निंदा-स्तुति से ऊपर उठकर मैंने

उसे जेल भिजवाया। सोचती थी कि निंदा होगी तो झेल लूँगी। पर तारीफ मिलेगी, यह कभी नहीं सोचा था।"

"इतना साहस बिरले ही दिखा पाते हैं, बिटिया। मैंने पीढ़ी-दर-पीढ़ी देह-शोषण की शिकार औरतों का दर्द देखा है। लगातार साहसी बनते हुए भी देखा है। पर तुमने जो किया, वह सावित्री, मालती और सरला में से कोई न कर सकी।"

"मैं समझी नहीं।" दीपिका बोली।

"समझना कोई मुश्किल नहीं है।" ताई के होंठों पर एक कसैली मुसकान दौड़ गई, "पचहत्तर साल पहले ससुर-जेठ की ज्यादती को सावित्री ने जिंदा लाश बनकर झेला था। करीब पचास साल पहले ऐसे ही हालात में मालती ने फाँसी के फंदे पर लटककर जान दे दी थी। समाज के सामने मुँह दिखाने का साहस वह नहीं कर सकी थी। इसके बाद करीब पच्चीस साल पहले अभागी सरला को भी विधवा हो जाने पर ननदोई की हवस का शिकार बनना पड़ गया। उसने परिवारजनों को बटोरकर कुकर्मी के कृत्य का चीख-चीखकर एलान किया था। सुनकर घरवाले सन्न रह गए। सरला को ही डपट दिया गया कि घर की बात को यहीं दफन करके हमेशा के लिए भूल जाए। सरला पढ़ी-लिखी थी। उसने नौकरी तलाशी और परिवार की झूठी इज्जत पर थूककर घर से तो निकल गई, पर अपराधी को कोई सजा दिलवाने में वह भी नाकामयाब रही। यानी तीनों दफा सारी सजा उन निरपराध औरतों ने ही भोगी। अपराधी पुरुष पर कोई आँच तक न आई। तुमने अपराधी को जेल भेजने का साहस दिखाकर सारी पीड़िताओं की आत्मा को ठंडक पहुँचाई है। तुम्हारा काम तारीफ के काबिल तो है ही।"

सचमुच मन का बोझ उतारकर सावित्री ताई एकदम शांत चेहरा लिये विदा हुईं।

दीपिका खड़ी सोचती रही कि अपने पहले कदम पर तो उसे इतनी वाहवाही मिल गई है, लेकिन आगे क्या होगा?

□

9

सचमुच आगे काँटों भरी राह थी।

मनोज की शादी रुकवाकर भले ही आमने-सामने के युद्ध के पहले चक्र में दीपिका विजयी हो गई थी, पर यह संपूर्ण लड़ाई जीत लेने की खुशी न थी। कोर्ट में दायर किए गए केस के त्वरित फैसले के लिए उसका मन आतुर था।

पर उसके चाहने से क्या होता?

न्याय-व्यवस्था की अपनी चाल-ढाल थी। सुस्त और मनमौजी किस्म की चाल 'नौ दिन चले अढ़ाई कोस' की उक्ति को भी पीछे छोड़ देती थी।

और अभी तो केस दायर किए जुम्मा-जुम्मा चार दिन हुए थे।

महीने भर बाद अखबार में छपी एक खबर ने दीपिका के होश उड़ा दिए। उसकी जानकारी में इस रेप-प्रकरण में न सिर्फ डॉक्टर, बल्कि चार परिवारजनों की गिरफ्तारी का भी आदेश था। वह यह भी जानती थी कि डॉक्टर को जेल भेज दिया गया है, पर घरवाले भूमिगत हो गए हैं। दो-एक दफा थाने जाकर उसने डॉक्टर के परिवारजनों की गिरफ्तारी के बारे में पुलिस की सक्रियता जाननी चाही, पर कोई संतोषजनक सूचना न मिली। तय था कि पुलिस इस मामले में पहले जैसी गंभीर नहीं रही है।

अब ताजा अखबारी खबर यह थी कि मनोज के घरवालों ने बीते दिनों अदालत में प्रार्थना-पत्र देकर अपनी अग्रिम जमानत की अर्जी मंजूर करा ली थी। उसकी अनभिज्ञता का लाभ उठाते हुए उन चारों ने कल निश्चिंत भाव से अदालत में आत्मसमर्पण कर दिया था। वे सब भी जेल भेज दिए गए, लेकिन कितनी देर वहाँ रहे? सिर्फ दो घंटे बाद अग्रिम जमानत की वजह से वे लोग रिहा भी कर दिए गए। मजा यह कि उन चारों के साथ आरोपी डॉक्टर को भी जमानत की अर्जी मंजूर करते हुए रिहाई मिल गई।

पिछले दिन अदालत में घटा यह वाकया आज के अखबार में एक सामान्य

खबर के रूप में छपा था। औरों के लिए भले ही यह एक मामूली खबर थी, पर दीपिका के लिए जीने-मरने जैसी महत्त्वपूर्ण थी। वह इसे पढ़कर स्तब्ध हो उठी। समझ नहीं पाई कि यह उलट-फेर अचानक हो कैसे गया? पीड़िता और पुलिस की सारी मेहनत पर पानी फेरते हुए अदालत ने चुटकियों में एक फैसला लेकर हवा का रुख ही बदल दिया? मनोज और उसके परिवारजन फिलहाल रिहा होकर अपने घर पहुँच गए और वह खामोश होकर इस स्थिति को देखने के लिए मजबूर है!

गहरी बेचैनी से भरी दीपिका लगभग दौड़ती चाल से नीलिमा के पास पहुँची, "माँ, यह तो बहुत बुरा हुआ!"

"क्या बात है?" नीलिमा ने पूछा।

"पाँचों को जमानत पर रिहाई मिल गई।" कहते हुए दीपिका ने पूरा विवरण पढ़कर सुना दिया।

नीलिमा का चेहरा भी फक पड़ गया, पर उसने बेटी की हिम्मत बँधाई, "चिंता की क्या बात है? मुकदमा तो खारिज नहीं हुआ है न! केस चलने दो। हम भी बड़े-से-बड़ा वकील करेंगे।"

"नहीं माँ, यह समान बल-प्रयोग की लड़ाई नहीं है। तुम देखना, पैसों के बल पर वे लोग इनसाफ को भी खरीद लेंगे। मनोज जल्दी ही बाइज्जत रिहा हो जाएगा।" दीपिका निराश कंठ से बोली।

"नहीं दीपा, हमें अपना मनोबल बनाए रखना है। यदि हम मन से टूट गए, तो कानूनी लड़ाई भी निश्चय ही हार जाएँगे। सारे सबूत हमारे पक्ष में हैं। गवाह हमारे पास हैं। फिर हम क्यों हारने लगे?" नीलिमा दृढ़ कंठ से बोली।

"हिम्मत तो रखूँगी ही।" दीपिका ने कहा और मन-ही-मन केस की कड़ियाँ जोड़ती हुई वहाँ से हट गई।

बेटी को दिलासा देने के बावजूद नीलिमा भी भयाक्रांत थी। प्रतिपक्ष की मजबूती और कुचालों पर उसे संदेह न था।

दीपिका ने शिथिल हाथों से अखबार एक तरफ पटक दिया और निढाल-सी सोफे पर बैठ गई।

तभी मोबाइल की घंटी बजी।

अप्रत्याशित रूप से संजीवनी का फोन था।

उत्तेजित कंठ से कह रही थी, "दीपिका, क्या तुम्हें पता है कि मनोज और

उसके घरवालों को जमानत पर रिहा कर दिया गया?"

"हाँ, जानती हूँ। अभी-अभी अखबार में पढ़ा।... पर तुम्हें यह बात किसने बताई? आजकल तो सभी अखबार लोकल होकर रह गए हैं। ऐसी खबरें सिर्फ स्थानीय पृष्ठ पर छपती हैं।"

"खुद उसी ने।... मुझे हैरत है कि वह परिवार कितना नीच और कमीना है। इतनी बेइज्जती के बावजूद मुँह दिखाने में कोई शर्म नहीं है।"

"आखिर हुआ क्या, पूरी बात बताओ।" दीपिका जानने के लिए उत्सुक हो उठी।

"कल रात को मेरे मोबाइल पर मनोज ने बात की थी। न चाहते हुए भी मैंने सिर्फ इसलिए फोन नहीं काटा, क्योंकि उसकी थाह लेने की मंशा थी।"

"क्या बोला वह?"

"बेहया है और क्या! कहने लगा कि उसके साथ धोखाधड़ी की गई। जो लड़की संबंध जोड़ने के लिए लालायित थी और जिसके बारे में उसने मुझे पहले भी बताया था, उसी के षड्यंत्र की वजह से वे लोग नियत तिथि पर बारात लेकर नहीं पहुँच सके थे। काफी परेशान होना पड़ा, लेकिन अब स्थितियों पर काबू पा लिया गया है। जल्दी ही सबकुछ सामान्य हो जाएगा। साल भर के भीतर शादी निर्विघ्न संपन्न हो जाएगी।"

"ओह!" दीपिका हतप्रभ हो उठी, "यानी वह अभी तुम्हारे साथ शादी को लेकर आशान्वित है?"

संजीवनी की मीठी हँसी सुनाई दी, "पागलों के सिर पर दो सींग थोड़े ही होते हैं! उसे शायद पता नहीं है कि उसकी कीर्ति का कच्चा-चिट्ठा खुल चुका है और अब संजीवनी उसे ब्याहने तो क्या, उसके नाम पर थूकने तक को तैयार नहीं है।"

दीपिका इतनी अवसन्न हो उठी थी कि इस बात पर कोई प्रतिक्रिया नहीं दे सकी।

"हैलो दीपिका, सुन रही हो न?" उधर से आवाज आई।

"हाँ।" दीपिका यत्नपूर्वक बोली।

आवाज लड़खड़ाई हुई थी।

दो पल बाद तनिक सुस्थिर हो, गंभीर कंठ से अपनी बात कही, "देखो संजीवनी, यदि तुम्हें इस रिश्ते में तनिक भी दिलचस्पी है, तो मनोज के प्रस्ताव पर विचार कर सकती हो। मैं अब आड़े न आऊँगी।"

"हद है दीपिका!" तैशयुक्त कंठस्वर सुनाई दिया, "उस लंपट-कमीने के साथ शादी करने से बेहतर मैं हमेशा अविवाहित रहना मानूँगी। तुमने सोच भी कैसे लिया कि उस धोखेबाज डॉक्टर के रिश्ते को मैं मंजूर करूँगी?"

"छोड़ो। मैंने सिर्फ एक बात कही थी।"

"नहीं दीपिका, जो आदमी प्यार को, किसी रिश्ते की अहमियत को और किसी लड़की की इज्जत को नहीं जानता है, वह सिर्फ नफरत करने लायक है। तुमने उसकी असलियत जान ली न? वह खुद को बेदाग बचाने के लिए कोर्ट में किसी सीमा तक जाने की कोशिश करेगा। तुम्हें पल-पल सावधान रहना है और उसे सजा दिलानी है।"

"हाँ, यही मेरा संकल्प है। पर मुझे लगता है कि जिस तरह उसने जमानत पा ली है, उसी तरह एक दिन बाइज्जत बरी भी हो जाएगा।" दीपिका निराश कंठ से बोली।

"इस लड़ाई में तुम स्वयं को अकेली मत समझो। यदि पैसे की जरूरत हो, तो मुझसे निस्संकोच कहना। बड़े-से-बड़ा वकील तय करो। अगर प्रतिपक्ष पैसेवाला है, तो तुम भी खुद को पैसे की दृष्टि से कमजोर मत समझो।"

"धन्यवाद संजीवनी। तुम्हारे शब्दों से मुझे बहुत ताकत मिली। जरूरत पड़ने पर जरूर कहूँगी।"

"उसने तुम्हारे और मेरे बहाने सारी नारी जाति का अपमान किया है। तुम्हें और मुझे, दोनों को धोखा दिया। दोनों को अँधेरे में रखा। बिलीव मी, समय पर बारात के न पहुँचने की सूचना पाकर मेरे मम्मी-पापा जिस तरह टूट गए थे, उनका वह चेहरा मैं मरते दम तक नहीं भूल पाऊँगी। इकलौती बेटी के विवाह के उछाह को गहरे अपमान-बोध में तब्दील होते हुए देखा है मैंने। नजदीकी रिश्तेदारों की भीड़ में उन दोनों को एक अव्यक्त लज्जा से डूबते हुए पाया है मैंने। आखिर उन दोनों बुजुर्ग प्राणियों का अपराध क्या था? आखिर उनकी सरल मन की डॉक्टर बेटी का भी अपराध क्या था? पर मनोज और उसके परिवार के हाथों हम दोनों के ही घरवाले छले गए।··· सोचो जरा, मेरे पिता मेरे लिए क्या अब निःशंक होकर कोई रिश्ता तलाश सकेंगे? उन्होंने लाचार और दीन भाव से मेरे सामने दोनों हाथ जोड़ दिए हैं। साफ कह दिया है कि वह खुद को बेटी के लिए वर तलाशने की जिम्मेदारी निभाने लायक नहीं समझते। चाहे जब भी और चाहे जैसे भी, यह जिम्मेदारी अब मुझे ही उठानी होगी।"

"सचमुच यह सारा प्रकरण बहुत दर्दनाक है।" दीपिका का दिल भर आया।

"इसीलिए कहती हूँ कि उसके होश ठिकाने लगाए बिना चैन से मत बैठना। मेरे दिमाग में एक और उपाय कौंध रहा है। कदाचित् तुम्हें वह पसंद न आए।"

"क्या सोचा है तुमने ?"

"आगरा में मेरे एक दूर के रिश्तेदार रहते हैं। उनका बेटा सनी दादा टाइप लड़का है। एक बार कहने की देर है, जमानत पर छूटकर घर लौटे मनोज के हाथ-पाँव तोड़कर धर देगा।"

"नहीं, इसकी जरूरत नहीं है। अदालत अपना काम कर रही है। वही उसे सजा देगी।"

"वह हम दोनों का भी अपराधी है। उसे एक सजा और दी जा सकती है।"

"लगे हाथों उसे भी बता दो।" दीपिका को हँसी आ गई। संजीवनी के साथ बात करके मन पर छाई अवसाद की हिमशिला पिघलने जो लगी थी।

"बच्चू को अब शादी के लड्डू से वंचित रखना चाहिए। दोनों हाथों में लड्डू रखने की बहुत चाहत थी न! अब आजीवन एक अदद पत्नी के लिए उस कमीने को तरसाना चाहिए।"

"कैसे ?"

"उसी सनी से कहूँगी। कोई ऐसा टाँका भिड़ाकर रखेगा कि मनोज के घर की सारी सूचनाएँ उसके पास पहुँचती रहें। जहाँ कहीं शादी तय होने की भनक लगेगी, लड़कीवालों को भड़का आएगा। बहुत कारगुजार है वह। इन लोगों की दाल कहीं गलने न देगा।"

"छोड़ो संजीवनी। उस शख्स को लेकर सिर्फ तटस्थता बरतो। हमें अपनी दृष्टि अपने लक्ष्य पर रखनी है। एक बार अपराधी सिद्ध हो जाए, सजा पा जाए, हम दोनों के कलेजे को ठंडक मिल जाएगी।"

"शायद तुम ठीक कहती हो।··· बेस्ट ऑफ लक!" कहते हुए संजीवनी ने उधर से मोबाइल बंद कर दिया।

एक बार फिर फोन की घंटी बजी।

इस बार राजेश वर्मा का फोन था। रेप कांड के आरोपी और उसके परिजनों को जमानत मिल जाने की खबर पढ़कर वह भी क्षुब्ध था। हिम्मत बँधा रहा था कि एक बड़े वकील से बात की है उसने। यदि दीपिका चाहे तो अपना मुकदमा सौंप सकती है।

"सोचकर बताऊँगी।" कहते हुए दीपिका ने बात खत्म कर दी।

कुछ देर बाद शबाना जी स्वयं मिलने आईं और देर तक बैठकर हिम्मत बँधाती रहीं। सचमुच इन सभी शुभचिंतकों से बात करके दीपिका का मन काफी हलका हो गया। उसने प्रतिपक्ष की कुटिल चालों की काट के लिए बिछी हुई बिसात पर और ज्यादा समझदारी भरे दाँव सोचने शुरू कर दिए।

□

इसके बाद दीपिका थी और उसके सामने थे मुकदमे के नाना दाँव-पेच।

उसे महसूस होने लगा कि वह एक तिलस्म के भीतर खड़ी है।

हैरतअंगेज अनुभवों से भरा तिलिस्म।

यहाँ नाना आकृतियों की मूर्तियाँ हैं।

रंग-रंग के फूलों के बाग-बगीचे हैं।

जगह-जगह संगमरमर के फर्श, चबूतरे, आँगन और आकर्षक फव्वारे हैं।

हर पल उसका मन आशंकित रहता कि पता नहीं कब असावधानी के चलते किस मूर्ति के सिर पर हाथ धर दे और उसके छूने भर से कोई कल-पुरजा भयंकर ध्वनि करता हुआ एक अँधेरी सुरंग में तब्दील हो जाए।

क्या करेगी वह ?

कितनी अँधेरी-खौफनाक सुरंगों के भीतर घुसेगी ?

कितने अनजान-आकस्मिक खतरों से जूझती हुई सुरंगों के मुहाने तलाशेगी ?

उसे तो यह भी नहीं पता कि यह तिलस्म किसके नाम पर बाँधा गया है। किसी औरत के नाम पर कहीं कोई तिलिस्म बँधता है क्या ? इस रजवाड़े में वह हमेशा किसी युवराज के नाम पर ही बाँधा जाता है। ऐसे में यदि वह सारी मशक्कत के बाद भी इसे न तोड़ सकी और पथरीले-भयावह बीहड़ रास्तों पर आगे बढ़ती हुई, भूखी-प्यासी हालत में दम तोड़ बैठी, तो उसकी माँ का क्या होगा ?

किंतु अगले ही पल दीपिका स्वयं को दिलासा देती, चिंता की क्या बात है ? यहाँ के हैरतअंगेज अनुभवों से गुजरते हुए, एक दिन वह इस तिलिस्म को जरूर तोड़ देगी और उस गुप्त खजाने तक पहुँच जाएगी, जो सिर्फ उसी के लिए यहाँ सुरक्षित रखा गया है।

खजाना क्या है, इससे अनजान नहीं थी वह।

उसकी अस्मिता, उसका स्वाभिमान और उसका ही क्यों, आधी आबादी का स्वाभिमान ही तो वह अलभ्य खजाना है, जिसे इस मुकदमेरूपी तिलिस्म के एक-

एक हिस्से को तोड़ते हुए उसे हस्तगत करना है।

वह अनमोल खजाना दीपिका को सदैव संकेतों द्वारा अपने पास बुलाता प्रतीत होता। पर वह अच्छी तरह जानती थी कि तिलिस्म को तोड़कर इस कोष तक पहुँचना उसके लिए आसान नहीं है। हालाँकि उसने अपना बयान इतनी हिम्मत और आत्मविश्वास के साथ दिया था कि वह उसे लेकर पूरी तरह संतुष्ट थी। नीलिमा ने भी इसका समर्थन किया था, पर मुकदमे की जीत के लिए इतना काफी नहीं था। विषम और काँटों भरी राह पर चलने की कवायद जारी थी।

दीपिका सोच नहीं पाती कि उसे ज्यादातर तारीखों पर कोर्ट के चक्कर लगाने और तारीख बढ़ा दिए जाने की सूचना पाकर मुँह लटकाए हुए कब तक घर लौटना है!

आखिर ऐसा कब तक चलेगा?

कब तक मुकदमे की तारीख के नाम पर उसे बैंक से अवकाश लेकर कोर्ट के चक्कर लगाने होंगे और उच्चाधिकारियों की रुष्टता सहनी होगी?

शुरू में दो-चार बार नीलिमा भी स्कूल से छुट्टी लेकर उसके साथ गई, पर इस तरह दोनों के काम में हर्ज होता था। दीपिका ने ही माँ को समझाया, "मैं पढ़ी-लिखी हूँ। समझदार हूँ। मुझे कोर्ट की काररवाई में किसी के संग-साथ की जरूरत नहीं है। तुम मेरे साथ कोर्ट जाना छोड़ दो।"

नीलिमा मान गई।

सचमुच दोनों के कोर्ट जाने से असुविधा बढ़ जाती थी। जल्दी-जल्दी खाना-पीना निपटाकर भागते-दौड़ते हुए वहाँ पहुँचना और मुकदमा पेश होने के इंतजार में हाथ पर हाथ रखकर बैठे रहना किसी यंत्रणा से कम न था। न्यायालय के विशालकाय मुख्य द्वार से भीतर घुसते हुए ही दीपिका का मन गहरी घुटन से भर उठता था।

काला कोट पहने हुए वकीलों की मौजूदगी।

वादी-प्रतिवादी पक्ष और उनसे जुड़े लोगों की बेशुमार भीड़।

भीड़ के चेहरे की अलग-अलग भाव-भंगिमाएँ।

कुछ चेहरे मुकदमे को द्रौपदी का चीर बनते देखकर गहरी ऊब और हताशा से भरे होते।

कुछ चेहरे अपने खिलाफ फैसला सुनकर मुरझाए और मुर्दनी ओढ़े होते।

कुछ चेहरे जीत का सेहरा सिर पर बँध जाने से 'प्यादे से फरजी भयो टेढ़ी-टेढ़ी चाल' वाली मुद्रा में दिखाई देते।

कुछ गरीबी के मारे अपने चेहरे पर ढेर-सी बेबसी और दीनता पोते होते। उन्हें देखकर सिर्फ कुढ़न होती थी दीपिका के मन में। सोचती, घर में अगर रोटी के लाले थे, तो कोर्ट-कचहरी के फेर में पड़े ही क्यों?

तत्क्षण वह खुद को भी इस जमात में जोड़ देती। कोई शौक से कोर्ट-कचहरी के फेर में नहीं पड़ता है। इनसान की मजबूरी ही उसे यहाँ तक खींच लाती है। इन मुर्दनी पुते चेहरों में ऐसे लोग भी होंगे, जो दबंगों द्वारा अपना वाजिब हक छिनता देखकर कोर्ट की शरण में दौड़े चले आए होंगे। आखिर वह भी तो ऐसी ही विवशता से बँधी हुई यहाँ तक आती है।

कोर्ट का समाँ कुछ अलग ही रहता था।

जगह-जगह मेज-कुरसी सजाए टाइपिस्टों की कतार।

फोटोस्टेट करनेवालों की दुकान पर भीड़ की धक्का-मुक्की।

दलाल किस्म के लोगों की काँइयाँपन से भरी आँखों में 'शिकार' को फँसाने की लोलुप चमक। दो-चार भी अगर उनके जाल में फँस गए, तो वकील साहब से कमीशन हड़पने की सुविधा का लाभ मिल जाएगा।

सच, चारों ओर अफरा-तफरी का माहौल।

हर किसी को अपना काम कराने की ऐसी जल्दी, जैसे प्लेटफॉर्म छोड़ती ट्रेन को पकड़ने की हड़बड़ी हो। कोई ठहरना नहीं चाहता। कोई किसी की बात सुनना-समझना नहीं चाहता। गहरी उत्तेजना से भरा एक ऐसा रेला, जिसे इधर से उधर दौड़ता देखकर दीपिका हमेशा अचकचा उठती थी।

वकीलों के चैंबर का अपना अलग नजारा रहता।

कुछ बैठे मक्खियाँ मार रहे हैं और कुछ के यहाँ ऐसी भीड़ है कि जगह के अभाव में लोग अकुलाए से खड़े हैं। इस भभ्भड़ से बेखबर वकील साहब किसी योगी जैसी निस्पृह मुद्रा धारण किए अपने सामने बैठे मुवक्किल को उसका बयान तोते की तरह रटा रहे हैं। बीच-बीच में अपने माथे पर हाथ मारते हुए उसकी नासमझी पर कुढ़े जा रहे हैं।

सच, हर पल एक मदारी के मजमे जैसे माहौल में दीपिका घबरा उठती थी। वह जान बचाकर वहाँ से भागना चाहती थी। पर जब तक मुकदमा चल रहा था, वहाँ पहुँचना और ठहरना उसकी मजबूरी थी। ऊबकर सोचती, आखिर कब तक

तमाशबीन बनकर कौतुक से यह खेल निरखेगी? कुछ ही दिनों में कोर्ट की इस एकरस-बदरंग दुनिया से बेतरह बेजार हो गई।

एक हाथ में प्लास्टिक के गिलासों से भरी बाल्टी और दूसरे में चाय से भरी स्टेनलेस स्टील की टंकी लेकर किशोरवय के लड़के कोर्ट परिसर में घूमते नजर आते। थकान और चाय पीने की बेतरह इच्छा के बावजूद वह उनसे चाय खरीदते हिचक जाती। उड़ती हुई धूल, गंदगी और भीड़ के बीच चाय का घूँट भरने के नाम से ही मन में वितृष्णा जाग उठती थी।

कुछ ऐसी ही वितृष्णा नीबू-पानी लेकर घूमनेवाले लड़कों के प्रति भी उसके मन में जागती थी। चूँकि अब अप्रैल माह में काफी गरमी पड़ने लगी थी, इसलिए गला सूखने के बावजूद वह इधर-उधर सतृष्ण नेत्रों से सिर्फ बिसलेरी की तलाश में निगाह दौड़ाती थी। किसी और पेय के कंठ के नीचे उतारने के नाम से ही उबकाई आने लगती थी।

गरमी बीत गई। बारिश के दिन आ गए।

बरसात के मौसम में कोर्ट के चक्कर लगाना और ज्यादा कष्टप्रद हो गया। किसी शेड की तलाश में आँखें इधर-उधर भटकतीं, पर कोई मुनासिब ठौर-ठिकाना न पाकर निराशा से भर उठतीं। जगह-जगह नीम-बरगद के घने-छायादार वृक्ष थे अवश्य, पर उनके नीचे कितनी देर खड़ा रहा जा सकता था? वकील साहब के चैंबर में भी सुकून से बैठना उसके नसीब में न था। उस रेप पीड़िता को आसपास के वकील पहचान गए थे। जिस विचित्र निगाह से घूरते, वह भीतर तक तिलमिला उठती। वे निगाहें मानो वस्त्रों को भेदकर उसकी समूची देह-यष्टि का जायजा लिया करती थीं। गहरे अपमान-बोध से भर जाती थी वह। उस जगह दो पल भी और ठहरने की मन में इच्छा नहीं रह जाती थी।

वकील साहब से सिर्फ यही कहती, "जब मुकदमा पेश हो, मोबाइल से मुझे सूचना दे दीजिएगा। मैं यहीं आसपास हूँ। सीधे जज साहब की इजलास पर पहुँच जाऊँगी।" उसे सिखा-पढ़ाकर तैयार करने की कोई जरूरत नहीं पड़ती थी। जरूरत पड़ने पर अपनी बात इतने सधे और आत्मविश्वास भरे कंठ से कहती कि रटवाए गए बयान भी पानी माँग सकते थे।

दीपिका की मंशा यही थी कि मुकदमा शताब्दी ट्रेन की चाल से दौड़े और गंतव्य पर पहुँचे, यानी फैसला सुना दिया जाए। उधर मनोज का परिवार केस को लंबा खींचना चाहता था। उनकी इच्छा यही थी कि दीपिका थक-हारकर मुकदमे

से उदासीन हो जाए। जैसे ही किसी तय तारीख पर कोर्ट न पहुँचे, उसी दिन एकतरफा दबाव डालकर केस का रुख पलटवा दिया जाए।

रस्साकशी चल रही थी।

फैसला अधर में था।

राजेश वर्मा की मदद की पेशकश को नजरअंदाज करती हुई दीपिका अपने अकेले दम पर लड़ाई जीतने की जिद पर अड़ी थी। इधर माँ-बेटी के पास सिर्फ सच्चाई का बल था, उधर दूसरे पक्ष के पास पैसे की ताकत थी। तगड़ी पहुँच थी। वह अपने ऊँचे रसूख के बल पर न्याय को भी खरीदने का हौसला रखता था।

आशा और निराशा के बीच झूलने का वह दौर कितना उबाऊ था।

जिस दिन गर्भपातवाले मामले की सुनवाई होनी थी, नीलिमा भी बेटी के साथ जाने से खुद को न रोक सकी।

दोनों माँ-बेटी कचहरी पहुँचीं।

सितंबर माह के उमस भरे दिन थे।

कई दिन से पानी नहीं बरसा था और कड़ी धूप से धरती तप रही थी। दिन में एकाध बार बादल घिरने का आभास होता, पर तुरंत ही सूर्यदेव प्रखर तेज से उन्हें धराशायी कर देते। सूर्य की किरणों में इतनी गरमी थी कि पंद्रह मिनट से ज्यादा आतप-ताप को झेलना नामुमकिन था। त्वचा झुलसने लगती थी। चेहरा लाल हो जाता था। आँखें खोलना दूभर हो जाता था।

चूँकि वकील साहब के चैंबर में आज सामान्य से अधिक भीड़ थी, इसलिए वहाँ ज्यादा देर ठिठकने का सवाल ही नहीं उठता था। अपनी उपस्थिति की सूचना देकर दीपिका इस अनुरोध के साथ वहाँ से हट गई कि मुकदमा पेश होते वक्त मोबाइल-संपर्क के सिर्फ पाँच मिनट के भीतर इजलास पहुँच जाएगी। साथ चलती नीलिमा का गंभीर चेहरा देखकर मुसकरा दी, "माँ, शांत रहो। यह यहाँ रोजाना का चकल्लस है।"

नीलिमा चुप रही।

पूरे कोर्ट परिसर में चक्कर लगाने के बाद भी माँ-बेटी को सुकून से दो घड़ी बैठने का कोई ठिकाना न दिखाई दिया। कुछ वकीलों के यहाँ जगह-ही-जगह थी, पर अनजान ठिकाने को बगैर इजाजत लिये कैसे हथियाया जा सकता था? एक जगह बेंच पड़ी भी थी, उस पर भाई लोगों ने पहले से ही कब्जा कर रखा था। तभी एक काली-सी मरगिल्ली औरत उठी, तो दीपिका ने माँ से उस खाली जगह पर

बैठ जाने का इशारा किया। जब तक नीलिमा की हिचक दूर होती, तब तक एक मोटी औरत आसपासवालों को अपनी मुगदर जैसी दोनों भुजाओं से धकियाती हुई 'धम्म' से बीच में धँस गई। उसके भीमकाय कलेवर के अनुपात में जगह बहुत कम थी, पर अपने लिए मतलब भर की जगह बनाने में वह बहुत कौशल से सफल हो गई थी।

इधर आसपासवालों ने झनझनाते कंठ से उसके बैठने पर आपत्ति की, उधर मरगिल्ली भी अपनी जगह पर दावेदारी जताने के लिए दौड़ी चली आई। शायद उसका पति या कोई अन्य रिश्तेदार कुछ कहने के लिए आया था और उससे बात करके वह वापस लौट आई थी। देखते-ही-देखते दोनों औरतों में घमासान शुरू हो गया।

पतली का तर्क था, "यह मेरी जगह है।"

मोटी का कुतर्क था, "इस पर क्या तेरा नाम लिखा है ? खाली जगह देखकर बैठी हूँ मैं। हिम्मत है तो उठा दे!"

बेचारी पतली की क्या बिसात थी कि बल-प्रयोग में उससे जीतती! गालियों पर उतर आई तो मोटी ने पलटकर अपशब्दों की जो बौछार की, उसे सुनकर उससे भागते ही बना।

लोगों ने मुफ्त में यह रोचक तमाशा देखा और मजा लिया।

नीलिमा ने खैर मनाई कि वह उस खाली जगह पर बैठने के लिए नहीं बढ़ी थी। यदि बैठ गई होती, तो पता नहीं किस शैली में उसका सत्कार होता!

खैर, माँ-बेटी खुद ही वहाँ से रुखसत हुईं। वकील साहब का फोन जो आ चुका था।

पर आज सिर्फ निराशा का दिन था।

एक तगड़ी रकम खर्च करके मनोज एंड फैमिली ने गर्भपातवाले मामले में नर्सिंग होम में मौजूद रिकॉर्ड में हेरफेर करवा दिया था। उस तारीख में कोई गर्भपात प्रमाणित न हो सका। दीपिका का अपने पक्ष में दिया गया यह बयान निरस्त कर दिया गया।

दोनों माँ-बेटी अन्यमनस्क हालत में घर लौटने लगीं। अभी कोर्ट के मुख्य द्वार तक पहुँची ही थीं कि पीछे से एक आवाज सुनाई दी, "बेटी, जरा सुनो।"

यह जानते हुए भी कि उससे यहाँ बात करनेवाला कौन हो सकता है, अनायास ही दीपिका ने पीछे मुड़कर देखा। तेज चाल से आगे बढ़ती हुई दोहरे

बदन की एक बूढ़ी सी औरत ने उसे हाथ के इशारे से ठहरने के लिए कहा।

नीलिमा और दीपिका रुक गईं।

औरत के पास आने पर दीपिका ने पूछा, "मुझसे कुछ कह रही हो?"

"हाँ।"

"क्या बात है?"

"आज तुम्हारे मुकदमे की पेशी के समय मैं वहीं थी। जानती हूँ, तुम्हारे साथ अन्याय हुआ है। कई साल पहले गीतांजलि नर्सिंग होम में गर्भपात कराए जाने की गवाही मैं दे सकती हूँ।"

"क्या?" नीलिमा और दीपिका के हैरत भरे कंठ से एक साथ निकला।

औरत चुप रही।

चूँकि यह एक सनसनीखेज खुलासा था, इसलिए नीलिमा ने उस औरत का हाथ पकड़ लिया, "बहन, तुम कौन हो? यदि एतराज न हो, तो ऑटो में बैठकर हमारे साथ घर तक चलो। वहाँ इत्मिनान से बात हो सकेगी। यहाँ भीड़भाड़ के बीच खड़े-खड़े कुछ कहना-सुनना मुनासिब नहीं है।"

"ठीक है।" औरत तुरंत राजी हो गई।

हाथ देकर दीपिका ने पास से निकलता हुआ एक ऑटो रोका। किराया तय किए बिना उसने गंतव्य बताया और तीनों महिलाओं के बैठने के बाद ऑटो चालक ने वाहन दौड़ा दिया। रास्ते में कोई कुछ न बोला। हाँ, घर पहुँचकर नीलिमा ने सबसे पहले पानी के गिलास लाकर कमरे में रखे और फिर पंखा चलाकर पूरी तसल्ली से बोली, "पाँच मिनट सुकून से बैठकर पसीना सुखा लो। तब तक मैं चाय लेकर आती हूँ। उसके बाद ही हम लोग इत्मिनान से बात करेंगे।"

जल्दी ही चाय आ गई।

साथ में कुछ नाश्ता भी था।

चाय-नाश्ते के वक्त नीलिमा और दीपिका धीरज धरे रहीं। इसके बाद खाली बरतन वहाँ से हटाकर एक कुरसी पर बैठते हुए नीलिमा बोली, "हाँ बहन, अब हम बात कर सकते हैं।··· बताओ, तुम कौन हो?"

"मैं मनोरमा हूँ। कुछ दिन पहले तक गीतांजलि अस्पताल में सफाई कर्मचारी थी। कुछ साल पहले मेरी मौजूदगी में ही वहाँ पर बिटिया का गर्भ गिराया गया था।"

"क्या?" नीलिमा चीख उठी, "तुम्हारी मौजूदगी में?··· पर इतनी पुरानी

घटना के बारे में तुम इतने भरोसे से कैसे कह सकती हो? यह कोई आज की बात तो है नहीं।"

"जानती हूँ।" मनोरमा बोली, "पर ऐसा रूप रामजी सड़क चलती हर लड़की को देते हैं क्या? कसम खाकर कह सकती हूँ कि मैंने ऐसी खूबसूरती आज तक कहीं नहीं देखी। सिनेमा के परदे पर भी नहीं। उस पर ये घुटनों के नीचे तक लहराते हुए काले-घने बाल। पूरे आगरा शहर में इसकी मिसाल मिलेगी क्या? मैं कहती हूँ, मैं ही क्या, और भी कोई इस खूबसूरती को एक बार देखने के बाद जिंदगी भर नहीं भूल सकता है।"

बात सच थी।

नीलिमा जानती थी कि सड़क चलती उसकी बेटी को दीपिका पादुकोण से लेकर किस फिल्म तारिका का नाम नहीं दिया जाता? यह तो तब है, जब लड़की सौंदर्य प्रसाधनों से गज भर की दूरी रखती है। इसलिए ऑपरेशन टेबल पर बेहोश पड़ा यह रूप यदि इतने साल बाद भी इस सफाई कर्मचारी की आँखों में बसा है, दिमाग में मौजूद है, तो यह असंभव नहीं है।

"मैंने मान लिया।" नीलिमा बोली, "तुम्हें मेरी बेटी को लेकर कोई धोखा नहीं हुआ है।··· आगे कहो।"

"मैं ठहरी अनपढ़ औरत। घर से अस्पताल और अस्पताल से घर के अलावा कभी कुछ जाना नहीं। हाँ, अस्पताल के जाने कितने गोपनीय रहस्य जरूर इस छाती में दफन हैं। लड़के की चाह में जब-जब अल्ट्रासाउंड के बाद मादा भ्रूण गिराया गया, तब-तब घर जाकर मुझसे रोटी नहीं खाई गई है। आखिर उस गंदगी को, या यों कहूँ कि एक अजनमी बच्ची की देह के कटे-फटे टुकड़ों को, मैं ही तो अस्पताल के पीछे मौजूद अंधे कुएँ में फेंकती थी। मेरी आत्मा उस पाप में मेरी भी भागीदारी के लिए मुझे हर बार लताड़ती थी।" मनोरमा के मुँह से जैसे शब्द नहीं, गिरजाघर में किसी पादरी के सामने की गई पाप की स्वीकारोक्ति निकल रही थी।

वातावरण बहुत बोझिल हो उठा था।

नीलिमा ने उसे दिलासा दिया, "मन पर कोई बोझ मत लो। तुम तो वहाँ केवल एक कर्मचारी भर थीं। वहाँ जो कुछ होता था, उसमें वहाँ के डॉक्टर और अस्पताल संचालक की ही मुख्य भूमिका रहती थी।"

"वही तो।" मनोरमा ने स्वयं को सँभालने की कोशिश की, "कई साल पहले घटी इस घटना को भी मैं एक-दो दिन में भूल गई थी। लेकिन अभी हाल

में, मुश्किल से दो महीना पहले, एक दिन मैं अस्पताल की सबसे बड़ी डॉक्टर मोहिनी जायसवाल के कमरे से सटे वॉशरूम की सफाई कर रही थी, मेरे कानों में अचानक कुछ ऐसी बातें पड़ीं, जिन्हें सुनकर मैं सहम गई। डॉक्टर की मेज के सामने पड़ी कुरसियों पर दो आदमी बैठे हुए थे और गर्भपात के किसी पुराने रिकॉर्ड को फाइल से हटाने के लिए एक मोटी रिश्वत देने की बात कह रहे थे। इन बातों को सुनकर मैं सन्न रह गई। दरवाजे की झिरी से मैंने उन दोनों आदमियों के चेहरे अच्छी तरह देख लिये थे। एक चिकना-चुपड़ा जवान था और दूसरा बड़ी उम्र का धनी व्यक्ति दिखाई दे रहा था।"

नीलिमा और दीपिका भौचक्की-सी मनोरमा का चेहरा देखे जा रही थीं। एक-एक शब्द कानों में पड़ने के साथ दोनों माँ-बेटी जैसे पत्थर की मूर्ति में तब्दील होने लगी थीं। उधर मनोरमा अपनी यादों में डूबी हुई बता रही थी, "बात तय हो गई। जेब से रुपयों की भारी-भरकम गड्डी निकालकर डॉक्टर को थमा दी गई और वे दोनों जन उठकर वहाँ से चले गए।"

"फिर?" नीलिमा के काँपते कंठ से सवाल निकला।

"फिर मैं समझ नहीं पाई कि अब मुझे क्या करना चाहिए? मेरा दिमाग सुन्न हो चुका था और देह में कोई हलचल नहीं रही थी। मुझे पता था कि मैंने जो कुछ देखा-सुना है, वह सिर्फ मेरे तक ही रहना चाहिए। यदि किसी को भनक भी लग गई, तो मेरी जान की खैर नहीं है, इसलिए मैं न जाने कब तक मूरत की मानिंद वहीं खड़ी रही और अपने धड़धड़ाते हुए कलेजे को सँभालने की कोशिश करती रही। आखिर जब आधा घंटे से ज्यादा समय गुजर गया, तो मैं खुद को सहज दिखाने की कोशिश करती हुई वॉशरूम से बाहर निकलकर डॉक्टर मोहिनी के कमरे से होती हुई बाहर जाने लगी।"

"डॉक्टर ने तुमसे कुछ नहीं पूछा?" दीपिका बोल पड़ी।

"पूछा क्यों नहीं!" मनोरमा ने बताया, "मेरी सूरत देखते ही उनके चेहरे का रंग उड़ गया। कड़ककर पूछने लगीं कि मैं कब से वॉशरूम के भीतर थी? मैंने भी एकदम सामान्य चेहरे से बताया कि बस सिर्फ दो मिनट पहले जब वह अलमारी के पास खड़ी होकर कोई फाइल निकाल रही थीं, मैं भीतर घुसी थी। चूँकि वॉशरूम साफ था, इसलिए मिनट भर में उसे देखकर वापस लौट रही हूँ।"

"उन्हें भरोसा हो गया?"

"शायद नहीं। संदेह भरी निगाह से देर तक मुझे घूरती रही थीं। पर मैं उधर

ध्यान न देने का नाटक करती हुई बाहर आ गई थी। कुछ देर बाद मैंने वहाँ मौजूद एक अन्य कर्मचारी से पूछताछ करके जान लिया था कि एक महँगी कार से उतरकर दो आदमी डॉक्टर के कमरे में घुसे थे और करीब पंद्रह-बीस मिनट ठहरकर ही बाहर निकल आए थे। उस पंद्रह-बीस मिनट की अवधि के सच की आँखों देखी गवाह मैं थी, पर मैं किसी से यह बात कह नहीं सकती थी।"

"फिर क्या हुआ?"

"फिर उसी शाम डॉक्टर मोहिनी ने मुझे बुलाकर नौकरी से हटा देने की बात कही। वजह बताई थी उम्र बढ़ जाना। पर मैं जानती थी कि उन्हें मेरे ऊपर शक है। चूँकि प्राइवेट नौकरी में इस तरह अचानक नौकरी से निकाल दिया जाना आम बात है, इसलिए मैं कुछ कह न सकी। अपनी लंबी नौकरी का वास्ता देते हुए इतनी विनती जरूर की कि इस जगह मेरी बहू को काम दे दिया जाए। गनीमत थी, वह मान भी गईं।"

"ओह!" नीलिमा यह खुलासा सुनकर परेशान होती हुई बोली, "सबकुछ कितना अविश्वसनीय-सा लगता है न, दीपिका?"

"हाँ।" दीपिका सहमत हुई।

मनोरमा की बात अभी खत्म नहीं हुई थी। उसने आगे बताया, "मेरा अस्पताल जाना तो बंद हो ही चुका था, पर कमरा खाली करने को लेकर मकान मालिक के साथ झगड़ा शुरू हो गया। इसी सिलसिले में मुकदमा चल निकला और आज मैं यहाँ आई थी। तारीख बढ़ जाने के बाद भी घर जाने के बजाय एक बेंच पर बैठी थकान मिटा रही थी, तभी आप दोनों पास ही खड़ी दिखाई दीं। उसके बाद जगह को लेकर दो औरतें झगड़ने लगीं और फिर एक फोन सुनने के बाद आप दोनों वहाँ से चल दीं। चूँकि मैंने बिटिया को पहचान लिया था, इसलिए पता नहीं किस जादू की डोर से बँधी हुई खुद भी पीछे-पीछे चल दी। इजलास में मौजूद दोनों आदमियों को पहचानना मेरे लिए कोई मुश्किल न था। कुछ दिन पहले यही दोनों मुझे गीतांजलि अस्पताल में डॉ. मोहिनी से गर्भपात के पुराने रिकॉर्ड में हेरफेर करने के लिए रिश्वत देते दिखे थे। मैं समझ गई कि रुपयों की थैली का मुँह खोलकर इस अदालत में एक सच की धज्जियाँ उड़ा दी गई हैं। चूँकि मुझसे यह बरदाश्त न हुआ, इसलिए आप दोनों के पीछे दौड़ी चली आई।"

"मनोरमा बहन, काश! कचहरी में ही तुमने मुँह खोल दिया होता।" नीलिमा गहरी कसक से भरकर बोली।

"मैं बेबस थी। इस वक्त मेरी बहू गीतांजलि में काम कर रही है। अस्पताल के खिलाफ मुँह कैसे खोल सकती थी?" मनोरमा उदास आवाज में बोली।

"तुम ठीक कहती हो।" दीपिका को स्वीकारना पड़ा।

"अब मैं जाऊँ!" कहती हुई मनोरमा उठ खड़ी हुई।

"ठहरो। अपना पता लिखाती जाओ। शायद हमें कभी तुम्हारी जरूरत पड़े।"

और दीपिका ने डायरी खोलकर उस स्त्री का नाम-पता नोट कर लिया।

मनोरमा के खुलासे से नीलिमा भले ही विचलित हो उठी थी, पर दीपिका के चेहरे पर गहरी शांति थी।

□

सचमुच फौलाद बन चुकी थी दीपिका।

छोटी-मोटी चोटों से आहत होना छोड़ दिया था उसने। उसने ही नीलिमा को समझाया, "माँ, चिंता मत करो। अगली तारीख पर डॉ. सिद्धार्थ की गवाही है। देखना, उस एक गवाही से बाजी जीत लेंगे हम।"

"अंधा देखे तब पतियाए।" नीलिमा निस्पृह भाव से बोली।

दीपिका सिर्फ मुसकराती रही।

उसकी यह मुसकान ऐसी थी, जैसे किसी प्रचंड तूफान के सामने अडिग-निष्कंप खड़ी एक माटी के दीपक की नन्ही-सी लौ हो। उस झिलमिल जोत को देख नीलिमा भी एकबारगी स्तब्ध हो उठी।

दीपिका ने उसी दिन फोन करके डॉ. सिद्धार्थ को आज की निराशाजनक स्थिति की सूचना दी। उधर से सुनाई दिया, "दीपिका, डरो मत बहन। मैं हूँ न! मेरी गवाही होने दो। मुकदमे में जान डाल दूँगा।"

"आपका बहुत भरोसा है, भैया।" दीपिका कृतज्ञ कंठ से बोली।

"मेरी गवाही कब होगी, कुछ अनुमान है?"

"पंद्रह अक्तूबर को अगली तारीख है। उसी दिन आपकी गवाही होनी है।"

"ठीक है। मैं चौदह की शाम को आगरा आ जाऊँगा। पहुँचकर तुम्हें सूचित करूँगा।"

"जी, बहुत अच्छा।" दीपिका की आवाज में और ज्यादा कृतज्ञता झलक उठी।

अब माँ-बेटी को सिर्फ पंद्रह अक्तूबर की प्रतीक्षा थी। रोज उनकी निगाह कलेंडर पर पड़ती और एक-एक दिन बीतता देखकर आशान्वित हो उठतीं।

चौदह तारीख की शाम को दीपिका अपनी व्याकुलता नहीं छिपा सकी। नीलिमा के पास जाकर बोली, "डॉ. सिद्धार्थ ने आज ही आगरा पहुँचने की बात कही है। देखो, कब तक आते हैं?"

"क्या तुमने सीधे यहीं बुलाया है?" नीलिमा ने पूछा, "ऐसी बात है तो खाने में दो चीजें ज्यादा रहनी चाहिए।"

"मुझे नहीं लगता कि वह सीधे हमारे घर आएँगे। हमारे संबंधों में इतना घरेलूपन नहीं है। किसी अच्छे होटल में ही ठहरेंगे। वहाँ पहुँचकर अपने आने की सूचना देंगे।"

"फिर भी हमें उनको एक बार अपने घर जरूर बुलाना चाहिए। हमारी खातिर ही तो जयपुर से आगरा आ रहे हैं।"

"माँ, पहले उन्हें आ जाने दो। न होगा तो सुबह चाय पर बुला लूँगी।" दीपिका बोली।

पर घड़ी की सुइयाँ आगे बढ़ती गईं और जयपुर से आगरा आनेवाली आखिरी ट्रेन का समय भी निकल गया। दीपिका के चेहरे पर गहराती निराशा देखकर नीलिमा ने समझाया, "यदि आज नहीं निकल सके होंगे, तो कल सुबह दस बजे तक आ जाएँगे। व्यस्त व्यक्ति हैं, दो दिन का समय निकालने की गुंजाइश डॉक्टरों के पास नहीं होती है।"

"ठीक कहती हो, माँ।" दीपिका सहमत हुई।

उस रात वह चैन की नींद नहीं सो सकी। बार-बार शक होता कि मोबाइल की घंटी बज रही है। बार-बार मन में खयाल आता, हो सकता है कि डॉ. सिद्धार्थ देर से निकले हों। टैक्सी से आ रहे हों। अपनी गाड़ी खुद ड्राइव करके भी आने की सोची हो, तो क्या आश्चर्य!

जैसे-तैसे रात कटी।

सुबह होते ही एक बार फिर माँ-बेटी की गुफ्तगू शुरू हो गई। पर दस बजे तक भी जब डॉ. सिद्धार्थ का कोई संदेश न आया, तो दीपिका बोली, "मुझे पहले ही सोच लेना चाहिए था कि वह मेरी वजह से अपने सहकर्मी की दुश्मनी क्यों लेने लगे? इसी वजह से अपना आना टाल गए।"

नीलिमा कोई प्रतिक्रिया देने की स्थिति में न थी।

"लोगों को परखने पर ही उनके दोहरे व्यक्तित्व का पता चलता है।" दीपिका और ज्यादा उत्तेजित हो उठी, "परदे के पीछे रहकर आग लगाने में आज

का हर आदमी माहिर है। पर सामने आकर किसी की बुराई मोल नहीं लेना चाहता, इसीलिए तो डॉ. सिद्धार्थ चुपके से पतली गली में फूट लिये।"

"छिः, कैसी अशोभनीय बात करती हो!" नीलिमा ने बेटी को फटकारा।

"इसमें गलत क्या है!" दीपिका गुस्से से बोली, "तुम्हीं बताओ, क्या उन्होंने हमें झाँसा नहीं दिया है? आज उन्हें हर हालत में आना चाहिए था। उनके कोर्ट में न पहुँचने पर हमारा कितना नुकसान होगा, तुम नहीं समझोगी।"

"मैं समझती हूँ। पर हमारे हाथ में है ही क्या?" नीलिमा चिढ़ गई, "तुम भी तो अपना मान लिये बैठी हो। फोन करके पूछ क्यों नहीं लेतीं कि वह कहाँ हैं? हो सकता है कि सीधे कोर्ट पहुँच गए हों और तुम यहाँ खामख्वाह ताव खाए जा रही हो।"

दीपिका तनिक लज्जित हुई, "हाँ, ऐसा भी संभव है। मैं फोन करके पूछ लेती हूँ कि वह कहाँ हैं।"

पर यह प्रयास भी निरर्थक रहा।

डॉ. सिद्धार्थ से संपर्क करने की हर कोशिश विफल रही। मन-ही-मन कुढ़ती हुई, वह अकेली कोर्ट पहुँची। जाकर पता चला, एक और दुर्भाग्यशाली खबर उसका इंतजार कर रही है। वह सदमा खा गई, जब विदित हुआ कि ठीक दस बजे यह मुकदमा अदालत में पेश हुआ था और गवाह की अनुपस्थिति की वजह से किसी कड़वी टिप्पणी के साथ अगली तारीख पड़ चुकी है।

गहरे दुःख, हताशा एवं थकान से भरी हुई दीपिका वकील के चैंबर में जाकर बरस पड़ी, "आपका भी उस समय मौजूद न रहना मेरे लिए बहुत तकलीफदेह है। ऐसी लापरवाही क्या उचित कही जाएगी, वकील साहब?"

"देखिए मैडम, यह केस हमेशा लंच के बाद लिया जाता है, इसीलिए मैं अपने फादर की कल शाम पैथालॉजी सेंटर पर हुई जाँच की रिपोर्ट लेने के लिए वहाँ चला गया था। फिर भी साढ़े दस तक यहाँ पहुँचा और यह जानकर दंग रह गया कि मुकदमे की सुनवाई आज ठीक दस बजे हो चुकी है।''' जाहिर है, हमारा दुश्मन बहुत चालाक और तेज-तर्रार है। कितनी चतुराई से उसने अचानक हाथ लगे इन पलों को भुना लिया, देखकर मैं खुद हैरत में हूँ।"

"आपने मुझे पूरा आश्वासन दे रखा है कि हर तारीख पर मेरे आने की जरूरत नहीं है। आप केस को अपने स्तर पर सँभाल लेंगे। अगर मुझे पता होता कि आप देर से आएँगे, तो मैं ही ठीक दस बजे यहाँ हाजिर हो जाती। कम-से-कम डॉ. सिद्धार्थ की गवाही के लिए अगली तारीख ली जा सकती थी। पर हम दोनों का

ही सिरे से गायब हो जाना हमारे केस को आज बहुत कमजोर बना गया।" दीपिका गहरी निराशा से भरकर बोली।

"सॉरी!" वकील साहब ने खेद व्यक्त किया।

दीपिका जानती थी कि आरोप-प्रत्यारोप से अब कोई फायदा नहीं है। बहुत मन मारकर वह घर लौटी।

चित्त तो अशांत हो ही गया था। आज का नुकसान झेलने के बाद उसने डॉ. सिद्धार्थ को कोई फोन न किया।

चौथे दिन स्वयं उनका फोन आया, "दीपिका, पंद्रह अक्तूबर को मुकदमे में क्या रहा?"

वह तिलमिला उठी, "अब कुछ भी जानने की उत्सुकता किसलिए? आप तो ऐन वक्त पर गायब ही हो गए थे।"

"अपरिहार्य परिस्थिति में मैंने ऐसा किया।" डॉ. सिद्धार्थ का शांत कंठस्वर सुनाई दिया।

"कैसी अपरिहार्य परिस्थिति? कम-से-कम अपने न आने का एक फोन ही कर देते, तो मैं ठीक दस बजे कोर्ट पहुँचकर गवाही की तारीख बढ़वाने की अर्जी लगा देती, पर आपने तो फोन का स्विच तक ऑफ कर रखा था। हर बार वही एक संपर्क क्षेत्र से बाहर होने की सूचना।··· उफ्, इतनी कठोरता आपने क्यों दिखाई, भैया?" कहते-कहते दीपिका का कंठ रुंध गया।

"उस दिन मैं गाँव में था। चंबल के बीहड़ में हमारा गाँव है, जहाँ सिग्नल नहीं पहुँचता। मैं निरुपाय था, संपर्क नहीं साध सका। माँ के अंतिम संस्कार की मजबूरी न होती, तो क्या आगरा पहुँचने से खुद को रोक सकता था?"

"तो क्या माँजी···" दीपिका ऐसी हतप्रभ हो उठी कि मुँह से पूरा वाक्य तक नहीं निकल सका।

"हाँ बहन, चौदह तारीख को मेरा शताब्दी से आगरा आने का कन्फर्म टिकट था, पर ग्यारह तारीख को गाँव से आया एक पोस्टकार्ड पढ़कर किंकर्तव्यविमूढ़ रह गया, जिसमें माँ की गंभीर बीमारी की सूचना थी। सोचा, तुरंत गाँव निकल जाऊँ और फिर दो दिन बाद वहीं से आगरा निकल जाऊँगा। पर चौदह तारीख को सायं छह बजे माँ का देहांत हो गया। पंद्रह तारीख को जब यहाँ कोर्ट में मुकदमे की सुनवाई हो रही होगी, मैं माँ को मुखाग्नि दे रहा था।"

"भैया, मुझे क्षमा करो। हकीकत न जानने की वजह से मैंने आपको काफी

भला-बुरा कहा है।" दीपिका ग्लानि से भर उठी।

"विधि के विधान में इनसान हस्तक्षेप नहीं कर सकता। शायद यह घटना इसी रूप में घटित होनी थी। तुम अपने मन पर कोई भार न लो।" सिद्धार्थ ने समझाया।

पर दीपिका उस सारा दिन अनमनी बनी रही।

□

दिन-दिन बिगड़ते हालात में किसी इनसान का चित्त सुस्थिर कैसे रह सकता था?

दीपिका समझ नहीं पा रही थी कि क्या जब-तब कोर्ट के चक्कर काटना और दिनोदिन कमजोर होते मुकदमे को देख हताशा से भर उठना ही उसकी नियति हो चुकी है? बैंक और घर के बीच भागमभाग वैसे ही जारी थी। अभ्यस्त हाथ स्कूटी चलाते रहते और दिमाग पता नहीं कहाँ-कहाँ दौड़ता रहता। वह हर पल डरती रहती कि भीड़ भरी सड़क पर किसी दुर्घटना से कब तक बची रहेगी? पास से गुजरती किसी कार का तेज हॉर्न कानों में पड़ने से वह चिहुँककर होश में आती और गाड़ी की चपेट में आने से बाल-बाल बच जाने पर ईश्वर को धन्यवाद देती।

जैसे-तैसे रास्ता तय करके बैंक में जीती-जागती पहुँचने के बाद भी उसकी समस्याओं का अंत न होता। अपनी सीट पर बैठ, रोजमर्रा के कामों में व्यस्त हो जाने के बाद भी अशांत बनी रहती। कंप्यूटर पर चलती उँगलियाँ पता नहीं कब थम जातीं और वह न जाने किस लोक में गुम हो जाती। भयावह अँधेरों से सिर टकराते हुए अचानक किसी खाताधारक की तेज आवाज से होश में आती, "मैडम, यह पासबुक लें। इसे अप-डेट करना है।"

यंत्रवत् वह पासबुक थाम लेती।

सामने रखे कंप्यूटर पर सारी संख्याएँ गड्ड-मड्ड होने लगतीं, तो अकुलाकर सिर को दाएँ-बाएँ घुमाती और काम छोड़कर, पीछे सिर घुमाते हुए आवाज देती, "रामवती, एक गिलास पानी!"

दो घूँट पानी गले में उतरने के बाद ही हृदय को तनिक राहत मिलती और पासबुक पर ध्यान केंद्रित होता।

राजेश वर्मा के साथ मुलाकातें बढ़ गई थीं। लंच टाइम में दोनों कैंटीन पहुँचते और खाना खत्म करने के बाद साथ-साथ कॉफी लेते। राजेश वर्मा जब-तब कोमल कंठ से मदद की गुजारिश करता, जिसे वह उतनी ही कोमलता से अस्वीकार देती। मुकदमा कितना आगे बढ़ा, इस पर प्रायः चर्चा होती। अन्य

सहकर्मी भी जब-तब पूछते, "आपके केस का क्या हाल है? फैसला कब तक आने की उम्मीद है?" "देखिए। राजकाज है।" वह संक्षिप्त उत्तर देकर बात टाल देती। राजेश वर्मा को इतनी आसानी से टाल सकना संभव न होता, तो वह विस्तार से बताती। मुँह लटकाकर बात का समापन करती, "कोर्ट का अपना तौर-तरीका है। लोग कहते हैं कि यहाँ एक बार फँस जाने पर न्याय पाने के इंतजार में बरसों लग जाते हैं।"

"आपको अपना केस किसी अच्छे वकील के हाथ में देना चाहिए, जिसका कानूनी हलके में दबदबा हो। वकील कौन है, इसका केस पर बहुत असर पड़ता है।"

"वकील साहब तो यहाँ भी काफी मेहनत कर रहे हैं, पर दूसरा पक्ष ज्यादा जबर है, तो वह क्या कर सकते हैं?" दीपिका अनमनी हो जाती।

सचमुच दूसरे पक्ष के जबर होने का एक और प्रमाण मिल गया।

ड्राइंगरूम के बंद दरवाजे के नीचे से सरकाकर भीतर पहुँचाया हुआ एक बंद लिफाफा अचानक एक दिन दीपिका को दिखाई दिया। कभी-कभी माँ-बेटी के घर से बाहर होने पर किसी आगंतुक द्वारा शादी का कार्ड आदि इसी तरह अंदर पहुँचा दिया जाता था। पोस्टमैन भी साधारण डाक से आई चिट्ठियों को ऐसे ही भीतर पहुँचाकर अपनी जिम्मेदारी पूरी करता था। पर यह तो कोई पता लिखा लिफाफा न था और न ही विवाह का निमंत्रण-पत्र था। दीपिका ने भौंहों पर बल डाले हुए ही उसे उठाया। क्षण भर जस-की-तस खड़ी रही, फिर एक झटके से लिफाफा खोलकर भीतर रखा हुआ पत्र निकालकर पढ़ने लगी। टाइप की हुई इस गुमनाम चिट्ठी में धमकियों की भरमार थी। गंदी गालियों से भरी हुई भाषा में मुकदमा वापस लेने की चेतावनी दी हुई थी। ऐसा न करने पर तेजाब से जला देने की बात कही गई थी।

दीपिका ऐसी धमकियों से डरनेवाली होती तो पहले ही इस काँटों भरी डगर पर पैर न धरा होता। अब एक बार कदम बढ़ा देने पर वापस लौटने का कोई प्रश्न ही नहीं उठता था। उसने चिट्ठी को चिंदियों में फाड़कर डस्टबिन में डाल दिया। नीलिमा से इसकी चर्चा तक नहीं की।

दो दिन बाद ऐसी ही एक गुमनाम चिट्ठी फिर आई और इस बार नीलिमा के हाथ लगी। गली में खड़ी सब्जी की ठेली से हरी मटर और टमाटर लेकर वह घर के दरवाजे तक पहुँची थी कि दस-बारह साल के एक लड़के ने उसके हाथ

में एक पत्र थमा दिया, "आंटीजी, यह चिट्ठी आपके हाथ में देने के लिए उन्होंने दी है।"

"किसने?" पूछते हुए नीलिमा ने पत्र थामकर संकेतित दिशा में देखा, कोई खड़ा न दिखाई दिया। लड़का भी चिट्ठी देकर तेज कदमों से गली से बाहर हो गया था। वैसे भी इस अजनबी बालक को वह पहचानती नहीं थी। शायद कहीं बाहर का लड़का रहा होगा।

खरीदी सब्जी के साथ चिट्ठी को लिये हुए नीलिमा घर के भीतर घुस गई। सब्जी यथास्थान रखी। चिट्ठी को खोलकर पढ़ा तो दिसंबर माह की विकट सर्दी में भी देह पसीने से भीग गई। खौफजदा चेहरा लिये, बेटी के पास जाकर बोली, "एक छोटा लड़का धमकियों से भरा यह पत्र अभी मुझे दे गया है।"

"माँ, इसे फाड़कर फेंक दो।"

"तुम एक बार पढ़ो तो सही।"

"मैं पढ़ चुकी हूँ।"

"चिट्ठी मेरे हाथ में है और तुम पढ़ भी चुकीं?" नीलिमा खीझ उठी।

"ऐसा ही धमकियों से भरा पत्र दो दिन पहले मुझे मिला था। ड्राइंगरूम के बंद दरवाजे के नीचे से किसी ने भीतर सरकाया था। मैंने उसे फाड़कर डस्टबिन में फेंक दिया।"

"दीपा, तुमने यह ठीक नहीं किया।"

"तो क्या करती? फ्रेम में मढ़वाकर ड्राइंगरूम में सजा देती।" दीपिका हँस पड़ी।

नीलिमा गंभीर बनी रही, "न बेटी, यह हँसने की बात नहीं है। शुरुआती दिनों में हमें जरूर धमकियाँ मिली थीं, पर बाद में यह बवाल थम गया था। इसका दुबारा शुरू होना चिंता की बात है। यह चिट्ठी हमें पुलिस थाने में दिखानी चाहिए। अपने लिए सुरक्षा माँगनी चाहिए।"

"फिजूल की बात मत करो, माँ!" दीपिका झुँझला गई, "ऐसी बकवास को कोई सुनेगा वहाँ?··· क्या सोचती हो तुम, बंदूकधारी गार्ड तुम्हारी बेटी के पीछे-पीछे चलेगा?"

नीलिमा खिसिया गई, "भले ही बंदूकधारी गार्ड की सुरक्षा न मिले, पुलिस की जानकारी में यह बात होनी चाहिए कि गुमनाम धमकियाँ हमें अभी भी लगातार मिल रही हैं। कल को कोई अनहोनी हो, तो उन लोगों की गरदन दबोची जाए।"

"छोड़ो माँ! इन बातों में कुछ नहीं रखा है। वह परिवार हर तरह से समर्थ है। हमें सरेआम मरवा देगा, तो उस हत्या को भी दुर्घटना सिद्ध कर देगा।" दीपिका चुभती आवाज में बोली।

नीलिमा उस वक्त तो चुप रह गई, पर अगले हफ्ते फिर वैसी ही चिट्ठी मिलने पर भड़क उठी, "दीपा, न सिर्फ थाने में, बल्कि अखबारों के दफ्तर में जाकर भी मैं ये चिट्ठियाँ दिखाऊँगी। हमारी चुप्पी और खामोशी को अगर वे लोग हमारी बुजदिली समझ रहे हैं, तो उनकी गलतफहमी दूर होनी चाहिए।"

"मेरी भोली माँ, तुम बात को समझने की कोशिश करो," दीपिका की आवाज गंभीर हो उठी, "तुम कहोगी तो मैं पुलिस थाने और अखबारों के दफ्तर तक चली चलूँगी। पर देख लेना, हमारी दौड़ बेकार रहेगी।"

"तुम्हारा सोच निराशावादी है।" नीलिमा कुढ़कर बोली।

पर चार-छह दिन की भाग-दौड़ के बाद भी जब नतीजा शून्य रहा, तो नीलिमा को मानना पड़ा कि दीपिका की बात ही सच थी। इन गुमनाम चिट्ठियों को कहीं गंभीरता से नहीं लिया गया। दरअसल मीडिया की भी अपनी एक कार्य-पद्धति होती है। किसी व्यक्ति अथवा घटना पर वह बहुत ज्यादा समय तक फोकस करना पसंद नहीं करता। उसे मालूम है कि समय की गति बहुत तेज है और संसार परिवर्तनशील है। चूँकि विश्व के हर कोने में हर पल अनगिनत घटनाएँ घटा करती हैं, इसलिए उनमें से चुनी हुई घटनाओं को छापने में ही उसकी रुचि रहती है। जन-मानस की नब्ज की भी गहरी पकड़ है उसे। जानता है, अखबार के पाठकों को गिने-चुने विषयों की जुगाली के बजाय नए रस और स्वाद लुब्ध करते हैं। एक बैंककर्मी युवती के साथ एक डॉक्टर का रेप-प्रकरण आखिर कब तक लोक-रुचि को बाँधे रहेगा? बहुत पढ़ ली गई यह खबर। बासी-तिबासी हो गई अब। आठ मार्च के अंतरराष्ट्रीय महिला दिवस पर पूरे शहर की महिलाओं की एकजुटता और जागरूकता दिखा देने के बाद अब इस घटना में कोई नयापन बाकी नहीं रहा है।

यदि इस मामले में अब कुछ कहना है तो फैसले के दिन ही कहा जाएगा। आरोपी की गिरफ्तारी और जमानत पर रिहा हो जाने के बाद यह मामला कुछ दिनों के लिए ठंडे बस्ते में डाला जा सकता है। पीड़िता को मिलनेवाली रोज की धमकियों की चर्चा के लिए अखबारी कॉलम की दो पंक्तियाँ भी क्यों खर्च की जाएँ? षटरस व्यंजनों की लोलुप आम जनता को हर दिन अखबार में नई खबर

चाहिए। 'अपना शहर' में छपने के लिए नगर के हर कोने में नई घटनाओं की इफरात थी। कहीं सांप्रदायिक तनाव की आग है, तो कहीं किसी राजनीतिक पार्टी की रैली। कहीं यमुना तट पर रेत माफियाओं का अवैध खनन है, तो कहीं दहेज के लिए जिंदा जला दी जानेवाली युवती की व्यथा-कथा। कहीं गरीबी के चलते किसी अभागे परिवार की सामूहिक खुदकुशी है, तो कहीं मिट्टी की ढाय गिर जाने से तीन बच्चियों की दबकर हो जानेवाली मौत। किसी अधेड़ का किशोरी को बहला-फुसलाकर भगा ले जाना और कहीं तीन बच्चों की माँ का युवा प्रेमी के साथ भाग जाना क्या कम चटपटी खबरें थीं? ऐसे में रेप पीड़िता के पास आनेवाली धमकियों से भरी गुमनाम चिट्ठियाँ किसी अखबार के लिए शादी के रिसेप्शन की दावत से बचे खाने से ज्यादा अहमियत नहीं रखती थीं।

दीपिका और नीलिमा ने उन चिट्ठियों को लेकर भाग-दौड़ तो की, पर वह बेअसर रही।

एक दिन राह में शबाना जी से मुलाकात हो जाने पर नीलिमा ने उन्हें इस बारे में बताया। वह गंभीर जरूर हुईं, पर बोलीं यही, "असल में मुकदमे में अपनी हार को तय जानकर वे लोग तिलमिलाए हुए हैं। ऐसी चिट्ठियाँ उनके आंतरिक डर की सबूत हैं। सोचते होंगे, शायद इसी तरह मुकदमा वापस ले लिया जाए।"

नीलिमा ने सिर हिला दिया।

दो-चार दिन में वह इन चिट्ठियों के बारे में भूल गई, क्योंकि एक बार फिर उनका आना बंद हो गया था। पर दिल और दिमाग पर धरा मुकदमे का बोझ जस-का-तस मौजूद रहा।

दीपिका को भी यह केस अब एक नीरस रूटीन की तरह बोर करने लगा था। लगभग साल भर का समय बीतने के बाद जब अप्रैल का महीना आ गया, तब तक वह कोर्ट-कचहरी के नाम से उकता गई थी। गरमी इस बार कुछ जल्दी ही पड़ने लगी थी। दो अप्रैल से चैत्र के नवरात्र शुरू हो गए। पूरे नौ दिन के नवरात्र के बाद दस अप्रैल को रामनवमी भी मना ली गई। सिर्फ फलाहार के सहारे माँ-बेटी ने नवरात्र रखे थे। नवमी पूजने और पूजा का प्रसाद लेने के बाद भी देह में नौ दिन अन्न न लेने के कारण कुछ कमजोरी तो आ ही गई थी।

ग्यारह अप्रैल की अगली तारीख पर कोर्ट जाने के नाम से दीपिका उदासीन दिखाई दी, तो नीलिमा ने उसे समझाया, "नैया जब किनारे आ लगी है, तो उसे खेने से कतराओ मत। ज्यादा-से-ज्यादा दो तारीखें और पड़ेंगी। जब इतने दिन

हिम्मत सँजोए रही हो, तो आज भी खुश-खुश कोर्ट जाकर वहाँ का हाल-चाल लो।"

कल की पूजा का प्रसाद अभी बचा था। फ्रिज में रखे हलवे-चने का नाश्ता करके दीपिका कोर्ट पहुँच गई। लगभग हमेशा की तरह इस बार भी लंच टाइम तक केस पेश नहीं हुआ। पिछले नौ दिनों के व्रत की कमजोरी। उस पर आज सुबह पेट में पहुँचा थोड़ा सा ही नाश्ता। भूख और थकान से बेहाल होकर वह काफी देर इधर-उधर घूमती रही। फिर कुछ खाने-पीने की इच्छा से बाहर सड़क पर निकल आई।

सामने छोटे-बड़े होटल थे, ढाबे थे और फलवालों के ठेले भी थे। चूँकि पूरे नवरात्र केले, सेब, अंगूर और संतरे ही आहार रहे थे, इसलिए फल खरीदकर खाने की उसकी इच्छा न हुई। गन्ने के रस के एक ठेले के प्रति मन जरूर उत्साहित हुआ, पर वहाँ भिनकती मक्खियों को देखकर वह तुरंत वापस लौट पड़ी। कुछ चटपटा-तीखा खाने के लिए जुबान मचल उठी, तो वह कड़ाही में तले जाते समोसों-कचौड़ियों को थाल में धरा जाता देखकर उधर बढ़ गई। दो गरमागरम समोसे खरीदे। पहला ग्रास मुँह में धरते ही लगा कि व्यंजन में कुछ गड़बड़ी है। पर एक तो पेट में कुलबुलाती भूख और दूसरा बीस रुपए खर्च करने की कसक। दोना फेंकते न बना।

तीखे मिर्च-मसालों और खट्टी-मीठी चटनी के स्वाद से भरपूर समोसे जब पेट में पहुँच गए, तो खाली दोना फेंकते हुए उसे तुरंत अहसास हो गया, पेट में अखाद्य वस्तु पहुँच गई है।

अनुमान सच निकला।

कुछ ही देर में वह पेट दर्द से बेहाल हो गई। कोर्ट में खड़े रहकर अपना मुकदमा पेश होने का इंतजार करना दूभर हो गया। जैसे-तैसे वकील साहब के पास पहुँचकर पूछा, "और कितनी देर लगेगी?"

"मैंने अभी मुंशीजी को भेजकर पता करवाया है। पेशकार का कहना है कि अब आज इस मुकदमे के पेश होने की संभावना नहीं है। जज साहब उठ चुके हैं। तारीख पड़ेगी।"

"अगली तारीख कब पड़ी है, आप पता करवा लेंगे?"

"बिल्कुल।... आपको मोबाइल पर मैसेज भेज दूँगा।"

"तो मैं घर जाऊँ?"

"जी हाँ। मैं तो यहाँ हूँ ही। यदि मुकदमा पेश हो भी गया, तो देख लूँगा।" वकील साहब बोले।

राहत की साँस लेकर दीपिका वहाँ से हट गई।

बीस रुपए के दो समोसे बहुत भारी पड़े थे। बासी-खराब हो चुके आलुओं ने अपना असर दिखाया। रात भर वह उलटी-दस्त से बेहाल रही। सुबह डॉक्टर से दवा लेनी पड़ी। कमजोरी झेली, सो अलग!

नीलिमा उपदेश देने से पीछे न रही, "नवरात्र के लंबे उपवास के बाद चौराहे के हलवाई से समोसे लेकर खा लिये? कुछ तो अकल से काम लेना चाहिए था!"

दीपिका ने सिर्फ मन-ही-मन ईश्वर से प्रार्थना की, बहुत हुआ! अब यह मुकदमा खत्म हो जाए, प्रभु! इसी के चलते और ढेर से बवाल चिपक जाते हैं।

□

10

पता नहीं किन क्षणों में प्रार्थना की गई थी, सीधे परमात्मा के पास पहुँच गई। इसके बाद बीच में सिर्फ दो तारीखें पड़ीं और तीसरी तारीख फैसले की निर्धारित तिथि रही।

इस प्रतीक्षित घड़ी पर नीलिमा और दीपिका कोर्ट पहुँचीं। अदालत का माहौल पिछले सवा-डेढ़ साल में उनके लिए अजनबी न रहा था, पर आज का दिन खास था। लगभग डेढ़ साल से चल रहे 'बैंककर्मी युवती बनाम डॉक्टर रेप कांड' मुकदमे का फैसला सुनाया जाना था। दोनों पक्ष इस निर्णय को जानने के लिए बेतरह उत्कंठित थे और इजलास में मौजूद थे।

दीपिका की आँखों के सामने सारी अदालती कारखाई अपने निर्धारित तरीके से घट रही थी, पर उसे एक-एक पल भार हो रहा था। जल्द-से-जल्द फैसला सुनने के लिए न सिर्फ उसके कर्णमूल उत्कंठित थे, बल्कि शरीर का पोर-पोर ही कर्णमूल बन चुका था।

अंततः न्यायाधीश महोदय ने फैसला सुनाया।

दीपिका के कानों में वे शब्द पड़े जरूर, पर वह उनका अर्थ समझने में असफल रही। उसे लगा, वे शब्द सिर्फ 'भन्-भन्' करते हुए उसके आसपास उड़ रहे हैं और उसके समझने-बूझने की शक्ति से परे हैं।

नहीं, जो कुछ वह सुन रही है, वह सच कैसे हो सकता है? यह अदालती फैसला हो ही नहीं सकता। जरूर कोई गलत फाइल न्यायाधीश महोदय के हाथ में आ गई है और इसलिए यह उलटा-पुलटा फैसला उनकी जुबान से निकल रहा है।

दीपिका ने विस्फारित नेत्रों से माँ की तरफ देखा और अपने संदेह की पुष्टि चाही।

पर नीलिमा का सफेद पड़ चुका चेहरा देखकर वह सबकुछ समझ गई।

नहीं, उसने गलत नहीं सुना था।

न्यायाधीश ने भी सही फाइल खोली थी।

वह सचमुच मुकदमा हार गई थी।

डॉ. मनोज को निरपराधी बताकर रिहा कर दिया गया था।

विजय-गर्व में डूबा वह परिवार लड्डू बाँट रहा था।

इससे आगे देख सकना असंभव था।

माँ-बेटी अपने पाँवों को घसीटती हुई बाहर निकलीं। दोनों पत्थर की मूरत बन चुकी थीं। ऐसी मूरतें, जिनके पाँवों में गतिशीलता देखकर दर्शक के हृदय में सिर्फ हौल जागता था।

उनकी वाणी गले के भीतर ही अवरुद्ध हो चुकी थी।

क्या बोलें अब ?

बोलने के लिए बाकी ही क्या रहा था ? पूर्णग्रहण ने यदि चमकते हुए सूर्य को ग्रसकर चतुर्दिक् अँधेरा फैला दिया हो, तो कोई क्या कहेगा ?

घर पहुँचने तक माँ-बेटी अधर सिये रहीं।

वकील के शब्द भी उनके सिर के ऊपर से गुजर गए थे। चूँकि वकील साहब उनकी मनोस्थिति समझते थे, इसलिए अपनी हार को लेकर वह भी इस वक्त कोई ज्यादा सफाई देने के इच्छुक न थे। वैसे भी डॉक्टर हो या वकील, किसी केस के बनने-बिगड़ने में एक सीमा तक ही हमदर्दी रखता है। व्यवसाय को व्यवसाय की तरह लिये बिना उसका काम नहीं चल सकता है।

घर पहुँचकर दीपिका ने जब सीधे अपने कमरे में जाकर भीतर से दरवाजा बंद कर लिया, तो नीलिमा के बोल फूटे, "दीपा, बेटी दरवाजा खोलो। इस तरह हिम्मत हारने से कैसे काम चलेगा ?"

"माँ, प्लीज मुझे डिस्टर्ब मत करो। मैं कुछ देर एकांत चाहती हूँ।" दीपिका हिम-शीतल कंठ से बोली।

इसके बाद नीलिमा ने एक शब्द भी न कहा। बेटी के जख्म का वह अंदाज लगा सकती थी। कुछ कहकर उस ताजे जख्म को और ज्यादा लहूलुहान करने की उसकी हिम्मत न पड़ी। खामोशी से एक सोफे पर बैठ गई। दोनों हाथों से माथा थाम लिया। अनायास ही आँखों से आँसुओं की दो बूँदें गालों पर ढुलक आईं। उन्हें पोंछने का उसने कोई प्रयास न किया।

दीपिका अलग बंद कमरे में टूटी-फूटी हालत में बैठी थी। पिछले साल की उनतीस फरवरी से लेकर आज दो जुलाई तक खुद को मजबूत बनाए रही। पूरी

हिम्मत और मनोबल के साथ पुलिस थाना और कोर्ट-कचहरी के पचड़ों से जुड़ी रही। पर नतीजा क्या निकला?… सिर्फ 'शून्य' ही न!

आखिर कौन है, जो बार-बार साबित करना चाहता है कि औरत को 'गूँगी गुड़िया' बनकर मर्दप्रधान दुनिया का हर अत्याचार-अन्याय बरदाश्त करना है?

उसे प्यार करने लायक समझा जाए, तो वह इसे अपनी खुशनसीबी मानकर पुरुष का सिजदा करे।

उसे दुतकारने लायक समझा जाए, तो वह इसे भी अपनी तकदीर का लेख मानकर 'जो हुक्म मेरे आका!' कहकर नतमस्तक हो जाए।

उसे किसी अन्याय-अत्याचार के खिलाफ जुबान खोलने का कोई हक नहीं है।

उस पर भी अगर हिम्मत करती है तो हार को हार की तरह गले में पहनने के लिए तैयार रहे। जीत के लिए उम्मीद रखेगी, तो मुँह की खाएगी और ऐसे ही बंद कमरे में बैठकर तिल-तिल घुटने और आँसू पीने की नियति झेलेगी।

बंद कमरे के एकांत में दीपिका खुद को देर तक सँभाले रही।

पर यत्नपूर्वक मन की अँजुरी में सहेजी हुई दृढ़ता पता नहीं कब उँगलियों के बीच की संधियों से रेत-कणों की तरह झरने लगी और शनैः-शनैः मन एक गहरी रिक्तता-बोध के अवसाद से भरता चला गया।

इस एक वर्ष चार माह की अवधि में उसने कितनी ज्यादा शारीरिक-मानसिक यातना झेली है। दूध-आलता मिली गुलाबी रंगत पर झाँईं-सी पड़ गई है। जब-तब कोर्ट के चक्कर काटने के उपक्रम में वर्षा-धूप-शीत के मौसमी प्रकोप को झेलते हुए, कोमल-मखमली देह किसी सूती खादी की साड़ी-तौलिया में बदल गई है।

सिर्फ देह नहीं, मन पर भी क्या कम आघात पहुँचा है? कितनी शान से सिर उठाए हुए बैंक जाती थी। खुद को एक डॉक्टर की वाग्दत्ता मानकर मोरनी की तरह गरदन तानकर चलती थी। उनतीस फरवरी को डॉ. सिद्धार्थ की एक मोबाइल कॉल ने पल भर में उस गर्व-गुमान को मिट्टी में मिला दिया। हरहराती सुनामी ने क्षणांश में एक पुष्पित-पल्लवित बगीचे को तहस-नहस कर डाला।

दीपिका समझ नहीं पा रही थी कि निराशा के इन क्षणों में स्वयं को कैसे सँभाले? वह पत्थर से गढ़ी देवी-प्रतिमा नहीं है और न पत्थर दिल दानवी है। हाड़-मांस से निर्मित एक मामूली इनसान भर है। ऐसा इनसान, जो सुख में हँसना और दुःख में रोना चाहता है। पढ़ी-लिखी है, तो क्या हुआ! नौकरीपेशा है, तो उससे भी

क्या हुआ! सहज मानवीय वृत्तियों से ऊपर तो नहीं उठ जाएगी। सचमुच समझ नहीं पा रही है कि आज की इस पराजय को कैसे पचाए? पिछले सोलह महीने के संघर्ष का नतीजा हाथ में आ चुका है, डॉ. मनोज रिहा किया जा चुका है।

मनोज के साथ जुड़े संबंध एक चित्र-वीथी की तरह दीपिका की अँसुवाई आँखों में घूम रहे थे। वर्ष 2000 में उपजा किशोरवय का लगाव पता नहीं कब प्यार की प्रगाढ़ डोर में बदल गया था। प्यार की उस मधु-धार में नहाई हुई, वह ऐसी भरमा उठी थी कि अपना सबकुछ उस प्रवंची पर वार बैठी, जो कभी उसका था ही नहीं। सिर्फ वक्त काटने के लिए उसका इस्तेमाल कर रहा था।

उफ्, कितना कष्टदायी था इस सच का खुलासा। इसके बाद उसने थाने में एफ.आई.आर. दर्ज कराई, कोर्ट में मुकदमा शुरू किया, पर इस संपूर्ण शीर्षासन का भी क्या नतीजा निकला? आज अदालत ने उस आदमी को निर्दोष मानते हुए मुकदमा खारिज कर दिया है। और इस बंद कमरे में अग्नि की लपटें अभागी पीड़िता के सर्वांग को जला-झुलसा रही हैं।

गहरी वेदना से छटपटा उठी दीपिका।

आग की लपटों की झपट से कैसे पार पाए?

तभी द्वार पर थाप पड़ी, तो उसने उठकर दरवाजा खोल दिया। जानती थी, उसके कमरे के बंद द्वार को देखकर माँ चिंता से अधमरी हो उठी होगी।

बात सही थी।

बेटी को शांत-संयत-स्वस्थ पाकर नीलिमा ने स्वस्ति की एक गहरी साँस भरते हुए पूछा, "चाय पियोगी?"

"हाँ पिऊँगी।" दीपिका ने सहज स्वर में जवाब दिया, "सुबह हम लोग अपने उतावलेपन की वजह से सिर्फ एक-एक कप चाय पीकर घर से निकल गए थे।... पागलपन था, और क्या! भूल गए थे कि पैसे से सबकुछ खरीदा जा सकता है। इनसाफ भी। इसलिए इस फैसले से मुझे न कोई ताज्जुब हुआ है और न दुःख। चूँकि परीक्षा दी थी, इसलिए परीक्षाफल का इंतजार था। पर बिके हुए परीक्षक से ईमानदार मूल्यांकन की उम्मीद नहीं की जा सकती, इसलिए फेल होने का मुझे कोई रंज नहीं है। दुःख सिर्फ इस बात का है कि कोर्ट में एक बार फिर औरत की खुद्दारी को ठोकर मारी गई है। अब कोई दूसरी रेप पीड़िता अदालत का दरवाजा खटखटाकर इनसाफ माँगने का मनसूबा नहीं बनाएगी। सिर्फ जलालत और पैसे-समय की बरबादी के सिवाय हासिल ही क्या होता है उसे?"

बेटी के इतने लंबे वक्तव्य पर भी नीलिमा ने कोई प्रतिक्रिया व्यक्त नहीं की। चुपचाप चाय बनाने के लिए रसोईघर की ओर बढ़ गई।

अभी माँ-बेटी चाय पी रही थीं कि दरवाजे की कॉल बेल बजी। देखा, तो शबाना जी थीं। मुकदमे में क्या हुआ जानने आई थीं।

पूरी बात सुनकर तिलमिला उठीं, "ऐसी अंधेरगर्दी! दिन को रात और रात को दिन बना देनेवालों का दुस्साहस माफ करने लायक नहीं है। तुम्हें हाईकोर्ट में अपील दायर करनी होगी, दीपिका।"

"सोचूँगी।" दीपिका शांत कंठ से बोली।

"नहीं, सोचना क्या, यह तो सरासर धाँधलेबाजी है। उन लोगों ने पैसे से इनसाफ खरीद लिया है। पर हर जगह ऐसा थोड़े ही होगा। अभी दुनिया में ईमानदार लोग भी हैं, दीपिका।"

"आप ठीक कहती हैं।" कहते हुए दीपिका ने बात खत्म कर दी।

शबाना जी भुनभुनाती हुई लौट गईं।

हताशा के पहले दौर से उबरते हुए दीपिका ने मोबाइल उठाकर एक नंबर मिलाया, "सिद्धार्थ भैया, सच्चाई हार गई। झूठ और वंचना की फतह हुई।"

"ऐसा असंभव है, दीपिका।" उधर से सुनाई दिया।

"लेकिन सच यही है, भैया।"

"देखो बहन, यह फैसला अंतिम नहीं है। तुम जानती हो कि यहाँ नाइनसाफी हुई है। ऐसे में समय-सीमा के भीतर हाईकोर्ट पहुँचना जरूरी है। कल ही मैं आगरा आकर तुमसे मिलता हूँ।"

"जल्दी क्या है भैया? आराम से विचार कर लेंगे। बार-बार चोट बरदाश्त भी कर सकूँगी, पहले इस बात को जानना मेरे लिए जरूरी है।"

"निराशा तुम्हें नहीं सोहती, बहन।" डॉ. सिद्धार्थ की गंभीर आवाज सुनाई दी, "वैसे तो मैं तुम्हें कल आगरा आकर ही बताता, पर तुम्हारी निराशा देखकर अभी ही एक बात बता दूँ।"

"बता दीजिए, पर अब आपकी कोई बात मेरे निराश मन में आशा का संचार नहीं कर सकेगी।" दीपिका एक फीकी हँस दी।

"पहले सुन तो लो।" उधर से सुनाई दिया, "तुमने कभी मंगतराम गुप्ता का नाम सुना है?... अलग-सा नाम है, इसलिए पूछ रहा हूँ। सुनील, रमेश, महेश जैसे नाम तो घर-घर में मिल जाएँगे।"

"मंगतराम गुप्ता?" दीपिका चौंकी, "हाँ, यह नाम मेरा जाना-पहचाना है। इस नाम का एक मोटा सा लड़का, जो काफी मजाकिया स्वभाव का था, एस.एन. में डॉक्टरी की पढ़ाई के दिनों में मनोज का रूममेट था।"

"तुम्हारी याददाश्त की दाद देता हूँ।" प्रशंसात्मक आवाज सुनाई दी, "तुमने सही पहचाना है। मैं इसी मंगतराम गुप्ता की बात कह रहा हूँ, जो अब चिकित्सक के रूप में जयपुर में अपना क्लीनिक चला रहे हैं। पिछले दिनों हमारी मुलाकात हुई है और मुझे बहुत मानते हैं।"

"तो?"

"यह जानकर कि उनकी पढ़ाई आगरा के मेडिकल कॉलेज में हुई है, मैंने मनोज की चर्चा की थी। जवाब में उन्होंने पूरा इतिहास सुना दिया। तुम्हारी उस अवधि में चलनेवाली प्रेम-कहानी का एक महत्त्वपूर्ण साक्ष्य हमारे हाथ लग गया है। वह इस बात को कोर्ट में कहने के लिए तैयार है कि मनोज ने अपनी होनेवाली पत्नी कहकर ही तुम्हें उन दिनों अपने दोस्तों से मिलवाया था। इतने सालों बाद अपने पुराने प्रेम-संबंध को नकारकर दूसरी जगह शादी तय कर लेना हिंदू विवाह परंपरा पर चोट है, तुम्हारा सरासर अपमान है।··· समझ रही हो न, डॉ. गुप्ता के नाम पर हमारे हाथ एक और महत्त्वपूर्ण साक्ष्य लग गया है। हम इसका फायदा उठाएँगे।"

"आज के दिन ऐसी बातें सुनकर भी मैं उत्साहित नहीं हो पाऊँगी, भैया।" दीपिका एक ठंडी साँस भरकर बोली।

"कोई बात नहीं। आज यह बात रहने दो, पर भविष्य में हम इस साक्ष्य को जरूर भुनाएँगे।"

"ठीक है।" कहते हुए दीपिका ने मोबाइल बंद कर दिया।

मुकदमे के फैसले की सूचना संजीवनी को भी देनी ही थी।

दीपिका ने यह फर्ज भी निभाया, तो चकित एवं अविश्वसनीय कंठ की प्रतिक्रिया सामने आई, "ऐसा कैसे हो सकता है? रँगे हाथों पकड़ा जाकर भी कोई चोर खुद को साह कैसे साबित कर सकता है?"

"अदालत का फैसला तुम्हारे सामने है। हमारी न्याय-व्यवस्था की असलियत देख लो।"

"मैंने तुमसे पहले भी कहा था कि अगर पैसों की जरूरत हो, तो सिर्फ एक बार मेरे कान में बात डाल देना। तुमने कहा नहीं। मैं भी संकोचवश चुप रही। आज

पैसे के बल पर उनका बाजी जीत लेना मेरे लिए बेहद तकलीफदेह है।"

"संजीवनी, हमें तो सीधे-सच्चे रास्ते पर ही चलना होगा। किसी की देखा-देखी कुएँ में कूद पड़ने का कोई औचित्य है क्या?"

"तुम ठीक कहती हो, दीपिका। ईश्वर पर भरोसा रखो और हाईकोर्ट में इस फैसले के खिलाफ अपील करो।"

"अभी तो मन बहुत खिन्न है। बाद में सोचूँगी कि क्या करना है।" कहते हुए दीपिका ने मोबाइल बंद कर दिया।

सचमुच मन की पीड़ा को बरदाश्त करना आसान न था। सुषमा की खिली हुई बत्तीसी··· हाथ में लड्डुओं का खुला हुआ डिब्बा··· हर किसी से लड्डू से मुँह मीठा करने का अनुरोध···

उफ्, कितना असहनीय था यह सब!

और-और लहककर आग उसके सर्वांग में समाई जा रही थी।

दीपिका ने दोनों हाथों से अपनी कनपटियाँ दबा लीं।

इस तनावग्रस्त मनोस्थिति में उसने अगला फोन राजेश वर्मा को मिला दिया, "सुनिए राजेश, आज मेरे केस का फैसला पराजय के रूप में मेरे हाथ में थमा दिया गया है।"

"मजाक मत करो।" उधर से बौखलाई आवाज आई।

"बरदाश्त करिए। यही सच है।" कहते हुए उसने मोबाइल बंद कर दिया।

पास खड़ी नीलिमा ने मुँह खोला, "न्यायालय भी यदि भ्रष्ट हो चुका है, तो दबे-कुचले इनसान के लिए राहत कहाँ है?"

"सिर्फ ऊपर।" कहकर पागलों जैसी हँसी हँसते हुए दीपिका ने दाहिने हाथ की तर्जनी ऊपर उठा दी।

नीलिमा ने भयभीत होकर उसकी कलाई थाम ली, "ऐसा मत कहो मेरी बच्ची। अभी तुम्हें एक लंबी लड़ाई लड़नी है।"

"माँ, मैं थक चुकी हूँ। अब और लड़ने की मेरे भीतर ताकत नहीं रही।" दीपिका क्लांत कंठ से बोली।

"बेटी, यह सच है कि दुर्भाग्य ने अभी हमारा पीछा नहीं छोड़ा है, पर हमसे भी ज्यादा अभागे इस दुनिया में हैं और वे भी जिंदा हैं।" नीलिमा ने समझाया।

"मैं सोचने-समझने की शक्ति खो चुकी हूँ, माँ। कदाचित् संसार में सबसे ज्यादा अभागी मैं ही हूँ।" दीपिका क्षुब्ध बनी रही।

□

शायद उसका यही भ्रम मिटाने के लिए तत्काल मोबाइल की घंटी बज उठी।

"देखो, किसका फोन है ?" नीलिमा बोली।

"घंटी बजने दो। मुझे अब किसी से कोई बात नहीं करनी है।" दीपिका ने थकी-बोझिल आवाज में कहा।

"फिर भी देख तो लो। नया नंबर है। कोई जरूरी फोन भी हो सकता है।"

नीलिमा ने मोबाइल उठाकर बेटी के हाथ में पकड़ा दिया। बड़े बेमन से दीपिका ने 'हैलो!' कहा।

"मैं दीपिकाजी से बात कर रही हूँ ?"

"जी हाँ।··· आप हैं कौन ?"

"मैं तूलिका हूँ, लेकिन आप नाम से मुझे नहीं पहचान सकेंगी।··· हाँ, यदि दो महीने पहले घटी एक नृशंस दुर्घटना पर अखबार में नजर पड़ी हो, तो 'माँ-बेटी रेप कांड' की अभागी माँ के रूप में मुझे जान सकती हैं।"

"ओह!" दीपिका सिहर उठी।

क्षणांश में पूरी खबर उसके जेहन में कौंध गई।

'यमुना एक्सप्रेस-वे' पर मथुरा-आगरा के बीच एक दर्दनाक हादसा हुआ था। आगरा का एक परिवार आधी रात को टैक्सी करके घर से निकला था। दिल्ली के नजदीकी रिश्तेदार की अंत्येष्टि में सुबह शामिल होना था। ड्राइवर के अलावा करीब चालीस वर्षीय पति, पैंतीस साल की पत्नी और तेरह साल की बेटी टैक्सी में सवार थे। मुश्किल से फरह कस्बा पार हुआ होगा कि किसी ने टैक्सी के सामनेवाले शीशे पर एक वजनी पत्थर मारा। पुरुष के मना करने के बावजूद बौखलाए हुए ड्राइवर ने जैसे ही टैक्सी रोकी और उतरकर शरारती तत्त्व को देखना चाहा, मोटरसाइकिल पर सवार तीन युवकों ने फुर्ती से पीछे बैठी तीनों सवारियों को बाहर खींच लिया। रिवॉल्वर की नोक पर उन्हें अपनी गिरफ्त में लेते हुए दो लुटेरों ने तो ड्राइवर और पुरुष को रस्सियों से जकड़कर समीपवर्ती खेतों की तरफ ले जाकर पटक दिया और तीसरे लुटेरे ने भी माँ-बेटी को रिवॉल्वर से धमकाते हुए खेत की खड़ी फसल में पहुँचा दिया। आधी रात के सन्नाटे में दोनों बंधकों की चीख-पुकार निष्फल रही। करीब पौन घंटे बाद ड्राइवर ने जैसे-तैसे अपना एक हाथ आजाद किया, स्वयं बंधनमुक्त हुआ और पुरुष की भी रस्सियाँ खोलीं। इसके बाद बदहवास हालत में वे दोनों आसपास घूमते हुए महिला सवारियों की खोज में

जुट गए। पुरुष को खेत में बेहोश पड़ी हुई पत्नी-बेटी की निर्वसन देह दिखाई दीं, तो जल्दी से पहले उनके शरीर ढके और फिर ड्राइवर की सहायता से टैक्सी में लिटाकर वापस आगरा का रुख किया।

माँ में हलकी चेतना थी, बेटी पूरी तरह अचेत थी।

पहले अस्पताल और फिर नजदीकी पुलिस चौकी। मीडिया तक खबर पहुँची तो रात में ही मोटरसाइकिलें दौड़ने लगीं। कैमरे की फ्लैश लाइट चमकने लगी।

अगले दिन शहर के लगभग सभी अखबारों में यह लोमहर्षक समाचार छपा था और फिर कई दिन सुर्खियों में रहा था। माँ तो दो दिन बाद बयान देने की स्थिति में आ गई थी, पर बेटी हफ्ता-दस दिन बाद भी अस्पताल के कमरे में किसी व्यक्ति के पाँव धरते ही दहशत से चीख उठती थी। माँ-बेटी की इस असामान्य स्थिति के बीच पूरा शहर बौखलाकर अभियुक्तों की त्वरित गिरफ्तारी की माँग पर डटा था।

दीपिका स्वयं इस हादसे को पढ़कर कई दिन विचलित रही थी।

पूरी अखबारी खबर एक पल के सौवें हिस्से में इस वक्त उसके दिमाग में कौंध गई और 'माँ-बेटी रेप कांड' की सुर्खियाँ याद आते ही वह दहशत से सिहर उठी।

अचानक फोन पर संपर्क साधनेवाली इस सम दुःखभोगिनी से वह क्या कहे, कैसे कहे, दीपिका कुछ समझ नहीं सकी। दो पल बाद ही उसके कंठ से बोल फूटा, "हाँ, मैं समझ गई।··· इस वक्त आपको सांत्वना देने के लिए मेरे पास न शब्द हैं और न हिम्मत। पूरे शहर के रोंगटे खड़े कर देनेवाली इस दुर्भाग्यशाली घटना की जितनी निंदा की जाए, वह कम है, सिर्फ इतना ही कह सकती हूँ।"

अच्छी तरह जानती थी दीपिका कि कुछ घाव ऐसे होते हैं, जिन्हें समय भी नहीं भर सकता है। मोबाइल पर बात करती इस तूलिका का घाव भी वैसा ही है। यह युवती तो उससे भी ज्यादा बड़ी और भयावह त्रासदी की शिकार हुई है। सिर्फ अकेली नहीं, तेरह साल की मासूम बच्ची के साथ घटी हैवानियत का साक्षी इसका किरचों में बँटा मन है। दुनिया का कोई आलेपन अब उस किरच-किरच मन को नहीं जोड़ सकता है।

दीपिका के सोच में व्याघात पड़ा।

उधर से आवाज आ रही थी, "शायद साल-सवा साल पहले मैंने अखबार में आपसे जुड़ी हुई एक खबर पढ़ी थी। आप समझ ही गई होंगी, मैं किसी डॉक्टर के छलावे की बात कर रही हूँ।"

"जी हाँ, मैं समझ गई।"

"वाकई मार्मिक घटना थी वह। अखबार ने उसे काफी कवरेज किया था। पूरे शहर के महिला-संगठनों ने जनसभा करके आपके पक्ष में आवाज उठाई थी। मैं भी उसमें शामिल हुई थी और महिलाओं के क्रांतिकारी विचारों को सुनकर बेहद अभिभूत हुई थी।"

"ओह!"

"मैं उस अवधि में काफी उत्तेजित रही थी कि आपकी लड़ाई क्या मोड़ लेती है। आरोपी डॉक्टर के जेल पहुँच जाने पर बड़ी राहत मिली थी।"

"आप सच कहती हैं। चूँकि मेरे पास समय कम था और पुलिस व कोर्ट के सहयोगी रवैए से ही आरोपी को जेल हो सकी थी, इसलिए पूरे शहर की निगाहें इस घटनाक्रम पर टिकी थीं।" दीपिका ने हामी भरी।

"देखिए न, अगले पल क्या घटनेवाला है, इनसान नहीं जानता। उन दिनों मैं सोच भी नहीं सकती थी कि सिर्फ साल भर बाद मैं उससे भी बदतर हालत में अपनी बेटी सहित अखबारों की खबर बन जाऊँगी।" युवती की आवाज में गहरा दर्द था।

दीपिका व्यथित कंठ से बोली, "मेरे पास आपको सांत्वना देने के लिए शब्द नहीं हैं, तूलिका। सिर्फ यही कह सकती हूँ कि पीड़ा के इन क्षणों में आपके साथ हूँ। अपने आँसुओं में कभी भी मेरे आँसुओं को घुला-मिला देख सकेंगी।"

"जानती हूँ, इसीलिए तो कोशिश करके लोहामंडी के नौबस्ता मोहल्ले में रहनेवाली और सरकारी बैंक में काम करनेवाली दीपिका का अता-पता खोज सकी हूँ। बड़ी मुश्किल से आपका फोन नंबर हासिल किया है और बात कर रही हूँ।"

"यदि मैं आपके लिए कुछ कर सकती हूँ, तो निस्संकोच कहें।" दीपिका सच्चे मन से बोली।

"दीपिका, मेरी तेरह साल की बिटिया पुरवाई इस हादसे से इतनी टूट गई है कि दो महीने बीत जाने के बाद भी मैं उसे जिंदगी और जिंदगी की खुशियों से नहीं जोड़ सकी हूँ। जरा सोचो, इतनी छोटी सी उम्र में अगर वह निष्प्राण पत्थर में बदल गई, तो उसके लिए साँसों के आने-जाने के अलावा जीवन का कोई अर्थ नहीं रह जाएगा।''' आप सोच सकती हैं कि एक माँ के लिए यह कितनी बड़ी दिमागी चिंता का विषय है।"

"तूलिका, आपका कहना एकदम सही है।"

"उसके असामान्य आचरण का एक सबूत यह है कि अखबारवाले आज तक

उसके पास नहीं पहुँच सके। जैसे-तैसे शिनाख्त परेड को देखकर अपराधियों की पहचान के लिए तैयार हुई थी। गनीमत रही, जिन तीन कमीनों को मैंने पहचाना था, उसने भी उन्हें ही अपराधी बताया। इससे पुलिस का काम कुछ तो आसान हुआ।"

"क्या उन तीनों ने अपना जुर्म कबूल लिया है?"

"हमारे परिवार की दिलचस्पी इन बातों को जानने की नहीं है। हम तो अभी अपनी लड़खड़ाती और पंगु हो चुकी पारिवारिक जिंदगी को सँभाल रहे हैं।"

"आप सच कहती हैं। पटरी से उतर चुकी गाड़ी को दुबारा पटरी पर लाने में बहुत वक्त लगता है।" दीपिका ने स्वीकारा।

"पुरवाई के सपनों, कॅरियर और मासूम बचपन को तहस-नहस कर देनेवाले नर-पिशाचों को जल्द फाँसी मिले, तभी हमें थोड़ा सुकून मिलेगा। पर इस दिन के इंतजार में हाथ-पर-हाथ धरकर तो बैठा नहीं जा सकता। मैं और पुरवाई के पापा उसे स्कूल भेजना चाहते हैं, पढ़ाई-लिखाई में पहले जैसी रुचि देखना चाहते हैं, पर वह स्कूल के नाम से ही बीमार पड़ जाती है। सचमुच बुखार आ जाता है उसे। पेट दर्द से बेहाल हो जाती है। डॉक्टर कहते हैं कि यह मनोवैज्ञानिक समस्या है। किसी मनोचिकित्सक से काउंसिलिंग कराने पर ही वह ठीक होगी।"

"शायद यही उचित होगा।"

"देखिए दीपिका, अगर आपने हमारी बिटिया को पहले देखा होता, तो उसकी वर्तमान हालत देख करुणा से भर जातीं। हमारी पुरवा, घर पर हम उसे इसी नाम से पुकारते हैं, पहले सचमुच हवा के झोंके जैसी चंचल थी। इतनी हँसमुख, बातूनी और चुलबुली कि घर में हर वक्त 'चूँ-चूँ' करती रहती थी। पुलिस सेवा या न्याय सेवा में किसी ऊँचे पद पर पहुँचना उसका सपना था। डांस सीखती थी। जूडो-कराटे सीखती थी। मनोयोग से पढ़कर जज या पुलिस कमिश्नर बनना चाहती थी।... पर अब? अब जिंदा लाश बनकर रह गई है हमारी मासूम बच्ची। मैं और उसके पापा चिंतित हैं कि वह कब सामान्य होगी, कैसे सामान्य होगी, किस तरह स्कूल में पहले की भाँति पढ़ेगी और घर में पहले जैसी चहकेगी।"

"इसके लिए आपको धैर्य के साथ लंबी कोशिश करनी होगी।"

"हमें पता है। पर सिर्फ माता-पिता की कोशिश से काम नहीं चलेगा।"

"तो फिर किसी अच्छे केंद्र पर ले जाइए। मनोचिकित्सक से उसकी काउंसिलिंग कराइए।"

"एक-दो जगह ले गई थी, पर बात नहीं बनी। मैं जान चुकी हूँ कि किसी केंद्र

पर उसका इलाज नहीं हो सकेगा। यदि कोई हमारी पुरवा को सामान्य बना सकता है, तो वह आप और सिर्फ आप हैं दीपिका!"

"मैं?" दीपिका हैरत से भर गई।

"हाँ, आप। आपने रेप पीड़िता होने के बावजूद जो बहादुरी दिखाई, अपराधी को जेल भिजवाया, उसके खिलाफ मुकदमा चलाया और इसके साथ-साथ अपना बैंक का जिम्मेदारी भरा पद भी पहले की तरह सँभाल लिया, उससे आप इस किस्म की चोट खाई हुई महिलाओं के लिए एक प्रेरणा-दीप बन गई हैं।"

"ऐसा कुछ नहीं है।" दीपिका धीमी आवाज में बोली।

"ऐसा ही है।" तूलिका ने दृढ़ कंठ से कहा, "समुद्र में भटके हुए जहाजों को सर्चलाइट की जरूरत होती है, तभी उन्हें सही दिशा का संज्ञान हो पाता है।··· प्लीज, मेरी पुरवा के लिए आप ही कुछ कीजिए, दीपिका! उसे एक लाश से जिंदा बच्ची के रूप में बदल दीजिए। मैं हाथ जोड़कर आपसे विनती करती हूँ।" उधर से आनेवाली आवाज आँसुओं से भर चुकी थी।

दीपिका मौन खड़ी रही।

क्या वह एक अल्हड़ किशोरी को सांत्वना दे सकेगी? खुद चूर-चूर हो जाने के बावजूद?

आज दोपहर में अदालत का जो फैसला सुनकर आई है, उसके बाद उसका अपना मनोबल एकदम गिर चुका है। सिद्धार्थ ने अदालत में अपील करने के लिए उत्साहित किया। संजीवनी, शबाना जी, राजेश वर्मा और यहाँ तक कि माँ ने भी यही बात कही। पर उसका अपना मन क्या इस पराजय को पचा पाया है? क्या वह एक बार फिर ताकतवर और धूर्त दुश्मन से दो-दो हाथ करने को तैयार है?··· यदि नहीं, तो वह एक मासूम बच्ची की काउंसिलिंग कैसे कर सकती है? दूसरे को किसी आचरण की शिक्षा देने से पूर्व क्या स्वयं उस आचरण पर अमल करना जरूरी नहीं है?

बचपन में माँ से सुनी एक कहानी याद आ गई।

एक बच्चा गुड़ का शौकीन था। बहुत गुड़ खाता था। उसकी यह आदत दूर करने के लिए पिता उसे एक स्वामीजी के पास ले गया। स्वामी ने पूरी बात सुनी और पिता-पुत्र को एक हफ्ते बाद बुलाया। अगली दफा जब वे दोनों आए, स्वामीजी ने ज्यादा गुड़ खाने की हानियाँ बताकर बच्चे से यह गंदी आदत छोड़ने के लिए कहा। नियमित मात्रा में ही रोज गुड़ खाने की सीख दी। इस पर पिता ने

चौंककर पूछा, 'बाबा, यह बात तो आप हफ्ता भर पहले भी कह सकते थे। फिर हमें दुबारा क्यों बुलाया?'

'क्योंकि तब मैं खुद इसी गंदी आदत का शिकार था। अब हफ्ते भर में मैंने यह आदत छोड़ दी है। तभी इस बच्चे से कुछ कह सका हूँ। याद रखो, दूसरे को उपदेश देने से पहले खुद उस पर अमल करना जरूरी है।'

दीपिका को लगा, बस यही बात यहाँ है।

खुद उसके मन में भय है कि हाईकोर्ट में अपील करना निरर्थक रहेगा। यदि आज आदमी भ्रष्ट हो चुका है, किसी अन्याय को करते उसे कोई हिचक, शर्म या ग्लानि नहीं होती, तो आगे भी न्याय की उम्मीद कैसे रखी जा सकती है? इसीलिए तो अपनी लड़ाई में हथियार फेंककर खड़ी हो गई है वह। अगर पुरवा को मजबूत बनाना है, दृढ़ मनोबल के साथ आगे बढ़ने के लिए कहना है तो उसे पहले स्वयं को एक और महासमर में कूदने के लिए तैयार करना पड़ेगा।

शायद चुप्पी कुछ ज्यादा ही लंबी हो गई थी, तभी तूलिका निराश कंठ से बोली, "दीपिका, लगता है आपको मेरा प्रस्ताव मान्य नहीं है।··· तो क्या मुझे निराश होना पड़ेगा?"

"नहीं, नहीं।" दीपिका शीघ्रता से बोली, "नन्ही पुरवा हमारी आनेवाली पीढ़ी की सुनहरी आशा है। उसके सपने जरूर साकार होने चाहिए। चंद विकृत मानसिकतावाले वहशियों की वजह से उसे निराश-हताश नहीं होना चाहिए।"

"ओह!" उधर से स्वस्ति की साँस सुनाई दी।

"दरअसल मैं कुछ देर के लिए दुविधाग्रस्त हो गई थी। सोच नहीं पा रही थी कि क्या मुझे बच्ची की काउंसिलिंग करने का नैतिक अधिकार है?"

"मैं समझी नहीं।" तूलिका अचकचा उठी।

"दरअसल आज मेरे रेपकांडवाले मुकदमे का फैसला सुना दिया गया है। अदालत ने आरोपी को निर्दोष बताकर छोड़ दिया है। ऐसे में मैं खुद बहुत खिन्न हूँ। मुकदमे के फैसले के बाद मेरे शुभचिंतकों ने इस गलत फैसले के खिलाफ हाईकोर्ट में अपील करने की सलाह दी है। पर मैं चारों तरफ फैले भ्रष्टाचार, अन्याय और स्वार्थ के नंगे नाच को देखकर इतनी हताश हो गई हूँ कि आगे लड़ाई लड़ने का बूता नहीं रहा है। ऐसे में सोच नहीं पा रही हूँ कि अपना टूटा मनोबल लिये हुए पुरवा को मनोबल की दृढ़ता कैसे सिखाऊँ? क्या यह झूठ और पाखंड न होगा?" कहते हुए दीपिका की आवाज में गहरा दर्द और उद्विग्नता छलक उठी।

अब उधर गहरी निस्तब्धता छा गई थी।

दो क्षण भर बाद ही तूलिका बोल सकी, "सॉरी दीपिका, मैंने गलत समय पर आपको फोन किया। आपकी मानसिक हालत का अनुमान लगा सकती हूँ। मुकदमे का फैसला आपके खिलाफ आ सकता है, यह मेरे लिए भी तकलीफदेह और हैरत से भर देनेवाली स्थिति है। इस गलत समय पर अपने फोन से आपको परेशान किया, इसके लिए एक बार फिर माफी चाहती हूँ।"

"नहीं तूलिका, माफी माँगने की कोई जरूरत नहीं है। आपके फोन के लिए इससे सही समय हो भी नहीं सकता था। मैं काउंसिलिंग करके पुरवा बिटिया का मनोबल बढ़ाऊँगी और उससे पहले अपने मनोबल की दृढ़ता का सबूत दूँगी। मैंने इसी पल आज के अदालती फैसले के खिलाफ हाईकोर्ट जाने का मन बना लिया है।"

"मेरी और पुरवा जैसी न जाने कितनी रेप पीड़िताओं की शुभकामनाएँ आपके साथ रहेंगी, दीपिका। वाकई आपको एक गलत फैसले से हताश होकर अपनी हार स्वीकारनी भी नहीं चाहिए। आप बहुत बहादुर हैं। हम जैसों के लिए प्रेरणा हैं। अपनी हार को जीत में बदलने का दम-खम आपके भीतर होना ही चाहिए। आगे जो भी होता है, वह भविष्य की बात है। पर आज तो आपको बहादुरी से लड़ने के बारे में ही सोचना है।" तूलिका बोली।

"जी हाँ। अब यह आपको तय करना है कि पुरवा से मेरी मुलाकात कब और कहाँ कराएँगी। जरूरत पड़ी तो हम दोनों बार-बार मिलेंगे। उस वक्त तक मिलेंगे, जब तक पुरवा पहले जैसी नहीं हो जाती। टूटे सपने लेकर वह नहीं जिएगी। उसके सपनों में नए रंग भरने जरूरी हैं।"

"थैंक्स। आपका पता मेरे पास है। कल शाम को छह बजे आपके घर पर हम माँ-बेटी आएँगी।"

"ठीक है।"

फोन बंद कर दिया दीपिका ने।

"बड़ी लंबी बात हुई। कौन था?" नीलिमा ने पूछा।

दीपिका ने सारी बात बताई। उत्तेजित होती हुई बोली, "माँ, यदि यहाँ पैसे के बल पर उन्होंने न्यायविद् को खरीद लिया है, तो भी मेरे सामने सारे रास्ते बंद थोड़े ही हो गए हैं। मैं मुकदमा लड़ूँगी। पूरे हौसले से लड़ूँगी। हाईकोर्ट और सुप्रीम कोर्ट हैं न! आखिर हर जगह इनसाफ की कुरसी पर रिश्वतखोर-बेईमान लोग नहीं बैठे होंगे। तुम देखना, एक दिन मेरी सुनवाई जरूर होगी। आखिर महिला आयोग है।

मानवाधिकार आयोग है। जरूरत पड़ने पर मैं हर जगह अपनी आवाज पहुँचाऊँगी। ...और यह तय है कि कहीं-न-कहीं मेरी बात सुनी जाएगी।"

दीपिका का चेहरा एक नए आत्मविश्वास से दिपदिपा उठा था।

नीलिमा की आँखें भी चमकने लगी थीं।

उसे अपनी बहादुर बेटी से इसी बहादुरी की उम्मीद थी।

□

अगले दिन अखबारों के स्थानीय खबरोंवाले पृष्ठ पर यह खबर छपी, पर सिर्फ तीन पंक्तियों में। यहाँ भी चाँदी के चमकते सिक्कों का असर दिखा था। खबर इसलिए चलताऊ तौर पर कोने-अँतरे में डाल दी गई थी, ताकि नगरवासियों की उस पर कम-से-कम निगाह पड़े। अंततः एक साल चार महीने पहले इसी खबर ने पूरे शहर के दिल और दिमाग को झकझोरकर रख दिया था। एक पढ़ी-लिखी, नौकरीपेशा युवती के साथ सालोसाल चलनेवाले देह शोषण ने शहर की बेशुमार बेटियों के माँ-बाप का खून खौला दिया था। आरोपी डॉक्टर को तुरंत और सख्त सजा दिलवाने के लिए पूरा शहर एकजुट हो गया था। विविध महिला संगठनों का पहली बार इतने उग्र रूप में सामूहिक प्रदर्शन सामने आया था।

बात सिर्फ एक पीड़िता की नहीं, छह माह से लेकर बड़ी-से-बड़ी उम्र की किसी भी औरत के साथ मनमाने ढंग से किए जानेवाले अत्याचार की थी।

बात नारी-अस्मिता की थी।

बात औरत को वस्तु से व्यक्ति के रूप में मान्यता दिलाने की थी।

सिर्फ सवा साल की अवधि में वह हवा भरा गुब्बारा 'फुस्स' की आवाज के साफ फट गया और आसमान को छू लेने का भरम देता हुआ किसी कूड़ाघर में रबड़ के टुकड़े में तब्दील होकर जा गिरा था।

क्या यह एक बार फिर औरत की नियति की तरफ किया गया साजिशाना इशारा न था?

हाँ, और इसीलिए इस त्रासद खबर को अखबार के संपादकों की दुरभिसंधि के सहारे छिपाने की सफल कोशिश की गई थी।

कम-से-कम नीलिमा और दीपिका ने तो अगले दिन के समाचार-पत्र देखकर यही निष्कर्ष निकाला।

दीपिका के बैंक और नीलिमा के स्कूल में जरूर इस फैसले पर कड़ी प्रतिक्रिया हुई। लोगों ने खेद व्यक्त किया। हिम्मत न हारने की नसीहत दी।

स्कूल और बैंक से लौटने के बाद माँ-बेटी आज की घटनाओं पर बातचीत कर रही थीं, तभी दरवाजे पर थाप पड़ी। दोनों को एक साथ सावित्री ताई की याद आ गई। कॉल बेल के इस्तेमाल के बजाय खुद हमेशा इसी तरह अपने लिए दरवाजा खुलवाती थीं। कुछ क्षण पहले माँ-बेटी यही चर्चा कर रही थीं कि अगर दो माह पहले ताई का निधन न हो गया होता, तो इस वक्त वह मुकदमे का फैसला जानकर बहुत आहत होतीं। उनके जिक्र के साथ ही एकदम उन्हीं की शैली में दरवाजे पर थाप सुनकर माँ-बेटी की क्षणिक स्तब्धता स्वाभाविक थी।

नीलिमा दरवाजा खोलने के लिए उठ खड़ी हुई। दीपिका के मन में आगंतुक के लिए कोई उत्सुकता न थी। वह अनमनी बैठी रही। तभी माँ की चौंकती आवाज पर उसका ध्यान गया, "अरे मनोरमा बहन, तुम अचानक कैसे?"

मनोरमा बहन?

दीपिका की आँखों के सामने वह दृश्य कौंध गया, जब अदालत के मुख्य द्वार पर किसी ने पीछे से आवाज देकर माँ-बेटी के बढ़ते पाँवों को बाँध दिया था। 'गीतांजलि' में गर्भपात के बारे में···

पूरा संदर्भ याद आते ही अकुलाकर उठ खड़ी हुई वह और झपटती चाल से ड्राइंगरूम में जा पहुँची। उसे देखते ही मनोरमा बोल पड़ी, "मैं तुम्हारी गुनहगार हूँ, बिटिया। उस दिन अदालत में मुझे आवाज उठानी चाहिए थी, सच्चाई बतानी चाहिए थी। अपनी बहू की नौकरी बचाने के चक्कर में उस दिन मैंने चुप्पी साधकर बहुत बड़ी गलती की।"

"नहीं मनोरमा, तुम अपने मन पर कोई बोझ न लो। जब इतने बड़े नर्सिंग होम में पैसे के लालच में फँसकर रिकॉर्ड में हेराफेरी हो सकती है तो तुम तो एक मामूली इनसान हो। बहू की नौकरी बचाने की चिंता मन में जागनी स्वाभाविक है।"

मनोरमा ने अपनी भीगी आँखें पोंछीं।

आवाज में दीनता घुल गई, "तुम मुकदमा जीत जातीं, तो मेरे मन का बोझ उतर जाता। चूँकि उस दिन घर लौटने पर मैंने बेटे-बहू को सारी बात बताई थी, इसलिए सुबह अखबार पढ़ते समय बेटे की निगाह जैसे ही इस खबर पर पड़ी, उसने मुझे फैसले के बारे में पढ़कर सुनाया। बता नहीं सकती कि मैंने तब से अपनी कितनी लानत-मलामत की है।"

"छोड़ो मनोरमा! जो बीत गई, सो बात गई। अब उसे लेकर सिर धुनने से क्या फायदा!"

सचमुच बड़ी कातर और पछतावे से भरी नजर आ रही थी मनोरमा नामक वह अधबूढ़ी सी औरत। अपनी ग्लानि को बार-बार प्रकट करने पर भी उसका मन शांत नहीं हो पा रहा था।

नीलिमा उठकर चली गई और चाय बना लाई।

मनोरमा की तरफ एक प्याला बढ़ाया, तो वह रो पड़ी, "न बहन, आज चाय नहीं पी सकूँगी। अपने हाथों बिटिया का इतना बड़ा नुकसान करके भी इस घर में चाय का प्याला पकड़ने से पहले ये हाथ टूट क्यों नहीं जाते?"

"छि: मनोरमा! इतनी बड़ी और समझदार होकर भी तुम बच्चों जैसी नादानी की बात करती हो!" नीलिमा ने उसे प्यार से झिड़का, "देख नहीं रही हो कि सारी व्यवस्था ही बीमार है। यदि अदालत ने इनसाफ किया होता तो दीपिका की मुकदमा हारने की नौबत न आती। इन बरसते ओलों में तुम्हारे छाता लगा देने से भी कितना बचाव होता? तेज अंधड़ में वह छतरी कहाँ की कहाँ उड़ जाती।"

"हाँ मनोरमा, मन को शांत करो और चाय पियो।" दीपिका ने भी समझाया।

चाय का प्याला थाम, एक घूँट भरने के बाद मनोरमा ने उसे नीचे रख दिया। बहुत उम्मीद के साथ पूछा, "क्या अब भी कुछ हो सकता है, बिटिया?"

"हाँ मनोरमा। अगर मैं अदालत में इस फैसले के खिलाफ इलाहाबाद के हाईकोर्ट में अपील करूँगी, तो मुकदमा दुबारा खुलेगा और एक बार फिर पूरी सुनवाई होगी।"

"बिटिया!" मनोरमा ने ललककर उसकी कलाई थाम ली, "तुम मुकदमा लड़ना। इस बार मैं चुप नहीं रहूँगी। उस दिन का कच्चा-चिट्ठा खोलकर रख दूँगी।"

"तुम्हारी बहू वहीं नौकरी करती है, न? उसकी नौकरी छिन जाने के खतरे से डरोगी नहीं?"

"रत्ती भर नहीं डरूँगी।" मनोरमा पूरी दृढ़ता से बोली, "आगरा शहर में अस्पतालों की कमी है क्या? मेरा बेटा इंटर पास है। नगर निगम में चपरासी है। बहू से हाई स्कूल का इम्तिहान देने के लिए कहता है। पढ़-लिख जाने पर बहू कहीं अच्छी नौकरी पाएगी। मेरी तरह खून से भीगी रुई, मांस के लोथड़े और इस्तेमाल की हुई सिरिंज से भरी बाल्टी ही क्यों पिछवाड़े के अंधे कुएँ में फेंकती रहेगी?"

"सच कहती हो।" नीलिमा ने समर्थन किया।

इसी के साथ खुली खिड़की की ओर देखती हुई वह मुसकरा दी, "मौसम

देख रही हो, दीपिका? अभी कुछ देर पहले आसमान में आषाढ़ के काले बादल छा गए थे। कैसे घने-कजरारे मेघ थे! सूरज का तेज-ताप घट गया था। पर देखते ही देखते बादल छँट गए और उन्हें चीरकर सूरज दुबारा चमक उठा है।"

"हाँ माँ।" दीपिका गुनगुना उठी, "यही जिंदगी है। उतार-चढ़ाव, हार-जीत से भरी जिंदगी। बादलों का घिरना-छँटना हमेशा होता रहा है, हमेशा होता रहेगा। बादल न भी छँटते, तो बरसते। देर-सबेर आसमान खुलना ही था।"

"मैं उठूँ। बादल फिर घिरने लगे हैं। वैसे अभी सावन-भादों की झड़ी के दिन नहीं हैं, पर मौसम का क्या भरोसा!" चाय का खाली प्याला नीचे रख, मनोरमा उठ खड़ी हुई।

उसके जाने के बाद दीपिका की निगाह फिर अचानक खुली खिड़की की तरफ उठ गई। आकाश को पुनः मेघ-मंडित होता देखकर उसने एक गहरी साँस भरी। बादलों की यह लुका-छिपी कब तक चलेगी?

मन में आशा-निराशा का द्वंद्व जारी था।

□

हाईकोर्ट में अपील कर दी गई।

कानूनी लड़ाई का लंबा और थकानेवाला दौर फिर शुरू हो गया।

वही वकील साहब के साथ लंबी बातचीत।

वही साक्ष्य एकत्र करने की कवायद।

वही गवाहों की सूची और मगजमारी।

मंगतराम, यानी डॉ. एम.आर. गुप्ता की गवाही काफी महत्त्वपूर्ण रही। जयपुर से आकर उन्होंने मुकदमे की पुरानी फाइल में एक नया अध्याय जोड़ा। स्पष्ट शब्दों में कहा, "एस.एन. मेडिकल कॉलेज, आगरा में एम.बी.बी.एस. की पढ़ाई के दौरान हम लोग दीपिका को मनोज की भावी पत्नी के रूप में ही पहचानते थे। स्वयं को देवर मानते हुए हँसी-मजाक भी करते थे। ऐसे अपूर्व सौंदर्य पर कई लड़के जान छिड़कते थे, पर चूँकि मनोज की 'मुहर' पहले ही लग चुकी थी, इसलिए देवर-भाभी के रिश्ते से संतुष्ट होना पड़ता था।

"दीपिका के संग-साथ ने मनोज के भीतर भी साहित्य के बीज उगा दिए थे। अकसर सूरदास की एक पंक्ति गुनगुनाता, 'लरिकाई कौ प्रेम कहौ अलि कैसे छूटे।' फिर खुद ही इसकी व्याख्या भी करता कि फर्स्ट ईयर की पढ़ाई के दौरान होनेवाली मुलाकात दिन-ब-दिन प्रगाढ़ होती हुई मुहब्बत में बदल गई है। सगाई हो

जाने की बात सबको पता थी। पढ़ाई पूरी होते ही शादी हो जाने की बात भी सबकी जानकारी में थी। इतने लंबे प्रेम-संबंध के बाद भी डॉ. संजीवनी के साथ शादी करने की बात सोचना मनोज की नीचता और स्वार्थपरता है। इससे ज्यादा मैं और क्या कह सकता हूँ ?"

डॉ. मंगतराम गुप्ता का बयान न सिर्फ ध्यान से सुना गया, बल्कि महत्त्वपूर्ण भी माना गया।

इसी क्रम में डॉ. सिद्धार्थ का बयान और भी खास रहा। उन्होंने कहा, "करवाचौथ की रात को छत पर चढ़कर चंद्रमा को अर्घ्य देती हुई दीपिका को मेरे द्वारा कैसे भुलाया जा सकता है ? वह तसवीर आँखों ने उतारकर दिल के फोटो एल्बम में आज तक जस-की-तस सजा रखी है। आसमान से उतरी उस मेनका में किसी भी विश्वामित्र के तप को भंग कर देने की क्षमता थी। इसके बाद दीपिका कई दिनों तक मनोज के घर पर गृहलक्ष्मी की हैसियत से साधिकार रही थी। सगाई के चित्र इस बात के सबूत थे कि जल्दी ही वे दोनों विवाह-बंधन में बँध जाएँगे। ऐसे प्रगाढ़ प्रेम-संबंध के बाद, सगाई की रस्म निभाकर वाग्दत्ता का स्थान दे देने के बाद मनोज ने सिर्फ धन के लोभ में एक करोड़पति बाप की इकलौती संतान डॉ. संजीवनी के साथ शादी तय कर ली। दीपिका ठगी गई। अपने प्रेमी के हाथों। अपने भावी पति के हाथों। अपनी होनेवाली ससुराल के अन्य सदस्यों के हाथों। इस रेप कांड के आरोपी मनोज से मैं पूछना चाहता हूँ कि क्या उसके घर में माँ-बहन नहीं हैं ? किसी स्त्री के आत्म-गौरव के साथ इस तरह मखौल और खिलवाड़ करने का अधिकार उसे किसने दिया था ? चिकित्सक जैसे दायित्वपूर्ण पद के बावजूद यदि यह शख्स अपनी वाग्दत्ता के प्रति इतना गैर-जिम्मेदार हो सकता है, तो इसे कड़ी-से-कड़ी सजा मिलनी जरूरी है।"

सचमुच डॉ. सिद्धार्थ के बयान का एक-एक शब्द इजलास में मौजूद लोगों के दिल को दहलानेवाला था।

मनोरमा ने अपने बयान में बेहोश हालत में अस्पताल लाई गई कोमल कलिका के तुरत-फुरत गर्भपात की घटना इतने मार्मिक अंदाज में सुनाई कि वहाँ मौजूद अधिकांश लोगों की आँखें भीग गईं।

जैसी कि संभावना थी, जज ने सवाल पूछ लिया, "सालों पहले सिर्फ एक बार देखी शक्ल के लिए तुम इतने भरोसे के साथ कैसे कह सकती हो कि उस दिन इसी युवती का गर्भपात कराया गया था ?"

मनोरमा ने प्रतिप्रश्न किया, "क्या ऐसे चेहरे ऊपरवाला रोज-रोज धरती पर भेजता है ?"

वह भरी अदालत में दीपिका से वेणी खोलने का आग्रह तक कर बैठी थी। बेखौफ पूछा था, "बताइए जज साहब, क्या यह चेहरा और ये बाल इस अदालत में मौजूद हर शख्स को हमेशा याद नहीं रहेंगे ?"

जवाब में वहाँ सिर्फ खामोशी पसर गई थी।

यह मनोरमा के कथन की पुष्टि थी।

रंजीदा कंठ से उस महिला ने कहा, "सिर्फ उन्नीस-बीस बरस की रही होगी उस वक्त दीपिका। इसकी एक झलक ही हमेशा याद रखवाने के लिए काफी है। फिर मैंने तो इसे पूरे दो घंटे अपनी आँखों के सामने देखा था। बाद में कई दिनों तक इसकी शक्ल मेरी आँखों में घूमी थी, इसीलिए तो सालों बाद कचहरी में देखकर चौंकी थी। पीछे-पीछे इजलास तक पहुँची थी। वहाँ 'गीतांजलि' अस्पताल की बड़ी डॉक्टर का झूठ अपने इन्हीं कानों से सुना था और इस बच्ची की मदद करने का मन उसी वक्त बना लिया था।"

इस बयान के मुख्य बिंदु भी नोट हुए थे।

बयान और भी हुए।

नीलिमा का बयान।

बैंक के कार्यकाल के बीच जब-तब प्रकट होनेवाली दीपिका की चारित्रिक विशेषताओं पर राजेश वर्मा की टिप्पणी।

इन बयानों के बीच दीपिका की अपनी बात एक अलग अंदाज में सबके सामने आई। उसने साफ शब्दों में कहा, "मनोज को दूसरी जगह शादी तय करने से पहले मेरे साथ संबंध तोड़ने चाहिए थे। मुँह खोलकर कहता, तो शायद ज्यादा शालीन तरीके से हमारे रास्ते अलग हो जाते। इसे शुरू से ही यह बात साफ रखनी चाहिए थी कि विवाह के लिए वचनबद्ध नहीं है। फिर मेरी इच्छा रहती कि संबंध जारी रखती या तोड़ती। पर इसने तो उनतीस फरवरी को डॉ. सिद्धार्थ के फोन से मुझे सारी सच्चाई पता चल जाने के बाद भी अँधेरे में रखा। उस शाम भी मुलाकात होने पर जल्द शादी करने का वादा किया, जबकि चार दिन बाद डॉ. संजीवनी से शादी के लिए इसकी बारात रवाना होनी थी। यानी ऐन वक्त तक झूठ और सिर्फ झूठ। यह वंचना क्या एक पढ़ी-लिखी, नौकरीपेशा युवती के समूचे वजूद पर एक तमाचा नहीं है ?"

दीपिका का चेहरा इस बयान को देते वक्त एक अनूठी दीप्ति से चमक उठा, "मैं अदालत से साफ शब्दों में कहना चाहती हूँ कि कोई आत्मनिर्भर-स्वाभिमानी लड़की आज के खुले सोचवाले समय में किसी पुरुष के सामने बेगैरत होकर अपनी माँग में सिंदूर भर देने की भीख क्यों माँगेगी?··· फिर भी, जी हाँ, फिर भी मैंने सिर्फ अपनी माँ की इच्छा का सम्मान करते हुए इसके घर जाकर शादी कर लेने की विनती की। चूँकि माँ मेरे जीवन में बहुत अहमियत रखती है और उसकी बात मेरे लिए किसी ब्रह्मवाक्य से कम नहीं है, इसलिए मैंने अंतिम क्षण तक बात बनाने की हर संभव कोशिश की, पर मेरे रोने-गिड़गिड़ाने को मनोज व उसके परिवार ने मेरी कायरता समझा। सिर्फ यही नहीं, जब पूरे परिवार ने मेरे घर आकर डराने-धमकाने से लेकर मार-पीट करने तक की बहादुरी दिखाई, तो मुझे आर-पार की लड़ाई लड़नी ही थी।"

दीपिका के बयान ने पूरी अदालत को स्तब्ध कर दिया, पर वह अपनी रौ में बोलती जा रही थी, "माननीय न्यायालय इस रेप कांड को 'बैंककर्मी युवती बनाम डॉक्टर' मात्र न समझे। यह नारी अस्मिता बनाम पुरुषोचित दंभ का खुला संघर्ष है। पुरुष का ऐसा दंभ, जो यह मानकर चलता है कि अपने कौमार्य की पूँजी को अक्षुण्ण जतलाने के लिए कोई अविवाहिता हर अन्याय-अत्याचार के सामने सिर झुकाने को बाध्य है। अपनी 'इज्जत' लुट जाने की बात वह समाज से कैसे कह सकती है? पुरुष की लंपटता के खिलाफ उसे हर कीमत पर, हर शर्त पर अपनी जुबान बंद रखनी पड़ेगी। शादी से पहले जो शारीरिक-संबंध पुरुष के लिए मात्र शगल है, स्त्री के लिए वह मौत का फरमान है। इसीलिए तो डॉ. मनोज नामधारी नर-पशु सालोसाल मेरा दैहिक शोषण करने के बाद भी शान से सिर पर मौर धरकर ब्याह रचाने का मनसूबा सँजो बैठा। पर मैं चुप नहीं बैठी। उसको पुलिस और कानून की चौखट तक खींच लाई हूँ। बलात्कारी होने के आरोप से खुद को बचाने का उसके पास कोई आधार नहीं है।"

सचमुच इजलास में उस वक्त पत्ता तक खड़कने की आवाज सुनी जा सकती थी। प्रतिपक्ष के वकील के हर सवाल के जवाब में भी दीपिका हिम्मत से डटी रही और सटीक तर्क देकर अपनी बात कहती रही। जानती थी कि इस जटिल व्यूह-रचना के बीच से बाहर निकलने में उसे अभिमन्यु जैसा कौशल दिखाना पड़ेगा। यह भी उसे पता था कि उसकी सफलता या असफलता भविष्य के गर्भ में छिपी है। पहले से आश्वस्त होकर कुछ कैसे कहा जा सकता था? आखिर एक बार पहले भी

तो उसने अपनी बात पूरे साक्ष्यों-गवाहों के आधार पर कही थी, किंतु नतीजा क्या निकला? ··· 'शून्य' ही न!

इस बार भी सबकुछ आनेवाला समय ही बताएगा कि लड़ाई में वह कहाँ टिकी है?

खासतौर पर उस वक्त, जब प्रतिद्वंद्वी हर मायने में उससे जबर है।

और यह बात कदम-कदम पर जाहिर थी।

वहाँ भी तरकस से विषैले तीर निरंतर छोड़े जा रहे थे। दीपिका पर एक संभ्रांत परिवार के डॉक्टर बेटे को फँसाने की खुली तोहमत लगाई गई थी। न जाने कितने झूठे-फरेबी गवाह किस पाताल-लोक से खोजकर लाए गए थे, जो गंगाजली हाथ में लेकर कह रहे थे कि इस लड़की ने तो उन्हें पटाने में भी कोई कोर-कसर नहीं छोड़ी थी। पर वे डॉ. मनोज की तरह 'बौड़म' नहीं थे, जो ऐसी 'पतुरिया' के जाल में फँस जाते। सेक्स वर्कर खुलेआम अपनी देह का सौदा करके पैसा वसूलती हैं। जबकि इस तरह की पढ़ी-लिखी वेश्याएँ सेक्स का खुला आमंत्रण देकर शादी के लिए लड़का फँसाती है। इन खतरनाक युवतियों के जाल से सीधे-सादे युवकों को बचाना कानून का काम है।

यानी दोनों तरफ से रस्साकशी जारी थी।

हाईकोर्ट का यह मुकदमा न्याय के अहाते में सबके ध्यानाकर्षण का केंद्र बन गया था।

□

11

अंतत: फैसले का दिन आ गया।

दोनों पक्षों में न्यायाधीश का फैसला सुनने की उत्कंठा अपने चरम पर थी। बहुत से बाहरी लोग भी जिज्ञासावश आज यहाँ उपस्थित थे।

निश्चित समय पर न्यायाधीश महोदय पधारे। जनसमूह उनके सम्मान में उठकर खड़ा हो गया। उनके कुरसी पर बैठ जाने के बाद बाकी लोग भी अपनी-अपनी जगह पर बैठ गए।

दृष्टि उठाकर पूरी इजलास का जायजा लेने के बाद न्यायाधीश ने बीस पृष्ठों का अपना लंबा-चौड़ा फैसला हाथ में उठाया। उन्होंने पहले ही सूचित कर दिया कि लिखित फैसले के महत्त्वपूर्ण अंशों का वह यहाँ पर विवरण देंगे।

अपनी बात आरंभ करते हुए उन्होंने समाज की वर्तमान नैतिक मान्यताओं का खुलासा किया। कहा, "संक्रमण के इस दौर में पुराने मूल्य टूट रहे हैं और नए मूल्य प्रतिस्थापित नहीं हो रहे हैं। आपा-धापी का माहौल है। भूमंडलीकरण के वर्तमान युग में सबकुछ क्रय-विक्रय के दो शब्दों में सिमटकर 'बाजार' के अधीन हो गया है। यहाँ तक कि हमारी संवेदनाएँ, परंपराएँ और व्यवस्थाएँ भी।

"आज समय इतना बदल गया है कि पुरानी विवाह व्यवस्था को नई पीढ़ी खेल और मखौल के रूप में लेने लगी है। 'लिव इन रिलेशनशिप' के तहत जब तक जी चाहे साथ-साथ एक छत के नीचे रहो और जब मन भर जाए या साथ रहना अखरने लगे तो अपना-अपना बोरिया-बिस्तर समेटकर अलग हो जाओ। किसी को किसी से कोई शिकवा-शिकायत नहीं। किसी की किसी से कोई अपेक्षा भी नहीं। अलग-अलग नीड़ बसा लेने के बाद भी दोनों दोस्त बने रहते हैं और 'हाय-हैलो!' वाला रिश्ता सालोसाल निभाते रहते हैं।

"समस्या तब आती है, जब संबंध-विच्छेद के बाद संबंध सामान्य न रह जाएँ। ऐसे में लड़की की ओर से 'रेप' के आरोप का चलन बढ़ा है। पर अदालत

का कहना और मानना है कि यदि शिक्षित और आत्मनिर्भर लड़की शादी से पहले किसी युवक के साथ शारीरिक संबंध बनाती है, तो उसे इसकी जिम्मेदारी अपने ऊपर भी लेनी पड़ेगी। वह इस जिम्मेदारी को लेने से बच नहीं सकती।

"बहुत दुःख और चिंता की बात है कि आजकल एक नया फैशन और चलन-सा चल गया है कि जब तक युवक-युवती में सद्‌भाव है, तब तक तो सब ठीक है। लेकिन किसी भी वजह से संबंधों में खटास आने पर युवक पर बलात्कार का आरोप लगा दो! ऐसे में अदालत की जिम्मेदारी बहुत जटिल और दुरूह हो जाती है। उसे निष्पक्ष होकर दोनों पक्षों की बात सुननी है और बहुत सोच-विचारकर फैसला देना है। ऐसा न हो कि लड़की को कोमलांगी जानकर, उसके प्रति द्रवित होकर, सहानुभूति जतलाते हुए एकपक्षीय निर्णय दे दिया जाए और दूसरे पक्ष के हितों की पूर्ण उपेक्षा हो जाए।"

अपनी बात कहते हुए न्यायाधीश महोदय तनिक रुके। सामने रखा पानी का गिलास उठाकर उन्होंने घूँट-घूँट जल पीना शुरू किया।

इजलास में मौजूद मनोज-पक्ष का चेहरा खुशी से खिल उठा था। फैसले की शुरुआत ने उन्हें आशान्वित कर दिया था। उनके लिए अपना आंतरिक उछाह सँभालना मुश्किल हो रहा था। सुषमा की बत्तीसी रह-रहकर बाहर आ रही थी और उसका पति गंभीरता ओढ़ने की निरर्थक कोशिश में अजीब जोकराना किस्म की भाव-भंगिमाएँ दिखा रहा था। मनोज की भाभी अपनी अदाएँ दिखाने में पीछे न थी और भाई ने जोश में भरकर मनोज की पीठ पर हाथ रख दिया था।

रहा मनोज, वह तो कल्पना के घोड़े पर सवार होकर किसी अदेखी अप्सरा को 'उड़ाने' के ख्वाब देखता हुआ ऊँचे आसमान में उड़ानें भरने में व्यस्त और मस्त हो उठा था। इस वक्त वह धरती पर था ही कहाँ?

दूसरी तरफ दीपिका, नीलिमा और सिद्धार्थ बैठे थे। एकदम शांत और निश्चल। नीलिमा के आँसू उबलने को छटपटा रहे थे, जिन्हें वह बरजोरी अपने नयन-कटोरों में रोके हुए थी। हृदय के ताप से कटोरों का जल कब तक न उबलता? आँखें पनीली हो उठीं। कहीं भावुकतावश लड़की के प्रति एकपक्षीय निर्णय न हो जाए, कहीं जल्दबाजी में दूसरे पक्ष के हितों की उपेक्षा न हो जाए, जैसी बातें कहकर मान्य न्यायाधीश आखिर कहना क्या चाहते हैं? यही न, दीपिका ने स्वार्थवश मनोज को अपने जाल में फँसाया। प्यार दोनों ओर से परवान चढ़ा। और जब··· और जब प्यार की खूबसूरत इमारत में दरार पड़ी, तो मनोज पर बलात्कार का मुकदमा ठोंक

दिया! यानी प्यार की जो इमारत पुख्ता थी ही नहीं, उसके धराशायी हो जाने पर दीपिका को न्याय के गलियारे में सहानुभूति का लाभ उठाने का कोई हक नहीं है।

उफ्, क्या है यह सब?

कितना क्रूर, कितना अमानवीय और कितना असहनीय भी!

क्या यही सब सुनने और सहने के लिए दीपिका ने हाईकोर्ट में अपील की थी?

अपनी आत्मजा के लिए नीलिमा का हृदय करुणा से विगलित हो उठा।

दृष्टि उठाकर उसने दीपिका का चेहरा देखा, तो आँखें ही नहीं, हृदय भी रो उठा। बेचारी बच्ची! एक सजातीय लड़के से प्यार करना अपराध तो नहीं है, पर उस प्यार की सजा इसे लगातार मिलती रही। अनचाहा गर्भधारण और फिर गर्भपात की शारीरिक-मानसिक यंत्रणा। विवाह के लिए एक लंबी प्रतीक्षा के बाद अंततोगत्वा हाथ लगी सिर्फ निराशा। शादी रचाने से पहले मनोज की गिरफ्तारी जरूर संभव हो सकी थी, पर ओस के चाटे क्या किसी की प्यास बुझती है? वह छोटी सी सफलता दामिनी की दमक की तरह क्षणांश में गुम हो गई और सामने रहा फिर अंधकार का हरहराता हुआ सागर। आगरा के न्याय परिसर में हार मिली और अपील का नतीजा भी…

तभी तो लड़की का चेहरा एकदम सफेद पड़ चुका है। लगता है, देह का बूँद-बूँद रस न्यायाधीश महोदय के फैसले की एक-एक पंक्ति सुनने के साथ निचुड़ता जा रहा है। मन कुछ ऐसा भर आया कि नीलिमा ने पास बैठी बेटी की कलाई थाम ली।

माँ का यह तनिक-सा संबल भी दीपिका को दर्द के समंदर में डूबने से बचाने के लिए बहुत था। अग्नि-स्फुलिंग के चपेट में आ चुके उसके मन को तनिक धीरज मिला। उसने दृष्टि उठाकर माँ का चेहरा देखा और आँखों-ही-आँखों में माँ को कातर हो उठने से बरजा।

दीपिका के दूसरी तरफ बैठे डॉ. सिद्धार्थ का ध्यान भी न्यायाधीश के पानी पीने के क्षणों में माँ-बेटी की तरफ ही था। उन दोनों की अंतर्दशा वह समझ रहे थे, पर यह वक्त मुँह खोलकर कुछ समझाने या धीरज बँधाने का न था। निरुपाय डॉ. सिद्धार्थ अपनी कुरसी पर तनिक हिले-डुले और फिर फैसले के अगले महत्त्वपूर्ण अंश पर निगाह दौड़ाने में संलग्न न्यायविद् को देखने लगे।

न्याय के ऊँचे सिंहासन पर आसीन न्यायमूर्ति प्रमोद खरे ने बोलना शुरू कर

दिया था, "हाँ, तो मैं कह रहा था कि आज मूल्य-संक्रमण के युग में न्याय करना आसान नहीं रह गया है। अदालत को निष्पक्ष होकर दोनों पक्षों की दलीलें सुननी होती हैं। आरोपी का हक और पीड़िता का दर्द, दोनों का सम्यक् विवेचन जरूरी है। अकसर यही माना जाता है कि लड़की जब वयस्क और पढ़ी-लिखी है, तो उसे शादी से पहले बनाए जानेवाले यौन-संबंधों का अंजाम पता होना चाहिए। वह दुधमुँही बच्ची नहीं है कि सालोसाल किसी लड़के के जाल में फँसी रहे। यह सही है कि आज समाज बदल रहा है, लेकिन नैतिकता के पुराने मानदंड आज भी खत्म नहीं हुए हैं। विवाह होने तक लड़की के कौमार्य को सुरक्षित रखने की हमारी परंपरा है और इस नाते पढ़ी-लिखी लड़की पर गहरी जिम्मेदारी आ जाती है।

"शायद यह चिंता का विषय है कि 'सेक्स' आजकल पहले की तरह कोई अजूबा या ढकी-मुँदी चीज नहीं रह गया है। आज की युवा पीढ़ी के पास सेक्स से जुड़ी सारी जानकारी होती है। आज की युवा पीढ़ी का मिजाज भी पहले से कुछ अलग किस्म का हो गया है। देर से शादी का प्रचलन बढ़ा है। आत्मनिर्भर न होने तक विवाह के बंधन में न बँधने की प्रवृत्ति के चलते युवा पीढ़ी विवाह पूर्व शारीरिक संबंध जोड़ लेती है। उसे इसमें कोई हिचक भी नहीं होती। पर बाद में यदि संबंध-विच्छेद हो जाता है, तो लड़की का युवक पर बलात्कार का आरोप मढ़ना गलत है। कारण यह है कि शारीरिक संबंधों में उसकी मर्जी भी शामिल थी। कोई युवक लगातार कई सालों तक उसकी असहमति के चलते हुए हमबिस्तर कैसे हो सकता है?"

एक बार फिर न्यायाधीश महोदय तनिक रुके।

उनके शब्दों का असर लाजिमी था।

प्रतिपक्ष की आँखों की चमक पल-पल बढ़ रही थी। उसी के सापेक्ष दीपिका का चेहरा पल-पल फीका पड़ता जा रहा था।

न्यायाधीश की बात आगे बढ़ी, "लेकिन यह किसी बलात्कार के आरोप का एक पहलू है। हमें उसके दूसरे पहलू को भी नजरअंदाज़ न करना चाहिए। धोखा देकर किसी युवक का किसी लड़की से शारीरिक संबंध बनाना गलत है, सर्वथा अनुचित है। ऐसे में पीड़िता के पास इस बात के पर्याप्त सबूत होने चाहिए कि उसकी सहमति धोखे से या प्रलोभन देकर ली गई। यहाँ 'बैंककर्मी युवती बनाम डॉक्टर रेप प्रकरण' में फैसला देते हुए अदालत एक बार फिर सबका ध्यान इस बिंदु पर खींचना चाहती है कि यदि दीपिका को शादी से पहले यौन-संबंध बनाने के

बाद डॉ. मनोज से प्यार में धोखा मिला, तो उसे अपना दु:खड़ा रोने का कोई हक नहीं था। लेकिन क्या दीपिका को यह धोखा कोई बड़ा प्रलोभन देकर तो नहीं दिया गया? इस सवाल पर अदालत यहाँ इसका पूरी गंभीरता के साथ विवेचन करेगी। इसी सवाल के जवाब में इस मुकदमे का फैसला छिपा है।

"सोचने की बात है, एक आर्थिक दृष्टि से आत्मनिर्भर लड़की किसी युवक के बैंक बैलेंस, गाड़ी, कोठी या नौकरी से क्यों प्रलोभित होगी? वह स्वयं सम्मानपूर्वक एक सरकारी प्रतिष्ठान में काम करके अच्छा-खासा वेतन पाती है। हो सकता है कि कोई गरीब लड़की मात्र चाँदी की एक जोड़ी पायल पर ही लुब्ध होकर किसी व्यक्ति को अपना शरीर सौंप बैठे, पर यहाँ पैसे के लोभ का दूर-दूर तक कोई अंदेशा नहीं है। फिर दीपिका आखिर किस बात पर ललचाई और लंबे छह-सात सालों तक डॉ. मनोज को अपना शरीर सौंपती रही?

"अदालत गहरी संवेदनात्मक दृष्टि से सभी पहलुओं पर विचार करती हुई दीपिका के इस बयान से शत प्रतिशत सहमत है कि माँ उसके जीवन में बहुत अहमियत रखती है और माँ की बात उसके लिए किसी ब्रह्मवाक्य से कम नहीं है। घटनाएँ साक्षी हैं कि एक विधवा माँ नीलिमा ने अपनी इकलौती बेटी दीपिका को किस तरह कष्ट सहकर पाला और पढ़ा-लिखाकर योग्य बनाया। ऐसी स्थिति में गर्भपातवाली घटना के बाद जब दीपिका ने मनोज के सामने संबंध तोड़ने की दृढ़ता दिखाई तो उस युवक की चाणक्य बुद्धि ने युवती को सबसे बड़ा प्रलोभन यह दिया कि वह शादी के बाद उसकी माँ को पूरे मान-सम्मान के साथ अपने परिवार का एक अभिन्न अंग बनाकर रखेगा। एक विधवा माँ की अकेली संतान—उसकी बेटी—के लिए निश्चय ही प्रलोभन बहुत बड़ा था और पीड़िता इसके चलते संबंध जोड़े रही थी। माँ की उसके जीवन में अहमियत का इससे बड़ा सबूत और क्या होगा कि मनोज से शादी की भीख माँगने के लिए सिर्फ अपनी माँ के कहने से ही वह उसके द्वार तक गई। दीपिका जैसी सशक्त व्यक्तित्व की स्वामिनी लड़की के लिए सुयोग्य जीवनसाथी की समाज में क्या कोई कमी थी?

"निष्कर्षत: इस मुकदमे से जुड़े हर पहलू पर विचार करके गवाहों के बयान और अन्य सारे सबूतों के मद्देनजर धारा-376 के अंतर्गत मनोज को दोषी करार करते हुए सात साल के सश्रम कारावास की सजा सुनाई जाती है। अदालत मानती है कि वैश्वीकरण के वर्तमान दौर में, भौतिकता के पीछे भागती युवा पीढ़ी द्वारा जीवन-मूल्यों के क्षरण और मानवीय संबंधों की धज्जियाँ उड़ाए जाने की त्रासदी

छोटी नहीं है। आरोपी मनोज बलात्कार के जुर्म का दीर्घकालीन अपराधी है। भले ही उसका अपराध जघन्य श्रेणी में न आता हो, पर गंभीर मानने से इनकार नहीं किया जा सकता। लंबे चौदह वर्षों तक प्यार को खेल और मखौल बनाने का जुर्म छोटा नहीं है। कोई अन्य प्रवंचक किसी पढ़ी-लिखी, संवेदनशील युवती के साथ ऐसी क्रूरता और अमानवीयता न दिखा सके, इसलिए यह दंड जरूरी है। इस सिलसिले में निचली अदालत का फैसला भी प्रश्नचिह्न खड़ा करता है। जब सारे सबूत पीड़िता के पक्ष में थे, तो उसे वहाँ इनसाफ क्यों नहीं मिला?"

फैसला सुनाया जा चुका था। मनोज की गिरफ्तारी के लिए दो पुलिसकर्मी आगे बढ़ आए थे और उसका परिवार खामोशी से यह दुर्दिन देखने के लिए विवश था।

और हाँ, कोर्ट का फैसला दीपिका के लिए मुँहमाँगी मुराद पूरी होने जैसा था। अभी तक झरते हुए अग्नि-स्फुलिंग सहसा पारिजात के झूमते पातों के मर्मरी संगीत में बदल गए थे।

दीपिका ने सिहरकर आँखें मूँद लीं।

अनुभूति अद्भुत थी। सुखद और स्पृहणीय भी।

उसके रोम-रोम में तीव्रता से झंकृत हो रहा था यह अग्नि-राग।

□□□